光文社古典新訳文庫

聊斎志異

蒲松齢

黒田真美子訳

光文社

Title : 聊斎志異
1751
Author : 蒲松齢

『聊斎志異』＊目次

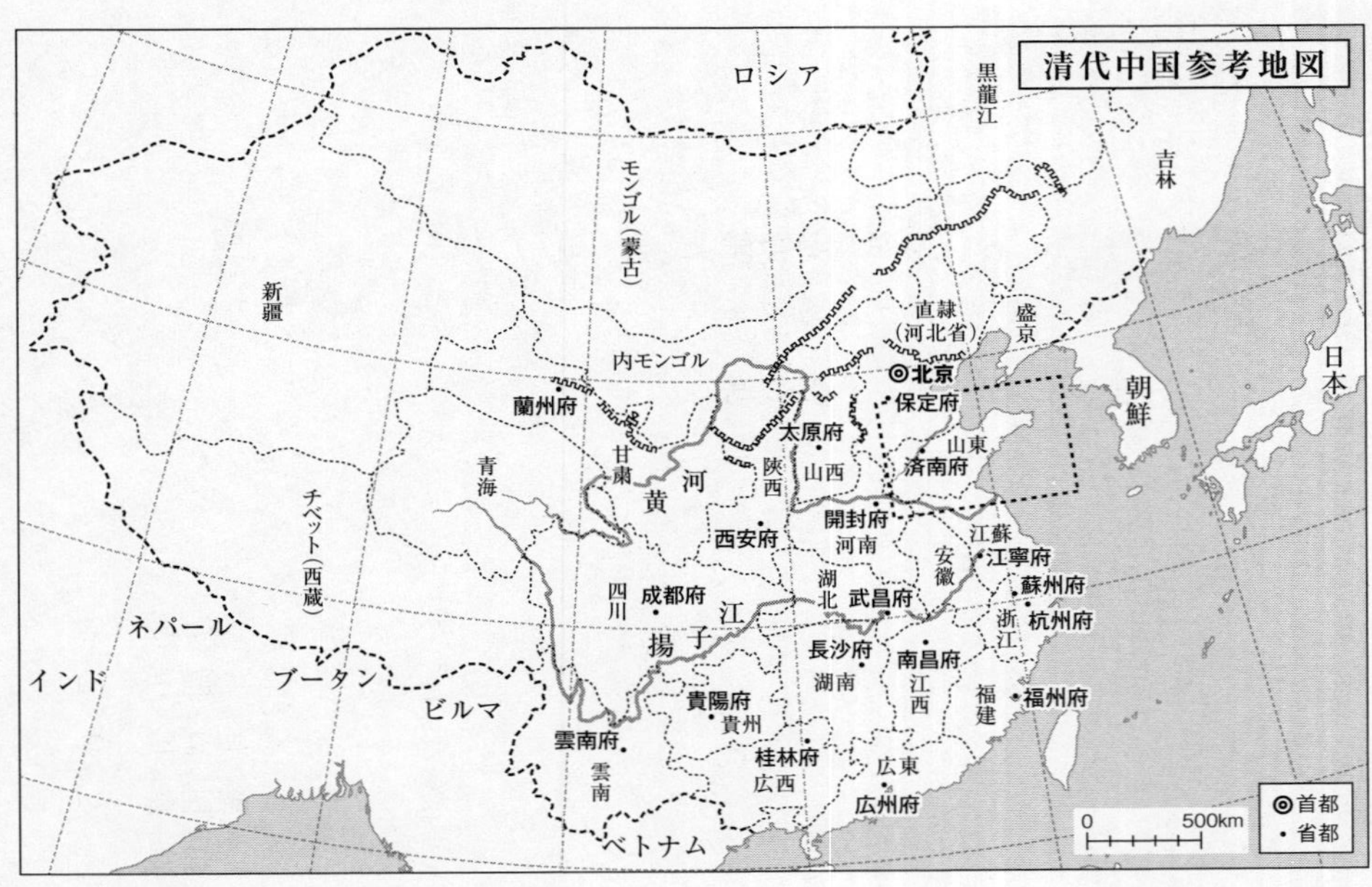
清代中国参考地図
ロシア
黒龍江
吉林
モンゴル（蒙古）
新疆
盛京
直隷
（河北省）
内モンゴル
◎北京
保定府
蘭州府
日本
朝鮮
太原府
山東
甘粛
陝西
山西
済南府
青海
河
黄
開封府
チベット（西藏）
西安府
江蘇
河南
安徽
江寧府
湖北
四川
成都府
武昌府
蘇州府
江
浙江
杭州府
ネパール
揚子
長沙府
南昌府
インド
ブータン
湖南
江西
福建
福州府
貴陽府
ビルマ
貴州
雲南府
桂林府
広東
雲南
広西
広州府
ベトナム
0
500km
◎首都
・省都

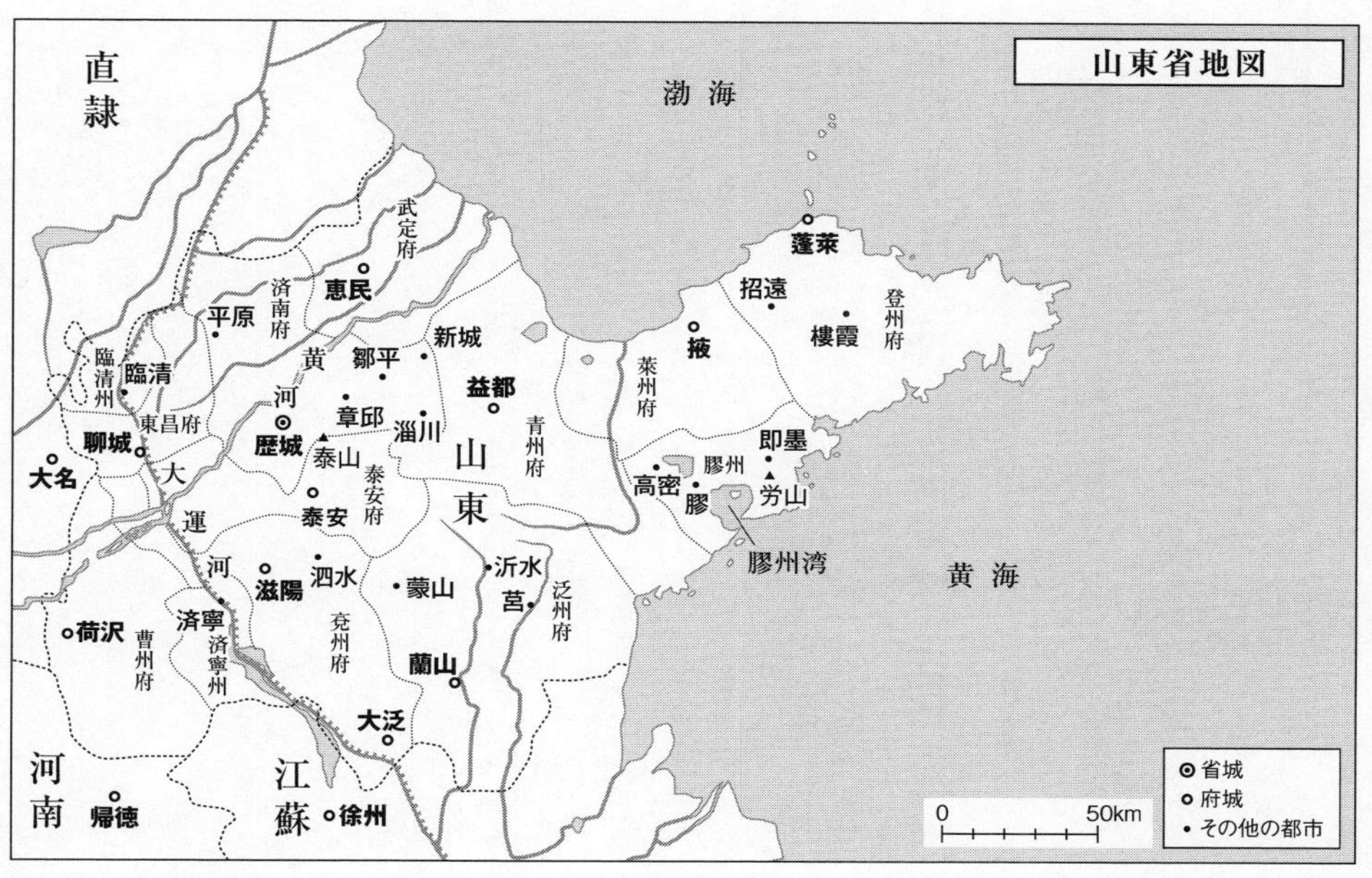
山東省地図
直隷
渤海
黄海
山東
河南
江蘇
蓬萊
招遠
棲霞
登州府
掖
萊州府
即墨
膠州
労山
高密
膠
膠州湾
益都
青州府
新城
鄒平
章邱
淄川
武定府
恵民
済南府
平原
黄河
歴城
泰山
泰安
泰安府
臨清州
臨清
東昌府
聊城
大名
大運河
沂水
莒
沂州府
蒙山
泗水
滋陽
兗州府
蘭山
大汶
済寧
済寧州
荷沢
曹州府
帰徳
徐州
0
50km
省城
府城
その他の都市

聊斎志異

聊斎自誌

三閭大夫の屈原[1]（紀元前三四〇？～二七七？）は、蘿(かずら)を身にまとい荔(れい)（香草）を帯にした山中の神女[2]との交感によって「離騒」[3]などを書いた。長い爪の若者、李賀[4]（七九〇～八一六）は、牛鬼や蛇神[5]を詩に詠むことが習い性になった。それらは詩人がうるわしい音色を選別したのではなく、天の妙なる調べがおのずと響かせたのであり、必然的にそうなったのである。

私こと松齢(しょうれい)は、秋の蛍火のようにうらぶれた身で、その弱い光は魑魅(ちみ)とも競えるほどである[6]。たちまち消え去るかげろうに過ぎず、はかない魍魎(もうりょう)にすら嘲笑されよう。かように干宝(かんぽう)[7]（？～三三六）の如き才もない己ではあるが、生来、神怪を捜し求めることを愛好しており、気持ちは、黄州（湖北省）に流された蘇軾(そしょく)[8]（一〇三六～一一〇一）と同類で、人々が幽鬼について語るのを好むのである。その種の話を耳にすると、筆を持ってくるように命じて、一篇にまとめ上げる。それを長く続けていると、あちこちの同好の士が郵送してくれたりするので、まさに「好きこそ物が集まる」[9]で、積もり積もってますます多くなった。

甚だしいのは、中原(ちゅうげん)圏外ではない人の話なのに、断髪地方[10]の話柄よりも不思議な場合があったりする。すぐ目の前の身近なことでも、頭が飛ぶ国の話[11]よりももっと奇怪な内容がある。そうなるとまさに矢も楯もたまらず興味をそそられて、狂おしいまでの気持ちを抑えがたくなる。その結果、尽きせぬ興味を長々と文字に託すことになり、痴(し)れ者と言われても構わない。まともな人は私のことをさぞやケラケラ笑っているに違いない。だが大通りの十字路[12]で聴いた胡散臭い話でも、三生石(さんしょうせき)の故事[13]のように、前世の因果をしっかり悟ることが出来た。それゆえ荒唐無稽な話でも必ずしもすべて退けるべきではない。

私が生まれるとき、亡父の夢に、痩せて病気の仏僧が、片肌脱いで部屋に入って来たという。仏僧は、乳のそばに丸い銅銭のような膏薬を貼っていた。父が夢から覚めると私が生まれたが、果たして僧と同じところに黒いホクロがついていた。それに私は幼い頃から体が弱くて病気ばかりして、長生きは無理だろうと言われてきた。我が家は寂然として寺院のように寒々しく、物書きの実入りはわびしくて、托鉢僧のようなものだった。だからあの坊さんこそ私の前世の姿ではないかと、いつも不安に駆られては、頭を掻きむしった。思うに、煩悩を抱えたまま根本原因について悟れず、この世でも天界でも何の実りも得られない。風に吹かれるまま漂い落ちて、結局、垣根や厠（かわや）の花となったのだ。[14]果てしない輪廻（りんね）の六つの世界に、[15]道理がないわけがない。

深夜、ただ一人、消えかかってほの暗い灯りの下、ガランとした書斎に隙間風がふきこみ、机は冷え切って氷かと思うほど。この中で、狐の腋毛（わきげ）を集めて皮衣を作る[16]ように、妄言を集めて綴り、何とか六朝の『幽明録』[17]の後を継ごうとした。時には杯に酒を浮かべて筆を取り、ようやくこの「孤憤」[18]の書を書き上げたのである。かようにわが胸の内を本書に託したが、あわれなことこの上ない。

ああ、霜の冷たさに驚く冬の雀[19]は、樹に巣くっても温もれない。月を弔うかのようにすだく秋の虫[20]は、欄干（らんかん）に身を寄せて、自ら暖を求めようとする。私を本当に理解してくれるものは、人を拒絶する深い林の中の暗闇[21]にいるのではないだろうか。

康熙己未（十八年、一六七九）春日

訳注

1 屈原は、春秋戦国時代の楚（湖北・湖南省一帯の地域）の王族で愛国詩人。「三閭大夫」は、懐王の時の官職。楚の三王族（昭氏・景氏・屈氏）を司掌し、その家臣を統率する。

2 紀元前三世紀頃に成ったとされる『楚辞』「九歌」の「山鬼」（山中の女神）の姿を「山の阿に人有るが若し。薜荔を披し女蘿を帯ぶ」と描くに基づく。

3 原文は「騒を為す」。「騒」は、直接的には『楚辞』の「離騒」（屈原の自伝的作品）を指すが、広くは、『楚辞』所収の屈原作を意味する。ここでは、主に神霊との交感を詠う「九歌」の中でも、特に「山鬼」を指す。

4 李賀は、中唐の詩人、字は長吉。「鬼才」と称され、自身の夭折（享年二十七）を予知したかのように、この世とあの世を自由に往還して、鬼気迫る幻想的筆致で幽鬼や怪奇を詠じた。「長い爪」は、唐・李商隠（八一二？～八五八）撰「李長吉小伝」に「長吉は細痩、通眉、長指爪にして、能く苦吟疾書す」（傍線は訳者、以下同じ）とある。松齢は李賀に傾倒し、自らの詩文に少なからず、李賀詩を祖述する。「秋螢」も、李賀「感諷」五首其三「幽壙（墓穴）螢　擾擾たり」（第十句）を踏まえており、松齢自身、「馬嵬坡、擬李長吉」（『聊斎詩集』巻一、康熙十三年）詩で「露は泣く　黄昏の道、湿螢　暗草を沾す」（第二联）と詠む。

5 「牛鬼蛇神」は、牛頭の幽鬼と蛇身の神霊。唐・杜牧（八〇三～八五二）撰「李賀詩序」に見える語。

6 原文は「魑魅と光を争ふ」。魏・嵆康（二二三～二六二、竹林の七賢の一人）が、灯下、琴を弾じていると、突如、何者かが現れ、顔が次第に大きくなる。嵇康はじっと見つめていたが、灯りを吹き消して「我は魑魅と光を争ふを恥づ」と言ったのを踏まえる（晋・裴啓『裴子語林』）。

7 干宝は、西晋の歴史家。国史を編纂して、『晋紀』を著わす一方、六朝志怪小説の代表作『捜神記』を編んだ。

8 原文は「黄州」のみ。北宋の文人蘇軾（一〇三六〜一一〇一、字は子瞻、号は東坡居士、唐宋八家の一人）を指す。四十四歳の時、朝廷を誹謗したとして御史台の獄に繋がれた後、黄州に流された。彼の地で友人たちと怪談を楽しんだという。

9 北宋・欧陽脩（一〇〇七〜一〇七二、字は永叔、号は酔翁、六一居士。政治家、文人、唐宋八家の一人）著『集古録』自序の「物は常に好む所に聚まる」に基づく。

10 古代、呉越地方（江蘇浙江両省一帯）の風俗は「断髪、文身（入れ墨）」だったという（『春秋左氏伝』哀公七年）。「自誌」執筆当時、弁髪を強制する法令発布からすでに三十五年たつので、ここでは松齢の住む北方の山東省に対して、南方の異民族を指している。

11 中国の西方、南方の異域には、夜になると、頭が体から離れて自由に飛ぶ民族がいたという。西晋・張華『博物志』、前秦・王嘉『拾遺記』、晩唐・段成式『酉陽雑俎』などに見える。

12 原文は「五父衢頭」、「五父の衢」は、地名（山東省曲阜県）。『礼記』檀弓上に、母を亡くした孔子が「五父之衢」（「衢」は大通り、十字路）で殯（埋葬前にしばらく遺体を棺に入れて安置すること）を行ったと見える。孔子は、幼時に父を亡くして、墓の場所を知らなかったので、大通りの殯で手がかりを得ようとしたという（鄭玄注）。

13 唐・袁郊『甘沢謡』「円観」（『太平広記』巻三八七）の故事。円観は洛陽恵林寺の僧。大暦年間

（七六六～七七九）末、李某と友となり、三十年後、共に蜀（四川省）に遊んだ。そこで一人の妊婦を見ると、円観は、お腹の子は自分の死後の生まれ変わりだと言い、十二年後、李某と杭州の天竺寺での再会を約して、その夜亡くなった。十二年後の八月の月夜に、李が天竺寺に行くと、牛に乗った牧童が「竹枝詞」を歌いながらやって来る。それは生まれ変わった円観だったが、「公と途を殊にす」と言って、すぐに立ち去った。彼の歌に「三生石上 旧精魂、月を賞で風に吟ずれば 論ずるを要せず」とあった。「三生」は、仏教用語で、前世・現世・後世の転生の意。「三生石」は、その後、前世の因果を指すようになった。

14　南朝斉の竟陵王蕭子良（四六〇～四九四）は、仏教を尊崇していた。ある時、無神論者の范縝に「因果応報を信じないのなら、世の中になぜ富貴と貧賤の相違があるのだ」と尋ねた。范は、人生は一本の樹に咲く花のようなもので、同時に咲いたとしても、風の吹くままに散って、あるものは室内の敷物の上に、あるものは垣根や厠の中に落ちる。前者が王で、後者が自分と答えた。因果応報とは無関係という記述（『梁書』巻四八）を踏まえる。

15　仏教の輪廻転生説の示す死後の六つの世界。地獄・餓鬼・畜生の三悪道と修羅・人間・天上の三善道。

16　古来、得難い物として珍重される狐白裘（白い皮衣）は、狐の腋毛だけを集めて作る。

17　南朝宋・劉義慶が編んだ志怪小説集。魯迅編『古小説鉤沈』などに収録。

18　戦国末、法家の韓非によって書かれた『韓非子』中の篇名。忠義を尽くしているのに認められず、孤独の中で、世の乱れを憤っている。

19　原文は「寒雀」。北宋・蘇軾の詞に「寒雀 疏蘺に満ち、争か寒柯（冷たい枝）を抱きて玉蕤（梅花）を看ん」（「西郷子・梅花詞　楊元素に和す」）とある。

20　前掲「擬李長吉詩（注4）」の「寒螢（つくつくぼうし）啼きて、相弔ふが如し」（第五联）に通じる。

21　原文は「青林黒塞間」。唐・杜甫（七一二～七七〇）「李白を夢む」二首其一（五言古詩八韻）の「魂は　楓林の青より来り、魂は　関塞の黒より返る」（第六聯）を踏まえるが、ここではむしろ李賀の「感諷」五首其三「裊裊たり　青櫟の道」（第六句）のイメージに近い。鬱蒼と茂る青い櫟が風に揺れる墓道を描き、暗闇に潜む鬼神を指す。

〈怪〉の巻

1 瞳人語

「瞳人　語らう」（目の中に住みついた小人同士の会話）

長安（陝西省）の書生、方棟は才人としてかなり知られていたが、軽佻浮薄なところがあって、礼節をわきまえていなかった。道で外出中の女性を見かけると、いつも軽々しく後をつけたりした。

清明節[1]の前日、たまたま郊外に出かけて、朱色の帳に刺繡入りの幌をつけた小さな車を見かけた。下女が数人、ゆるゆるとつき従っている。中でも仔馬に乗った下女は、輝かんばかりの絶世の美しさ。少しずつ近寄って窺い見ると、車の帳がハラリと開いて、中に十六歳くらいの女性が座っていた。綺麗に化粧したあでやかな美貌は、これまで見たこともない。方棟はまぶしさにくらくらして腑抜けのようになり、うっとりして離れ難い。後になり、先になりして数里、馬を走らせてついていった。

すると女性は、下女を車のすぐそばに呼んで言った。

「車の簾を下ろしてちょうだい。どこの誰やらわからぬ頭のおかしな男が、しきりに覗き見するのよ」

そこで下女は簾を下ろすと、方棟を振り返り、にらんで言った。

「こちらは、芙蓉城[2]の七郎さまの若奥さまで、ご実家に帰られるところよ。そんじょそこらの田舎娘じゃないのだから、書生さんが好き勝手にじろじろ見ていいわけないの」

言い終わるや、轍の土くれをつかむと方棟めがけてパッと投げつけた。それが目に入って、開けることができない。やっとの思いで目をぬぐってみると、車も馬もすでに消えていた。

1　二十四節気の一つ。「春分」と「穀雨」の間。陽暦では、四月五、六日ごろ。墓参する習わしで、良家の子女も外出することが多かった。

2　仙人の居城。北宋には、三種の故事が伝わる。①北宋初期の詩人、「酒仙」と呼ばれた石曼卿は、死後、出現して芙蓉城主になったと述べた。②仁宗の副宰相、丁度は、亡くなる日の夜明け前、美女たちが行列をなして芙蓉城主を迎えに来たと言ったという。③蘇軾の同時代人王迥は、仙人の周瑶英とともに芙蓉城に遊び、蘇軾はその話を聞いて「芙蓉城詩」を作った。

方棟は訳がわからず、驚き怪しみながら家に帰ったが、どうも目の調子が良くない。召使にまぶたをこじあけて土を取り払わせようとしたら、瞳の上に小さな星ができている。一晩たつと痛みがますます激しくなり、涙もだらだら流れて止まらない。星が次第に大きくなり、数日後、銅銭くらいにふくれて、右の瞳は渦巻き状に盛り上がったが、どんな薬も効き目がなかった。

死のうと思うほど悩み苦しみ、今までの我が身を少しは懺悔（ざんげ）しようという気持になった。『光明経』[3]が災いを解消できると耳にすると、一巻を求め、人に教えてもらって読経（どきょう）したのである。最初はまだいらいらと気が立っていたが、しばらくすると次第に落ち着いてきた。用がなければ、朝に夕に座禅を組んでは数珠（じゅず）をつまぐった。そうして一年たつと、これまでの多くの悪縁もすっかり浄化された。

あるとき、ふと気がつくと、左目の中で、ハエの羽音のようなささやき声が聞こえる。

「真っ暗闇、もう我慢できない、ウンザリだ」

すると右目の中で、それに応えて言った。

「ちょっと一緒に出かけて、気晴らししよう」

左右二つの鼻の穴の中で、次第に何かがくねくね動く気配がしてきてこそばゆい。と思うや、穴から何か物が出て行ったようだった。だいぶたって帰ってくると、再び鼻からまぶたの中に入って行って、こう言った。

「しばらく庭園の様子を見なかったら、珍樹蘭[4]が急に枯れてしまっていたなんて」

方棟は以前から香り高い蘭を好んでいたので、庭には多くの種類を植えていて、いつもせっせと水やりをしていた。だが失明してからは、長い間、放りっぱなしのままだった。ところが今、ふとその言葉が聞こえたので、あわてて妻に問いただした。

「蘭の花をなぜ枯らしてしまったのだ」

妻がそれをどこで聞いたのか問い詰めたので、訳を話した。妻がすぐに走って行って確かめたところ、やはり花は枯れてしまっていた。妻はたいそう不思議に思い、部屋の中でじっと隠れて様子を窺っていると、小人が方棟の鼻の穴の中から出てくるのが見えた。大きさは豆ほどもない。せかせかと門を出て行って、次第に遠ざかり、そ

3　『大方広総持宝光明経』五巻、インド出身の僧、法天（?～一〇〇一）訳。北宋・太平興国八年（九八三）七月、訳業終了。

4　蘭の一種。花は紫色で穂状、つぼみは珠状。濃厚な香りを放つ。「魚子蘭」とも。

のまま見えなくなった。と思いきや、ほどなくして二人連れだって戻ってきて、顔の上にピョンと飛び上がり、蜂や蟻が巣穴に入るように、鼻の穴に入っていった。

こんな風で、二、三日たつと、また左のほうで言うのが聞こえた。

「トンネルは遠回りで、行き来がとても不便だ。自分で出入口を作ったほうがよいな」

すると右が答えた。

「私のほうの壁は厚いから、かなり難しいな」

左が言った。

「私が試しに開けてみよう。君と一緒にいられるようにな」

左のまぶたの奥がカリカリとひっかかれ、裂かれたような気がした。しばらくあって目を開けてみると、パッと視界が開けて机や物が見えたのである。喜んで妻に告げた。妻が仔細に調べると、左目の薄い膜が破れて小さな穴ができ、黒い瞳がつやつやと光って、山椒の実をむいたようだった。

一晩過ぎると、膜はすっかり消えてしまった。よくよく見ると、左目は結局、瞳が二つになっていた。もっとも右目は相変わらず渦を巻いたようなままだったが。それで左右各々の瞳の中にいた小人二人は、左目一つの中に同居したということがわかった。方棟は片目ではあるが、両目が見える者より、もっとはっきり見えるようになった。それ以来、ますます身を慎んで励んだので、村中の人々に仁徳を讃えられるようになったのである。

異史氏曰く[5]——

村のある士人が友人二人と連れ立って出かけたところ、遥か前方に若い女性がロバに乗っているのが見えた。彼はふざけて、節をつけて「美しき人あらん」と歌うと、友人二人をふり返り、「追っかけよう」と互いに笑いながら馬を走らせた。すぐに追いつくと、なんとその女は、息子の嫁だった。士人は顔を赤らめ、しょげて黙り込んだ。友人たちは知らんふりを装って、わざと卑猥な品定めをした。士人はきまり悪そうに、もぐもぐと「これは長男の嫁なんだ」と言った。友人たちは各々笑いをこらえ

5　司馬遷『史記』の本紀・世家・列伝では、各篇末に論評を記し、司馬遷の官職を用いて「太史公曰～」と始める。「異史氏曰～」はそれに倣うが、『史記』は「正史」なので、本書は在野の個人（蒲松齢）による怪異記録の意を込めた。

て、やっと口をつぐんだ。軽薄な輩（やから）というのは往々にして自ら墓穴を掘るもので、本当に滑稽だ。方棟が目つぶしを食らって失明することになったのは、鬼神の残酷な仕打ちに違いない。芙蓉城主とは、どういう神かわからないが、ひょっとして菩薩（ぼさつ）の現（あら）人神（ひとがみ）ではあるまいか。それはともかく、あの小人の君子が門戸を開いてくれたということは、どんなにひどい鬼神でも、人が立派に生まれ変わる場合には、必ず許すということである。

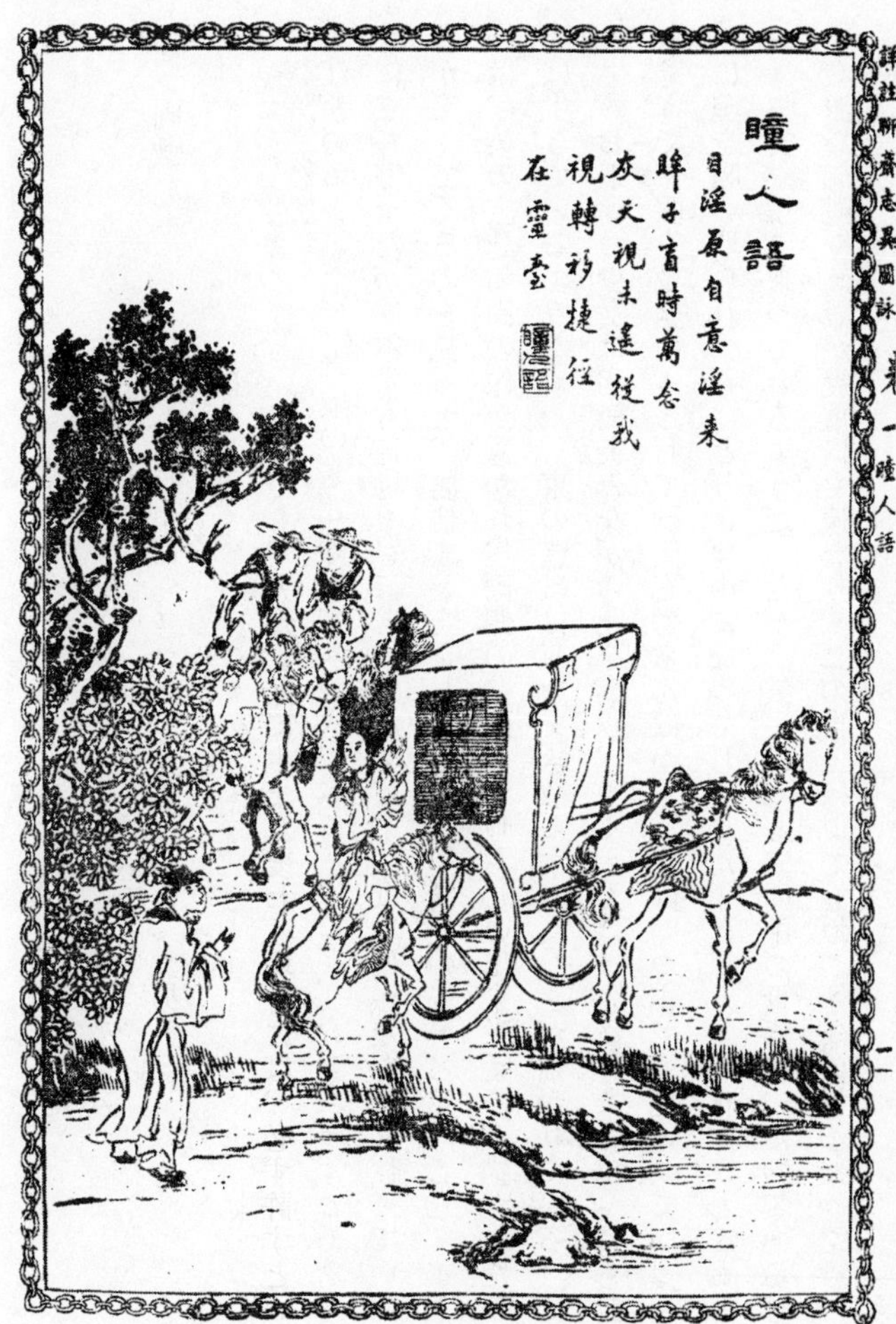
瞳人語
目淫原自意淫来
眸子盲時萬念
灰天視未遠從我
視轉移捷徑
在靈臺

2 画壁

（寺の壁画の娘に魅せられて、壁の中に入った男）

江西(こうせい)の孟竜潭(もうりゅうたん)が、孝廉(こうれん)[1]の朱(しゅ)と都に滞在していたときのこと。たまたま、とある寺院に立ち寄ったが、本堂も道場もさほど広くなく、中には老僧がただ一人住んでいた。客が入ってくるのを見ると、居住まいを正して出迎え、読経の場へと案内した。本堂には、梁(りょう)の宝誌(ほうし)[2]和尚の像が置かれ、両側の壁画は素晴らしい出来栄えで、描かれた人間は生きているようだった。東の壁には花をまき散らす天女たちが描かれている。その中のお下げの少女は、微笑(ほほえ)みながら花を摘み、さくらんぼうのような唇は今にも動きそうで、眼も生き生きとして秋波を送らんばかり。朱はいつまでも見入っているうちに魂を吸い取られ、うっとりと夢中になってしまった。と思うと、体がふわふわしてきて雲や霧に乗っているようだったが、気が付くと壁の中の世界にいたのである。立派な御殿や高殿が幾重にも連なり、この世とは似ても似つかない様子だった。一人の老僧が高座で説法しており、片肌脱いだたくさんの民衆が僧を取り巻いて聞き入っていた。朱もその中に混じって立っていた。しばらくすると、誰かがそっと彼の裾を引っ張る。振り返ってみると、あのお下げの少女で、にっこり笑うと去ってゆく。朱もすぐに後を追った。欄干を曲がって小さな部屋に入ったが、朱はためらって二の足を踏んでいた。するとこ娘は振り返ると手に持った花を高々と挙げて招く仕草をしたので、小走りに駆け込んだ。部屋の中はひっそりして誰もいない。朱は矢も楯もたまらず娘に抱きついたが、さほど拒むふうでもないので、そのまま情を通じたのだった。やがて娘は扉を閉めて出て行こうとして、咳もしないで隠れていてねと頼んだ。夜になると再びやってきて、そんなふうにして二日ほどたった。すると天女たちが感づいて皆で探し回り、朱のことを見つけた。彼女らはふざけて娘に言った。

1　親孝行で清廉潔白な人格者を推薦することによる官吏登用制度。漢代に始まり、清代でも光緒初年まで行われた。多くは地方官を与えられる。

2　六朝斉梁の高僧（四一八〜五一四）。宝公ともいう。分身術などの神異を現し予言がよく当たった。唐代にも異能が伝えられ、十一面観音の化神という信仰が確立した。常に帽子をかぶっていたので、その像も描かれたといい、敦煌壁画にも発見されている。

「お腹の坊やがもう大分大きいのに、まだ少女のようにお下げのままなの？」

それぞれかんざしや耳飾りを持ってくると、寄ってたかって髷（まげ）に結い上げた。彼女は恥ずかしそうに黙ったままだった。すると一人が、

「ねえお姉さまたち、ここに長居はよくないわ。お邪魔かもしれなくてよ」

と言うと、みんなはどっと笑って去って行った。朱が娘を見ると、髷は雲のようにふんわり高く結い上げられ、鳳凰（ほうおう）のかんざしがゆらりと垂れて、お下げのときとは比べられないほどなまめかしい。あたりに人がいないのをいいことに、またぞろべたべたし始めると、蘭麝（らんじゃ）[3]の香りが心をとろかすようだった。

喜びがまさに極まろうというとき、突然、革靴の音がコツコツ冷たく聞こえ、鎖がジャラジャラ響いた。と思うと、ガヤガヤうるさい人声もする。娘は驚いて飛び起き、朱と共に外の様子を窺うと、漆のような真っ黒い顔で鎧兜（よろいかぶと）に身を固めた獄吏が、鎖を束ね、槌を手にしている姿が目に入った。たくさんの天女たちが彼をぐるりと取り囲んでいる。役人が「これで全員か」と言うと、「はい、みんなです」と答えた。すると役人は言った。

「もし下界の人間を匿（かくま）っている者がいたら、今すぐ一人残らず申し出ろ。言わない

と後がこわいぞ」

天女たちは声をそろえて「いません」と答えた。役人は振り返って鋭い目つきで見回し、隠れている者を捜そうとするようだった。娘は恐怖におびえて、顔は死人のようになった。あわてて朱に向かって「早く寝台の下に隠れて」と言うと、壁の上の小さな窓を開けて、ひょいと逃げて行った。朱は腹ばいになって、息をこらしていた。突然、靴音が聞こえ、誰かが部屋の中に入ってきたが、また出て行った。しばらくすると騒ぎが次第に遠のいていったので、少しずつ落ち着いてきた。だが外ではまだ人が行き来して話す声がする。朱は長い間じっと身をかがめていたので、耳鳴りはするし、目もチカチカしてくる。辛抱できなくなってきたが、ひたすら耳をすまして娘が戻ってくるのをまだかまだかと待っていた。もはや自分がどこからここに来たのか、思い出しもしなかったのである。

同じころ、孟竜潭は本堂の中にいたが、一瞬にして朱を見失ったので、不思議に思って僧に尋ねた。僧は笑って言った。

3　「蘭草」（ふじばかま）と「麝香（じゃこう）」（ジャコウジカの雄の下腹部の香嚢（こうのう）から取れる香料）の香り。

「お友達は説教を聞きに行かれたのです」

「一体、どこへ」

「すぐそばです」

ほどなくして僧は指で壁を弾くと、呼びかけて言った。

「朱さん、遊びに行ったまま、一体いつまで帰ってこないのですか」

するとたちまち壁画の中から朱の像が現れ、立ちどまって聞き耳を立てて、様子を窺っているようだった。僧がさらに呼びかけて言った。

「お連れさんがずっとお待ちかねですよ」

朱はふらふらと壁から降りてきて、ぼんやりと突っ立ったが、目がすわり足は萎えたように心もとない。孟はギョッとしたが、なるべく心を落ち着かせて尋ねてみた。朱が言うには、寝台の下で腹ばいになっていたとき、雷のような大きな物音を聞いたので、部屋を出て耳をすまして様子を探っていたとのことだった。それから二人で壁画の中の花を摘んでいた少女を捜してみると、彼女は渦巻き型の髻を高々と結い上げて、もはやお下げ髪ではなかった。胸を衝かれた朱は老僧に平伏して、そのわけを尋ねた。僧は笑って言った。

「幻は人間自身が作り出すもの、拙僧ごときに何がわかりましょうや」

朱はげっそりとしょげてしまい、孟は驚きのあまりおろおろしていたが、二人はそそくさと立ち上がると、本堂の階を一段一段降りて出て行ったのである。

異史氏曰く――

幻は人間自身が作り出すもの、これは、道を悟った人の発する言葉である。人に淫らな心があればこそ汚れた世界が生ずるし、汚れた心があればこそ恐ろしい世界が生ずる。菩薩は愚か者を改めさせるために千変万化の幻を出現させるが、それはみな人々の心が自ら引き起こしたものに過ぎない。老僧の親切な教えがあったのに、朱がその言葉ですぐに悟りを得、髪を下ろして山に入ったと聞かないのは残念なことだ。

3 偸桃

「桃を偸(ぬす)む」(中国版ジャックと豆の木)

少年時代、郡の試験[1]を受けに行ったが、ちょうど春節(旧正月)にぶつかった。昔の風習では、年越しにはどの店屋も色取り鮮やかにかざりたて、太鼓や笛を鳴らして省の役所まで練り歩いた。この日は見物人が黒山のような人だかりだった。私も友人に誘われて遊びに出かけた。この日は見物人が黒山のような人だかりだった。一段高い役所の大広間には、赤い衣を着た四人の役人が、東西に向かい合って座っていた。当時、私は幼かったので、彼らがどういう役職なのかわからなかった。ただもう見物人の騒ぎ声がやたらうるさくて、太鼓や笛がにぎにぎしい。そこにクシャクシャ頭の童を連れて荷物をかついだ男が現れた。何か役人に申し上げたようだが、ワイワイガヤガヤざわめきに消されて、何を言ったのか聞こえなかった。ただ大広間で役人たちが笑っているのが見えるだけだったが、すぐに黒服の召使が大声で何か芸をするように命じた。その男は命令を聞くと、立ち上がって尋ねた。

「どんな芸をお望みで」

大広間では少し相談していたが、下役人が下りてきて、何が得意なのかと問うた。

「季節外れの物を出す事ができます」

と答えると、下役人がそれを上官に申し上げた。ほどなくして、下役人が再び下りてきて、桃を取ってこいと命じた。手品師は承知しましたと返事した。

男は上着を脱いで竹の箱の上に置くと、わざと恨めしそうな顔つきをして言った。

「お役人さまは、無体なことをおっしゃる。堅い氷がまだ融けていないのに、一体どこで桃を取ることができるんだい。だが取らなかったら、お偉い方の怒りを買うのが恐ろしいなあ。どうしたらいいんだろう」

するとその息子が言った。

1　「郡試」は、科挙（官吏登用試験）の予備試験「童試」の一つ、「府試」を指す。童試は、県試・府試・院試の三段階があり、それに合格して「秀才（生員の雅称）」と呼ばれ、科挙を受験できる。蒲松齢は、順治十五年（一六五八）、十九歳で「秀才」。この話のときには、県試に合格していて、府試受験に赴いた。

「父ちゃんはとっくに承知したんだから、もう断れないだろ」

手品師はかなり悩んでいたが、やっとのことで言った。

「よし、考えは決まったぞ！　まだ雪が残っている春の初めに、この世で桃なんか見つけられるわけがない。ただ西王母[2]さまの庭の中だけは、一年中、実がなっているというから、そこにはあるだろう。何が何でも天に登ってそれを盗んで来ればよい」

「エエッ、天は階段で登れるの？」

「そういう術があるのだ」

男はやおら箱を開いて、一抱えの縄を取り出した。およそ数十丈[3]の長さがあり、その端を手にすると、空に向かって投げ上げた。縄は何かに引っかかったように、空中にピンと立った。続けてどんどん高く投げ上げていくと、遥か彼方、先端が雲の中に入っていき、手の中の縄もなくなってしまった。それから子供を呼んで、

「さあ坊主、父ちゃんは年取って体が重くていうことをきかない。もう登れないから、お前、行ってくれないか」

そう話すと、縄を与えて「これを持って登れば天に行けるぞ」と言った。子供は縄を受け取ったが、ぶすっとした顔をして怨（うら）めしそうに言った。

「父ちゃん、そんな無茶だよ。こんな縄一本にすがって、おいらにあの高い高い天まで登らせようたって。もし途中で切れたら、骨だって見つからないや」

だが父親は、有無を言わさないぞという調子で言った。

「わしはもう約束しちまったんだ。後悔しても無駄だ。坊主、悪いが行ってくれ。大丈夫だ。もし桃をうまく盗めたら、褒美はたっぷりもらえるぞ。そしたらお前にとびきり美人の嫁さんをもらってやるからな」

それを聞いて子供はしぶしぶ縄を持つと、くるくるまわりながら登っていく。まるでクモが糸を這(は)うように手足を動かし、次第に雲の中に入って行くと、まったく姿が見えなくなった。

しばらくすると、どんぶりくらいの大きな桃が一個、空から落ちてきた。手品師は大喜びでそれを広間に持っていき、うやうやしく差し出した。広間の役人たちは、長

2　崑崙(こんろん)山にいるという仙女の最高神。その庭には、三千年に一度、実を結ぶ仙桃があるという。それを食べると寿命が延びたり、不老不死を得て、仙人になれたりする。『西遊記』にも記述がある。

3　清代の一丈は、約三・二メートル。

い間、互いに手渡してはジロジロ眺めていたが、本物かどうかわからない。不意に縄が地上に落ちてきた。手品師はギョッとして叫んだ。

「大変だ、天界で誰かが縄を切っちまった。坊主はどうすりゃいいんだ」

ほどなくしてドサッと何かが落ちた。見れば、子供の首だった。父は手に捧げ持つと、泣きわめいて言った。

「これはきっと桃を盗んだのが、見張り番に見つかっちまったんだ。ああ、もう万事休すだ」

さらに片足が落ちてきた、と思う間もなく手足と胴体が一つ残らずバラバラと落ちてきた。手品師は悲しみにかきくれて、一つ一つ拾っては箱の中にしまってフタをしめて言った。

「おいぼれには、この息子しかおりやせん。毎日南へ北へとわしについてきてくれやした。ただ今ご命令を受けたばっかりに、思いがけずこんなむごい目に遭っちまった。せめてこいつを背負って行って、埋めてやらなくては」

それから広間に上がるとひざまずいて言った。

「桃のために我が子が殺されやした。もし哀れとおぼし召したら、葬式代をお助けください。死んだ息子もきっとご恩に報います」

役人たちは驚き怪しみつつ、それぞれ父親に金を与えた。手品師は受け取って、それを腰に結わえてから、やおら箱を叩いて呼びかけた。

「八八ちゃん、出てきて礼を言わないのかい、なんでぐずぐずしてるんだい」

するとクシャクシャ髪の童の頭が箱のフタを押し開けて出てきて、大広間の役人たちに向かってうやうやしく敬礼したが、その子はまさに手品師の息子だったのである。

本当に不思議な術だったので、今でもまだおぼえている。後になって白蓮教徒[4]はこの術ができると聞いたが、それはこの親子の子孫かもしれない。

4　白蓮教創始者は南宋・慈照子元だが、当初から異端視された。元代、欒城（河北省）の韓山童が弥勒菩薩信仰を唱え、祈禱や護符によって病気を治し、悩みを解決し、幅広い信者を得た。政治的混乱が深まると、元に対する大規模反乱を起こした。清初は、邪教とみなされており、弾圧されて秘密結社となった。この話も異端の邪教というイメージを示唆する。『聊斎』には、「白蓮教」と題して教徒が、不思議な術を使う話（巻四―27）もある。

4 野狗

（野良犬の化け物。香港映画「キョンシー」の類話）

于七（うしち）の乱[1]では、麻を刈るように人が殺された。村民の李化龍（りかりゅう）という者が山からこっそり帰ろうとしたとき、夜間、行進してきた清の大軍にぶつかった。誰彼なく斬られてはたまらんと、急いで逃げようとしたが隠れる場所もない。仕方なくおびただしい死人の群れに倒れこんで、死体のふりをした。軍隊がすっかり通り過ぎても、まだしばらくじっとしていた。ふと見れば、首や腕のない死体が次から次へと立ち上がる。なかの一人は斬られた首がまだ肩の上にぶら下がっているが、

「野良犬さまの化け物が来たらどうしよう」

とつぶやいた。すると死体たちは、どれもこれも口々に「どうしよう」と言ったが、突然またバタバタと一斉に倒れ、しんとして物音ひとつしなくなった。

李は恐怖にガタガタ震えながら立ち上がろうとした。そのとき、何者かがやってきた。頭は獣、体は人間という怪物で、死人の頭に嚙みついて、次々に脳味噌をすすっている。李は恐れおののいて、頭を死体の下に隠した。だが化け物は近づいてくると、李の肩をぐっと持ち上げて頭をつかもうとした。李は力一杯、死体の下にもぐって、摑ませないようにした。すると怪物は李にかぶさっている死体をどけたので、頭がむきだしになってしまった。李はもうダメかと思いながら、腰の下をさぐると茶碗ほどの大きな石があった。それをしっかりと握りしめ、化け物が身をかがめて嚙みつこうとしたとき、がばっと立ち上がり、ワッと大声で叫び、顔めがけて石を叩きつけると、口に当たった。化け物は梟のような叫び声を上げると、痛そうに口を押さえて逃げて行った。道に吐き出した血があったので、近づいてみると血の中に歯が二本残って

1 于七、名は楽吾、字は孟熹、「七」は排行（〈恋〉の巻2「封三娘」注1参照）。山東省棲霞県（松齢の父祖の地である淄川の東）の人。挙人（官吏登用試験の一つ、各地方で行われる郷試合格者に与えられる終身保持の称号）。順治五年（一六四八）、岠嵎山を根拠地にして反清興漢の旗印の下、挙兵。一旦帰順後、順治十八年（一六六一）再度蜂起したが、翌年、清朝の大軍に殲滅された。鎮圧は残虐を極め、死屍累々の地獄絵が繰り広げられた。『聊斎』の「公孫九娘」（巻四―9）にも記述されている。

いた。中ほどが折れ曲がり先がとがっていて、長さは四寸余りもあった。懐に入れて持ち帰り皆に見せたが、誰も怪物の正体を知らなかった。

5　夜叉国

（漂流先は夜叉の国、果たして運命は如何に？）

交州[1]の徐という者は、海を渡って商売をしようとしたが、突如、船が大風に吹き流されてしまった。どこかに着いたようで目を開けると、鬱蒼と茂った奥深い山が見える。誰か人が住んでいてくれたらと願って船を岸に繋ぎ、干し飯と干し肉を背負って陸に上がった。山に入ろうとして見渡せば、両方の崖には蜂の巣のようにぎっしり洞窟の入口が並んでおり、中からかすかに声が聞こえてくる。入口に近づき、足を止めて中の様子を窺うと、二匹の夜叉[2]がいる。牙は戟[3]のように鋭く並び立ち、目は二つの炎のようにギラギラ輝き、爪で鹿の生肉を引き裂いて食っていた。

ぞっとしてあわてて逃げ去ろうとしたが、それより先に夜叉に見つけられてしまった。食うのを止めて向かってきた夜叉に捕まり、中に引きずり込まれた。二匹は鳥か獣のような声を発して話し合っているようで、徐の着物を引き裂いて今にも食おうとした。徐はブルブル震えながら、袋から干し飯と牛の干し肉を取り出して夜叉に差し出した。二匹はそれを分け合って食べるとうまかったらしくて、徐の袋をひっくり返そうとする。手を振ってもうないことを示すと、怒ってまたつかみかかってきた。徐は哀れな声で、

「どうか許してください。私の船に釜や蒸籠があるので煮炊きできますから」

と頼んだが、夜叉は言葉がわからず相変わらず怒っている。今度は手まねで話すと、少しはわかったようで、船までついてきた。道具を取り出して洞窟に運び入れ、薪を束ねて火を燃やし、食い残しの鹿肉を煮込んでからうやうやしく差し上げた。二匹は食いつくと気に入ったようで嬉しそうだった。夜になると大きな石で入り口を塞ぎ、徐が逃げるのを恐れているようだ。徐は彼らから離れた隅っこで体をまるめて横に

1　現在のベトナム北部と中華人民共和国広西チワン族自治区の一部が含まれる。中国漢代から唐代にかけて置かれた行政区域。

2　梵語yaksaの音訳。姿、容貌が醜怪で、人を害したが、後に仏に帰依して、毘沙門天の眷属として諸天仏法の守護神となる。

3　古代の兵器。三叉形の刺突用で、殷・周時代の戈と矛を合体させたもの。

なったが、いつ食われるのかと生きた心地がしなかった。

夜が明けると二匹はまた入口を塞いで出て行ったが、しばらくすると一頭の鹿を引きずってきて徐に与えた。徐が皮を剝ぎ、洞窟の奥から水を汲んできて数回釜で煮ているうちに、数匹の夜叉が入ってきた。皆で飲み食いし終わるとさかんに釜を指さして、釜が小さすぎると言っているようだった。三、四日して一匹の夜叉が大きな釜を一つ背負ってきた。人間が常に使っているものとよく似ていた。かくして多くの夜叉たちがそれぞれ狼や鹿を持ってくるようになり、煮終えて食べる段になると、徐を呼んで一緒に食べさせてくれた。

数日たつと夜叉は次第に徐に慣れてきて、出かけるときも入口を塞がなくなり、家族同然に過ごすようになった。徐のほうも次第に彼らの音声の意味を理解できるようになり、口まねをして夜叉国のことばを話すようになった。夜叉はますます喜んで、一匹の雌を連れてきて嫁にしてくれた。徐は初め、恐怖に駆られてまったく手を出すこともしなかった。すると雌がみずから股を開いてしがみついてきたのでしぶしぶ交わったところ、たいへんな喜びようだった。それからというもの、いつも肉を残して徐に食べさせてくれ、琴瑟(きんしつ)相和す[4]夫婦のようになった。

ある日、夜叉たちは早く起き出すと、それぞれ上等な真珠の首飾りをつけ、かわるがわる外に出て、高貴な客の訪問を待つようだった。徐には肉をたくさん煮るように命じた。何事かと雌に尋ねた。

「今日は天寿節[5]なの」

と言って出て行くと、夜叉の群れに向かって、

「徐さまには、首飾りがないの」

と言った。皆はそれぞれ五粒ずつはずして雌に渡し、雌自身は十粒はずし、合わせて五十粒にした。さらに野生の麻を紐（ひも）にして首飾りを作って徐の首に掛けた。徐が真珠を品定めすると、一粒が百両[6]をも超える代物だった。

それから夜叉たちは、連れ立って出て行った。徐が肉を煮終えると、雌が、

「天王さまにお目通りするの」

4　琴と瑟（大琴）の合奏の音色がよく調和することから、夫婦の仲のよさを喩える。
5　不明。夜叉国独自の節日か。後出「天王」の誕生日を祝う祭日と考えられる。
6　「両」は銀地金を貨幣として用いる秤量銀貨の通貨単位。日銭数両で一家十数人が暮らせたという（〈妖〉の巻1「王成」参照）。

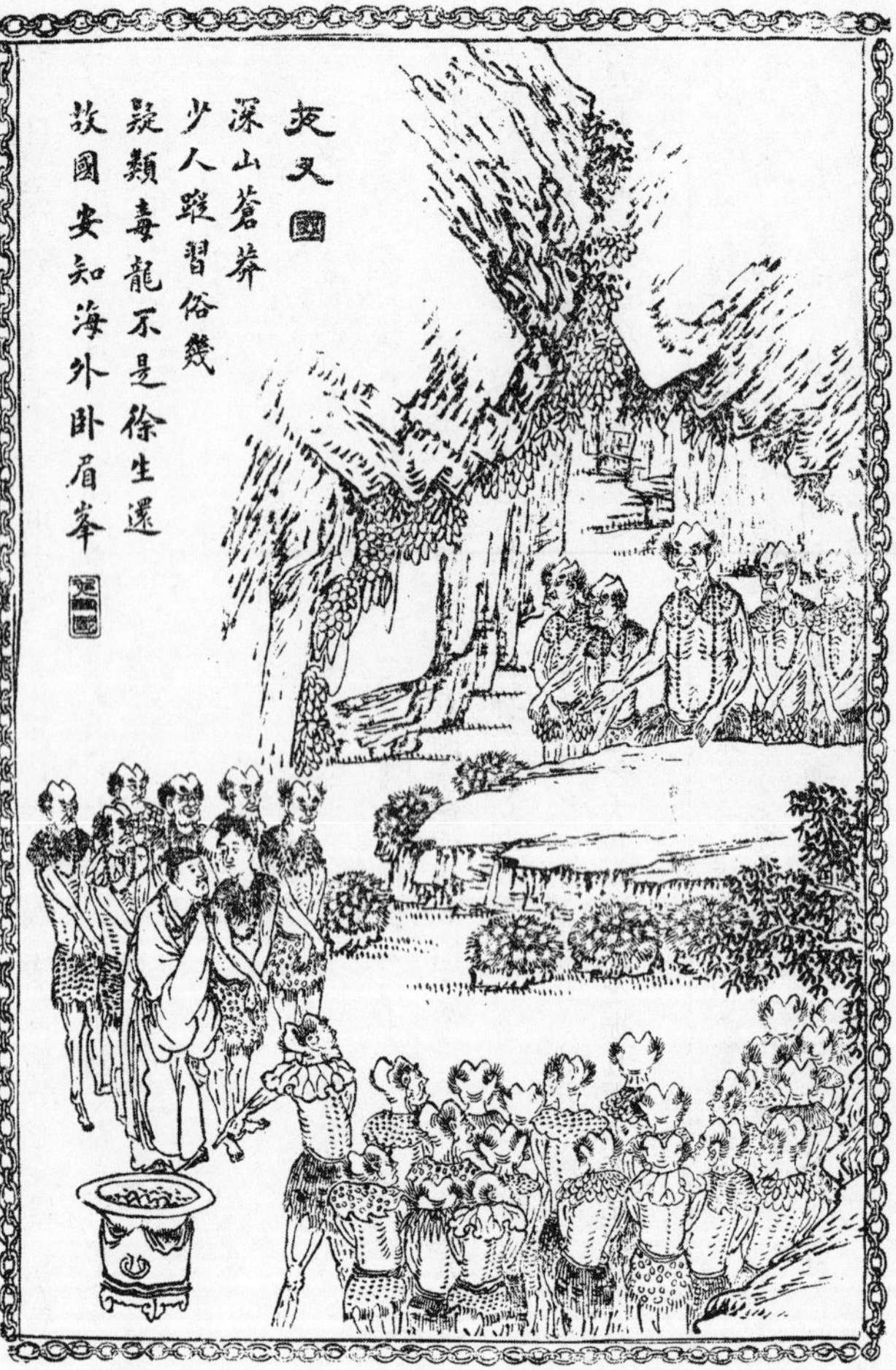

夜叉國

深山蒼莽
少人蹤習俗幾
疑類毒龍不是徐生還
故國安知海外卧眉峯

と迎えに来て、大きな洞窟に連れて行った。中はガランとして広い大広間のようで、真ん中にテーブルのようななめらかで平らな石が置かれ、その周囲にはぐるりと石の腰掛が並んでいる。上座と思しき石には豹の皮がかぶせられ、その他はすべて鹿の皮だった。すでに二、三十匹の夜叉が席を埋めていた。ほどなくして強い風が埃を巻き上げると、みなはあわてて外に出た。見れば、巨大な怪物が近づいてくる。夜叉によく似た姿をしていたが、ズカズカと洞窟に入ると上座にどっかとあぐらをかいて座り、鋭い目つきであたりを見回した。夜叉たちは後について入ると、東西に分かれて立ち並び、そろって頭を上げて、両腕で十字を作って交差させた。大夜叉は頭数を点検して、

「臥眉山の者たちはこれで全部か」

と聞いた。皆は一斉に「はい」と答えた。すると大夜叉は徐を振り返って見た。

「こやつはどこから来たのだ」

雌が婿ですと答えると、皆は彼の煮炊きの腕を褒めた。とすぐに二、三の夜叉が走り出て、煮えた肉を持ってくるとテーブルの上に並べた。大夜叉は手づかみで腹いっぱい食いつくすと、うまいうまいと口を極めて褒めたたえ、これからはいつも用意す

るように求めた。さらに徐を見て、

「おまえの首飾りは、なぜ短いのだ」

と言った。皆は、

「来たばかりで、まだ揃わないのです」

と申し上げた。怪物は、真珠の首飾りを首から外して手に取ると、十粒抜き取って徐に与えた。どれもこれも指の頭ほどもある大きさで、弾丸のように真ん丸だった。雌が急いで受け取り、徐のために真珠を首飾りに通してから徐の首に掛けた。徐も腕を交差して、夜叉語で礼を言った。それから怪物は風に乗って、飛ぶように立ち去った。夜叉たちはようやく残り物を食い、解散した。

四年余りして雌がにわかに出産した。雄二匹雌一匹の三つ子で、ともに人間の形をしていて母親には似ていなかった。夜叉たちはみなこの子供たちが気に入ったようで、いつもこぞってやってきては、あやしたりして可愛がった。

ある日、夜叉たちが餌探しに出て、徐がただ一人いるとき、不意に別の洞窟の雌が来ると、徐と密通しようとした。徐が拒絶すると、雌夜叉は怒って徐を殴り倒した。このとき徐の妻が外から帰ってきて、怒り狂ってつかみかかり、耳を食いちぎった。

そうこうするうちに雌夜叉の相手の雄が入ってきて、許しを請うて連れ帰った。それ以来、雌はいつも徐を守るように、一瞬たりとも離れようとしなかった。

さらに三年たつと、子供たちは歩けるようになった。そこで徐は人間の言葉を教えると、次第に話せるようになり、鳥のさえずりのような声ではあるが、人間らしい言葉を喋（しゃべ）った。子供といっても、山道を平坦な道のように走り回った。徐には普通の親子そのまま、よく懐いていた。

ある日、雌が息子の一人と娘を連れて出かけて行き、半日しても帰ってこなかった。そのうち北風が激しく吹き始めた。徐は故郷のことを思い出して切なくなり、息子を連れて海岸まで行ってみると、元の船がまだ残っている。それを見て、息子と一緒に帰ろうと話した。息子が母親に知らせに行くというのを徐は押し止（とど）めた。親子して船に乗ると、一昼夜で交州に着いた。

家に帰ると妻はすでに再婚していた。真珠を二粒はずして売ると莫大な値で売れ、すっかり豊かになった。

息子は彪（ひょう）と名付けた。十四、五歳で百鈞（きん）[7]の物を持ち上げることができ、粗暴で好戦的だった。交州軍の将軍に腕力を見込まれて、千総[8]に抜擢された。たまたま辺境で反乱に出くわし、向かうところ敵なしの大手柄を立てて、十八で副将となった。

そんな頃、ある商人が海に漕ぎ出したが、つむじ風に遭って臥眉に漂着した。岸に上がったちょうどそのとき、一人の少年を見かけた。少年は彼を見て驚き、中国人とわかると住まいを尋ねた。

商人が答えると、少年は彼を深い谷の奥まったところにある小さな洞窟へと連れて行った。外側には棘(いばら)が生い茂っている。外に出ないように頼んで立ち去ったが、しばらくすると鹿の肉を持ってきて商人に食わせ、

「私の父も交州の者です」

と言った。商人が尋ねると、父親は徐だとわかった。徐なら以前、旅商いで見知っていた。そこで、

「私はお父さんの知り合いで、息子さんは今、副将になっていますよ」

と言った。少年は、副将とは何の名前かわからないようなので、

「中国の役人の名だよ」

と言うと、

「役人というのはどんなものなのですか」

と尋ねるので、

「出かけるときは輿（こし）や馬に乗り、帰れば立派なお屋敷暮し。上から一声発せば、下では百人が〈はは〜〉と答える。お目にかかる場合は目を伏せ、足をかがめて立つんだ。これがお役人というものなんだ」

と言うと、非常に嬉しそうだった。商人が、

「父上が交州におられるのに、なぜいつまでもここに留（とど）まっているんだい」

と問うと、少年はこれまでの経緯を語った。商人が、父のいる南に行くように勧めたところ、

「僕もいつもそう思っているのです。ただ母は中国の人間ではなく、言葉も姿かたちも全く違います。それに仲間に知られたらかならず殺されます。それであれこれ考えて決まらないのです」

と言う。それから出て行く際に言った。

7　重さの単位。一鈞は、三十斤（一斤は約六〇〇グラム）。
8　明代に創始された軍部の下級武官。

「北風が起こるのを待っていてください。僕がお見送りに来ます。お手数をかけますが、父や兄に便りを送ってください」

商人はそれから半年近く洞窟に潜伏し、時々棘の奥から外を窺っていたが、山の中を夜叉が往き来するのを見て恐れおののき、決して出ようとしなかった。

ある日、北風が木の葉をざわざわ鳴らすと、少年が不意に現れるや、商人を引き連れて急いで逃げた。そのとき、

「お願いしたことを、どうかお忘れなきように」

と頼むので、承知したと言うと、肉を船中のテーブルの上に置いてくれ、商人はようやく帰途に就いたのだった。

まっすぐ交州に到ると、商人は副将の役所を訪ねて、見てきたことを具さに話した。彪はそれを聞いて悲しみに駆られ、訪ねて行こうとした。父親は荒海にはさまざまな妖怪が棲んでいて危険この上なく、とても敵わないと極力行くのを止めさせようとした。だが彪は胸を叩いて慟哭するので、止めることができなかった。

彪は交州の将軍に事情を報告し、兵士二名を従えて海に出た。だが逆風に行く手をはばまれ、半月もの間、海上を木の葉のように漂流した。見渡す限り四方果てなく、

すぐそばのところさえぼんやりと暗く、南か北か見分ける術もない。突如、空に届かんばかりの大波が、舟に襲いかかり転覆した。彪は海に落とされ、波に翻弄されながら浮き沈みしていた。大分たってから何者かに引きずられて、どこかに辿り着いたようだった。そこには家屋があり、一体誰がと見てみると、助けてくれたのは夜叉のようだった。そこで彪が夜叉語を発してみると、夜叉は驚いて質問したので、彪は行き先を告げた。夜叉は喜んで、

「臥眉は私の故郷です。先ほどは突然なことで、失礼しました。あなたは本来の航路を八千里[9]もはずれてしまいました。このまま行けば毒龍国で、臥眉への航路ではありません」

と言った。それから舟を探してきて彪を送ってくれた。夜叉が水中に入って押してくれたので矢のように速く、瞬く間に千里を進み、一晩で、もう臥眉の北岸に着いた。見れば若者が一人、岸辺で海の彼方を眺めている。彪は山には人間がいないと知っているから、もしや弟ではと思って近づいてみれば、果たして弟だった。手を取り合い

9　清代の一里は、五七六メートル。

声を上げて泣いた。それから母親と妹のことを尋ねると、ともに無事とのこと。一緒に帰ろうとすると、弟は引き留めてあたふたと去って行った。夜叉に礼を言おうと戻ってみると、すでに立ち去っていた。ほどなくして母と妹が来ると、彪を見てともに大声で泣いた。彪が迎えに来たと告げると、母は、

「そっちに行っても人にバカにされるだろう」

と言うので、彪は、

「わたしは今中国で大出世しているので、バカにする者など一人もいませんよ」

と説得した。こうして中国へ帰る段取りになったが、残念なことに風向きが逆ばかりでどうしても出発するのが難しい。親子して海岸をうろついていると、不意に帆が南に向けてバタバタ音をたてて動き出した。彪は喜んで、

「これぞ天の助け!」

と叫び、つぎつぎに舟に乗り込んだ。波は矢のように速く、三日で岸に着いた。彼らを見た人々は皆逃げて行った。彪は自分の衣類を脱いで、三人に上着やズボンを着せた。

家に帰りつき、母夜叉は夫に会うと怒り狂って、相談もせずに帰ってしまった恨み

辛(つら)みを激しく罵(ののし)った。徐はひたすら謝った。召使たちは女主人に挨拶に来たが、みなブルブル震えあがった。

彪は母親に中華の言葉を学ぶように勧め、錦を着せ、上等な米と肉を飽きるほど食べさせたので、母親も大いに喜び満足した。母も妹も満州族風の男装をしていた。数か月たつと次第に言葉がわかるようになり、弟も妹も段々肌が白くなってきた。

弟は豹(ひょう)、妹は夜児(やじ)といい、二人とも強くて力持ちだった。彪は自分が書物を読めないのを恥じて、弟に学問をさせた。豹は非常に頭がよく、儒学の経典や史書を一読しただけで理解した。だが、儒学を専門にしようとは望まなかったので、やはり大弓を引かせ、荒馬を乗りこなさせていたら、武科挙[10]の進士に及第した。そして阿遊撃(あゆうげき)[11]の娘

10 官吏登用試験である科挙の中で、武官を選抜する試験。文科挙と同様、武県試・武府試・武院試・武郷試・武殿試(ぶでんし)の順で行われ、最終合格者を武進士と称した。試験内容は、馬術や弓道、剣術などの実技や体力が試されるとともに、学科試験には『孫子』『呉子』などの兵法書が課された。

11 清代緑営軍（満州族の八旗とは別に編成された漢族主体の軍隊）に属す高級将校。初め正三品（正一品を最高位とする官位の等級）、順治十年（一六五三）以降、従三品。

を娶(めと)った。

夜児は異類との混血なので縁遠かったが、たまたま彪の部下の袁(えん)守備[12]が妻を亡くしたので、後妻にと命じた。夜児は百石(せき)[13]の大弓を引き、百歩以上先の小鳥を必ず射落とす腕前だったので、袁は出征するたびに常に妻を伴った。副将軍にまでなったが、その勲功の半ばは妻のお陰だった。

彪は三十四歳で提督の印を身に帯びた。かつて南征したときには母親も従軍し、大敵と向かうたびに、いつも甲冑(かっちゅう)に身を固め槍を取って息子のために応戦し、それを見た敵はみな恐れて戦意喪失した。詔(みことのり)により男爵に封じられたが、彪が母親に代わって辞退を上奏したので、夫人[14]に封じられた。

異史氏曰く――

夫人の号をもつ夜叉とは聞いたことがない。しかしながらよくよく考えてみれば、そう珍しくはない。どの家の寝床にも、一匹の夜叉がいるのだから。

12 緑営軍の下級武官。提督に属して営務を管理し、糧食などを職掌とする。

13 一石は四鈞、百二十斤の重量。

14 王莽（おうもう）が前漢を滅ぼして建国した新（八～二三）で始めた婦女に与える封号。明清では、一・二品官の母・妻に与えられた。

6　小猟犬

（小人の軍団とミニチュア猟犬）

山西の衛宰相[1]が生員[2]だったときのことである。世間のわずらわしさを嫌って、勉強部屋を寺の僧房に移したが、辛いのは、南京虫、蚊、ノミがやたら多くて、夜中、眠れないことだった。

食事の後、寝台に横になっていると、不意に小さな武人が現れた。頭髪に雉の尾を挿し、身の丈二寸ほど、イナゴぐらいの馬に乗り、腕にはめた青い弓籠手[3]にハエのような鷹をとまらせている。外から入ってくると、部屋の中をグルグル歩き回ったり駆けたりした。

衛公が目を凝らして見ていると、不意にまた一人入ってきた。これも身なりは同じで腰に小さな弓矢を束ね、大蟻ぐらいの猟犬を引いていた。

さらにしばらくすると徒歩の者、騎馬の者がどやどややってきて数百にもなり、鷹も数百、犬も数百になった。蚊やハエが飛び立つと彼らは鷹を放して攻撃させ、すべて殺しつくした。

猟犬は寝台に上がり、壁をよじ登ってはノミ、シラミを探して食いつぶす。隙間に隠れているのも一つ残らず嗅ぎ出して、わずかな間にほとんど殺しつくしてしまった。衛公が眠ったふりをして見ていると、鷹は公の体に留まり、犬は体の下に潜り込んだ。

やがて、黄色い衣を着て平天冠（へいてんかん）[4]をかぶった王者のような者が別の寝椅子に上がり、葦（あし）の敷物の端に四頭立ての馬車を繋いだ。侍従たちが皆馬を下り、飛んだり逃げたり

1　原文は「山右衛中堂」。「山右」は山の西側で山西省を指す。「中堂」は唐代の宰相が政治を行うところで、転じて宰相。「衛」は姓、名は周祚（しゅうそ）、山西曲沃（きょくよく）の人、諡（おくりな）は文清。官職は工部・吏部の尚書（長官）を歴任。順治十五年（一六五八）、文淵閣大学士を授かり、刑部尚書を兼任。その後保和殿大学士で、戸部尚書を兼任。康熙（こうき）十四年（一六七五）没。順治帝は彼の「謹厚」（慎み深く人情に厚いこと）を称賛したという。

2　科挙の予備試験の童試合格者で、府・州・県の学校に在籍する者。科挙を受験する資格がある。

3　弓を射るときに、弓手の袖に弦（つる）の当たるのを防ぐために、肩から手先まで包む布または革製の籠手の袋。

した獲物を献上し、みな王のそばにどっと集まり大騒ぎしていたが、何を言っているのかまったくわからなかった。しばらくして王が小さな輿に乗り込むと、侍従たちは各々あわてて馬に鞍を命じ、豆を撒き散らすような無数のひづめの音を立てて、もうもうと埃を巻き上げながら、あっというまに一人残らず消え去った。

衛公はまざまざと目のあたりにして、彼らがどこから来たのかもわからず不思議でたまらない。靴をはいて外の様子を調べたが、足跡一つなかった。部屋に戻って見回してみると、何もかも消えていた。と思うや、レンガ壁の上に細い犬が一匹残されている。あわてて捕まえたが、人によく馴れている。硯箱の中に入れて、矯めつ眇めつ眺めて撫でたりした。毛は極細の和毛で、首に小さな輪をつけていた。飯粒を与えると、ちょっと匂いを嗅いだだけで見ようともしない。寝台に飛び上がり、衣類の縫い目を探してシラミや卵を食い殺しては、またすぐに戻ってきて伏せていた。

一晩たち、もうどこかへ行ってしまっただろうと思って見てみると、元通りうずくまっていた。衛公が横になると、小犬は寝台の敷物の上に上がり、虫を見つけると食い殺し、蚊でもハエでも何一つ見逃さなかった。衛公はもうべた惚れで、大きな宝玉よりも大事にした。

ある日、昼寝をすると、犬は公の傍らに潜った。公が目をさまして寝返りを打ったとき、腰の下に押しつぶしてしまった。公は何か物があったように感じ、「もしや犬では」と思い、あわてて起きて見た。犬はすでにぺしゃんこになって死んでおり、切り紙細工のようだった。けれどそれからというもの、人を嚙む虫はまったくいなくなったのである。

4　「冕冠(べんかん)」の俗称。「冕」とは、冠の上に載せた板の前と後ろの端に紐状の飾り玉を垂らしたもの。天子のかぶる冠。

7　酒虫　（腹中の酒虫(しゅちゅう)退治）

長山県（山東省）の劉(りゅう)氏は、でっぷり太っていて大酒飲みだった。一人で飲んでも、その都度、カメ一つ空になるほどだ。城郭の外に三百畝[1]もの美田を持っていて、その半分に酒の原料になる黍(きび)を植えていた。富豪の家だったので、大酒飲みでも困らなかった。

あるとき、西域の僧が彼に会うと、その身に奇病があると言った。劉が、ないと答えると、僧は、

「あなたはいくら飲んでも、酔ったことなどないのでは」

と言う。

「その通りだ」

「それは酒虫のせいなんじゃ」

驚いた劉は、治療してほしいと頼んだ。

「たやすいことじゃ」

「どんな薬がいるのですか」

と尋ねると、薬は何もいらないと言う。ただ日の当たるところでうつ伏せに寝かせ、手足を縛り、顔の先五寸ほど前に、発酵して匂いたつ美酒を入れた器を置いただけだった。ほどなくして、喉がからからに渇き、飲みたくてたまらなくなった。酒のよい匂いが鼻の中に入り、欲望の炎がメラメラ燃えさかるのに飲めないその苦しさ。もうダメだと思った瞬間、急に喉の奥がむずがゆくなってゲエッと吐くと、まっすぐポトンと酒の中に落ちた。

縄を解かれてよくよく見れば、長さ三寸ばかりの赤い肉のようなもので、魚のようにくねくね泳ぎ回り、目も口もついている。

劉はびっくりしつつ礼を言った。お礼に金を差し出すと僧は受けとらず、ただその虫を欲しいと言う。

1　清代、「一畝」は、六・一四四アール。

酒蟲
漫因貧富歎途窮
翻悔當時去酒虫何
物番僧偏好事未
容長住醉鄉中

「一体、何にお使いになるのですか」

と尋ねると、

「これは酒の精じゃ。カメの中に水を貯め、虫を入れてかき回せば、すぐにうまい酒ができるんじゃ」

劉が試させると、その通りだった。それ以来、劉は酒を仇（かたき）のように毛嫌いするようになったが、体が次第にやせ細り、家も日ごとに貧しくなり、最後は飲み食いにも事欠くようになった。

異史氏曰く――

毎日酒一石（こく）[2]を飲み干しても家産は減らず、逆に一斗（と）[3]も飲まないのにますます貧しくなってしまった。飲食というのは、もとより運命が決まっているものなのか。ある人が「虫は劉の福で病ではなかったのだ。坊さんが彼を愚かとみて、まんまと術を用いたのだ」と言ったが、果たしてその通りか、否か。

2　清代、「一石」は、一〇三・五五リットル。

3　清代、「一斗」は、一〇・三五五リットル。

8 周克昌

（愚鈍なイケメンのドッペルゲンガー）

淮水(わいすい)[1]のほとりに住む周天儀(しゅうてんぎ)、年は五十だが、克昌(こくしょう)という名の男の子が一人あるだけでその子を溺愛していた。克昌が十三、四歳になった頃、容姿は大変すぐれていたが、生まれつき勉強嫌いで、なにかというと塾をさぼっては子供たちにくっついて遊び呆け、一日中家に帰らないのがいつものことだった。それでも父親は文句一つ言わなかった。

ある日、克昌が日が暮れても帰ってこないので、捜しにかかったが、影も形もない。周夫妻は泣きわめき、もう生きる甲斐もないというような有様だった。

一年あまりたったある日、克昌がひょっこり一人で帰ってきた。彼が言うには、

「ある道士に惑わされて連れて行かれたのですが、幸い殺されずに済みました。たまたま彼が外出したすきに、逃げて帰ってくることができました」

とのことだった。父は大変な喜びようで、それ以上、問い詰めなかった。ところが本を読ませてみると、利発さは失踪以前の倍ほどである。翌年になると、学問が格段に進歩し、郡の学校の試験を受けて合格し、その名を知られるまでになった。名家が先を争って縁談を持ち込んだが、克昌は一向にその気にならなかった。趙という進士の娘は美人だったので、父親は無理やり克昌に娶らせた。嫁が周家に入ると、若夫婦は仲睦まじく楽しそうだったが、夜になると克昌はいつも一人で寝てしまい、どうも夫婦の交わりはないようだった。

翌年、克昌は秋の郷試[2]に合格したので、父親はますますご機嫌だった。しかし段々年老いてくるので孫を抱きたいと日々願い、それとなく克昌を諭すのだが、克昌はぼんやり聞き流して理解できないかのようだった。母親は我慢できなくなり、朝な夕なくどくどと口に出して克昌を責めると、克昌は顔色を変えて怒り、

1　中国第三の大河。河南省の桐柏山に源を発し、安徽・江蘇二省を経て南流し、江都県の三江営で長江に合流する。

2　原文は「秋戦」、ここでは秋に行われる科挙試験。「郷試」は、地方レベルでの最上級試験。合格者を「挙人」という。

「僕は長いこと逃げ出したかったんだ。すぐに捨てきれなかったのは、育てていただいた恩があるからにすぎません。夫婦が枕を共にして、お望みに沿うようなことは僕にはできません。どうかやっぱり出て行かせてください。お気持に沿えるような者が、いずれまたやってきますから」

と言うなり出て行こうとした。母が追いすがって引き留めようとしたところ、克昌はバタリと倒れたまま消えてしまい、衣服や冠だけが抜け殻のように落ちている。母は仰天して、克昌は以前家を出たときにもう死んでしまっており、あれはきっと幽霊だったのだと思い、悲しみ嘆くばかりだった。

ところが翌日、克昌が下僕を連れて馬に乗って帰ってきた。家じゅう大騒ぎになったが、詰め寄って問いただすと、

「悪い奴にさらわれて金持ちの商人の家に売り飛ばされたのですが、その商人には子供がなかったので、僕を養子にしました。けれど養子に入った後で、思いがけず息子が生まれ、僕が家に帰りたいと言ったところ、帰らせてくれたのです」

と語った。帰ってきた克昌に学んだことを尋ねると、昔の愚鈍さに戻ってしまっていた。そこでこれこそが本物の克昌で、学校に入り郷試に及第したのは幽霊の偽者だっ

たのだと知った。しかしこのことがまだ世間に漏れていないことをひそかに喜んで、孝廉[3]の肩書をそのまま継がせることにした。

克昌が寝室に入ると、妻は体を寄せて睦みあおうとしたが、彼は顔を赤らめ照れくさそうにして、まるで新婚の者のようだった。そしてちょうど一年後、男の子が生まれたのである。

異史氏曰く――

古い言葉に愚鈍は人を幸福にするという。鼻、口、眉、目のあたりが少しばかり間が抜けている者には、必ずや幸運が後からついてくるものだ。きらきら光り輝くような人材には、幽霊も寄り付かない。愚鈍であれば、科挙及第の名簿にも、試験場の扉をくぐらなくても載せられるし、美人の嫁も七面倒くさい手続きを踏まなくても迎えられる。まして頼るべき基盤がちょっとばかりあり、それに加えて強い向上心がある者ならばなおさらである。

3　2「画壁」の注1参照。

9　阿英

（突如、婚約者と名乗り出て、結婚を迫る女は誰？）

甘玉は字を璧人といい、盧陵（江西省）の人である。両親は早くに亡くなり、玨という名の弟が残された。字を双璧といい、五歳になった頃から兄の玉が育てることになった。玉の性格は愛情深く、弟を我が子のように慈しんだ。玨は成長するにつれて、風貌は人並み優れ、その上聡明で文才にも恵まれた。玉はますます弟を可愛がって、いつもこう言っていた。

「わが弟は、誰が見ても素晴らしい。是非ともよい嫁をもらわなくてはいけない」

だが選り好みばかりしていたので、結婚には至らなかった。

甘玉はたまたま盧山の寺を借りて受験勉強していたが、ある夜、寝床についたばかりのとき、窓の外から女の声が聞こえてきた。覗いてみると、三、四人の若い女が地べたにむしろを敷いて座り、数人の下女が酒や肴を並べている。みな美人ばかりだった。ある女が言った。

「秦(しん)さん、阿英(あえい)はなぜ来ないの」

下手(しもて)にいた女が言った。

「昨日、函谷(かんこく)（河南省）から来るとき、悪者に右腕を傷つけられたのよ。一緒に遊べないと、とても残念がっていたわ」

するとある女が、

「その前の晩、気持の悪い夢を見たの。今でもまだぞっとして冷や汗が流れるわ」

下手の女が手を振りながら言った。

「言わないで、言わないで。今夜は女の子だけで楽しむんだから、恐(こわ)いことを言って気分を悪くさせないでよ」

女は笑って言った。

「あんたはほんとに恐がりね。まさか虎や狼があんたをくわえて行くとでも言うの。

1　成人後につける名前。公的場面や目上、年上の人に対して用いる。

2　原文は、「匡山(きょうざん)」。盧山の別称。江西省九江(きゅうこう)市南部の山名。周の匡俗(きょうぞく)が庵を結び、仙人になったという伝説に因(ちな)む。香炉峰(こうろほう)の遺愛寺などが有名。

黙れと言うなら、歌でも歌って酒の肴にしましょう」

閑階桃花取次開　　閑階の桃花　取次に（つぎつぎに）開き
昨日踏青小約未応乖　　昨日の踏青[3]　小約未だ応に乖くべからず
付嘱東隣女伴少待莫相催　　東隣の女伴に　付嘱す　少しく待て
相催す莫かれ
着得鳳頭鞋子即当来　　鳳頭の鞋子を着し得て　即ち当に来るべし

桃の花、静かな階に次々咲き乱れ、
昨日の野遊びでのお約束、決して違うはずもありません。
東隣の友達に頼んだから、しばしお待ちを。催促してはダメよ。
鳳の刺繍入りの靴を履いて、すぐにでもまいりましょう。

歌い終わるとみな褒めそやした。楽しく喋っていると、不意に大男が一人、威張りくさった様子で外から入ってきた。目は鷹のようにギラギラして、見るからに獰猛そうな顔。女たちは悲鳴を上げて、「妖怪が来た」と叫んであわててふためき、大騒ぎして鳥が飛び立つように逃げ去った。ただ一人、歌った女だけが怯（おび）えて身動きできず、捕まってしまい、泣きながら必死に抵抗している。大男はわめき声をあげて怒りだし、女の手に嚙みついて指を食いちぎり、そのままむしゃむしゃ食べてしまった。女は地面に倒れて死なんばかりだ。玉は可哀そうで我慢できなくなり、急いで剣を抜いて飛び出し、大男めがけて切りつけると股に当たり、一物が切り落とされた。深手を負って、大男は痛そうに逃げて行った。

女はようやく呻（うめ）くように言った。

「命を救ってくださって、どのように恩返しを致しましょう」

玉は初めて覗き見たときから心の中で弟のことが思い浮かんでいたので、そのことを女に告げた。すると女は言った。

「あたしのような愚か者は、とてもおそばに侍（はべ）ってお力になれません。弟さんには、

3　青草を踏むの意で、春の郊外に出かけること。また二十四節気の清明節を俗に「踏青節」ともいう。

ほかに良い人をお世話致しましょう」

女の苗字を尋ねると、「秦氏です」と答えた。

それから玉は床を敷いてしばらく休ませ、自分は布団を他の場所に運んだ。夜が明けて様子を見に行くと、寝台はすでに空っぽで、自力で帰ったのだろうと思った。それでも気がかりで近くの村を捜して回ったが、秦という姓の家は見つからなかった。親戚や友人にも頼んで捜してみたが、何の手がかりもなかった。帰宅して弟にその話をすると、ひどく残念がって気落ちしたようだった。

ある日、珏がたまたま郊外に野遊びに出かけたところ、道で十六くらいの娘に出会った。あでやかな容姿で彼を振り返るとにっこり笑い、何か言いたげな様子だ。あたりを眺め回した後、珏に向かって問いかけた。

「あなたは甘家の二男さまでしょうか」

「そうです」と答えると、

「あなたのお父さまは、以前、あたしとあなたとの婚約をお決めなさったのに、なぜ今になって約束を反故（ほご）にして、秦家と縁結びされるのですか」

珏は言った。

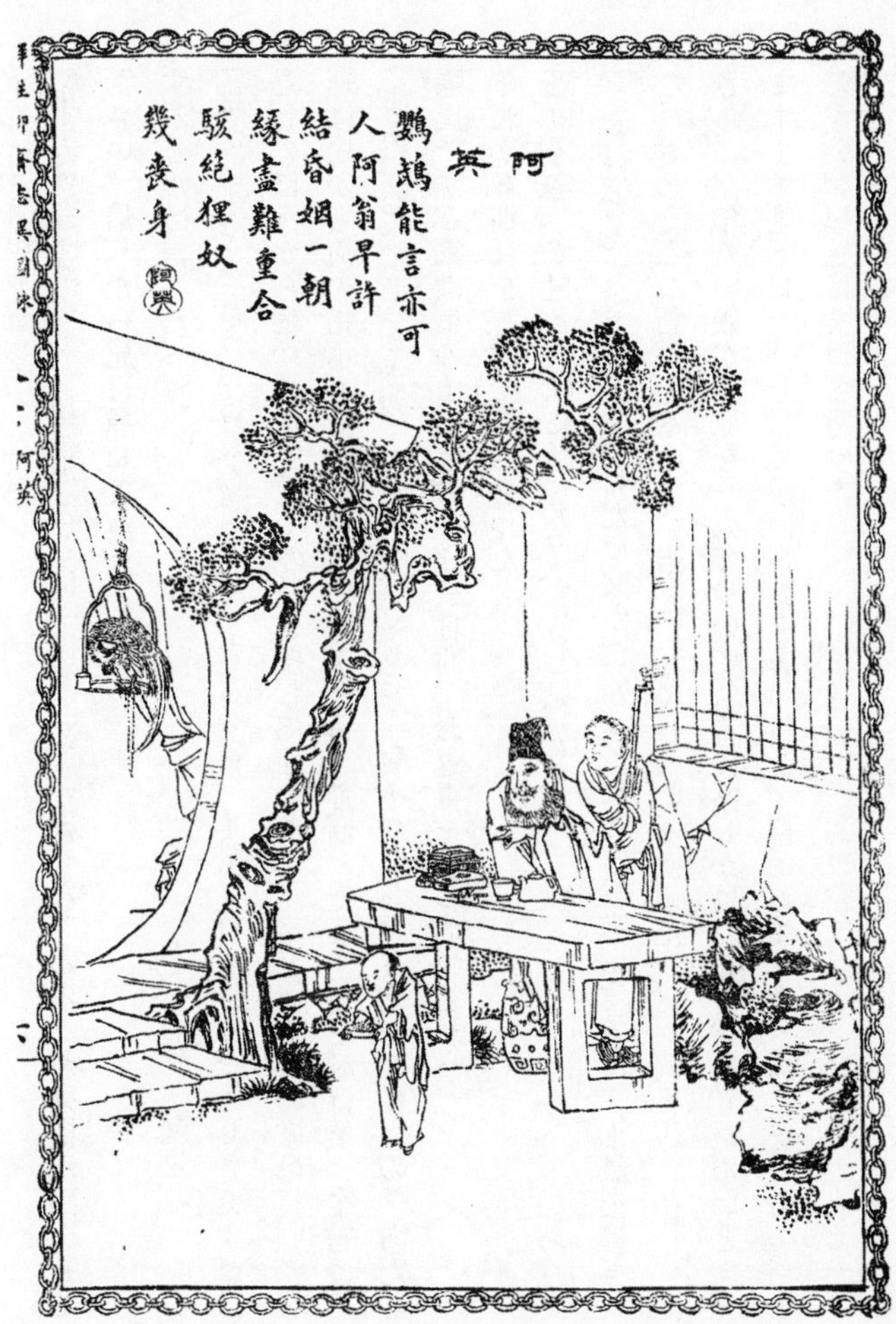
阿英
鸚鵡能言亦可
人阿翁早許
結昏姻一朝
緣盡難重合
駭絕狸奴
幾喪身
阿英

「小生は当時幼くて、縁組のことは一切聞いていません。どんなお家柄か聞かせてください。帰ったら兄に尋ねてみます」

すると娘は言った。

「細かいことを言うには及びません。ただ一言、承諾と言ってくださりさえすれば、あたしのほうから伺います」

珏は兄から何の指示も受けていないからと言って断った。すると娘は笑って言った。

「まあ、おぼっちゃまだこと！　今でもそんなふうにお兄さまがこわいの。あたしは陸氏です。家は東の山の望村よ。三日間、お返事を待っているわ」

それから別れを告げて立ち去った。

珏は帰宅して兄と兄嫁に話した。すると兄が言った。

「それはとんでもない出鱈目だ。父が亡くなったとき、私はすでに二十歳を過ぎていた。もしそんな話があるなら、当然、耳にしているはずだ」

さらに、年若い娘が野原を一人で歩いて若者に話しかけるなど、はしたないと、兄はますます見下した。そして娘の容貌を尋ねると、珏は首まで真っ赤になって一言も発しない。兄嫁は笑って言った。

「さぞかし綺麗な人なんでしょう」

すると玉は言った。

「子供に綺麗か否か、わかるもんか。たとえ美しくても、きっと秦さんほどではないよ。秦さんとうまくいかなかったら、その娘との話を進めても遅くはないさ」

珏は黙ったまま引き下がった。

数日後、玉は外出中、娘が一人、泣きながら歩いているのを見かけた。馬の鞭を垂らし轡（くつわ）を押さえて、横目でちらりと見ながら通ったところ、この世に二人といない類まれな美しさだった。下僕にわけを尋ねさせたところ、こう答えた。

「あたしは甘家の二男さんの元の許婚（いいなずけ）です。家が貧しくて遠方に引っ越したのですが、そのまま甘家と疎遠になってしまいました。最近ようやく帰ってきたのですが、甘家では気が変わって、以前の約束を反故にしたのです。兄上の甘璧人という人のところへ行って、あたしをどうするつもりか聞こうと思っているのです」

玉は驚きながらも喜んで言った。

「甘璧人、それは私だ。父が交わした約束を本当に知らなかったんだ。家はここからそう遠くないので、家で相談しよう」

それから玉は馬から下りると娘を馬に乗せ、自分は馬を曳きながら歩いて家に戻った。

娘は身の上を語り、幼名は阿英、家には兄も弟もなく、ただ母方の従姉の秦氏と同居しているとのことだった。それで玉はようやく秦氏が薦めた美人とは、ほかでもなく、この阿英だったことに気づいたのである。玉は彼女の家にこの縁談を告げに行こうとしたが、彼女は頑なにそれを拒んだ。玉は内心ひそかに弟が美しい嫁を迎えたことを喜んだが、その反面、彼女の軽率さが問題を起こすのではと危ぶんだ。だがしばらく暮らすうちに、彼女の立ち居振る舞いは誇り高く落ち着いていることがわかった。愛嬌があって親しみやすく、話が面白いところもあった。兄嫁には母親に仕えるように丁寧に接し、兄嫁も彼女をいつも可愛がった。

中秋の頃、珏と英が二人仲良く酒を酌み交わしていると、兄嫁が英を招いた。珏はせっかく楽しんでいるのに残念と思ったが、英は使いの者を先に帰して後ですぐに伺いますと伝えさせた。だが英は座ったまま笑い楽しみ、いつまでたっても行こうとする気配がない。珏は兄嫁がずっと待っているだろうと気が気ではないので、英をしきりに促した。だが英はただ笑うだけで、とうとう出かけることはなかった。

翌日、朝化粧が終わるころ、兄嫁が自ら出向いてきて、英を案ずるように尋ねた。

「昨夜は私と二人差し向かいでいたのに、どうしてふさぎ込んでいたの」

英は微笑(ほほえ)むだけだった。珏はこれは変だぞと思って、状況の食い違いを確かめた。

兄嫁は恐れおののいて叫んだ。

「妖怪でなければ、分身の術なんか使えるはずがないわ」

玉も恐くなって、簾(すだれ)越しに英に向かって告げた。

「我が家は代々仁徳を積んで、一度として恨みや仇(あだ)を受けたことはないのだ。もし妖怪なら今すぐ出て行ってくれ。どうか弟を殺さないでくれ」

すると英は恥ずかしそうに言った。

「あたしは元々人間ではありません。ただお父さまが昔ご縁を誓ってくださったので、秦の姉が勧めてくれて、こちらに参りました。自分は子を持つこともできないので、お別れしなくてはと前から思っていたのですが、お兄さまもお姉さまもよくしてくださるので、恋々として立ち去れませんでした。今はもう正体を疑われた以上、お別れいたします」

英はあっという間に鸚鵡(おうむ)に変身して、ひらりと飛び去って行った。

甘家の父は生前、一羽の鸜鵒を飼っていたが、とても賢かった。父は自分で餌をやって可愛がっていた。珏はその当時四、五歳だったが、鳥を飼ってどうするのと尋ねたという。すると父はふざけて言った。

「おまえの嫁さんにしようと思ってるんだよ」

鸜鵒の餌が乏しくなると、父は珏を呼んで言った。

「餌をやらなければ、おまえの嫁さんは死んじまうぞ」

家の者も皆そう言って珏をからかった。その後、鸜鵒は鎖を切って逃げ去った。昔の約束というのは、このことだったとようやくわかったのである。英が人間ではないとわかっても、珏は彼女が忘れられない。兄嫁は特に情をかけてやったので切なくて、朝晩すすり泣いていた。玉も後悔したが、どうしようもなかった。

二年後、玉は弟のために、姜(きょう)氏の娘を嫁にしたが、珏はどうしても気に入らなかった。

その頃、彼ら兄弟の従兄に広東の裁判官がおり、玉はそこを訪問して長く帰ってこなかった。留守中、たまたま土賊が乱を起こし、近隣の村落が荒らされて半ば廃墟のようになった。珏は大変恐れ、家族を引き連れて山中の谷間に難を逃れた。山には男女がひしめき合い、誰が誰だかわからないほどだった。ふと女の小声が耳に入り、英の声にとてもよく似ていた。兄嫁が珏に近づいて確かめるよう促したところ、果たして英だった。珏は狂喜して彼女の腕をつかまえて離さなかった。すると英は連れの人に言った。

「姉さん、先に行ってください。あたしは義姉(ねえ)さんに会ってきます」

兄嫁のところに行って向き合うと、兄嫁はさめざめとむせび泣いた。英は心からいたわり慰めた。それから「ここは安全な場所ではありません」と言って、帰宅を勧めた。皆は土賊が襲って来るのを恐れたが、英は「大丈夫」と言って、あくまでも帰宅すべきと言い張る。そこで皆そろって家に戻った。

英は泥を集めて入り口を塞ぎ、家から出ないようにと指示し、二言三言話すと身を翻して去ろうとした。兄嫁はあわててその腕をつかみ、下女二人に英の両足を捉えさせたので、英は止むを得ず留まることになった。だがどうしても自分の部屋に入ろうとしない。珏が何度も頼んで、やっと部屋に向かった。

兄嫁は、口癖のように、新妻の姜氏は珏の気に入らないと言っていた。すると英は朝早く起きて姜氏の身繕いを整えてやり、髪の毛を梳くと念入りに化粧をしてやった。見れば姜氏は数倍あでやかになった。こうして三日後、彼女は紛れもなく美人になった。兄嫁はその不思議な効果に賛嘆して言った。

「私にはもう子供ができないので妾を一人買いたいのだけれど、探す暇がないの。下女たちの中で、磨けば光る娘はいないかしら」

すると英は言った。

「綺麗になれない人はいませんよ。美人ならただ効き目がすぐなだけです」

そして下女たちみんなの容貌を調べると、色の黒い醜い女が男児を産む人相だと判じた。そこで彼女を呼んで洗顔させ、濃いおしろいに粉末の薬を混ぜたものを塗ってやった。三日後、赤い顔が黄色くなり、二十八日たつと皮脂がつややかに肌理に染み入り、紛れもなく美人になった。

門を閉じた中ではこんな風に毎日楽しく暮らし、兵乱が及ぶことなどまるで眼中になかった。

ある夜、家の周りがただならぬ騒がしさに包まれたが、甘家ではどうしようもなかった。急に門の間近で人や馬が大騒ぎする音が聞こえたが、そのうち喧騒は消え去った。夜が明けて初めて、村中、火に焼かれ略奪されたことがわかった。盗賊たちは一群となってしたい放題し尽くし、探し回っては、岩穴などに隠れていた者も、一人残らず殺したりさらったりした。甘家はそれを知って、すべては英のお陰と思い、神さまのように崇拝した。

ある日、英は不意に兄嫁に言った。

「あたしがここに来たのは、お義姉さんがよくしてくださった御恩が忘れられなくて、少しでも災難を避けられたらと思ったからです。お義兄(にい)さんはもうすぐお帰りです。あたしがここにいたら、諺にも言いますね。〈李(すもも)でもなく、桃でもない〉[4]訳のわからないおかしな人でしょ。あたしは一旦、出て行きます。機会があったらまたお邪魔しましょう」

兄嫁が旅の途中の夫は無事かと尋ねた。

「近いうちに大変な災難があります。ほかの人はどうしようもありませんが、秦家の姉が義兄さんのご恩を忘れず、必ず恩返しをするので、まったく心配ないはず

---

4 正妻でも妾でもなく、立場が不明の意。出典は未詳。

です」

兄嫁は英を引き留めてその夜は泊まらせたが、夜明け前にはもう姿を消していた。

玉は広東からの帰路、土賊の騒乱を耳にして昼夜兼行で道を急いだ。だが途中、賊に出くわし、玉も下僕も馬を乗り捨て、金を腰に縛り付けて茨の茂みに身を潜めた。すると秦吉了(さるか)が一羽飛んできて茨の上に止まり、翼を広げて彼らを覆った。玉がその足を見ると、指が一本欠けており奇異に思った。

突然、盗賊たちが四方から押し寄せ、草むらをくまなく捜し回っているようだった。二人はじっと息を潜めていた。賊が立ち去ってから、鳥はようやく飛び去った。玉は無事家に帰ってから、これまでのことを皆でそれぞれ話し合って、あの秦吉了は以前、玉が救った美人の秦氏だということがやっとわかった。

それから後、玉が遠出して帰らないと英は夕方必ずやってきて、玉が帰るころを見計らって早々と去って行った。珏は時には兄嫁のところで英に会った。時々、英を部屋に誘うと、英は承知しながらも赴くことはなかった。ある夜、玉が出かけたので、珏は英が必ず訪れるだろうと思って、暗闇に身を隠して待っていた。ほどなくして英がやってくると急に立ち上がり、行く手をはばんで部屋に連れて行こうとした。すると英は言った。

「あたしとあなたとのご縁はもうなくなってるの。それを無理に結べば神さまに忌み嫌われるわ。もっと余裕をもって、時々顔を合わせることにしたらどうかしら」

だが玨は聞き入れず、とうとう思いを遂げたのだった。

英は夜明けに兄嫁のところに行ったが、兄嫁は夜ではないので怪訝（けげん）に思った。すると英は笑いながら言った。

「途中で強盗に襲われたのです。お義姉さんには、ご心配をおかけしました」

二言三言話すと、そそくさと駆け去った。しばらくして巨大な猫が鸚鵡をくわえて、寝室の入口を通り過ぎた。兄嫁はギョッとして英だと確信した。そのとき、ちょうど洗髪していたが、洗うのをやめて大声で叫んだ。家中の人たちが出てきて大騒ぎになり、やっとのことで取り戻した。左の羽は血にまみれ、息もたえだえだ。膝がしらにそっと置いてずっと撫でさすっていると、次第に息を吹き返してきた。すると鸚鵡は自分のくちばしで羽を整え、やがて部屋の中を飛び回り始めると、兄嫁に呼びかけた。

---

5 九官鳥の別名。「八哥」「了哥」ともいう。知能が高く、人の言葉を喋る。

「お義姉さん、もうお別れよ。あたしは珏さんを怨みます」

羽ばたきしながら飛び去って、もう二度と現れることはなかった。

10 促織 （コオロギのもたらした禍と福）

明の宣徳年間（一四二六〜三五）、宮中でコオロギ（「促織」）合わせが流行して、毎年、民間からコオロギを徴集した。その種類はもともと西方の地には生息していないコオロギだったが、華陰（陝西省）の知事は上官のご機嫌伺いに一匹献上した。試しに戦わせたところなかなかの優れものだったので、常に献上を求められることになった。知事はそれを村役人に命じた。町の遊び人は、よいと思うコオロギを籠に入れて育て、値を高く釣り上げて金儲けの種にした。村役人も狡猾な輩は、この献納を口実にして各戸に税を割り当てたので、一匹を供出するごとに数軒の家の暮しが苦しくなった。

村に成名という者がおり、役人になるための受験勉強を長い間続けているが、どうしても合格しない。性格は朴訥で、ずるい村役人に部落長の役を押し付けられてしまった。なんとか逃げようといろいろ試みたが、うまくいかない。一年たたないうちに、ただでさえ少ない貯えがなくなろうとしていたとき、たまたまコオロギを求められた。彼は各戸への税負担など少しも考えず、さりとて代償に身銭を切る金もないので、悩み苦しんだ挙句、死のうとした。しかし妻が、

「死んでも何の得にもならないわ。それより自分でコオロギを見つけたらいいじゃないですか。どうか万に一つでも見つかりますように」

と言ったので、彼はなるほどと思った。朝早くから日が暮れるまで、水入りの竹筒と針金の籠を下げて、崩れかかった土手や草むらの石の下を探り、穴を掘り、あちこち、あらゆる方法を試して探してみた。すぐに二、三匹捕まえたが、希望には程遠い貧弱なものばかりだった。

知事は締め切りを守るように厳しく申し渡したが、十日あまりも過ぎてしまい、成は百叩きの刑で打たれた。両方の太腿は血の膿（うみ）にまみれて、虫探しどころではない。寝台の上で嘆き苦しみ、死ぬことばかり考えていた。

折しも村に背中に瘤（こぶ）のある巫女がやってきて、占いがよく当たるとのことだった。成の妻が謝礼を携えて出かけていくと、若い女や老婆が入り口を塞ぐように溢れてい

る。建物に入ると、窓もない部屋は簾で仕切られていて、その前に香を焚く机がある。占ってもらう者は鼎に香をくべて、二度お辞儀をする。巫女はそばに立って中空を仰いで祈禱する。唇がパクパク開閉するが、何を言っているのかわからない。客はそれぞれ突っ立ったまま耳を傾ける。しばらくすると簾の中から紙が一枚投げ出されるが、客の心に思っていることがどんぴしゃりと書いてある。

成の妻は礼金を机の上に置いて、前の人の真似をして香を焚き拝礼した。ほどなくして簾が動き、紙が投げ落とされた。拾って見てみると、文字ではなく絵が描かれている。真ん中に寺院のような建物があり、その後ろの小山のふもとには奇岩がごろごろ転がっており、針のような棘のある叢に青麻頭[1]という最上種のコオロギが伏せっている。そばに蝦蟇が一匹、今にも飛びかからんばかりだ。

あれこれ考えてみてもよくわからない。だがコオロギを見つめていると、何となく思い当たる節があった。その紙を畳んで持って帰り、成に見せた。彼は矯めつ眇めつ眺めているうちに、その絵はコオロギが取れる場所を示しているのではないかと考えついた。注意深く見てみると、村の東の大仏殿によく似ている。そこで無理をして起き上がり、よろよろと杖をついて、図を手に寺の裏に行った。古い陵墓が草深く盛り上がっている。その陵墓に沿って歩いて行くと岩がゴロゴロしているのが見え、それはまさにあの絵そのものの景色だった。

成は雑草の中を聞き耳をたてながら静かに歩いていった。針や塵を探すかのようで、目も耳も全力を尽くして疲れ果てたが、虫の影も見えず、何の響きも聞こえない。それでもやみくもに探し回っていると、でこぼこ頭の蝦蟇が突然、躍り上がった。成はハッと驚き、あわてて蝦蟇を追いかけた。蝦蟇は草の中に入った。そこを分け入って探すと、茨の根に虫が伏せっている。急いでつかもうとすると、石の隙間に潜り込んでしまった。尖った草の茎で、はじき出そうとしたが出てこない。そこで竹筒の水を灌(そそ)ぐとやっと出てきた。いかにも俊敏で強そうだったが、追いかけて手に入れることができた。よく見てみると大きな体に長い尾を持ち、黒っぽい首に金の羽がついている。大喜びで籠に入れて家に帰った。

一家中で祝い、天下の至宝を入手したよりもめでたいようだった。上等の鉢に入れ

1　コオロギ合わせで最も強いとされる種類。南宋・賈似道(かじどう)（一二一三〜七五）『促織経(きょう)』に「上品也」と見える。

て育て、白い蟹肉や黄色い栗の実を与え、至れり尽くせり大切に飼って、お役目を果たすべく献上する日を待っていた。

成には九歳になる息子がおり、父の不在を見計らってこっそり鉢を開けてみた。コオロギはぴょんと飛び出すやたちまち逃げ出し、すばしこくて捕まえることができない。バシッと打ってむずと捕まえると、すでに脚も折れ腹も裂けており、すぐに死んでしまった。子供は怖くなって泣きながら母に告げた。母はそれを聞いて真っ青になり、大声で子供を罵った。

「疫病神め。お前なんか死んでしまえ。お父さまが帰ったら、ただじゃすまないよ」

子供は泣きながら出て行った。しばらくして成が帰宅して妻の話を聞くと、氷を浴びせられたようだった。怒って息子を捜したが、どこにも姿が見えない。あちこち捜してから、井戸の中でその骸（むくろ）を見つけた。怒りはたちまち悲しみに変わり、息も絶えんばかりに嘆き悲しんだ。夫婦二人して部屋の隅で食事もせず、口をきく元気もなく、絶望に沈んでいた。

日が暮れようとするので、骸を藁（わら）で包んで埋葬しようとした。近づいて触ろうとすると、かすかに息をしている。喜んで寝椅子の上に横たえると、真夜中に生き返った。

夫婦はようやく少しほっとしたが、コオロギの籠が空っぽなのを見れば、がっかりして声も出ない。それにもう二度と子供を追及する気にもなれなかった。夜明けまでまんじりともせずにいたが、東の空に太陽がのぼってくると、仕方なく無理に横になって、くよくよと思いわずらっていた。

ふと戸口の外で虫の音が聞こえた。ハッと飛び起きて調べてみると、コオロギが当然のようにそこにいる。嬉しくて捕まえようとすると一声鳴いてさっと跳び去り、そのすばやいこと。手で包み込んだと思っても中にいないようなので、手をあけたとたん、ぴょんと高く跳び上がった。あわてて追いかけたが、曲がり角の垣根の隅で見失ってしまった。あたりをうろうろして見回すと、塀の壁の上に止まっているのが目に入った。観察してみると、身は小さく、赤黒く、先のものとはまったく違っていた。成は小さくてダメだと判断し、あたりを見回して先に追いかけていたコオロギを捜そうとした。すると壁にとまっていた小さいコオロギが、急に成の襟元に飛び込んできた。よく見れば形は螻蛄(けら)のようで、羽は梅の花模様、四角い頭に長い脚、なかなかよい種類のように思えた。嬉しくなってそれを籠に入れた。役所に献上しようと思ったが見立て違いかもしれないと不安になり、試しに戦わせてみようと考えた。

村にもの好きな若者がおり、コオロギを一匹飼って、それに「蟹殻青」という名前をつけていた。毎日のように仲間たちのコオロギと戦わせては、いつも勝っていた。それをよいことに一儲けしようとしたが、値段を高くしすぎて、買う者はいなかった。ある日、その若者が成を訪ねて来た。成が飼っているコオロギを見ると、口を覆ってクックッと笑ってから、自分の虫を取り出し、籠の中に入れて、比べて見せた。成がそれを観察すると、頑丈で立派ながたいで、比べるまでもなく彼は一人恥じ入った。だが若者は、是非試してくれと迫ってくる。成は貧弱なものを飼っていても何の役にも立たないし、それならお笑いぐさに一発撃ち合わせたほうがましだと考えた。そこで成の虫を、戦う鉢に納めたところ、まるで木の鶏の置物のように伏せったまま動かない。若者は、一層、ゲラゲラ笑い声を上げ、試しに豚の毛で虫の髯をつついたが、それでも動こうとしない。若者はさらに笑った。ところがしばしば挑発すると、突如、怒ったように暴れてまっしぐらに走りだし、敵に向かって殴りかかり羽を振るって声を上げた。見ているうちに飛び上がるや尾をピンとたて、髯をぐっと伸ばしてガブリと敵の首に嚙みついた。若者はびっくりして二匹を引き離し、戦いを止めさせた。小さいコオロギは羽を高々と挙げて誇らしく声を響かせ、勝ったことを主人に告げるようだった。成は大喜びした。

ちょうどそのとき、二人がコオロギを眺めている目の前に、一羽の鶏がコオロギを見つけて真っすぐに駆け寄ってきて啄(ついば)もうとした。成は大声を上げて立ち竦(すく)んだ。幸いにくちばしは命中せず、虫は、一尺余り飛び退(の)いた。鶏は力強く追いかけて、すぐに爪の下に押さえ込んでしまった。成は慌てふためき、どうしていいかわからず、真っ青になって地団駄踏んだ。ふと見ると、鶏は首を伸ばしてしきりに揺り動かしている。近寄って見れば、コオロギが鶏のトサカの上に止まって強く嚙みついたまま放そうとしない。成は飛び上がらんばかりに喜んで、コオロギを摘まみ上げると籠の中に入れた。

翌日、知事に進呈した。知事はその小ささを見て、成を叱り飛ばした。彼はその異能を説いたが、知事は信じない。試しに他の虫と戦わせたところ、成の虫は全勝した。さらに鶏でも試したところ、彼の言う通りだった。そこでようやく成に褒美をやり、コオロギを巡撫[2]に献上した。巡撫は、大層ご満悦で、金の籠に入れて天子に捧げ、その力のすごさを微に入り細をうがち上奏した。宮中に納められてからは、天下を挙げて献上された「胡蝶(こちょう)」「蟷螂(とうろう)」「油利撻(ゆうりたつ)」「青糸額(せいしがく)」などという名の勝(すぐ)れものすべてと戦わせたところ、成のコオロギに勝つ虫はいなかった。さらに琴の音色を聞くと、それに合わせて踊ったので、ますます珍重された。天子は大いに気に入られて、巡撫に名馬と緞子（どんす）[3]の衣を授けられた。巡撫はその由来を忘れず、知事を「卓異」（最優秀）という評価で言上した。知事は喜んで成の労役を免除し、また学政使[4]に頼んで県学に入れる資格を与えた。

一年余り後、成の息子は、すっかり正気を回復してこう言ったという。わが身は、コオロギに変身して敏捷で戦（いくさ）に強かったが、今ようやく蘇った、と。

巡撫も成に手厚く褒美を授けたので、数年たたないうちに田は百頃（けい）[5]、屋敷は楼閣が連なり、牛馬、羊は各々千頭、門を出るときの衣や馬のいで立ちは諸侯をも超えるほどだったという。

異史氏曰く——

天子がたまたまあるものを用いても、用が終わればそれを忘れてしまうこともあるが、お仕えする者は、すぐにそれを決まりと思いこむ。その上、官吏が欲深く暴虐な場合には、民衆は日々、妻を販（ひさ）がせ子を売るような不幸に陥り止めどなくなる。したがって天子の一挙手一投足はすべて民の命に関わり、おろそかにできない。ただ一人、この成氏は追い詰められて貧しくても、コオロギによって富裕になり、最後は意気揚々と着るもの乗るものにも恵まれた。彼が村落の長の役目を押しつけられて責めを受けたとき、豊かな結末には思いも寄らなかっただろう。天は誠実な者に報い、巡撫、知事にもコオロギの恩恵を与えた。こんな言葉を聞いたことがある。「一人が仙人になれたら、その鶏や犬まで仙人になる」[6]と。その通りだ！

---

2 明清時代、各省に置かれた官名。省の刑罰や民治および軍務を治めた。配下に参将、遊撃等がいる。従二品。
3 光沢があり、生地の厚い上質な絹織物。
4 中央から派遣されて、省の教育行政を監察し、科試も行う。
5 清代、一頃は、六一四・四アール。
6 俗伝に前漢の淮南王劉安が仙人になって飛翔したというが、そのとき、鶏と犬が庭の中に余った仙薬を舐めて飛翔したという（『列仙伝』）。

〈妖〉の巻

1　王成

（怠け者が狐妖のお陰で金持ちに）

王成（おうせい）は、平原（へいげん）（山東省）の旧家の息子だった。だが生まれつき大変な怠け者で、暮し向きは日ごとに傾き、小さなあばら家だけが残っていた。寝るときも牛用のむしろが布団代わりという有様で、妻と罵り合ってばかりいた。

折しも夏の盛りで耐えられない暑さだった。村はずれに昔から周（しゅう）氏の庭園があり、垣根も建物もすっかり朽ち果てたが、四阿（あずまや）だけが残っていた。村人はそこによく涼みがてら泊まりに来ており、成もそこで過ごすことにした。

夜が明けると、眠っていた者はみな出て行ったが、成は「紅日三竿（こうじつさんかん）」[1]、たっぷり朝寝して日が高々と昇ってから、やっと起きてきて、ぐずぐずしながら帰ろうとした。ふと見れば、草むらに金の簪（かんざし）が一本落ちている。拾い上げて調べると、細かい字で「儀賓府造（ぎひんふぞう）」[2]と彫ってある。王成の祖父は衡王府[3]の儀賓だったので、家の中にある古いものには、たくさんこの銘が彫られていた。そこでこの簪を手に取って、矯めつ眇めつしていると、急に老婆が一人やってきて簪を探している。成は貧しい身の上とはいえ、根が清廉潔白なので、すぐにそれを差し出した。老婆は喜んで、口を極めて彼の仁徳を褒めたたえた。

「簪の値はいくらもしないのですが、亡夫の形見なのです」

「御夫君とは、一体どなたですか」

と尋ねると、

「儀賓だった王柬之です」

と答えた。成は驚いて、

「エッ、それは僕の祖父です。どうして祖父と知り合われたのですか」

老婆も驚いて言った。

1 「三竿」は竿を三本継ぎ足したほどの高さ。日が高く昇ったさまで、派生して朝寝を喩える。詩には宋代から盛んに用いられる。「紅日三竿猶未だ起きず」（孫覿）など。

2 「儀賓」は、明清時代、親王・郡王の娘婿をいう。

3 「衡王」とは明・憲宗の子祐樿。成化二十三年（一四八七）、衡王に封じられた。

「つまりお前は王さまの孫なのかい。わしは何を隠そう、狐仙じゃ。[4]百年前、お前のじいさまと好い仲になったのじゃ。じいさまが亡くなられたので、老いぼれはそのまま身を隠したのじゃ。ここを通ったとき簪を落としてしまい、それがたまたまお前の手に入るとは、まさに天命じゃのう」

成も昔、祖父に狐の妻がいたと聞いたことがあったので、老婆の言葉を信じて、すぐに家にお迎えしたいと言うと、老婆はついてきた。

成は妻を呼び出して会わせたが、妻はボロボロの綿入れをまとって、栄養不良の青ざめた顔をしている。それを見た老婆は嘆いて言った。

「ああ、王柬之の孫ともあろう者が、なんでここまで貧乏になってしまったのか」

さらに崩れたかまどに煙もたっていないのに気付いて言った。

「こんな暮しでどうやって生きていこうというんだい」

妻はすすり泣きながら、細々と窮状を語った。すると老婆は簪を妻に与え、質屋で金に換えて米を買うように話し、三日後また来るからと言う。成が引き留めると、老婆は、

「お前は妻一人さえ満足に養えないのに、わしがいれば重荷になるばかりで、ちっ

ともいいことなんかないさ」

と言うや、さっさと去って行った。

成が妻に事の次第を話すと、妻はたいそう恐がった。だが成は祖母への恩義を諄々と説いて姑として仕えるように諭すと、妻はしぶしぶ承諾したのである。

三日たつと、老婆は約束通りやってきた。そして数両の銀貨を出して、粟と麦を一石（一〇三・五五リットル）ずつ買い入れさせた。夜は妻と共に小さな寝台で寝た。妻は最初気味悪がっていたが、老婆の心根が親身なのを感じ取って恐がらなくなった。

あくる日、老婆は成に向かって言った。

「孫よ、怠けちゃダメだよ。小さな商いでもするがいい。ブラブラ遊び暮らして、どうしてこの先、生きていけるんだい」

成が元手がないと告げると、こう言った。

「じいさまが生きておられたとき、金も絹も欲しいだけあったんだ。けどわしは人間じゃないからそんな物は必要ないので、たくさん取ったことはなかった。ただ化粧

4　神通力を持った狐。中国の北部や東北地方の民間信仰や俗説に見え、特に財産を守る神という。

代が貯まって四十両、これが今もまだ残っている。いつまで貯めていても使う時がない。その金を全部持って行って葛布（くずふ）[5]を買い、できるだけ早く都に売りに行けば、ちっとは儲けられよう」

王は老婆の言う通り、五十反余りを買ってきた。老婆は旅の支度を命じ、六、七日で都に着けると予測して、こう戒めた。

「いいか、くれぐれも怠けるでないぞ。急ぐのじゃ。一日遅くなったらきっと後悔するが、もう手遅れじゃ」

成はかしこまって、ハイと言った。そこで売り荷を袋に入れて旅路に就いたが、途中、雨に遭い、服から靴まで全身びしょぬれになった。成は普段こんな難儀に遭ったことがないので、すっかりまいってしまい、しばらく旅籠（はたご）で休むことにした。ところが雨がザーザーと夕方まで降り続き、軒の雨垂れは縄のようだった。一晩過ぎるとぬかるみがますますひどくなり、道行く人を見れば、泥の中にズボッと脛（すね）まで浸かっている。こりゃとても無理だと恐れをなし、昼まで待っていると、道はようやく乾いてきた。だが黒い雲がまたむくむくと広がって、一層、どしゃぶりになってしまい、結局、二泊することになり、ようやく出発したのだった。

都に近づいていくと、葛布の値が急騰しているという噂が伝わってきたので、内心ひそかに喜んだ。だが都に入って、とある宿屋に落ち着くと、亭主は一足遅かったと残念がった。というのも、これより前は豪雨で閉鎖されていた南方の道路が開通したばかりで、葛布の流通はほんの少ししかなかった。そんなとき、貝勒(ばいろく)[6]の屋敷が大量に購入したので値段が急に上がり、通常の三倍にもなった。ところが昨日で、もう十分買い取ったようで値が下がり出し、後から売りに来た者はみながっかりしたのである。亭主は事の次第を成に話し、彼は当てがはずれてすっかりふさぎ込んだ。日がたつうちに葛布はますますだぶついて、値はいよいよ下がっていった。成はそれでも儲けが出なければ売らないと思いつめた。十日以上待っていたが、食事代もたまってきて、悩みはますます深くなる。すると亭主はもう葛布を叩き売って、何か他に打つ手を考えたほうがよいと勧めたので、それに従った。残らずすべて売り払って、元手より十両余り損することになった。

5　原文は「葛」、ここでは「葛布」を指す。水に強く丈夫なので、袴(はかま)や仕事着、雨具などに用いられた。
6　満州語で「部長」の意。清朝では、満州族および蒙古出身者の封爵。郡王の下に位する。

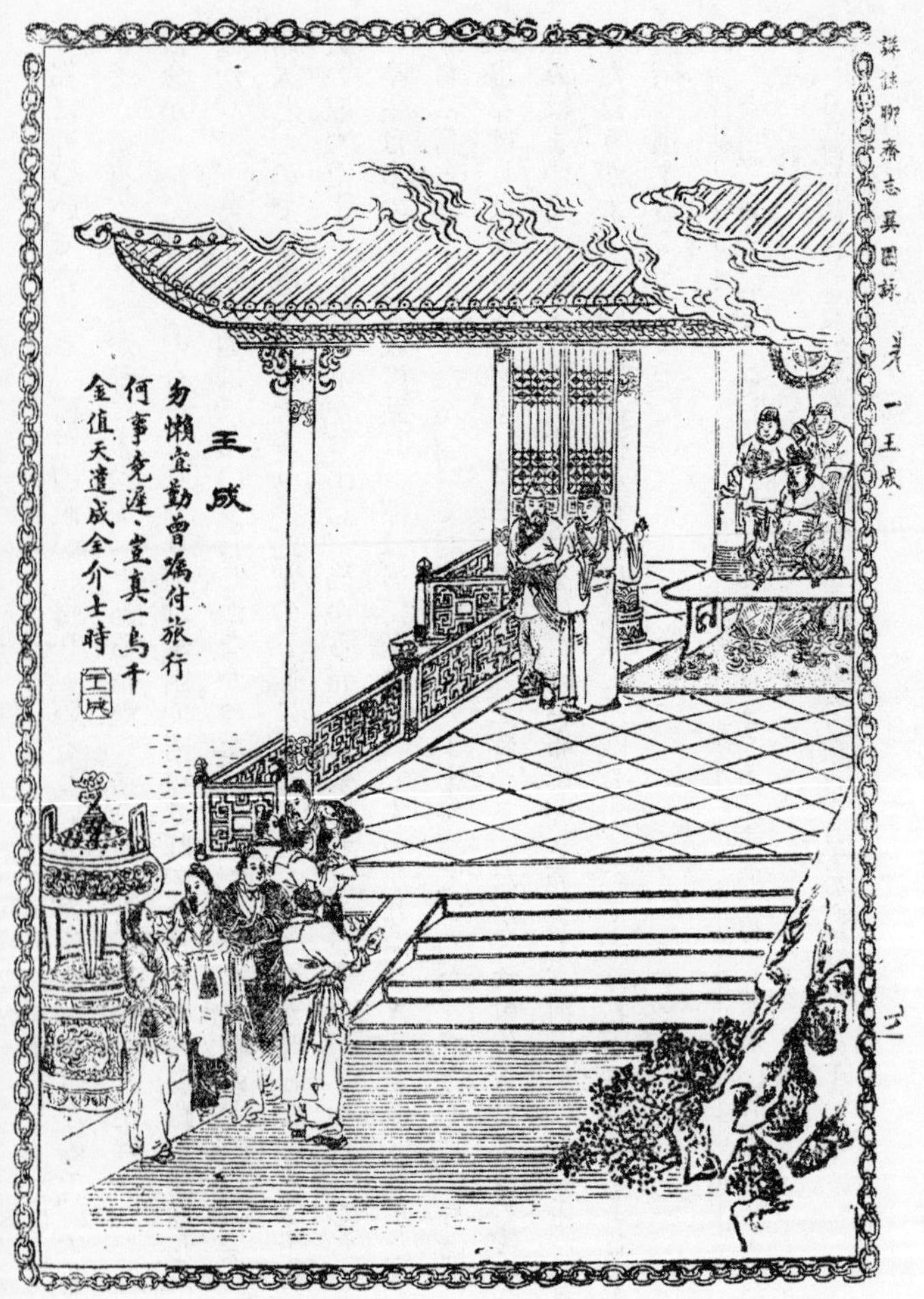
詳註聊齋志異圖詠　卷一　王成
王成
勿懶宜勤曾嫗付旅行
何事竟遲、豈真一鳥千
金值天遣成全介士時
王成

明くる朝起きて帰郷の支度をしようとして、巾着袋を開けてみると金がない。驚いて亭主に告げたが、亭主も為す術がない。ある人が役所に訴えて亭主に弁償してもらうように勧めたが、成は嘆きながら言った。

「これは僕の運命なんだ。亭主には何の罪もないよ」

亭主はそれを聞いて、彼の仁徳に大いに感じ入り、五両を贈り、彼を慰めて帰らせようとした。だが成は祖母に合わす顔がないと思い、絶望的な気持でぐずぐずしていた。

そんなとき、たまたまウズラの闘いを見かけたが、一回数千文にもなるし、ウズラは一羽百文余りで売買されている。これは金になると心が動き、巾着袋の中の金を数えると、何とかウズラを買えそうなので、亭主に相談をもちかけた。亭主はすぐに賛成し、その上儲かるまで宿代や食事代はいらないと約束してくれた。成は喜んで出かけていき、ウズラを二籠一杯買い込んで都に戻ってきた。主人は声を弾ませて、すぐに売れるようにと祈ってくれた。だが夜になると大雨になり、夜明けまで降り続いた。夜が明けると大通りは水に浸かって川のようになり、まだ降っている。成は泊まったまま晴れるのを待っていたが、数日間、一向に止む気配がない。

ウズラの籠を見に行くと、一羽また一羽と死んでゆく。成は心配でたまらないが、どうしようもない。一日たつとバタバタ死んでゆき、わずか数羽を残すだけになったので、一つの籠に入れて飼うことにした。一夜たって様子を見に行くと、たった一羽生きているだけだった。それを亭主に告げながら、思わず涙を流した。亭主も身を震わせて残念がってくれた。成はもはや金もなく、故郷にも帰れず、死ぬほかないと思いつめた。すると亭主は懸命に慰めてくれ、成と一緒にウズラを見に行き、じっと観察して言った。

「これはすごい奴かもしれん。他のウズラが死んだのは、多分こいつが殺したのだろう。あんたは差し当たって仕事がないんだから、こいつを仕込めば闘鶏の賭けで暮らしていけるよ」

成が亭主の言うとおりにしてウズラを十分訓練すると、亭主は街頭にウズラを持ち出して酒食を賭けさせた。ウズラはとても強くて、賭けるたびに勝った。亭主は喜んで成に金を与え、若い者と賭けて闘わせたら、三戦三勝したのである。

半年ほどすると二十両貯まった。精神的にもますますやる気が出てきて、そのウズラを自分の命と同じくらい大切に思うようになった。

当時、さる大親王[7]がウズラ好きで、毎年上元節[8]の祝日には、民間でウズラを飼っている者を屋敷内に入れてウズラ同士を闘わせていた。亭主は成に向かって言った。

「今こそ大儲けのチャンスだよ」

亭主は大親王のことを話し、王成を連れて一緒に出かけて、彼にこう言い聞かせた。

「もし負けたらがっかりして帰るまでのこと。万が一、あんたのウズラが勝ったら、親王さまはきっとウズラを買いたがるだろうが、それに応じちゃいけないよ。それでも是非欲しいと言ったら、わしの顔を見ろ。わしが頷（うなず）いてから、承諾するんだよ」

彼は「わかりました」と答えた。

屋敷に着くと、ウズラを持った人々が石段の下に溢れていた。しばらくして大親王が御殿から出てくると、家臣の者が声を張り上げた。

「闘いを望む者は、上に上がれ」

すぐに一人がウズラを手にして小走りに駆け上がった。親王が家臣にウズラを放す

7　「親王」の中の格上の者。「親王」は清代皇室中の爵号。郡王の上に位する。

8　旧暦正月十五日。小豆粥を作って、門戸神を祀る日。角戯（相撲）などをして楽しむ。

ように命じ、男のほうも放した。ほぼ一蹴りで男のウズラが敗れ、親王は大声を上げて笑った。それから次々に数人が上がっては敗れた。すると亭主が「もういいだろう」と言い、二人連れだって上がった。親王はウズラの顔つきを見て、「目が獰猛（どうもう）にふくれあがっている。こいつは強い奴だ。手強（てごわ）いぞ」と言い、〝鉄の嘴（くちばし）〟という名のウズラに相手をさせるよう命じた。二羽は一、二回飛び上がって闘うと、親王のウズラの羽が落ちてしまった。もっと強そうなのをと二度もウズラを取り替えて闘わせたが、二度とも負けてしまった。親王はあわてて宮殿の中の極上のウズラを持ってくるよう命じた。やがて召し出されたウズラは、鷺（さぎ）のように真白い羽で、神々しく俊敏この上なさそうだった。成はこれは負けると思って跪（ひざまず）くと、闘いを止めるよう願い出た。

「大王さまのウズラは神物です。私の鳥が傷つけられて、商売できなくなるのじゃないかと心配です」

親王は笑って言った。

「大丈夫だ、放せ。もし闘ってそちの鳥が死んだら、たっぷり償ってやるぞ」

それではと成はウズラを放した。すると親王のウズラは敵をめがけてまっすぐに走って来る。一方、成のウズラは獰猛な鶏のように伏せて待っている。親王のウズラが強く噛みつこうとしたまさにそのとき、鶴のようにパッと舞い上がって攻撃した。二羽の鳥は一進一退、飛び上がり、下がり、睨(にら)み合い、息も詰まるばかりの一刻。すると、親王のウズラに次第に疲れが見えてきた。一方、成のウズラはますます闘志満々で、激しく攻め立てていく。ほどなくして親王のウズラは雪のような白い毛をハラハラと落とし、だらりと羽を垂れて逃げ去った。

観客千人、みなホーッと感嘆と羨望の入り交じった声を上げた。親王は成のウズラを取り寄せると、自ら手に取って、嘴から爪までじっくり眺めてから、成に尋ねた。

「このウズラを売ってくれないか」

成は答えて、

「私には財産と呼べるものがなく、こいつだけが頼りの命綱です。とても売る気になんかなりません」

すると親王は、

「値段はたっぷりはずんでやろう。百両くらいは出してやるぞ。どうだ、気が変わったか」

成はうつむいて、かなり長い間考え込んでから言った。

「本当は手放したくないのですが、他でもない大王さまが気に入ってくださったのだから、私が何とか暮らしてゆけるようにさえしてもらえれば、お譲りしましょう」

親王が値段を聞くと、彼は「千両」と答えた。親王は笑って言った。

「バカ者め！　こいつがどれだけの珍宝で千両もするっていうんだ」

成は言った。

「大王さまは宝とは思われないかもしれませんが、私にとっちゃ、最高級の宝物よりもっと価値があるんです」

「どうしてだ」

「私が町中(まちなか)にこの鳥を持って行けば、毎日数両稼げてそこそこ粟に換えられ、一家十数人、みんなが飢えと寒さの心配をしなくてすむんです。これに勝るどんな宝がありますか」

親王は言った。

「では、お前の損にならないよう、二百両授けよう」

だが成は首を縦に振らない。親王はさらに百両増やした。成は亭主を見つめたが、亭主は身じろぎもしない。そこでこう言った。

「大王さまの御命令とあらば、百両下げましょう」

　すると親王は、

「やめた。一体だれがウズラ一羽に九百両も出すというんじゃ」

　成はウズラを袋に入れて帰ろうとしたところ、親王が呼び止めた。

「まあ、待て待て、ウズラ売り。それでは実際、六百両でどうだ。それでよければ売ってくれ。ダメならば、話はもうおわりじゃ」

　成はまた亭主を見たが、相変わらず悠然と構えている。だが成の願いは十分満たされていたので、せっかくの機会がなくなることを恐れて言った。

「それっぽっちの値段では本当は不満です。けれどこの話がおじゃんになったら、大王さまに恨まれましょう。しょうがない、大王さまの言い値で結構です」

　親王は喜んですぐに金を量って与えた。

　成はもらった金を袋に入れると、礼を言って外に出た。亭主は残念そうに言った。

「わしはあんたになんて言ったかねえ。それなのにあんたは焦って売っちまった。もう少し渋れば、八百両が手に入っただろうに」

宿に帰ると成は金を机の上に投げ出して、亭主にどうか欲しいだけ取ってくださいと言ったが、亭主は受け取らない。彼が是非にと迫ったら、ようやく食事代だけ計算して、その分だけ受け取った。

成は旅の支度を整えて出発し、家に帰ってこれまでの出来事を語った。そして金を出して見せて、皆で祝ったのである。

老婆は良田三百畝を買うように命じた。成は家を建て家具などを揃え、立派な諸侯の家のようになった。老婆は朝早く起きて、成に農作業の監督を、妻には機織りの監督をさせ、少しでも怠けると、そのたびにきつく叱った。だが夫婦とも素直に従って、恨みや愚痴も決して言わなかった。

三年過ぎると、家はますます豊かになった。すると老婆は家を出ると言う。夫婦で必死になって引き留め、泣いてかきくどいたら、老婆も思いとどまった。だが夜が明けてみると、その姿は消えていた。

異史氏曰く——

富というのは、すべて勤勉によって得るのであるが、この場合は怠惰によって得ている。どん底まで貧しくなっても、純朴な性格は変わらないとは知らなかった。天は最初、見捨てたようでも、最後は同情したのだろうか。怠けていても、本当に富貴になったとは！

2　画皮　（ぬいぐるみ美女の恐怖）

太原（山西省）の王という書生が朝早く歩いていると、若い女に出会った。包みを抱えて一人で小走りに歩いているが、弱々しい足取りで心許ない。王生が足を速めて追いついてみると、なんと十六くらいのあでやかな美人で、一目惚れ。そこで尋ねてみた。

「こんなに朝早く、なぜひとりぼっちで歩いてるんだい」

娘は答えて、

「行きずりの人なんかが、あたしの悩みを聞いてもどうしようもないわ」

王生は言った。

「まあ、そう言わずに。あんたは一体何を悩んでいるんだい。もし力になれるんだったら、お役に立ちますよ」

すると娘は暗い顔つきで話し出した。

「両親が金に目がくらんで、あたしを金持ちの家に売ったんです。でも奥さんがひどい焼き餅焼きで、朝には罵られ、夜にはぶたれるという有様。もう我慢できなくなって、遠くへ逃げようとしてるんです」

「一体、どこへ」

と尋ねると、こう言った。

「逃げようっていう人間に、目当ての場所なんかあるわけないわ」

すると王が、

「あばら屋だけど遠くないので、家に来ないか」

と言うと、娘は喜んでついてきた。彼は娘の包みを持ってやり、先に立って娘を連れ帰った。娘は部屋に誰もいないのを見て尋ねた。

「あなたのところには、なぜ家族がいないの」

「ここは書斎だから」

と答えると、

「よいところね。もしあたしを可哀そうに思って助けてくれるなら、どうか秘密にして他の人には漏らさないでね」

と頼んだので、彼は承知し、それから共寝(ともね)した。奥の間に匿(かくま)っていたので、数日たっても人に知られなかった。だが妻の陳(ちん)氏にチラと話すと、陳氏はその娘は大家の妾ではないかと疑い、家から追い出すよう勧めたが、彼は聞き入れなかった。

その頃、王生はたまたま市に出かけて道士に出会ったが、道士は彼を振り返り、驚いて尋ねた。

「何かに取り付かれたのじゃな」

「いいえ、別に何にも」

と答えると、道士は言った。

「貴公の身には邪気がまとわりついているぞ。それでも何にも出くわしていないと言うのか」

王生は一層、力んで否定した。すると道士は去って行ったが、去り際、こう言った。

「惑わされているぞ。世間には死に直面しているのに、気づかぬ者がいるもんだな」

王生は怪しげなことを言われたと気になり、もしやあの娘がと少し疑った。だがあれほどの美人が妖怪のはずはないと考え直し、道士のほうこそ、厄除けという口実で稼ごうとしている奴だと思った。

まもなく書斎の門まで戻ってきたが、中側から閉められていて入ることができない。何か企んでいるのではと怪訝に思い、垣根の崩れたところを乗り越えて入ったが、部屋の入口も閉まっている。足音を忍ばせて窓辺に近づき、そっと中の様子を窺うと、なんと凶暴そうな妖鬼がいる。顔は真っ青、歯はギザギザでノコギリのようだ。寝台の上に人形（ひとがた）の皮を敷き、絵筆を手にして色を塗っている。描き終わったのか、筆を置くと、皮を持ち上げ、衣類をさっと振るようにして体にすっぽり羽織ると、すぐに人間の姿になった。王生はこの様子をつぶさに見て腰をぬかさんばかりに驚き、はいつくばってそこから逃げた。

それから急いで道士を追いかけたが、どこに行ったかわからない。あちこち捜し回って、やっと野原で見つけ、深々と跪（ひざまず）いて助けを求めた。すると道士は、

「あ奴を退治してほしいのか。だが、あれも苦労して、ようやく身代わりになる人間を見つけたんだ。わしにしても奴を殺すのは忍びないんだが」

と言いながら、払子（ほっす）[1]を王生に与えて寝室の入口に掛けるように指示した。別れ際、次は青帝廟（せいていびょう）[2]で会うことを約束した。

王生は帰宅したが、恐くて書斎に入れないので寝室で寝ることにして、入口に払子を引っかけておいた。夜の八時頃、扉の外でギシギシという音がした。王生は自分で見る勇気もなく、妻に様子を窺わせた。女がやってきて払子を見ると、それ以上進めないでいる。立ったまま歯ぎしりしていたが、大分たってからしぶしぶ去って行った。だがしばらくして再びやってくると、大声で罵って、

「道士が俺をおどしてるんだな。そう思い通りには行かないぞ。せっかく口に入れたものを、やすやすと吐き出してたまるか」

と言うが早いか払子を取ってバリバリ砕き、寝室の扉を壊して入ってきた。と、いきなり王生の寝床に上がるや、腹をかっさばき、心臓をむんずとつかみ取って立ち去った。妻が大声で叫ぶと、下女が入ってきて明かりをつけた。王生はもう死んでいて、血まみれでぐしゃぐしゃになっていた。妻はショックと哀しみで、声も出せなかった。

翌日、陳氏は弟の二郎（じろう）を道士のところに知らせに行かせた。道士は怒って言った。

「わしはもともと奴を可哀そうに思っていたのに、妖怪め、そんなひどいことをしおったか」

道士はすぐに二郎についてやってきたが、女の姿はすでに消えていた。すると道士

は空を仰いであたりを見回して、

「幸いまだ遠くには行っていない。南側の建物は誰の家じゃ」

と尋ねた。二郎が、

「小生の住まいです」

と答えると、道士は言った。

「今、奴はお宅にいますぞ」

二郎はギョッとしたが、それはあり得ないと思った。すると道士が、

「見知らぬ人が来なかったかい」

と尋ねると、

「小生は朝早くから青帝廟に行ったので、よくわかりません。帰宅して聞いてみます」

1　獣毛や麻などを束ねて、柄をつけたもので、元は蚊やハエを追い払うために用いられたが、後に仏具となり、僧が煩悩を払ったり、説法のときにも用いる。

2　「青帝」は、中国古代神話の五帝の一人。五行説で東方に配される。道教で神として廟を建てて祀られている。

と答えて去って行ったが、しばらくして戻ってきて言った。

「おっしゃるとおりです。朝早くに老婆が一人やってきて、我が家の手伝いに雇ってくれと言ったので、女房は彼女を待たせていてまだ家にいます」

道士は、

「それこそあいつだ」

と言うが早いか、一緒に弟の家に駆け込んだ。道士は木刀を手にして、庭の真ん中に突っ立って叫んだ。

「悪鬼め、わしの払子を弁償せい」

老婆は奥の部屋にいたが、うろたえて真っ青になり、門を出て逃げようとする。道士が追いかけて一撃すると、バタッと倒れた。と同時に人間の皮がベリベリッとはがれ脱げて悪鬼の姿になるや、うつぶして豚のような叫び声を上げた。道士が木刀でその頭を叩き落とすと、もうもうたる濃い煙となり、地を這いめぐって渦巻きながら、高々と積もった。道士は瓢箪を出して栓をぬき、煙の中に置いた。すると口が息を吸い込むように、シュルシュルシュルと一瞬にして煙が瓢箪の中に吸い尽くされた。道士はそれに栓をして袋に入れた。残された人間の皮をみんなで見ると、眉目手足すべて備わっていた。道士がそれを巻くと、掛軸を巻くような音がした。これも袋に収め、別れて立ち去ろうとした。

陳氏が門のところで道士を迎えてお辞儀をし、慟哭しながら、夫を生き返らせて欲しいと願った。道士はわしにはできないと断ると、陳氏はますます悲しんで、地にひれ伏したまま立とうとしない。道士は考え込んでいたが、

「わしの術はたいしたことがないので、生き返らせることは本当にできんのじゃ。ある人物がもしかしたらできるかもしれん。行って頼めば、きっと叶うだろう」

「どんな人ですか」

と尋ねると、

「市場に頭がおかしい奴がいるじゃろう。しょっちゅう糞土の中で寝転がっている。一か八か、その者に声をかけて、必死に頼んでみるがよい。ただ、もしその者が奥さんを侮辱しても、決して怒ってはダメですぞ」

二郎もその人物をよく知っていた。そこで道士と別れて、兄嫁と一緒に出かけて行った。

乞食が道路で憑かれたように歌っているのを見つけたが、青洟を三尺も垂らして、

汚くてとても近づけない。だが陳氏はうやうやしく膝をついて進んでゆくと、乞食は笑って言った。

「いい女だ、俺に惚れたのかい」

陳氏は構わず事情を話した。乞食は一層、大きな笑い声をたてて、

「旦那の代わりなんか山ほどいるのに、なぜわざわざ生き返らせようとするんだ」

陳氏は必死になって、懇願した。

「変わった奴だ。死んだ夫を俺に生き返らせようと頼むとは。俺は閻魔(えんま)さまかい」

と乞食は怒り出して、杖で陳氏をなぐった。陳氏は痛さをこらえて、されるままになっていた。市場の人たちが次第に集まってきて、黒山の人だかり。すると乞食は手の平一杯にカッと痰を吐き、それを陳氏の口元に突きだして、「食え」と言った。陳氏は真っ赤になった顔を苦痛にゆがめている。だが道士の言いつけを思い出して、無理矢理ゴクンと呑み込んだ。喉の奥に入ると、古綿のような塊がゴロゴロと下って行くのを感じたが、やがて胸のところでつかえた。乞食は大笑いして、

「どうじゃ、別嬪がこんなに俺を好きだってよ」

と言いながら立ち上がって、振り返りもせずスタスタ去って行く。後を追うと、廟の

中に入っていった。追いかけて捜したが、どこにいるかわからない。あちこち闇雲に捜しても、何の手がかりもない。結局、恨みと恥にさいなまれながら帰ったのだった。陳氏は夫が亡くなった哀しみの上に、痰を呑まされた恥辱に追い打ちをかけられ、後悔しながら身もだえして号泣し、もはや今すぐにも死にたいと願うばかりだった。だがとにかく血を拭って亡骸（なきがら）を棺に収めなくてはならない。手伝いたちは立ちすくんで遠くから見守るだけで、誰一人近寄ろうとしない。そこで陳氏は遺体を抱きかかえて腸を収め入れようとしたが、そうしながらも大声を上げて泣いている。泣きすぎてむせ返り、急に吐きたくなった。と、胸の中でつかえていたものが、突如、突き上げてきた。顔を背ける暇もなく、気づけば遺体の腹の中に吐いていた。ギョッとしてそれを見れば、なんと人間の心臓だった。夫の腹の中でまだピクピクと跳ねていて、もやもやした熱気が立ち上っている。これは大変だと思って、あわてて両手で腹の皮をくっつけて、必死になってギュッと抱きしめた。少しでも緩めると、隙間から熱気が洩（も）れ出てしまう。そこで絹布を裂いてしっかり体を結わえた。死体を手で撫でていると次第に温かくなってきたので、布団をかけてやった。夜中に布団を開けてみると、鼻で呼吸をしていた。夜が明けると、遂に生き返ったのである。夫は陳氏に言った。

「ぼんやりして夢を見ているようだったが、ただ腹が何となく痛かったなあ」

裂かれたところを見ると、銅貨のようなかさぶたができていたが、しばらくしてそれも治ったのだった。

異史氏曰く――

世の男は実に愚かだ。明らかに妖怪なのに美人だと思い込む。愚かな奴は簡単に惑わされる。明らかに忠義なのに背信を疑う。夫は女色に溺れ、そのために妻も人の痰を呑まざるを得なかった。天道は、善には善、悪には悪とお返しを好まれる。だが愚かで迷っている奴は、それをまったく悟れないのだ。哀れなことよ。

3 嬰寧

（いつも笑っている娘の秘密）

王子服は莒（山東省）の羅店の人である。早くに父を亡くしたが、とても聡明で、十四歳で童試[1]に及第して秀才になった。母親は彼をこよなく愛して、普段も城外に遊びに行かせなかった。蕭家の娘を許婚にしたが、嫁入り前に夭折してしまった。そのためによい娘を探していたが、まだ見つからないでいた。

上元節の日に、たまたま母方の従兄の呉という書生が誘いに来て、遊びに出かけた。村はずれまで来たとき、呉の家の下僕がやってきて呉を連れ帰ってしまった。子服は遊びに来ている大勢の娘たちを見ると、興に駆られて一人でも構わず歩き続けた。すると梅の花の枝を手にして下女を従えた娘が現れた。この世に二人とはいない華やかな美貌で、笑顔はこぼれんばかりだ。子服は娘から目を離せなくなり、我を忘れて無遠慮に見つめ続けた。娘は数歩通り過ぎると、下女を振り返って、

「あの坊ちゃん、目がギラギラして盗賊みたい」

と笑いながら言うと、花を道路にポイと捨てて、そのまま去って行った。彼はがっかりして花を拾い、魂のぬけがらのようにしょんぼりして帰った。

家に着くと、枕の下に花を隠し、うなだれて伏せったまま話もせず、物も食べない。母親が心配して祈禱やお祓（はら）いをしたが、ますますひどくなり、げっそりと瘦せてしまった。医者が診察し、薬を与えて悪い物を発散させようとしたら、ぼんやりとして夢うつつのようになった。

母親がなぜこうなったのか、やんわり尋ねても、彼は黙り込んで答えない。たまたま呉が来たので、内緒で息子に問いただすよう頼んだ。呉が寝台の近くに姿を現すと、子服は彼を見てハラハラと涙を流した。呉は枕元に行って慰め、それとなく彼に尋ねた。子服は本心をすべて打ち明けて、何とか力になってくれるよう求めた。呉は笑って言った。

1　原文は、「入泮」。「泮」は「泮宮」（古代、諸侯が設けた大学）の意。「童試」は科挙の前段階の学校試。合格者は「秀才」（生員）と称された。〈怪〉の巻3「偸桃」注1参照。

「君もかなりのおバカさんだ。そんな願いなら簡単に解決できる。君のために捜してやるよ。野原を歩いていたというなら、きっと名家の令嬢ではないね。その娘がまだ婚約していなかったら、絶対話はまとまるよ。もしそうでなくても、大金を出せば必ずうまくゆくから。君は病気を治しさえすれば、それでよい。後は僕にすべて任せろ」

子服はそれを聞くと、思わずにっこりしたのだった。

呉は部屋を出ると、母親に子服の話を告げた。それからというもの、呉は村里で娘を捜し回ったが、隅から隅まで尋ね回っても、何の手がかりもない。母親はたいそう心配したが、どうしようもなかった。だが呉が帰ってから、子服は急に晴れ晴れとした明るい顔になり、食事もかなり進むようになった。

数日して呉が再びやってきた。子服はあのことはどうなったかと尋ねると、呉は嘘をついて言った。

「すぐに見つかったよ。誰かと思ったら、なんと僕の父方の伯母の娘、つまり君の母方の従妹だよ。まだ嫁ぎ先は決まっていない。親戚同士の婚姻という難点はあるが、実際に話をしたら、必ずまとまるよ」

子服は喜色満面になって尋ねた。

「どこの村に住んでいるんだい」

これにも呉は出まかせを言った。

「西南の山の中で、ここから三十里[2]あまりのところさ」

子服は話を進めるよう何度も何度も頼みこみ、呉は大船に乗った気でいろと言って、帰って行った。

それ以来、子服は次第に食欲が出てきて、日ごとに健康を取り戻した。枕の下を探ってみると、花は萎(しお)れていたが、まだ辛うじて残っている。それを手にとって思いに耽(ふけ)っていると、彼女が目の前に浮かぶようだった。そのうち彼は呉がとんと現れないのを不審に思い、短い手紙をやって呼ぼうとした。だが呉は何だかんだと口実をつけて、一向に来ようとしない。子服は腹を立てて不機嫌になり、母親は病気が再発するのを心配して、急いで縁談を進めた。だいたい候補を決めて話しかけるが、そのたびに子服は首を振って退ける。毎日ひたすら呉の来るのを待っていたが、呉からは何

2　「三十里」は、約一七キロメートル。

の音沙汰もなく、ますます恨みがましい思いを募らせた。だがふと三十里はそう遠くないから、何も人を当てにすることはないと考え直した。そこで梅の花を袖の中に入れると、勢い込んで出かけて行ったが、家族は誰も気がつかなかった。

子服は一人でとぼとぼ歩いて行ったが、道順を尋ねられるわけでもなく、ひたすら南の山を目指して進んだ。三十里以上行くと、山また山が群れ重なり、滴るような緑が肌に爽やかだ。ひっそりとして人影もなく、鳥しか通れないような道なき道があるばかり。遥か彼方の谷底を眺めると、花や木々が鬱蒼と茂る中、世を忍ぶように小さな村落があった。そこで山を下って村に入ると、見れば人家はほんの数軒、みな茅葺きで、なかなか風情がある。北向きの一軒は門前がすべて糸柳で、垣根の向こうには桃や杏が今を盛りと咲き誇り、間に長い竹が混じっている。中では野鳥も盛んに囀(さえず)っている。子服は誰かの庭園だろうと思って、図々しく無断で入るのを控えた。後ろを振り返ると、つるつるして清潔そうな大石があったので、そこに座ってしばらく休むことにした。

不意に垣根の中から若い女の声で、「小(しょう)ー栄(えい)ー」と長く引き伸ばして呼ぶ声が聞こえてきた。その声のつややかで透き通っていること！　それに聞き惚れていると、若い娘が一人、東のほうから西に向かってやってきた。彼女は杏の花を一つ取って、頭をかしげて自分で簪（かんざし）にしようとする。頭を上げた拍子に子服を認めると、簪を挿（さ）すのを止め、笑みを浮かべながら花を手にして、奥へ入ってしまった。彼女こそ、上元節の道で会った娘だ。子服は大喜び！　けれど入ろうにもとっかかりがない。伯母を訪ねてきたと言って呼ぼうとしたが、これまで行き来がなかったので、人違いになるかもとためらった。門の中には尋ねられるような人影もない。そこで立ったり座ったり、周囲をうろうろして、朝から日が傾くまでずっとその家を見守り続け、空腹も喉の渇きも忘れていた。時々娘が物陰から顔を半分出して様子を窺いに来て、彼が立ち去らないのを怪訝に思っているようだった。

突然、老婆が杖をついて出てくると、子服に向かって言った。

「どちらの殿御ですかな。聞けば、朝っぱらから今までずっとここにおいでだそうで。何のご用かな。ひもじくはないかのう？」

子服はあわてて立ち上がって、挨拶をしながら答えた。

「親類に会いに来たのです」

老婆は耳が遠いらしく、聞こえないようだ。そこで大声で繰り返すと、今度は、

「御親類の名前は何と申されるのじゃ」

と尋ねるが、子服は答えられない。すると老婆は笑って、

「おかしなこと、名前も知らないで、親類をお捜しとは。どうやらお前さまは読書バカのようじゃな。わしについていらっしゃい。粗食を進ぜよう。小さな寝台があるのでそこに泊まり、明朝帰られて、名前を確かめてからまた捜しに来られても、遅くはないじゃろう」

子服はやっと腹が減ったことに気づいて何か食べたくなったし、それ以上にあの美女に少しでも近づけると思うと、嬉しくてたまらなかった。

老婆の後について入ると、門内には白い石が敷き詰められた道が階まで延びており、道の両側の紅い花が階の上にハラハラと花びらを落としている。西へ折れ曲がって扉を開けると、庭一面に豆の棚や花台が溢れている。老婆は彼を案内して、建物に入った。部屋は白壁が輝いて鏡のようで、窓の外から海棠の花枝が伸びて、室内を覗こうとしている。敷物、机、寝台すべてが清潔で磨き込まれていた。腰を下ろすと、窓の外から誰かがこっそり様子を窺っている。老婆が、

「小栄、早くご飯の用意をするんじゃ」

と言うと、外で下女が「は～い」と叫んだ。

席に着いて子服が一族の話を詳しく述べると、老婆が、

「坊ちゃんの母方のおじいさまは、もしや呉姓ではないかのう」

と尋ね、子服が「そうです」と答えると、老婆は驚いて言った。

「それじゃあお前さまは、わしの甥っ子だ。母上がわしの妹になる。わしの家はもう何年も前から家運衰えて貧しくなり、その上、使い走りする男の子もいないので、往き来が滞ってしまったんだよ。甥っ子がこんなに大きくなったのも知らなかったんじゃ」

子服が、

「ここに来たのは、伯母さまにお会いするためです。ついうっかりしてお名前を忘れてしまいました」

と言うと、老婆は言った。

「この老いぼれは秦という姓で、後継ぎはいない。娘だけはおるが妾腹じゃ。あの娘の母親は再婚したので、わしに子育てを託したのじゃ。決してうつけではないが少々しつけが足りんので、遊んでばかりで苦労知らずなんじゃ。後で挨拶に来させよ

うぞ」

ほどなくして下女が料理を並べたが、丸々と太った雛鳥だった。老婆に勧められて食べ終わると、下女が食器を片付けた。すると老婆が、

「寧(ねい)ちゃんを呼んでおいで」

と言い、下女は「はい」と答えて去って行った。

大分たって扉の外から微かに笑い声が聞こえてきた。老婆は一際大きい声で、

「嬰寧(えいねい)、お前の従兄(にい)さまがここにおいでだよ」

と叫んでも、部屋の外でキャッキャッという笑い声が止まらない。下女が娘の背を押すようにして部屋に入れたが、娘は口をふさいでもまだ笑いが止まらない。老婆は目をむいて言った。

「お客さまがおられるのに、いつまでもクスクス笑ってばかりで、何たるザマじゃ」

娘が笑いをこらえて立つと、子服は娘にお辞儀をした。老婆は言った。

「こちらは王さま、お前の叔母さんの息子だよ。同じ一族なのに知らなかったとはおかしなことだ」

子服が、

「従妹の年は幾つですか」

と尋ねると、老婆はよく聞こえないようだ。それで彼が重ねて言うと、娘は再び笑い出して顔を上げられない。老婆は彼に向かって、

「しつけが足りないと言ったことがおわかりじゃろ。もう十六にもなるというのに、この幼さは赤ん坊と同じなんじゃ」

と言うと、彼は、

「僕より一つ年下です」

「そなたはもう十七なのか。それじゃあ、庚午(かのえうま)の午年じゃないかい」

子服がうなずくと、さらに尋ねた。

「それで嫁さんはどんな人だい」

「まだいません」

と答えると、

「こんなに賢そうで見栄えもよいのに、十七にもなってまだ嫁がいないのか。嬰寧もまだ嫁ぎ先がない。二人はまことにお似合いじゃが、惜しいことに親類同士ではのう」

子服は無言のまま嬰寧に見惚れていて、ほかを一瞬も見る暇さえない。下女は娘に小声で、

「目がギラギラして盗賊みたいなのは、直っていませんね」

と囁くと、娘はまたプッと吹き出した。そして下女を振り返って、

「碧桃が咲いたかどうか見に行こうよ」

と言うと、急に立ち上がり、袖で口元を覆ってチョコチョコ小走りに出て行ったが、門の外に出ると、こらえていた笑い声をワッとたてた。老婆も立ち上がり、下女を呼んで、彼のために寝具を準備させて言った。

「そなたはなかなか来られないのだから、四、五日泊まってゆっくりされるがよい。もし退屈なら、裏の小さな庭で気晴らしもできますぞ。読書用の本もありますぞ」

翌日建物の裏に行くと、老婆の言った通り半畝（約三アール）ほどの園庭があり、柔らかい草が毛氈（敷物）のように広がっていて、楊柳の白い花が小道に点々と落ちていた。三間ばかりの茅葺きの庵があり、花木がその四面を囲んでいる。花々の間を縫うように歩いていると、樹木の上のほうでザワザワ音がする。仰ぎ見れば、嬰寧が木の上にいる。子服がやってきたのを見ると、憑かれたように笑い出して、今にも落

ちそうだ。彼が叫んで、

「やめろ、落ちるぞ」

と言うと、娘は木から降りてきたが、なおも笑い続けて自分でも止めることができない。もう少しで地面に着きそうなところで手が滑って落ちてしまい、やっと笑うのをやめた。彼は助け起こしながら、そっとその腕に触った。すると娘はまた笑い出して、木に寄り掛かったまま歩けないほど笑っている。かなりたってから、やっと笑い止んだ。彼はそれまで待っていて、やおら袖の中から花を出して娘に見せた。娘はそれを受け取って言った。

「枯れてるわ。どうしてこんなものを持ってるの」

「これは上元節のとき、君が残していったから、取っておいたんだよ」

「取っておいたって、どういうつもりなの？」

「君をいとしく思って忘れないということの証なんだ。上元節で君に会ってからというもの、思いつめて病気になり、自分でも幽霊になるだろうと思ったんだ。でも思

3　白色の桃の花。または桃の実の一種で、仙人の食用ともいう。

いがけなく会うことができた。どうかこの切ない気持ちをわかってほしい」

するとと娘は言った。

「それって簡単なことよ。親戚なんだし、物惜しみなんかしないわ。お兄さまが帰られるとき、爺やに頼んで、庭の花をどっさり一荷物にして、背負わせて届けるから」

子服は思わず、

「君はうつけなのか」

「どうしてうつけなの？」

「僕は花を愛してるんじゃなくて、花を持っていた人を愛してるんだ」

「親類同士ですもの、特に愛とか言わなくてもいいんじゃないの」

「僕の言ってるのは、親類同士の愛なんかじゃない。つまり夫婦の愛だよ」

「何か違いがあるの？」

「夜、枕を共にすることだ」

娘はしばらく考え込んでから言った。

「あたしは知らない人と一緒に寝るのに慣れてないわ」

そう言い終わらないうちに下女が遠慮がちにやってきたので、彼はあわてて立ち去った。しばらくして老母のところで娘に会ったが、「どこに行っていたのじゃ」と尋ねられると、娘は花園で彼と話していたと答えた。すると老婆は、

「ご飯の用意はとっくにできたのに、一体何を喋っていたんだい」

「お兄さまはあたしと一緒に寝たいんだって」

娘がそう言いかけたので、彼は困り果てて、あわてて睨みつけると、娘は微笑んで言うのをやめた。幸い老母には聞こえなかったようで、相変わらずグズグズと問いつめているので、彼は急いで違う話をしてごまかした。そして小声で娘を咎めると、娘は、

「ああいうことは話しちゃいけないの？」

「あんなことは人前では言わないのだ」

「他人には隠しても、母さんには隠せないわ。それに寝ることは普通のことでしょ。なぜ隠すの？」

子服はその幼さを残念に思ったが、わからせる方法もなかった。

食事が終わった頃、子服の家の召使が、ロバを二頭引き連れて彼を捜しにやって

きた。

これより前のこと、子服の母は、彼がいつまで待っても帰ってこないので、これは大変だと思い、村中何度も捜しまわったが、結局何の手がかりもなかった。そこで呉のところに尋ねに行った。呉は以前、子服に言ったことを思い出して、西南の山村に行って捜すよう教えた。そこで召使は幾つもの村を通って、やっとここに辿り着いたのだった。

子服が門を出たところでたまたま召使に出会ったので、奥に戻ってすぐに老婆に知らせた。そして娘と一緒に帰りたいと願い出た。すると老婆は喜んで言った。

「わしがそう願っていたのは、昨日や今日のことではないのじゃ。ただ老いぼれの身では遠くまで行けん。お前さんがあの子を連れて行って、叔母さんに引き合わせてくれれば、本当に嬉しいよ」

嬰寧を呼ぶと、笑いながらやってきた。老婆は、

「何が嬉しくてそんなに笑ってばかりいるのじゃ。笑いさえしなければ、まともな娘なのに」

と睨みつけて言った。

「兄さんはお前を連れて帰ってくれるそうだ。早く支度するのじゃ」

そして召使を酒食でもてなしてから、見送りに出てきて嬰寧に言った。

「叔母さんの家は裕福だから、貧乏人一人くらい養ってもらえるよ。だからあちらに行ったら、当分帰らなくていいからね。そこで礼儀作法を身につけたら、この先、舅姑（しゅうとしゅうとめ）によく仕えられるじゃろ。そうなったら叔母さんに頼んで、お前のためによい相手を選んでもらえよう」

かくして二人は出発した。山のくぼ地まで来て振り返ると、老婆がまだ門に寄り掛かって、北のこちらのほうを見送っているのが遠くにぼんやり見えた。

家に着くと、母親はあでやかな彼女を見て、驚いて誰だと尋ねた。子服が、伯母さんの娘だと答えると、母は言った。

「以前、呉さんがお前に言ったことは、出鱈目（でたらめ）なんだよ。私には今はもう姉なんかいないから、姪がいるわけがない」

娘に尋ねると、

「あたしは今の母の本当の子じゃないのです。父の姓は秦ですが、亡くなったとき、あたしはまだ赤んぼで、何も覚えていません」

と答えた。すると母は、

「私の姉の一人が秦氏に嫁いだのは確かだけど、もうだいぶ前に亡くなったから生き返るわけがないよ」

と言ってから、姉の顔立ちを詳しく聞くと、痣やイボまで一つ一つぴったり合った。それにしても怪訝に思って、

「姉さんに違いない。でも亡くなって随分になるのに、なぜ今生きてるんだろう」

と疑い、思案しているところへ呉がやってきた。娘は遠慮して奥の部屋に引っ込んだ。呉は事の次第を聞いて、しばらく呆然としていたが、不意に、

「その娘は、嬰寧という名前かい」

と言う。子服がそうだと答えると、呉はなんと不思議なことだと思わず呻いた。なぜ名前を知っているのかと問うと、呉は語り始めた。

「秦家の伯母さんが亡くなった後、伯父さんはやもめ暮しをしていたが、狐に取り付かれて痩せて病死してしまったんだ。狐は伯父さんの娘を産み、嬰寧と名付け、産着にくるんで寝台に寝かされていたのを、召使たちはみんな見たそうだ。主人が亡くなった後も、狐はしょっちゅう赤んぼを見にやってきたが、その後、家の者が術師に

頼んで天師のお札を壁に貼ってもらったら、狐はとうとう娘を連れて去ってしまったんだ。その娘じゃないかな」

互いにあれこれ推測していると、奥の部屋からクックッという笑い声が聞こえてくる。それは嬰寧の笑い声だった。母が、

「あの娘はまったくおめでたいよ」

と言うと、呉は顔が見たいと願った。そこで母は部屋に入ったが、娘はまだ笑い転げていて振り返りもしない。母が部屋を出るよう促すと、どうにか笑いをこらえ、しばらく壁のほうを見つめ息を静めてから、ようやく出てきた。だがペコリと挨拶しただけで、さっと部屋に戻るやまた大声で笑い始めた。部屋中の女たちも、それでドッと笑ったのだった。

呉はその謎を確かめに行って、謎が解けたら仲人になりたいと申し出た。そこで娘の村を訪ねたが、庵も家もまったく見当たらず、山の花々が散り落ちていただけだった。呉は伯母を埋葬したところがそう遠くないことを思い出して、行ってみた。だが墳墓はもはや影も形もなく、何も見つけられず、がっかりして戻ってきた。

子服の母は、あの娘は幽霊ではないかと疑い、奥の間に入って呉の報告を話した。

すると娘は特に驚いたふうもない。さらに家がなくなって可哀そうにと同情したが、これにも格別悲しがる様子もなく、ケラケラとうつけのように笑うばかり。結局、誰も真相を推測しようがなかった。

母は彼女を年若い娘と一緒に寝させたが、夜が明けるとすぐにきちんと挨拶に来る。針仕事をさせると、誰も真似のできない器用さ。ただよく笑ってばかりいて、ダメと言ってもやめられない。けれどその笑いはにこやかで、激しく笑っても愛嬌が損なわれないので、人々はみんなその笑顔が好きだった。近所の娘や若い嫁たちは、競うように彼女と友達になりたがった。

母は吉日を選んで結婚式を挙げようと思ってはいたが、幽霊ではないかという恐れがどうしても拭えない。そこで日の当たっているところをひそかに観察したが、その影も姿形も怪しいところはまったくなかった。

式の日になり、娘を華やかに装わせ花嫁の礼を行わせたが、ひどく笑い出して、頭を上げ下げするお辞儀もできないので、式はとうとう中断してしまった。

子服は彼女が何か足りないようなので、房中の秘め事を人に漏らすのではないかと恐れたが、寧はそれだけは秘密にして一言も喋らなかった。母の気分が悪かったり怒ったりしているときも、寧が来て笑うとすぐに機嫌がよくなった。下女が何か失敗して鞭打たれそうなときには、いつも寧に頼んで母のところに一緒に行ってもらった。しくじった下女が母に謝ると、必ず許してもらえた。

寧は大の花好きで、親戚中の珍しい花々を探し求めた。金の簪をこっそり質に入れて、よい種を買い、数か月たつと階の下も厠も花で埋め尽くされた。

庭の奥に木香薔薇の棚があり、昔から西の隣家に面していた。寧はその棚に上がっては、花を摘んで簪にして遊んでいた。母は時たまそれを見つけては叱ったが、彼女は少しも改めようとはしなかった。

ある日のこと、西隣の息子が、彼女を見かけて夢中になった。寧は彼を避けないで笑っていたので、息子は自分に気があると思って、ますます惚れ込んだ。寧は笑いながら垣根の下を指さして降りたので、息子は逢引きの場所を示したのだと思って大喜びした。日が暮れてから行くと、やはりそこには女がいた。抱きついて事に及ぼうとしたら、陰部を錐で刺されたように激痛が心臓まで貫き、ギャッと叫んでひっくり返った。よく見ると女ではなくて、垣根のそばに倒れていた枯れ木で、息子は雨水が溜まった木の穴に突っ込んだのだった。隣家の父親が息子の叫び声を聞きつけて馳せ参じ、問いただしたが、息子は呻くばかりで何も言わない。妻がやってきてから、やっと事実を告げた。火をつけて穴を照らすと、中に小蟹くらいのサソリがいた。父は枯れ木を砕き、サソリをつかまえて殺した。息子を背負って家に帰ったが、やがて深夜に亡くなった。

隣人は役所に子服を訴えて、嬰寧は妖怪だと騒ぎ立てた。だが県知事は元々子服の学才に敬服しており、彼が品行方正な男だとよく知っていた。そこで隣の老父は出鱈目を言っているとして、棒たたきをして責めさせた。だが子服が老父の赦免を願ったので、釈放したのだった。

母は寧に向かって言った。

「お前がここまでバカだってことは、とっくにわかっていたよ。大きな喜びには憂いが潜んでるっていうからね。幸い長官さまがものの道理がよくわかった人だったから、罪にならずにすんだけど、もし愚かだったら、きっとお前を捕らえて役所で尋問しただろうよ。そうなったら倅（せがれ）は、親類に顔向けできないじゃないか」

彼女は神妙な様子で、もう二度と笑いませんと誓った。すると母は、

「人は笑わないではおれないよ。ただ時と場合を考えなくてはね」

と言ったが、寧はこの時以降、二度と笑わなくなった。わざと笑わせようとしても、とうとう笑わなかった。だからといって日がな一日、一度として悲しそうな顔をしたことはなかったが。

ある夜、寧が子服に向かってハラハラと涙を流した。彼は驚いて、一体どうしたのだと尋ねると、むせび泣きながら言った。

「昔はおそばに仕えてまだ日が浅かったので、気色悪いと思われるのが恐くて言い出せませんでした。でも今はお姑さまもあなたもとても可愛がってくださって、そのお気持を信じられます。ですから思い切って正直に申し上げますね。あたしは実は狐の子なのです。母が去るに当たり、幽霊の母にあたしの世話を頼んだのです。十年以上、育ててもらってここまでになりました。あたしには兄弟はいないので、頼りとするのは、あなただけです。養母は山の中で一人寂しく眠っています。誰も哀れに思って父と合葬してくれないので、黄泉では恨み嘆いているでしょう。もしあなたが面倒と思わず、お金も惜しまないで、地中の人の恨みを消してくだされば、女の子を産んだ人も、捨てたり間引いたりはしなくなるでしょう」

子服は承知したが、養母の塚が野草に埋もれてどこかわからないのではと心配した。

すると寧は「心配ないわ」とだけ言った。日を選んで、夫妻は棺を用意して出かけた。雑草が茫々と茂る荒野の中にもかかわらず、寧は塚の場所をすぐに示した。やはりそこに老婆の亡骸があり、肌はまだ生きているようだった。彼女は骸にとりすがって哀しみ慟哭した。二人は老婆を棺に納めて帰り、秦氏の墓を捜して合葬したのだった。

その夜、老婆が子服の夢に現れて礼を言った。彼は醒めてからそれを話すと、寧は、

「あたしは昨夜、実は母さんに会いました。旦那さまを起こさないようにと言われたものですから」

と言うと、子服はなぜ引き留めなかったのかと残念がった。すると彼女は言った。

「あの人は幽霊です。生きている人間が多いと陽の気が強くなってしまうので、長くはおれないのです」

子服が小栄のことを尋ねると、

「あの子も狐だけど、本当に賢かった。それで狐の母が、あたしの面倒をみるように残してくれたの。いつも食べ物を取って食べさせてくれたので、有り難くて、ずっと心から離れたことはないわ。昨日、母に聞いたら、もう嫁に行ったそうよ」

それ以降、毎年寒食[4]の日になると、夫妻揃って秦家の墓参りをし、欠かさず掃除を

して拝んだのだった。寧は翌年、男の子を産んだ。抱っこをしている頃から人見知りをせず、人を見るたびに笑い、その笑い顔は母親によく似ていたという。

異史氏曰く――

彼女のケラケラというバカ笑いを見ると、心肝のような大切なものが欠落しているようだ。だが垣根の下の悪さには、誰も敵わない聡明さが見て取れる。それに幽霊の母を悼む際には、笑うどころか、逆に慟哭した。わが嬰寧は多分、大切なものを笑いの中に隠していたに違いない。仄聞によれば、山中に「笑矣乎（わらいたけ）」という植物があるという。その匂いを嗅げば、笑いが止まらなくなるらしい。部屋の中にそれを置けば合歓（ねむ）や忘れ草の花も敵わないようだ。〝解語花[5]〟もよいが、わざとしなを作るところが、どうにも気に入らない。

4　冬至から数えて百五日めの日。この日の前後三日間は、火を使うことを禁じて、冷食した。春秋時代、晋の文公が、出仕を拒んで山中で焼死した介子推（かいしすい）を哀れんで定めた風習。

5　言語を解する花、すなわち美人の意。唐・玄宗が、楊貴妃の美しさを花に喩えて言った語（『開元天宝遺事』）。

4 双灯

（二つの提灯の先導）

魏運旺（ぎうんおう）は益都県（えきと）（山東省）の盆泉（ぼんせん）の人である。先祖は一大名門だったが後に落ちぶれて、学資も出なくなった。その結果、二十歳あまりで学業をよして、岳父の酒屋で働くことになった。ある夜、酒屋の二階で一人寝ていると、ふと気づけば階下で足音が聞こえる。飛び起きてこわごわ耳を澄ましていると、次第に近づいて来て、階段を上がってくる。一歩一歩足音が大きくなる。と思うや、二人の下女が提灯を掲げてすでに寝椅子のところに立っていた。その後ろに一人の書生が娘を連れていて、寝椅子に近づくとにっこり微笑んだ。魏は仰天してこれは何だと怪しんだが、「狐だ」とわかると全身総毛立ち、うつむいたまま横目で見ることもできない。すると書生は笑って言った。

「どうか不審に思わないでください。わが妹はあなたと前世の縁があるので、お仕えしにまいりました」

魏が書生をじっくり見てみると、まぶしいほど豪華な錦や貂の皮衣を着ている。薄汚れた自分が恥ずかしく、赤面して返す言葉もなかった。

やがて書生は下女たちを引き連れ、娘と提灯を残して立ち去った。魏が娘をよくよく見れば、仙女のような楚々たる美しさ。心中、嬉しくてたまらないが、照れくさくて冗談一つ言えずにいた。すると娘は魏に笑いかけて言った。

「あんたは学者さんでもないのに、そんなに勿体ぶることはないでしょ」

そして急に寝床に近づくと、魏の懐に手を入れて温めた。魏はようやく笑みを浮かべ、下袴を取ってふざけあい、そのまま情を通じた。

夜明けの鐘が鳴る前に、二人の下女が来て娘を連れて行ったが、その際、夜の再訪を約束した。

夜になると、娘は約束どおりやってきて、笑いながら言った。

「あんたはほんとに幸福ね。一銭も使わずにこんな素敵な嫁を手に入れて、毎夜自分から訪ねにきてくれるなんて」

魏はほかに人がいないのを幸いに、娘とともに酒を飲み、掌中の数当てをして楽し

んだ。娘は十のうち九まで言い当てた。そして笑いながら、

「あたしが手の中に何個か握って、それをあんたが当てるほうがいいわ。当たったら勝ち、外れたら負けね。あたしに当てる役をさせたら、あんたはまったく勝目がないのだから」

そこで娘の言うとおりにして、夜更けまで楽しんだ。寝ようとしたとき、娘は、

「昨夜はお布団が硬くて冷たくて、我慢できないほどだったわ」

と言って下女を呼び、布団を持って来させた。寝椅子の上に広げると、綾絹の縮みでやわらかくていい匂いの布団だった。うっとりして帯を解いて抱き合うと、口紅の濃厚な香りがむせかえるようで、漢の成帝が言ったという「温柔郷」[1]もこれほどではないと思われた。

それ以来、これが毎夜のことになったが、半年後、魏は自分の家に帰った。月のさやかな夜、魏がたまたま窓辺で妻と話していて、ふと見れば、きれいに化粧した娘が塀の上に腰かけて、手招きしている。魏が近づくと、女は彼を引っぱり上げ、塀を越えさせて外に出た。彼の手を取って言った。

「これでお別れです。どうかあたしを見送ってくださいな。この半年の仲睦まじい

情愛の思い出に」

魏は驚いてその訳を問いただすと、娘は言った。

「因縁には自ずと定めがあるのよ。今さら何も言うことはないわ」

話しながら村はずれに着くと、先の下女が提灯を掲げて待っていた。それから南の山に赴き、小高いところまで登ると、そこで魏に別れを告げた。魏は引き留めたが聞き入れず、そのまま去ってしまった。彼がその場に呆然とたたずみ、行きつ戻りつしていると、遥か彼方に二つの提灯の明かりが見え隠れしていたが、次第に遠ざかって見えなくなった。魏は胸ふたがる思いで引き返した。この夜、山の上の明かりを村人はみな見たという。

1　前漢の成帝が、妃の趙飛燕（ちょうひえん）の妹合徳（ごうとく）を後宮に迎え、その体を評して言った言葉（『飛燕外伝』）。

5　醜狐（金持ち狐の復讐）

穆（ぼく）という書生は長沙（ちょうさ）（湖南省）の人である。家は貧しくて冬の綿入れもなかった。ある晩、ぼんやり座っていると、女が入ってきた。きらびやかな服を着ていたが、顔は色黒で醜かった。にっこり笑うと、

「お寒くありませんか？」

と言う。穆は驚いて誰かと尋ねると、

「わたしは狐仙です。お気の毒にあなたは元気がなくて寂しそうなので、冷たい寝台をちょっと一緒に温めようと思っただけですよ」

穆は狐ということが恐ろしくて、その上、醜さが嫌で大声で叫んだ。すると女は馬蹄銀[1]を机に置いた。

「もし仲良くしてくれたら、これをあげるわ」

穆は喜んで、彼女の意に従うことにした。寝台には布団もなかったので、女は自分の長上着を代わりにした。夜明けに起きると、

「あのお金ですぐに柔らかい絹を買って夜具を作ってね。残りは綿入れやご馳走に使っても十分足りるわ。もしこれから先ずっと仲良くしてくれるなら、貧乏の心配はしなくていいわよ」

と言い置いて去っていった。

穆はこのことを妻に話すと、妻も喜んで、すぐに絹を買って縫い上げた。女はその夜やってきて、真新しい寝具を見ると、

「奥さまにはご苦労をかけました」

と喜び、金を置いて労に報いた。

それ以来、毎夜やってきたが、帰りがけには必ず贈り物をした。一年余りたつと、家屋はすっかり綺麗に改修され、一族の遠近を問わず皆綾錦を着て、お大尽そのもの

1 原文は「元宝（げんぽう）」。明清時代、秤量貨幣として使用された馬蹄形の銀塊。普通、一個の重さは、五十両（約一八〇〇グラム）。

になった。

ところが女の贈り物が次第に減ってくると、穆は女に嫌気がさしてきて、道士を招いて、護符を書いて門に貼ってもらった。女はやってくると護符を嚙みちぎって吐き捨てた。家の中に入ると穆を指さして、

「極悪非道の裏切り者め！　これしきのことでわたしをどうにかできるもんか。嫌になったんなら、こっちからおさらばじゃ。だけど縁が切れた以上、わたしから貰ったものは、しっかり弁償してもらうよ」

と叫ぶや、怒り狂って立ち去った。

穆は恐れおののいて道士に告げると、道士は壇を作ろうとしたが、設備が出来上がらないうちに急に地べたに転げ落ちた。血が頬全体に流れているので、見てみると、片方の耳が削ぎ落とされている。皆度肝を抜かれて逃げ散らばり、道士も耳を押さえてこそこそ立ち去った。

部屋の中に鉢のように大きな石が投げ込まれて、扉も窓も釜も蒸し器も、無傷なものは何一つなかった。穆は寝台の下に伏せって、冷や汗たらたら縮こまっていた。突如、女が何やら抱えて入ってきた。猫の顔に狆のしっぽ、それを寝台の前に置いて、

醜狐
双南從古重
黄金移得人
間好色心春
夢一場餘故
我分明恩
怨莫沉吟

けしかける。

「しっしっ、悪者の足に嚙みつけ！」

そやつがすぐに靴に嚙みついた。その歯は刃よりも鋭い。穆は恐怖のあまり、足を曲げて隠そうとしたが、手足が動かない。そやつが指を嚙みちぎり、ガリッという音がした。穆が痛くて我慢できず、助けを求めると、女は言った。

「ありったけの金銀真珠をすべてお出し。隠すんじゃないよ」

穆が承知して、女がその動物に「ヤメロ」と言うと、やっと嚙むのを止めた。穆は立ち上がることができず、在り処だけ告げると、女は自分で探しに行った。真珠や螺鈿、衣類のほか、わずか二百両あまりしかない。女はこれでは少ないと、さらに「しっしっ」と焚きつけると、また嚙みついた。悲鳴を上げて許しを求めると、女は十日の期限を切って、六百両弁償しろと言う。穆が承知すると、そやつを抱えてやっと立ち去った。

しばらくたってから家の者が次第に集まってきた。穆を寝台の下から引きずり出すと、足から血がポタポタ滴り落ち、指が二本ない。部屋の中を調べてみると、金目のものはすっからかんで、昔のぼろ布団が残っているだけだった。その布団を穆にかけて横にならせた。それから十日後、女がまた来るのが恐ろしく、下女を売ったり、衣類を金に替えたりして金を工面した。期日になると、女は言った通り現れた。あわて手渡すと、無言のまま立ち去り、それきり来なくなった。穆の足の傷は半年も医薬の世話になり、ようやく治ったが、家は元通りの貧しさに戻ったのだった。

狐は近くの村の于という男のところへ通うようになった。于は農業を生業としていたが、家はその日暮しだった。だが、三年の間に、例の如く、役人の資格を買い、大きな家屋が軒を連ねるようになった。豪華な衣服の半ばは穆の家のものだったが、穆はそれを見ても何も言わなかった。

穆がたまたま郊外に行くと、その途中、女に出会った。左端に道を譲って[2]、ずっと跪いていると、女は一言も言わず、白い手拭いに五、六両を包んで遠くから穆に投げつけ、身を翻してさっさと行ってしまった。

その後、于は早死にしたが、女はまだ時々于の家にやってきた。そのたびに家の中の金や絹がなくなるので、于の息子が彼女を待ち受けてうやうやしくひれ伏して

2　貴人や賓客を迎える礼儀。「左」は左側、あるいは東側。

言った。

「父は世を去りましたが、わたしたちは皆あなたさまの子も同然です。金品を恵んでいただけないにしても、せめてむざむざ貧乏にはさせないでください」

と願うと、女はそのまま立ち去り、二度と現れることはなかった。

異史氏曰く――

魔物が来たら、それを退治するのは誠に勇敢だ。しかしその恩徳を受けた以上、妖魔であろうと背いてはならぬ。高貴になってから趙孟(ちょうもう)[3]を殺すのは、賢者豪傑の非とするところにほかならぬ。

そもそも人間は、己の心が好むことでなければ、巨額の財物にもまったく心を動かさないものである。察するところ、穆がぴかぴかの金色を見て喜んだのも、得をするなら、身を滅ぼし行いを汚しても平然としている人間だったからではないか。嘆かわしいことだ。貪欲に貪り、最後は見るも無残な結果になったとは。

3　春秋時代、晋の霊公が君主になってから、即位を助けてくれた恩人の趙盾（ちょうとん）を殺そうとしたことを指す。従弟の趙穿（ちょうせん）が察知して霊公を殺した。「趙孟」の「孟」は長男を意味する。

6 阿繊

（嫁の正体は、果たしてネズミか？）

奚山という者は、高密県（山東省）の人である。旅商いをしていて、よく蒙山・沂水（山東省）のあたりに出かけた。

ある日、途中で雨に阻まれ、常宿にしている所へ着いたときには、もう夜も更けてしまっていた。宿の戸を何軒も叩いて回ったが、どこも応答してくれない。軒先をうろついていると、急に観音開きの扉がパッと開き、老人が一人出てくると、すぐに迎え入れてくれた。

奚山は喜んで老人について入った。ロバを繋いで広間に上がったが、そこにはテーブルも寝台もなかった。老人は、

「客人が泊まるところもなくて、お気の毒なのでお入れしたが、実はわしのところは宿屋ではないのじゃ。家にはあまり人手もなく、老妻と娘がいるだけで、今はぐっ

すり眠っておる。夕飯の残りはあるが、困ったことに煮炊きはできない。冷たいまま食べてもらえんかのう」

と言い終わるとすぐに奥に入った。ほどなくして、足乗せ台を持ってきて床に置き、客を座らせた。また奥に入って行くと、今度は足の短いテーブルを持ってきた。せっせと行ったり来たりして、しんどそうによろよろしている。奚山は立ったり座ったりして落ち着かず、老人を引き止めて一休みしてもらった。しばらくして、娘が出てきて酒を勧めた。老人は娘を振り返って言った。

「娘の阿繊（あせん）が起きてきたんじゃ」

よく見れば、年の頃は十六、七、しとやかでほっそりした上品な容貌だった。奚山には未婚の弟がいたので、心ひそかに嫁にもらえたらと思った。そこで老人に本籍や家系を尋ねた。

「名は士虚（しきょ）、姓は古（こ）じゃ。子や孫は皆若死にして、この娘だけが残っている。たまたまよく眠っていたので起こすに忍びなかったが、愚妻が起こしたんじゃろう」

「婿（むこ）どのは、どちらのお方で」

と奚山が尋ねると、老人は、

「まだ婚約もしておりませんのじゃ」

と答えたので、奚山は内心、喜んだ。そうこうするうちに料理がいろいろ並べられたが、だいぶ前に調理したようだった。食べ終えると、うやうやしく礼を言ってから、

「浮草のような旅人なのに、ご親切なおもてなしに与(あずか)りました。この御恩は終生忘れません。ご尊父殿のお人柄にすがって、失礼なことを言わせていただきますと、わたしには三郎という弟がおりまして、十七歳になります。学業も商売も、そう不出来ではありません。岳父として弟の援護者になっていただきたいのですが、わたしどもでは卑賤の輩とお気に召さないでしょうか」

老人は喜んで言った。

「わしらは今ここに住んでいるが、実は仮住まいの身。もし娘をお願いできれば、早速、家を一軒借りて引っ越せばいいから、どうかご心配なさらんように」

奚山はすべて承諾し、立ち上がると謝意を述べた。老人はどうかゆるりとされるようにと丁寧に挨拶して、出て行った。

鶏が鳴くと老人は早くも出てきて、洗面するよう呼び掛けた。奚山は身支度を整えてから食事代を払おうとしたが、老人は固辞して言った。

「客人をお引き留めして夜食を差し上げただけ。お金を頂く道理はまったくございません。まして縁組までしたのじゃから」

奚山は別れてから、一か月あまり旅してようやく戻ってきた。村まで一里あまりの所で、老婆が娘を一人連れてくるのに出会った。身に着けているものは上から下まですべて白い喪服姿だった。近づいてくると、どうも阿繊に似ているようだ。娘のほうもしきりにこちらを見ている、と老婆の袖を引き、耳元で何か囁いた。すると老婆が足を止めて奚山に向かって尋ねた。

「あなたは奚さまですか」

奚山がそうだと答えると、老婆はやつれた様子で言った。

「じいさまは運悪く崩れた土塀の下敷きになりました。今墓参りに行くところです。家には誰もおりませんので、この道端でしばしお待ちください。すぐ戻ってまいります」

二人は林の中へ入って行き、大分たってからようやく戻ってきた。道路はすでに暗くなっており、連れ立って歩いて行った。老婆は寄る辺ない孤独を訴えるうちに、思わず泣き出してしまい、奚山も胸が痛み悲しかった。老婆が、

「この地の人はとても性根が悪く、寡婦が暮らしてゆくのは難しいのです。阿繊はすでにお宅さまの嫁と認めてくださっていますが、今を逃すと日取りが遅れてしまいそうで心配です。今夜のうちにお宅まで連れていってもらうのがよいと思うのですが」

と言うので、奚山は同意した。

家に着くと、老婆は灯りをともしてから奚山に向かって言った。

「あなたさまがもうそろそろおいでになる頃かと思って、貯蔵していた穀物は、全部売り払っておきました。残りはまだ二十石余りありますが、これを遠くまで運べません。北へ四、五里行った村の最初の家に談二泉という者がおります。この人がうちの買い手です。お手数をかけますが、まずあなたのロバで一袋運んで行って、門を叩いて、こう言ってください。南村の古の婆の家に穀物がまだ数石あって、それを売って旅費にしたいので、ご面倒だが馬を駆って運んでほしいと」

早速、穀物袋を奚山に託した。奚山はロバに鞭打って出かけて行き、扉を叩いた。大きな腹をした男が一人出てきたので老婆の言葉を告げ、袋を空けてから先に帰った。後から二人の人夫が五頭のラバを曳いてやってきた。老婆は奚山を穀物のある所へ連

阿纖

故劍飄零思不禁重來應為感恩深分居
不惜分金粟猶詠區區愛弟心

阿纖

れて行ったが、そこは地下の穴蔵だった。奚山が地下に降りて穀物を枡に入れ、表面を棒で平らにして量り、老婆がそれを渡し、娘が袋に詰めてたちまち一杯にし、それを人夫に渡して運ばせた。こうして四度往復して穀物はすっかりなくなった。

老婆は金をもらってから、人夫を一人とロバを二頭、手元に置いて旅支度を整え、東へ向かった。二十里ほど行くと、ようやく夜が明けてきた。とある市場に着くと、馬を賃借りし、そこで談の家の人夫を帰らせた。

奚山は家に帰ると、両親にこれまでの経緯を説明した。両親は老婆や阿繊に会ってたいそう喜び、すぐに老婆たちを別宅に泊まらせ、吉日を選んで三郎のために婚礼を終えた。老婆は盛大な嫁入り道具を整えた。

阿繊は無口で、めったに怒ることもなかった。人と話しても、ただ微笑するばかり。昼も夜も陰日なたなく糸を紡ぎ、機を織っている。それで身分の上下を問わず、皆彼女を気に入り可愛がった。

あるとき阿繊は三郎に頼んだ。

「お兄さまに伝言してください。また西のほうに行かれても、わたくしたち母子のことは人に言わないようにお願いしますと」

三、四年たつと、奚家はますます豊かになり、三郎は及第して生員になった。

ある日、奚山は阿繊の元の家の隣に泊まった。たまたま話が先年宿がなくて、古家の老夫婦のところに泊まったことに言い及ぶと、主人が言った。

「何か勘違いなさっていませんか。東隣は伯父の別宅でしたが、三年前くらいから、住めばいつも怪異を目撃するので、もうだいぶ前から空き家になっていました。老夫婦がお泊めするなんてことは、絶対あり得ません」

奚山は怪訝に思ったが、まだ問い詰めなかった。主人は続けた。

「あの家はここ十年来空き家になっていて、誰一人立ち入ろうとしなかったのですが、ある日、裏の土塀が崩れたので伯父が調べに行ったところ、猫のように大きなネズミが石に押しつぶされており、外にはみ出ていた尻尾がまだ動いていたそうです。あわてて飛んで帰り、皆を呼んで一緒に見に行くと、もう影も形もなかったのです。みんなそいつは妖怪だろうと疑って、十日あまりしてまた試しに入ってみると、しんと静まり返って物音一つしませんでした。それからさらに一年あまりして、ようやく人が住むようになったのです」

奚山はますます奇怪に思った。家に帰ってひそかに妻に打ち明け、心中、嫁は人間ではないのではと疑った。人知れず三郎のために心配していたが、三郎は変わりなく阿織を慈しみ大事にしていた。

そうこうするうちに、家の者たちがあれこれ疑うようになった。阿織は敏感に察して、夜中、三郎に、

「あたしはあなたに嫁いで数年になるけど、まだ一度として婦徳をなくすようなことはしていません。それなのに最近、皆さんは人間の数に入れてくださらないの。あたしを離縁して、あなたはもっとよい奥さまを自分で選ばれればよいわ」

と言って、すすり泣いた。三郎は、

「私の気持は、君もとっくにわかっているはずだ。君が家に来てくれてから日増しに豊かになり、みんなもこの幸運は君のお陰と感謝しているのに、そんな見当違いなことを言うわけないじゃないか」

と言うと、阿織は言った。

「あなたに裏表がないのは、あたしもよくわかっているわ。でもみんなから訳のわからないことをあれこれ言われたら、秋の扇子[1]と同じ身になって捨てられるのが不安なの」

三郎が再三再四慰めて、ようやく収まったのだった。

奚山のほうはいつまでも疑いを解かず、よくネズミを捕る猫を毎日探してきては、阿繊の様子を窺った。彼女は恐れはしなかったが、眉をひそめて不快そうだった。

ある夜、阿繊は母の具合が少し悪いので、見舞いに行くと言って出て行った。夜明けに三郎が見舞いに行ってみると、家の中はもう空っぽだった。仰天して四方を捜させたが、何の手がかりもなかった。三郎は心中悶々として、寝ることも食べることもできないほどだった。父や兄は、勿怪の幸いとばかり、代わる代わる慰めては再婚させようとしたが、三郎は喜ぶはずもなかった。

一年あまり待っていたが、何の音沙汰もなかった。三郎は、父や兄に、やいのやいのと責め立てられて、仕方なく大金を出して妾を買い入れたが、それでもなお阿繊を慕う気持は変わらなかった。さらに数年するうちに、奚の家は日に日に貧しくなり、それでみんなも阿繊のことを思い出すようになった。

1　前漢・成帝に仕えた才女の班婕妤（「婕妤」は女官名）は、帝の寵愛を趙飛燕姉妹に奪われた悲しみを「怨歌行」に詠い、涼しい秋に不要な扇子を我が身に喩えた。

奚山の従弟に奚嵐という者がいて、用事で膠州（山東省）へ出かけ、回り道をして親戚の陸生員の家に泊まった。その夜、隣家からひどく悲しげな泣き声が聞こえてきたが、事情を問う余裕はなかった。帰りがけに立ち寄ったところ、また泣き声が聞こえたので、主人に尋ねてみた。

「数年前に後家さんと娘があそこを借りたんだが、ひと月前に後家さんが死んで、娘が一人、身寄りもなく残されたので、あんなに悲しんでいるんだよ」

「娘さんの姓は何というのですか」

「姓は古だ。いつも戸を閉めて地元と付き合わないから、家柄まではよくわからない」

奚嵐は驚いて叫んだ。

「それは従姉だ」

そこで隣に行って扉を叩くと、誰かがすすり泣きをこらえるように出てきて、扉の奥から答えた。

「どなたでしょうか。うちには男は誰もおりませんが」

奚嵐が隙間から覗いて仔細に見てみると、案の定、従姉だった。

「従姉さん、開けてください。わたしは従弟の阿遂（名、「嵐」は字）です」

それを聞くと、阿繊は閂をはずして奚嵐を迎え入れた。彼女は母を失って身寄りのない苦しさを訴え、その痛々しい悲しみようには言葉もなかった。奚嵐は、

「三郎兄さんは従姉さんを思ってどんなに苦しんでいることか。夫婦に行き違いがあったにせよ、なんでこんな遠くまで逃げてきたんですか」

と言って、すぐに車を雇って一緒に帰ろうとしたが、阿繊は悲しそうに言った。

「あたしは人間の数に入れてもらえなかったから、母とともに隠れたの。今さらのこのこ帰って誰かに頼ったら、みんな白い目で見るに決まっているわ。もしもう一度帰ってほしいのなら、お義兄さまとは別所帯にしてもらわなくては。そうでなければ、毒を仰いで死ぬだけだわ」

奚嵐は家に帰って、このことを三郎に告げた。三郎は夜道を駆け通して馳せ参じた。夫婦は再会して、妻も夫もむせび泣いたのだった。

翌日、三郎は家主に事情を話した。家主は謝という姓の監生[2]だった。謝は阿繊の美貌に目をつけて、ひそかに妾にしようとの算段から、この数年間、家賃を取らなかった。その間、阿繊の母親にたびたび話をほのめかしては、きっぱり断られていた。そ

んなところへ母親が亡くなり、これ幸い、うまくいくぞと思った矢先、三郎が不意にやってきたのである。そこで、これまでの家賃を全額払えと無理難題を吹っ掛けた。三郎の家はもともと豊かではなかったので、べらぼうな金額を聞いてふさぎ込んだ。ところが阿繊は、

「大丈夫よ」

と言って、三郎を蔵に引っ張って行って、貯えを見せた。そこには三十石あまりの穀物があり、家賃を払ってもまだ余裕があった。三郎は喜んで謝に話したところ、謝は穀物を受け取らず、わざと金を求めた。阿繊は、

「これは全部あたしの悪運なんだわ」

と嘆いて、これまでの事情を三郎に告げた。三郎は怒って役場に訴えようとしたが、陸生員がそれを引き留め、穀物を村の知り合いに売りさばいて金を作ってやり、謝に支払わせた。それから二人を車で送り帰してやった。

三郎は両親に実情を打ち明け、兄と別居した。阿繊は自分の金を出して、次々に蔵を建てた。家の中には二石の穀物すらなかったので、みんなは不思議がった。だが、一年あまりして調べてみると、蔵の中は一杯になっていた。数年もしないうちに家は

大いに豊かになったが、奚山のほうは貧乏に苦しんでいた。そこで阿繊は三郎の両親を引き取って、自分で世話をした。そしていつも金や穀物を兄のほうに回してやり、それが当たり前のことになった。三郎が喜んで、

「君という人は、昔の悪事をこれっぽっちも根に持たないんだな」

と言うと、阿繊は、

「お義兄さんは弟のことを大切に思っただけなのよ。それにお義兄さんがいなければ、あたしはあなたにめぐり会えなかったわ」

と言った。この後も、怪異はまったく起こらなかった。

2　明清時代の国士監（教育行政の統括機関および最高学府）の学生、またその身分を入手した人物。試験によって入学したのではなく、多くは、高官や功臣の子弟だった。

7　黄英（菊好きな男に惚れた菊の精）

馬子才（ばしさい）は、順天（河北省）の人である。代々菊を愛好する家だったが、子才はとりわけ菊を好んだ。よい種類があると耳にすれば必ずそれを買い、千里の道のりも遠しとせずに出かけて行った。

ある日、南京から客がやってきて馬家に泊まり、自分の従兄が北京にはない種類を一、二種持っていると言った。客は馬のためにあちこち問い合わせてくれて、二つの株を手に入れることができたので、宝物のように大事に包んで持って帰ることになった。馬は喜び勇んで早速旅支度を整え、客とともに南京に赴いた。

その帰り道、ひとりの若者に出会った。ロバに乗り、漆塗りの婦人用車の後に従っているが、さわやかで上品な容姿だった。次第に近づいて話すようになると、若者は自ら「姓は陶（とう）です」と名乗った。ものの言いようにも教養があり、気品に富んでいた。

そして馬にどこから来たのか尋ねたので、ありのまま話した。すると青年は、

「菊の種類によくないものはありません。問題は人間がどのように栽培するかです」

と言うので、菊の育て方について二人で共に論じ合った。馬はたいそう彼を気に入って尋ねた。

「どちらへ行かれるのですか」

「姉が南京に飽きたというので、黄河の北のほうに引っ越そうと思っているのです」

と答えたので、馬はこれ幸いとばかりに言った。

「僕は貧乏ですが、拙宅にはお泊めする場所くらいはあります。むさ苦しいのを大目に見てもらえるなら、どうか拙宅にお越しください」

陶は車の前まで駆けてゆき、姉の意向を尋ねた。車中の人は、簾(すだれ)を押し開けて返事をしたが、二十歳くらいの絶世の美人。彼女は弟に向かって言った。

「建物は粗末でも構わないけど、中庭は広いほうが有り難いわ」

馬は弟よりも早く承諾の返事をして、そのまま一緒に帰ったのだった。

馬の屋敷の南に荒れた畑があり、その中の垂木三、四本でできた小屋に、陶たちは喜んで住み着いた。毎日北の中庭に通っては、馬の菊の手入れをした。菊がすでに枯

れていても、その根を抜いて植えなおすと、すべて生き返った。だが陶家の暮し向きは清貧そのもので、毎日馬と食事を共にしたが、察するに陶家では煮炊きもしていないようだった。馬の妻の呂氏も、陶の姉を慕って、しょっちゅう食べ物を差し入れた。陶の姉は黄英といい、話し上手で、呂氏のところを訪れては一緒に縫物や機織りをした。

ある日、陶は馬に言った。

「あなたの家はそんなに裕福ではないのに、僕は毎日のようにご馳走になって迷惑をかけています。けれどそんなことばかりしていられないので、菊を売って暮しを立てようと思うのですが」

馬は、生来、節操堅固な男なので、陶の言葉を聞くとひどく憤慨して言った。

「君という人は風流な高潔の君子で、貧乏でも心安らかにしておられるのだと思ってきた。今そんなことを言うとはがっかりだ。超俗の象徴の菊を俗世間に貶めて、菊を侮辱することになりますぞ」

陶は笑って答えた。

「暮しのために働くのは、貪欲ということではないし、花を売る仕事は俗なことではありません。もちろん、人は齷齪（あくせく）富を求めるべきではないけれど、だからといって貧乏を願う必要もないのでは」

馬は何も言わなかったので、陶は立ち上がって出て行った。それからというもの、陶は馬が捨てた屑枝や不良の苗を、せっせと集めて持ち帰りはしたが、決して馬の家に泊まったり食事をしたりせず、誘うとやっと訪れるというふうになった。

ほどなくして菊が咲き始めると、門の辺りが市場のように騒がしい。馬が不審に思って様子を窺うと、町の人々が花を買いに来て、車に載せたり肩に背負ったりして、道に行列ができている。その花はと見れば、すべて初めて見るような珍しい種類だった。馬は心中、欲張りな奴めと不愉快で、絶交してやると思う一方、陶が馬に珍種を隠していたのを恨めしく思った。そこで文句の一つも言ってやろうと、扉を叩いた。

陶は出てくると、馬の手を握って引き入れた。見れば、半畝（約三アール）ばかりの荒れ果てた庭は、すべて菊畑になっていて、住居の小屋以外に全く空地はなかった。売るために切り取ったところには、別の枝が挿してあり、畑で蕾（つぼみ）をつけているものは、みな良品質で美しかった。だが仔細に見れば、それはどれも馬が以前、捨てたものだった。

陶は部屋に引っ込むと、酒食を持って出てきて、菊畑の横に席を設けて言った。

「僕は貧しさに負けて、身を清く保つという戒めを守れなかったけれど、幸い少ないながら毎日儲けがあります。一杯おもてなしするのに不足はありません」

しばらくして部屋の中から「三郎さん」と呼ぶ声が聞こえ、陶はハイと言って引っ込んだ。まもなくご馳走が差し出されたが、手の込んだ素晴らしい料理だった。そこで馬は尋ねた。

「姉上はなぜ結婚されないのですか」

「まだその時にならないのです」

「その時とは、いつなのですか」

「四十三か月後です」

と答えるので、どういう意味なのか問い詰めても、陶は笑うばかりで何も言わない。

二人で酒食をたっぷり楽しんでから、馬は立ち去った。

次の日、馬がまた訪ねると、挿したばかりの苗がもう一尺ほどに育っている。たいそう奇妙に思って、その方法をぜひ教えてほしいと頼むと、陶は言った。

「これは言葉では伝えられないのです。それにあなたはそれで生計を立てているわけではないのだから、特に必要ないでしょう」

それから数日後、陶の門も庭も賑わいが大分静まってくると、陶は蒲のむしろで菊を包み、数台の車に縛り付けて載せると出て行った。

年が改まって春も半ばになった頃、陶はようやく南方の珍種を載せて帰ってきた。都の中に花の売り場を設けて十日で売りつくすと、再び戻ってきて菊を植えた。去年、陶から花を買った人の話では、根株をそのまま残していても翌年はすべて傷んでしまい、結局、再び陶のところで買うことになるということだった。

以来、陶は日増しに豊かになり、一年で家を建て増し、二年目には大きな屋敷を新築した。自分の思うように造作し、家主の馬に改めて相談することもなかった。次第に元の菊畑は、全部建物になった。それで垣根の外に畑を一区画買い、周囲に土手を築いて、そこにすべて菊を植えた。

秋になると陶は花を車に載せて出かけて行ったが、春が過ぎても戻ってこなかった。そうこうするうち、馬の妻が病没した。馬は黄英を後添いにと思ったので、人に頼んでそれとなく伝えてもらったところ、黄英は微笑して満更でもなさそうだった。いずれにしてもとにかく陶の帰りを待つばかりだった。

一年余りたっても、結局、陶は帰ってこなかった。その間、黄英は召使たちに菊を植えさせたが、陶と全く同じやりかただった。商売としてますます順調に伸びて儲けが出たので、黄英は村の郊外に、肥田二十頃を手に入れ、屋敷もいよいよ立派になった。

ある日、不意に東粤（広東省）から客がやってきて、馬に陶の手紙を届けた。それを開くと、姉を馬に嫁がせたいと頼んでいた。手紙の日付を調べると妻が亡くなった日であり、思えば庭で二人で飲んだときから数えると、まさに四十三か月後だった。馬は何とも不思議なことだと感じ入った。

手紙を黄英に見せて、結納をどこに送ればよいのかと尋ねると、彼女はそんな物は受け取らないと断った。さらに馬の家は狭苦しいので、南の屋敷に住もうと言った。だがそれでは婿入りのようなので馬は承諾せず、吉日を選んで婚礼を行った。

黄英は馬に嫁ぐと、馬の家の壁に扉をつけて元の南の屋敷に通じるようにし、毎日そこを通って下僕たちを監督した。

馬は妻が金持ちなのに引け目を感じ、黄英に南の家のものと北の家のもの、どちらに属するかを明らかにするように頼んで、ごちゃまぜにならないようにした。だが黄英は家に必要なものは、いつも南の屋敷から取ってきたので、半年もたたない間に、家中のどれもこれもすべて陶家のものばかりになった。馬は気が付くとすぐに人に命じて、一つ一つ陶家に送り返し、二度と持ってこさせないようにした。ところが十日もたたないうちに、陶家のものがまた混じり合っている。何度もそんなことを繰り返しているうちに、馬は煩わしくて辛抱できなくなった。すると黄英は笑って言った。

「潔癖な陳仲子(ちんちゅうし)[1]さん、さぞやお疲れじゃないですか」

馬は恥じ入って、もう二度と考えないことにして、すべて黄英に任せることにした。

黄英は職人を集め、資材を準備し、大がかりな増築を始めたが、馬はもはや何も言えず、止められなかった。数か月たつと、立派な二階建てが軒を連ね、南北両屋敷は、結局一つに繋がり、境界もなくなったのだった。それでも黄英は馬の言いつけに素直

---

1 戦国時代斉の人、於陵子(おりょうし)のこと。名は子終(ししゅう)。兄は斉の大臣だったが、その世話になるのを厭い、楚に行った。飢饉に遭って食料が乏しくなると、虫食いの李桃を食べて耐えたという。楚王が彼を賢人と聞いて、出仕させようとしたが、妻と共に逃げ、庭園の管理人になった（『高士伝』巻中など）。

に従って、門を閉じて菊を売らなくなったが、豊かな暮しぶりは名家よりも勝った。

馬は何だか落ち着かないで言った。

「僕は三十年来、清廉を貫いてきたが、今やお前の足手まといだ。この世に辛うじて生き永らえてはいるが、ただ女房のお陰でどうにか食っているだけで、本当に男の面目形無しだ。人はみな富を願うが、僕は貧しいのが望みなんだよ」

すると黄英は言った。

「あたしはお金に目が眩(くら)んでいるわけじゃないの。ただ少しは裕福にならないと、千年後の人たちにまで、貧乏人の陶淵明の血筋は百代後の子孫まで続いていると言われるでしょ。だから我が家の彭沢(ほうたく)[2]さまも世間から嘲笑されないようにとやってるだけよ。でも貧乏人が富を願っても難しいけれど、金持ちが貧乏になろうと思えばとっても簡単。手持ちのお金は自由に処分してください。あたしは少しも構わないわ」

「人の金を捨てるなど、そんな恥ずかしいことができるか」

と馬が言うと、黄英は言った。

「あなたは富を願わないわけだし、あたしはあたしで貧乏はご免なの。こうなったら仕方ないわ。別居しましょう。清い人は清いまま、濁った人は濁ったままで。それで不都合ないでしょ」

そこで黄英は庭に茅葺きの小屋を建て、美しい下女を選んで馬の身の回りの世話をさせた。馬はそれで落ち着いたが、数日過ぎると、黄英が恋しくてたまらない。彼女を呼んでも、来ようとしない。止むを得ず、自分から彼女のところに出かけて行った。一晩おきに出向くことが常になると、黄英は笑って言った。

「東で食べて西で寝るなんて豪勢なこと、潔癖居士はそんなことするかしら」

馬も思わず笑って答えようがなく、再び元のように同居したのだった。

あるとき、馬はたまたま用事ができて南京に旅したが、折しも菊の季節だった。朝早く花屋に立ち寄ってみると、店の中にはぎっしりと菊の鉢が並べられ、どの品種も素晴らしい良質の物ばかり。どうも陶の手掛けたものに似ているような気がした。しばらくして主人が出てくると、やはり陶だった。飛び上がらんばかりに喜んで、これまでの無沙汰を語り、そのままそこに泊まった。馬が一緒に帰ろうと誘うと、陶は

2　「彭沢」は江西省の県名。陶淵明が隠遁する前にこの地の長官だったので、淵明を指す。ここでは淵明と同様、菊好きで清貧に憧れる馬を喩えている。

言った。

「南京は僕の生まれ故郷で、結婚もここでするつもりです。いくらか貯えがあるので、お手数をかけますが、姉に渡してください。年末にはしばらくお邪魔します」

馬は聞き入れず、ますます熱心に帰ろうと誘って言った。

「幸い家は十分余裕があるから、ぶらぶらしていてもやっていけるんだ。もう商売なんかする必要はないんだ」

馬は店の中に座ると、召使に花の値段を安くして売らせたので、数日間で売りつくした。そして陶に旅支度をするよう急き立て、舟を雇って北に向かった。

門に入ると姉はすでに住居を掃除し、寝台や寝具もすべて準備していて、弟が帰ってくるのを予知していたかのようだった。

陶は帰ってから荷を解くと、早速、人夫を使って庭園や亭を大改修した。彼は毎日、馬と一緒に碁を打ったり酒を飲んだりしたが、他に誰とも付き合おうとしない。また彼のために結婚相手を選ぼうとしたが、結構ですと断る。姉が下女を二人、弟の寝所に侍らせると、三、四年たって、女の子が一人生まれた。

陶はもともと酒豪だったので、これまで泥酔したのを誰も見たことがなかった。馬の友人の曽という者も、酒量は敵なしという人物だった。たまたま曽が馬のところに立ち寄ったので、馬は二人を飲み比べさせることにした。二人は思うさま飲んで、すっかり意気投合し、知り合うのが遅かったと残念がった。辰の刻（朝の八時ごろ）から深夜二時ごろまで飲み続けて、それぞれ百カメも空けてしまった。曽は泥酔して、座ったまま眠りこけた。陶は立ち上がって寝に帰ろうとし、門を出て菊畑に入るやばったり倒れこみ、衣服をそばに残したまま、あっという間に大地に生える菊となった。高さは人の背丈ほどで、拳より大きい花を十以上もつけていた。馬は腰をぬかさんばかりに驚いて、黄英に訴えた。黄英はあわてて駆けつけると、菊を抜き取り大地に置いて、

「どうしてこんなにまで酔ってしまって」

と嘆いた。彼女は菊に衣服をかぶせると、馬に立ち去るよう求め、見てはダメと言い含めた。

夜が明けてから行ってみると、陶は元の姿で畑に横たわっていた。それで馬はようやく姉と弟は菊の精だと悟り、いよいよ二人への敬愛の気持が増したのだった。

陶は正体が明らかになって以来、開き直ったようにますます酒を飲むようになり、

いつも手紙を書いては陶のほうから曽を誘い、莫逆の友になった。

二月十五日の花長節[3]（旧暦）になると、曽は下僕二人に薬草入り白酒[4]一カメを担がせて訪問し、今日はとことん飲もうと約束した。一カメ空になろうとしても、二人はまだそんなに酔わない。馬がこっそり一カメ分注ぎ足してやると、二人はそれも飲み干した。曽はさすがに酔って足腰が立たなくなり、下僕たちが背負って帰っていった。陶は地面に臥せっていたが、また菊に変身してしまった。馬はもう見慣れていて驚かず、黄英の手順通り、地面から抜き取り、そばで人間に戻るのを見守っていた。だが大分たっても戻らず、葉がますます萎れてくる。馬は恐くなってきて、たまらず黄英に訴えた。彼女はそれを聞くと驚いて、

「弟を殺したわね」

と叫んで駆け付けると、根っこがすでに枯れている。黄英はひどく嘆き悲しんで、茎をつかみ取ると鉢の中に埋め、寝間に持ち込んで、毎日水を注いだ。馬は死ぬほど後悔して止まず、曽の奴めと激しく恨んだ。だが数日後、その曽がすでに酔いつぶれて亡くなったと聞いたのだった。

鉢の中の菊は次第に芽が出てきて、九月になると短い茎に白い花が咲いた。匂いを

嗅ぐと酒の香りがしたので、その花を「酔陶」と名付けた。酒を注いでやると、勢いよく茂った。

後に陶の娘は成長して、名家に嫁いだ。黄英は年老いて亡くなるまで、特に人と異なるところはなかった。

異史氏曰く――

青山白雲の中に高臥する人は、とうとう酔いつぶれて亡くなった。世の人々はこぞって彼の死を惜しむが、彼自身は必ずしも愉快だと思わなかったわけではあるまい。この種の菊を庭に植えれば、よき友に会うような、美しい人に向かうような心地がするらしい――その花を是非とも探し出そう。

3　百花の誕生日といわれる節句。
4　コーリャン、トウモロコシ、サツマイモなどを原料とする蒸留酒。無色透明で、アルコール度数が高い。

〈恋〉の巻

1 連城

（恋する女性のために「士は己を知る者の為に死す」を実行した男）

喬という書生は、晋寧（雲南省）の人である。幼いころから神童という評判だったが、二十歳を過ぎてもまだ科挙に合格できなかった。友情を大切にする男で、顧という書生と仲がよかった。顧が亡くなると、彼の妻子に同情してたびたび暮しの面倒をみていた。また喬の文才を高く評価していた県知事が任期中に亡くなって、家族が帰郷できずにいると、彼は身銭を切って援助してやり、二千里を往復して柩を運ばせたのだった。それゆえ文士仲間ではますます重んじられたが、暮し向きはますます悪くなっていった。

孝廉の史という人に、連城という字の娘がおり、刺繍が上手で学もあった。父はこの娘を溺愛していた。彼女が刺繍した「倦繡図」（繡に倦む図）を世間に示して、若者たちにそれに因む詩を詠むように求めたが、婿選びを考えてのことだった。喬も次の詩を捧げた。

慵鬟高髻緑婆娑　高髻を鬟するに慵く　緑婆娑たり
早向蘭窗繡碧蓮　早に蘭窗に向いて　碧蓮を繡す
刺到鴛鴦魂欲斷　鴛鴦を刺し到れば　魂 断えんと欲す
暗停針綫蹙雙蛾　暗かに針綫を停めて　双蛾蹙む

高々と髷結うものうくて、緑の黒髪ほつれ乱れ、
朝ぼらけ、蘭の窓辺で、碧の水に浮かぶ蓮を繡す。
おしどりを刺せば刺すほど悲しみ募り、
ひそやかに針糸止めて、蛾眉ひそめ。

さらに彼女の刺繡の巧みさを称賛して詠った。

繡綫挑来似写生　繡綫　挑み来りて　写生に似たり

幅中花鳥自天成
當年織錦非長技
倖把迴文感聖明

幅中の花鳥　自ら天成
当年の織錦[1]　長技に非ず
倖ひに迴文を把りて　聖明を感ぜしむ[2]

一針一針糸を刺し、生けるが如きもの描く。
画幅の中の花と鳥、自ずと天の賜りもの。
昔織られし錦でも、さほどの技ではないものの、
書かれた回文幸いに、帝を感じ入らせしや。

娘は喬の詩が気に入り、父に向かって褒めそやしたが、父は彼を貧乏人として相手にしなかった。だが連城は、人に会うごとに彼を褒め、さらに父の指図と偽って、生計の足しにと婆やに金を届けさせた。彼は、「連城さんこそ真の知己、僕の本当の理解者だ」と感激して、彼女への思慕はますます真剣になっていった。まるで飢えた者が、食べ物を求めるかのようだった。

ほどなくして娘は塩商人の息子の王化成と婚約したので、喬はさすがに諦めざるを

得なかった。それでも夢の中でさすらう魂は、まだ彼女を求め続けていた。

そうこうするうちに娘は肺結核にかかり、長患いになって起き上がれなくなった。そこへ西域の托鉢僧がやってきて、治療できると進言した。ただそれには男の胸の肉一銭（約四グラム）を搗き砕いて、薬と混ぜ合わせる必要があると言う。父は王家に使いを出して、婚約者にその旨を告げた。彼は笑って言った。

「愚かな老いぼれめ、俺の胸の肉を抉り取れっていうのか」

帰宅した使いの者からそれを聞くと、父は、なんとこう宣言した。

「自分の肉を切り取れた者に、娘を嫁がせる」

喬はそれを耳にするや史家に赴き、白刃を出して自分で胸の肉を掻っ捌き、僧に与えた。血潮が上着からズボンまで赤く染め、僧が薬を塗ってやっと止まった。娘のた

1　前秦（三五一～三九四、五胡十六国の一）のとき、秦州刺史の竇滔は、左遷先に愛姫だけを帯同し、妻の蘇蕙を残した。妻は、その悲しみを詠った回文（前後、どちらから読んでも同じ文）を錦に織り込んで夫の下に送り、夫の愛を復活させた故事を踏まえる。

2　唐の女帝、則天武后が注1の回文を読んで感嘆し、「蘇氏織錦廻文記」（『文苑英華』巻八三四）を記したという。

めの薬は三粒できて、三日間服用すると、病気は跡形もなく消えた。

史は先の宣言を実行するため、まず王に告げたところ、王は怒って役所に訴えると息巻いた。そこで史は宴席を設けて喬を招き、卓上に千両を積み重ねて彼に言った。

「あなたの大いなる恩徳に感服しました。どうかお礼をさせてください」

そして約束を反故(ほご)にする理由を説明した。すると喬は憤って叫んだ。

「僕が胸の肉を惜しまず切ったのは、真の知己へのささやかなお礼にほかならない。その肉を金で売ってたまるか」

袖を振り払って帰って行った。娘はこの話を聞くと堪(た)えがたい思いに駆られ、婆やを使いに出して彼を慰め、伝言させた。

「あなたほどの素晴らしい才能ならば、近々の科挙及第は確実です。そうなれば美しい奥さま候補は、天下に選(よ)り取(ど)りみどり。あたしは三年以内に死ぬという不吉な夢を見ました。黄泉(よみ)に行くというあたしなどを巡って、人と争う必要もありません」

喬は婆やに告げた。

「〈士は己を知る者のために死す〉[3]といい、僕は色恋で言っているのではありません。僕が本当に恐れているのは、連城さんが必ずしも僕を真に知ってくださっていないのではということです。もし僕を真に知ってくださっているのなら、一緒になれなくても構いません」

婆やは連城の真心を天に誓った。すると喬は言った。

「もしそれが本当なら、今度お会いするとき、僕に向かって一度でいいから微笑んでくだされば本望で、死んでも怨(うら)みません」

婆やが帰ってから数日後、たまたま喬は外出した。そのとき、連城が叔父の家から戻る途中に出くわしたので、彼女をじっと見つめた。連城は彼を振り返ると、流し目をして、白い歯がこぼれるように、にっこり笑ったのだった。喬は大喜びで叫んだ。

「連城こそ、真に僕を知る人だ！」

ちょうどその頃、王家から結婚の日取りの相談があったが、連城は病気がぶり返し

3　司馬遷『史記』「刺客列伝」中の語。戦国晋の智伯(ちはく)の食客、予譲(よじょう)は、智伯が趙襄子(ちょうじょうし)に殺されると、何度も失敗しながら諦めずに仇討を試みた。だが結局成功せず、趙襄子の前で自刃する。趙になぜそこまで尽くすのかと尋ねられたときの言葉。予譲は趙の衣を求め、剣でそれを突き刺して報復の意を叶えた。予譲の執念を支えたのは、智伯が唯一人、予譲を評価してくれた「知己」だったからという。

てしまい、数か月後、亡くなった。

喬は弔問に出かけたが、慟哭（どうこく）するや息絶えてしまった。史は遺体を彼の家に運ばせた。喬は自分が亡くなったことを悟ったが、べつに悲しくも何ともなかった。村を後にして出て行ったが、やはり一目、連城に会いたいと願っていた。遥か彼方に南北に走る道が見え、行き交う人々が蟻のように連なって歩いていた。彼もその混雑の中に身を投じた。

しばらくして役所らしきところに入ると、亡くなった旧友の顧に出会った。顧は驚いて、

「君はなぜここに来たんだい」

と問いかけ、即座に彼の手を取って送り帰そうとした。喬は深いため息をついて言った。

「ここでの気がかりがまだ片付いていないんだよ」

「僕は今文書を掌（つかさど）っていて、かなり信用されている。もし力になれることがあれば、手助けは惜しまないよ」

喬は連城について尋ねた。顧は早速、喬を案内してあちこち捜し回っているうちに、

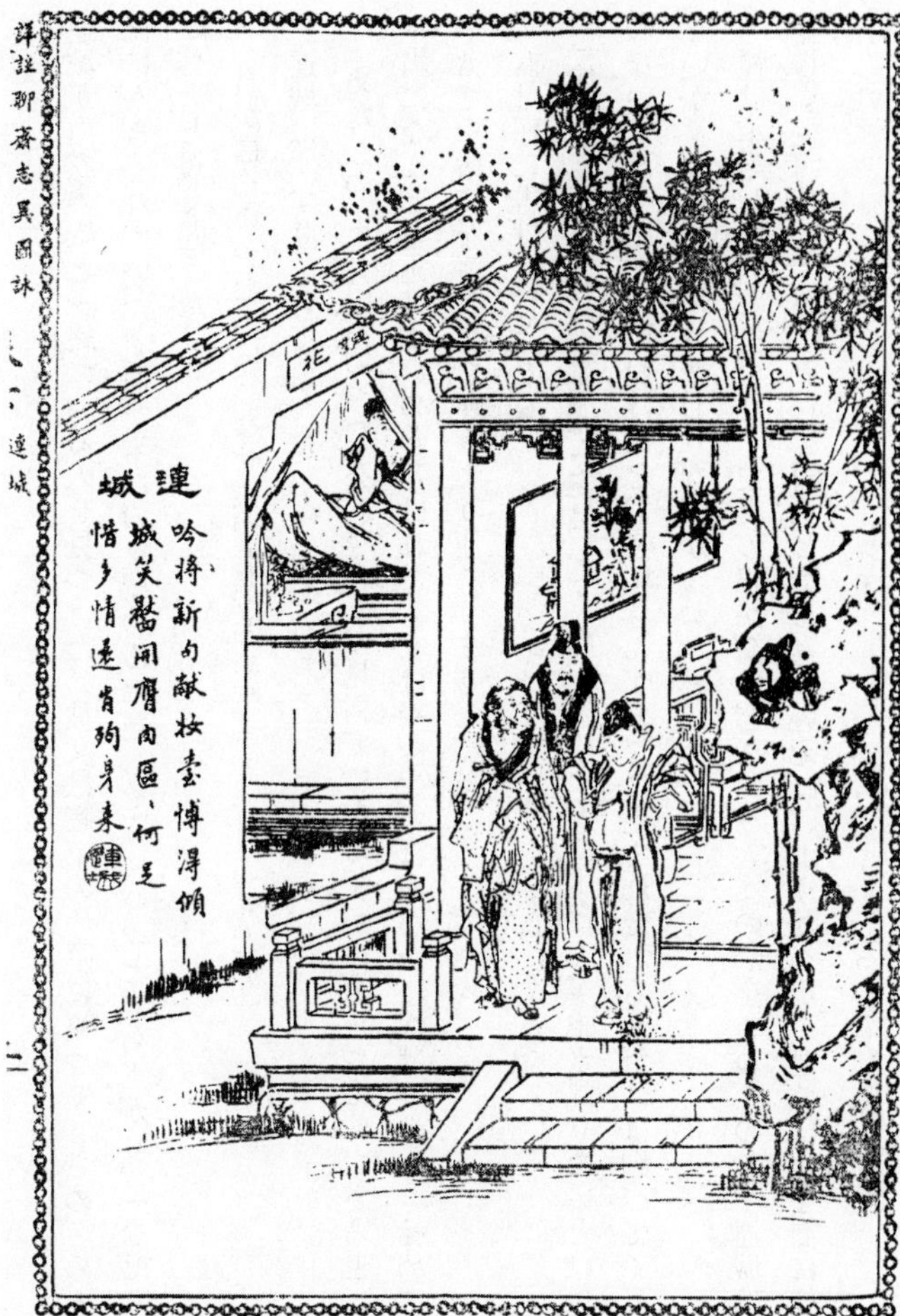
連城
吟將新句献妝臺博得傾
城笑靨開膺肉區、何足
惜多情遠肖殉身來

連城が白衣の娘と一緒にいるのを見つけた。彼女は廊下の片隅に座って、さめざめと涙にかきくれていた。喬が来たのを認めると嬉しそうにパッと立ち上がり、「なぜここへ」と短く問うた。

「君が亡くなったのに、なぜ僕がおめおめ生きていけるんだい」

連城はすすり泣いて言った。

「あたしのように裏切った人間さえもお見捨てにならず、後を追ってくださるとは、本当になんと言えばよいのか。けれど、もはや今生ではあなたに嫁げません。せめて来世で一緒になることを願うより他ありません」

喬は顧に告げて言った。

「何か用事があれば、ほかに行ってくれ。僕は死んで本望で、生き返りたいとは思わないんだ。ただ手間だけれど、連城さんがどこに生まれ変わるかだけは調べてくれないか。一緒に生まれ変わりたいからね」

顧は承諾して立ち去った。白衣の娘が喬はどういう人なのかを尋ねたので、連城は詳しく説明した。娘はそれを聞くと悲しみに堪えないようだった。連城は娘を喬に紹介した。

「こちらはあたしとおなじ史とおっしゃって、幼名は賓娘さん。長沙（湖南省）の史太守（郡の長官）のお嬢さまです。ずっと同じ道を歩いてきて、とても仲良くなりましたの」

喬が娘を見ると、いかにも愛らしい。もう少し事情を尋ねてみようと思ったところへ顧が早くも戻ってきて、喬に向かって祝福して言った。

「うまくいった！　君のためにしっかり務めあげたぞ。連城さんも君と一緒に戻れるようにしたのだ。どうだい」

二人はともに喜んで別れの挨拶をしようとすると、賓娘が大声で泣き出した。

「お姉さまが行ってしまったら、あたしはどこへ行けばよいのですか。どうか憐れと思って助けてください。お姉さまの侍女でも何にでもなりますから」

連城も痛ましく思ったが為すすべもなく、喬に相談した。彼はまた顧の情にすがろうとしたが、顧は難しいと言って、絶対無理だ、できないと繰り返す。喬がそれでも是非にと必死に頼み込むと、顧はしぶしぶ「ダメかもしれないが、やってみるか」と応じて立ち去った。ほどなくして帰ってくると、顧は手を振って言った。

「どうしようもない。本当に力になれないよ」

賓娘はその返事を聞くと、悲鳴を上げて泣き叫び、連城が今にも去ろうとするのを恐れるかのように彼女の腕にしがみついた。その様子は本当に哀れで痛ましかったが、どうしようもなく、皆は黙り込んでしまった。賓娘の哀しそうな表情を見ると、腸（はらわた）を締め付けられるようだった。すると顧が腹立たしげに叫んだ。

「よし、賓娘も連れていけ！　もしお咎めがあるのなら、小生が命を賭けて引き受けよう」

賓娘は大喜びで喬の後につき従った。彼は賓娘の家まで長い道のりなのに、同伴者がいないのを心配した。すると彼女は言った。

「あたしはあなたたちについていきます。家には帰りたくないわ」

「君は大バカだ！　自分の家に帰らないで、遺体がなければ、どうやって生き返るのだ。いずれ湖南の君のところに行くから、その時には決して避けないでくれよ。会えたらとても嬉しいよ」

たまたま二人の老女が文書を持って長沙に新しい死者を迎えに行くというので、賓娘を託すことにして、泣く泣く別れたのである。

連城は帰路、纏足（てんそく）[4]のために覚束ない足取りで歩んでいたが、一里余り歩くと一回休むというペースで、十回以上休んでようやく村の入口が見えてきた。すると連城が言った。

「生き返ったら、また状況が反転するのではないかと心配です。だからあたしの骸(むくろ)を家からもらってきて、あなたの家で蘇生するようにしてください。そうすればうまく行くはずです」

喬はわかったと同意した。二人で喬の家の前まで戻ってきたが、連城はよろよろして歩くこともままならない様子。彼は佇(たたず)んで彼女が来るのを待っていた。ようやく辿り着いた連城が言った。

「ここまで来ると、手足がブルブル震えてまるで自分のものではないようだわ。こんな有様では、あたしの願いも叶わないのではと心配。やはりもっと念入りに相談しましょう。そうでないと、生き返ってから思うように事を運べなくなるから」

二人で連れ立って母屋の手前の脇部屋に入った。二人はしばらく黙っていたが、連

4　女子が四、五歳頃から布で足を固く縛り、大きくならないようにした風習。唐末から五代にかけて起こり、清末まで続いた。

城が微笑んで尋ねた。

「あなたはあたしをお嫌いかしら」

喬は驚いて、なぜそんなことをと尋ねた。すると彼女は頬をぽっと赤らめて言った。

「事がうまくいかないのではと心配なの。そうなると、またまたあなたを裏切ることになるでしょ。だから生き返る前に、あなたの思いに報いたいのです」

彼は喜んで、いとしい思いを存分に尽くしたのだった。二人はますます離れ難く、再生を日延べし、そのまま三日間、脇部屋で身を寄せ合って過ごした。すると連城が言った。

「こういう諺があるの。〈醜婦（醜い嫁）もいつかは舅姑に会わねばならぬ〉と。ここでいつまでもぐずぐずしているわけにはいかないわ」

喬はそう促されて、彼の遺体が置かれた部屋に入ると、途端にハッと目覚めるように生き返った。家族はびっくり仰天しながら、白湯を飲ませた。

喬はそれから史家に使いを出し、連城の亡骸を喬の家にいただければ彼女を再生させられると伝えた。史は喜んで彼の願いを受け入れた。喬の部屋に彼女の柩を担ぎこんで開けてみると、連城はすでに生き返っていた。そして父に告げた。

「あたしはもうこの身を喬さまに委ねましたから、今さらよそに嫁ぐいわれはありません。それでももし事が変わるなら、また死ぬだけのことです」

父は一人帰り、下女を喬家に送って娘の身の回りの世話をさせたのだった。

王はこの話を聞くと、告訴状を備えて裁判に訴えた。役人は賄賂をもらっていたので、判決は王のほうにくみした。喬は憤懣やるかたなく死なんばかりだったが、どうしようもない。連城は王家に嫁いだが、最初の日から腹を立てて飲食を拒み、口を開けば、死にたい、死にたいと願うばかり。部屋に人がいなくなると、帯を梁にかけたりした。翌日にはますます衰弱して今にも死にそうになったので、王は怖気づいて、彼女を史の下に送り返した。史は再び彼女を輿に乗せて、喬のところに送った。王はそのことを知ったが、もはや打つ手はなく、とうとう一件落着したのである。

連城は元気になると、いつも賓娘のことを思い出し、便りを出して消息を知ろうと思っていたが、何分にも遠すぎて出しそびれていた。

ある日のこと、召使が「お客さまが車でお越しです」と告げるので、夫婦で迎えに出ると、賓娘がすでに庭まで来ていた。互いに涙を流して再会を喜び合った。賓娘の父の史太守自らが彼女を送ってきたので、喬は招き入れた。太守は言った。

「娘は貴君のお陰で再生できたので、誓って他に嫁がないと言い張ります。そこで今、娘の思いを叶えてやることにしたのです」

喬は岳父の作法通りに拝礼をした。連城の父、史孝廉もやってきて、同姓の好を結んだ。喬は名を年、字を大年といった。

異史氏曰く――

一度微笑んでくれただけの知己、それに身を捧げるとは、世の人々はそれを愚かと囃し立てるかもしれない。だが、かの前漢の田横に殉じた五百人[5]は、全員愚かだったといえようか。これは「我を知る者は希なり」[6]ということの尊さを知ればこそである。賢者豪傑が感極まって自分では止めることができない所以である。それにしても、この果てしなく広がる海内を思えば、〈錦繡の才人〉[7]の心を、佳人の一笑に傾けさせただけというのは、実に悲しいことではあるまいか。

5　田横（?～前二〇二）は、秦末、自ら斉王となるが、漢の高祖劉邦（りゅうほう）に臣下となるよう求められ、朋党五百人とともに海中の島に逃れたが、ついに自殺。五百人全員が殉死した。

6　『老子』第七十章。「知我者希、則我者貴（我を知る者は希なれば、則ち我は貴し）」

7　詩文の才に優れた人。中唐・柳宗元「乞巧文（きっこうぶん）」などに見える語。ここでは、「倦繡図」に因み、「織錦」の故事を踏まえた詩を詠んだ喬を指す。

2　封三娘（中国版ロミオとジュリエットの仕掛け人は誰？）

范娘は排行十一[1]、鹿城[2]出身の国子監祭酒（国立大学長）の娘で、幼いころから見目麗しく、特に詩歌に秀でていた。父母の愛情を一身に集めており、婿の話があれば娘に選ばせていたが、彼女はいつも良い返事をしなかった。

上元の日には、水月寺の尼僧たちが盂蘭盆会を催す。この日は、参詣する女たちが雲のように多く、范娘もお参りに出かけた。境内で参拝していると、娘が一人、小走りで付いてきて、何かもの言いたげに、しばしば顔を覗き見た。范娘がよく見てみると十六くらいの絶世の美女。すっかり気に入って、惚れ惚れと見つめると、娘は微笑んで言った。

「お姉さまは、十一娘さまではございませんか」

「はい」

「お名前はずいぶん前から伺っておりましたが、世間の評判は、間違っていませんね」

范娘が、住まいを尋ねると、

「あたしは封家の娘で排行は三番目、近くの村に住んでおります」

二人は手をとり合って楽しく談笑した。娘の言葉遣いが穏やかでやさしいので、范娘はすっかり惚れ込み、いつまでも話していたくなった。

「どうしてお連れがいないの」

と聞くと、

「両親は早くに亡くなり、家には婆やが一人いますが、留守居をしているので来られないのです」

范娘が帰ろうとすると、封はじっと見つめて今にも涙を流しそう。范娘も別れが辛

1 一族中の同世代の者（兄弟・従兄弟）を年齢の高い順から一（または大）・二・三〜と番号をつけた数字。

2 原文は「䴥」、未詳。口語訳や、注釈では、「鹿城」（河北省）になっており、ここではそれに従う。

くて耐えられず、これからお付合いしましょうよと誘った。すると封は言った。

「あなたは名門の裕福な家のお嬢さま、あたしは遠い親類ですらない者だから、みなさんに嫌がられるのが心配です」

范娘が強く誘うと、

「日を改めてお伺いしますわ」

と言った。范は金の簪を抜いて贈り、封も髷に挿している緑の簪をお返しとした。

范娘は家に帰ってからも封のことが慕わしく、しきりに思い出されて、贈られた簪を出してみたが、それは金でも玉でもない。家の者も誰一人わからず、たいそう不思議がるばかりだった。毎日、封の来るのを待ち望んでいたが来ないので、范娘は裏切られた思いで、とうとう病気になってしまった。両親は訳を聞き、近隣の村に人をやって調べさせたが、誰一人知る者はなかった。

重陽の節句（九月九日）になったが、范娘は体が衰弱して何もできない。下女に支えてもらって無理に庭に出て、東の垣根の下に敷物を伸べさせた。不意に娘が一人、垣をよじ登ってきて覗き込んだ。見れば封三娘だった。

「あたしをしっかり受け止めて！」

と呼びかけた。下女が言う通りに待ち構えると、ポンと飛び降りた。

范娘は驚喜して飛び起き、封の手を引いて敷物に座らせると、なぜ約束を破ったのかと責めた上、どこから来たのか尋ねた。

「あたしの家はここからはかなり遠いけれど、時々叔父の家に遊びに来るの。この前、近くの村と言ったのは、叔父の家のことよ。お別れしてから本当にお目にかかりたくて仕方なかったけど、貧乏人と貴人のお付合いでしょ。恥ずかしさが先に立って、とてもお訪ねする気になれず、お手伝いの人たちにバカにされるのではないかと恐れて、とうとうお訪ねできなかったの。たまたま垣根の外を通りかかったら、女の人の話し声が聞こえたので、すぐによじ登ってみたの。どうかお嬢さまでありますようにって祈りながらね。今、願いが果たせましたわ」

范娘が病気の理由を述べると、封は雨のように涙を流した。それから、

「あたしが来たことは秘密にしてね。あることないこといろいろ言われるのは、耐えられないから」

范娘は承知してともに部屋に帰り、寝椅子に上がって思う存分楽しく語り合った。病はほどなく治り、二人は姉妹の契り(ちぎ)を交わして、服や靴はいつも互いに取り換

えっこしたりした。人が来るのを見ると、封は幕の後ろに隠れた。だが、五、六か月たつうち、封のことが范公と夫人の耳にあらかた入ってしまった。

ある日、二人がちょうど碁を打っているところに、夫人が不意に入ってきた。封をよくよく見て、

「本当に娘にぴったりのお友達だこと！」

と驚き、范娘に言った。

「お部屋の中によいお友達がいることは、わたしたちも嬉しいのよ。なぜ早く言わなかったの」

そこで范娘が封の気持ちを伝えると、夫人は封を振り返って言った。

「娘のお友達になってくださって、とっても嬉しいわ。それなのにどうして隠れたりなさるの」

封は恥ずかしさで真っ赤に頬を染めて、もじもじと帯をねじっているばかりだった。

夫人が立ち去ると、封はもう帰るわと言ったが、范娘が必死に引き留めたので、やっと思い止まった。

ある日の夕方、封が扉の外からあたふた駆け込んできて泣きながら言った。

「あたしはここに長くいてはいけないと何度も言ったでしょ。やっぱりこんなひどい目に遭わされたわ」

驚いて尋ねると、

「いまお手洗いから出たら、若い男の人が無理やり抱きついてきたの。幸い逃げることができたけれど、こんな辱(はずかし)めを受けて、いったいどんな顔をすればいいの」

范娘は男の姿形を細かく問い詰めると、封に謝って言った。

「ごめんなさい。それはわたしの愚かな兄です。お母さまに言って棒たたきで懲らしめてもらうから」

封は、頑としてお暇(いとま)すると言い張る。范娘は、せめて夜が明けてからにしてと願ったが、封は、

「叔父の家はすぐそこなの。梯子(はしご)を借りて、垣根を越えるだけのことよ」

と言った。范娘は、もう引き留めることはできないとわかったので、二人の下女に垣根を越えて見送らせた。半里ほど行ったところで、封は挨拶してひとりで立ち去った。下女が戻ると、范娘は寝床につっぷして嘆き悲しんでおり、まるで連れ合いを失ったかのようだった。

その後数か月して、下女が用事で東の村に出かけたが、日が暮れた帰り道で、封が老婆を連れて歩いてくるのに出会った。下女は喜んで挨拶し、封もしみじみとして范娘の様子を尋ねた。下女は封の袖を取って、

「三娘さま、どうか家においでくださいませ。お嬢さまは死ぬほど待ちこがれていらっしゃいます」

「あたしも同じ思いだけれど、お家の方に知られたくないのよ。帰ったらお庭の門を開けておいてくださいな。お邪魔するので」

下女は帰って范娘に報告すると、范娘は喜んで、言われた通りに門を開ければ庭にはすでに封が来ていた。二人は別れてからのことを、寝るのも忘れて綿々と語り合った。封は下女が熟睡したのを見定めるとやおら起き上がり、范娘の床に移って枕をともにしながら囁いた。

「あなたはまだ婚約してないでしょ。才色兼備の上、名門なのだから、何の苦労もなく高貴なお婿さんを迎えられるはず。でもぼんぼんたちは遊び人ばかりだから対象にしてはいけないわ。もし本当に良いお相手が欲しいなら、貧富を問題にしてはダメよ」

范娘が同意すると、封は、

「去年お会いしたお寺で、今また施餓鬼（せがき）が行われているの。明日また、ちょっと出かけましょう。気に入る人を必ずお目にかけるわ。あたしは以前から人相術の書物をかじっていて、まず外れることはないのよ」

明け方、封は寺で待っていると約束して、そそくさと立ち去った。范娘が約束通り出かけて行くと、封は先に来ていた。境内をぐるりと見てから、范娘は封を車に乗ろうと誘った。二人が手を取り合って門を出たとき、一人の書生を見かけた。年は十七、八くらい、上着は質素な木綿だったが、風貌は一際優れて目立った。封は彼をそっと指さして言った。

「あの方はいずれ翰林学士（かんりんがくし）[3]になる才人よ」

范娘はちらっと横目で見た。封は、

「あなたは一足先に帰ってね。すぐ後を追っかけますから」

---

3 翰林院で、帝の詔勅などの文書を掌る文官。翰林院は、唐・玄宗のときに創設され、清代には、侍講・侍読、書物の編纂なども行った。

と言い、日が暮れると、約束通りやってきて言った。

「あたし、いま詳しく調べてきたの。あれは同じ里の孟安仁という人だったわ」

范娘は彼が貧しいのを知っていたので、良いとは認めなかった。すると封は、

「なんでまた俗世間に身を落とすようなことを言うの。あの人が、もしずっと貧乏で卑賤のままだったら、あたしはこの目玉を抉り出して、天下の士人の人相を二度と見ないことにするわ」

「ではどうすればいいの」

「何か一品、くださいな。それを持参して誓いのしるしにするから」

すると范娘が言った。

「なんでそんなにあわてていらっしゃるの。父や母がいるのだから、事がうまくいかなかったらどうするの」

「そうなるのを心配するからなの。あなたの意志が固ければ、生き死にだって何ほどもないでしょ」

だが范娘はどうしても良いと言わない。すると封は、

「あなたの婚姻の縁はもう動き出しているのだけど、それを妨げる邪気が消えてい

ないの。それであたしは前から親しくしてくれたお礼として、何か力になりたくて来たわけなの。ではこれでお別れして、以前頂戴した金の鳳の簪をお嬢さまからと言って届けに行くわ」

范娘はもっと相談しようと思ったが、封はさっさと出て行ってしまった。

時に孟は貧乏だったが才能豊かで、良い伴侶を選ぼうと思っていたので、十八になっても未婚だった。この日、ふと二人の美人を見かけて、帰宅後も思い出しては物思いに耽(ふけ)っていた。夜も更けようというとき、封三娘が戸口を叩いて入ってきた。灯りで照らすと、昼間見かけた娘とわかり、喜んで用向きを尋ねた。

「わたしは封と申しまして、范家の十一娘さんの友達です」

と言うと、孟は大喜びで、詳しい話もそこそこに、いきなり進み出て抱きつこうとした。封はそれを拒んで言った。

「わたしは毛遂(もうすい)[4]ではなくて、曹丘生(そうきゅうせい)[5]なのです。十一娘さんがあなたさまとの永遠のご縁を願って、わたしに仲人を頼んだのです」

孟は驚いて信じようとしない。そこで三娘は簪を取り出して彼に見せた。孟は我を忘れて喜んで誓った。

「それほどに慕ってくださるとは。もし十一娘さんをもらえなかったら、僕は一生独身のままです」

それを聞いて、封はそのまま立ち去った。

孟は翌朝、隣の老婦人に頼んで范夫人を訪ねてもらった。夫人は孟が貧乏だったので、娘に相談もせず、その場で断った。范娘はそれを知って失望し、封が自分の将来を誤らせたと深く怨んだ。そして金の簪を取り返すことも難しい状況では、死によってしか、この約束を貫くすべはないと思いつめた。

それから数日後、何某という郷紳[6]が息子のために求婚しようとしたが、辞退されるのを恐れて県知事に仲立ちを頼んだ。時に何某は重要な地位にいたので、范公は内心、断るのは難しいと思った。范娘の気持を尋ねると気が進まない様子で、母親が問い詰めても、黙ったまま涙を流すだけ。范娘は侍女を通じてひそかに母親に「孟さんでなければ、死んでも嫁がない」と伝えた。范公はこれを聞いてますます怒り、結局、郷紳の家と婚約してしまった。さらに范娘が孟を慕っているのではと疑い、吉日を選んで式を急ぐことにした。范娘は怒って食事を絶ち、毎日臥せっていた。婚礼の前夜、にわかに立ち上がり、鏡を手に取って化粧を始めた。夫人はひそかに喜んだが、そこへ下女が駆け込んできて申し上げた。

「お嬢さまが首をくくられました」

家中、大騒ぎになり、泣いて後悔したが、もはや取返しもつかず、三日して埋葬した。

孟は隣の老婦人から范家の拒絶を聞いて、死なんばかりに憤慨したが、それとなく消息を探っては、まだ見込みがあると思っていた。ところが彼女の嫁ぎ先が決まったという話を知り、怒りの炎が胸中を焦がしたものの、今となってはすべての望みが絶

4　毛遂は、戦国時代趙の平原君の食客。秦の大軍が趙の都邯鄲を包囲したとき、楚の援軍を依頼する任務に自薦して応募し、渋る楚を説得できたという。毛の能力を見抜けなかった平原君は恥じて、「敢へて復た士を相せず」と言った（『史記』「平原君虞卿列伝」）。范娘を説得する封の言葉の典故でもある。

5　曹丘生は、前漢・楚の人。当時、まだ魏・楚にしか知られていなかった武将の季布の高い評価（季布は一日引き受けたら必ず実行することで有名だった人物）を、遊歴して天下に知らしめた（『史記』「季布欒布列伝」）。ここでは、封は、毛遂のように自薦ではなく、曹のように他者を紹介するという喩えに用いている。

6　地方の有力者。退官した官吏など、その土地で勢力を持っている者。

たれてしまった。ほどなくして范娘の訃報と埋葬を聞いて嘆き悲しみ、麗人とともに死ねなかったことを恨んだ。その日の夕暮れ、城門を出て、闇に乗じて范娘の墓に詣でようとした。すると突然、向こうから人がやってくる。近づいてみれば、封三娘だった。

「おめでとうございます。ご縁組がやっと結ばれますね」

と言われて、猛は、ハラハラと涙を流して言った。

「君は十一娘が亡くなったことを知らないのかい」

「わたしが結ばれると言ったのは、お亡くなりになったからこそよ。急いでお宅の人を呼んで、墓を暴いてください。わたしの持っている妙薬で生き返ることができるのよ」

孟は言われたとおり墓を暴いて棺桶をこわし、墓をまた埋め戻した。みずから死体を背負って封とともに家に帰り、范娘を寝台に寝かせて薬を飲ませた。一刻ばかりして、ついに范娘は息を吹き返した。封を見て、

「ここはどこ」

と言うので、封は孟を指さして、

「この方が孟安仁さまよ」

と言い、事情を話すと、ようやく夢から覚めたようだった。

封は世間に漏れるのを恐れて、二人を五十里ほど離れた山中の村に連れて行って匿（かくま）った。封が去ろうとすると、范娘が泣いて引き留めて、離れに住まわせることにした。墓に納めた装飾品を売って生計に充て、まずまずの家産になった。

封は孟が部屋に来ると、必ず席を立って彼を避けた。すると范娘がこう勧めた。

「わたしたちは肉親以上の姉妹よね。でも後百年だって、一緒に生きることはできないわ。だったらいっそ女英（じょえい）と娥皇（がこう）[7]のようにして暮らすのがいいと思うのだけど」

「あたしは幼いときに秘術を授かり、呼吸法によって不老長生ができるの。だから結婚したくないのよ」

范娘は、笑って言った。

「世間に養生術というのは数限りなくあるけれど、実際に効き目のあった人は誰かいるかしら」

7　二人は古代の聖帝堯（ぎょう）の娘たちで、ともに堯の後継者舜（しゅん）の妃になった。

すると封は言った。

「あたしの術は世間のものとは違うのよ。世間に伝わるのは、みな真の秘術ではないの。華佗（かだ）の五禽図[8]だけが、まあ出鱈目（でたらめ）ではないと言えるわね。そもそも修練をする者は、みな血と気をうまく流通させようとする。しゃっくりが出たとき、虎の恰好をすれば、すぐに止まるのがその証よ」

范娘はひそかに孟と計り事をめぐらし、偽って孟を遠出したことにした。その夜、封に無理矢理酒を勧め、酔いつぶしてから、孟が忍び込んで封を犯した。封は目をさまして范娘に言った。

「あんたはあたしをダメにしたわね。もし色戒さえ守れたら、修行が完成して第一天に昇れるはずだったのに。こんな悪だくみに嵌（は）められるなんて。ああ、これも運命だわ」

封は、やおら立ち上がると、別れを告げた。范娘は、誠意からしたことと弁解して、必死に謝った。すると封は言った。

「実はあたしは狐なの。あんたの美貌を見たばかりに、一目惚れで我を忘れてしまい、とうとうこんなことになってしまった。これこそ情魔がもたらした厄難で、あんたや人間とは関係ないの。これ以上ここにいれば、情魔がさらに大きくなり、底なしになるわ。でもあんたにはこの先、福運が続くよ。くれぐれも大事にしてね」

言い終わると、さっと姿を消した。夫婦は驚きのあまり、いつまでもぼんやりしていた。

翌年、孟は果たして郷試・会試[9]に連続及第して、翰林学士になった。そこで名刺を投じて范公に面会を求めたが、公は以前、婚約を断ったことを恥じて会おうとしなかった。是非にと強く請われてやっと応じた。孟は中に入ると、うやうやしく跪拝し、娘婿として拝礼した。范公は孟が嫌がらせをしているのではないかと疑って怒り出した。孟は人払いを願い、これまでの事情を詳しく語った。公はその話を信じ切れず、世孟の家を調べさせてから、やっと驚喜したのだった。だが禍が起こるのを恐れて、世

8　華佗は、後漢末～魏の名医。魏・曹操の意に従わず殺されたという。華佗の養生術は、体の不調を覚えた場合、虎・鹿・熊・猿・鳥の中から適した禽獣を選び、その真似をして体を動かして発汗させるという（『後漢書』）。世にいう「五禽戯」、「五禽図」は未詳。

9　明清時代の科挙の予備試験。「会試」は郷試及第者（挙人）を対象に、都で行う二次試験。合格者を「貢士」という。さらに皇帝が宮中で行う「殿試」に及第して「進士」となる。

間に決して漏らさないよう関係者に口止めした。

さらに二年して、郷紳の何某に収賄の罪が発覚し、父子ともに遼海(遼寧省)の軍役に流されたので、范娘はようやく里帰りを果たしたのである。

3 緑衣女

（恋仲になった緑衣の美女の正体は？）

于(う)という書生は、名を璟(えい)、字を小宋(しょうそう)といい、益都(えきと)（山東省）の人だった。醴泉寺(れいせんじ)に部屋を借りて受験勉強をしていた。[1]ある夜、書物を開いて音読していると、突然、娘が一人、窓の外から褒めて言った。

「于さま、熱心にお勉強だこと」

こんな山奥のどこに娘がいるだろうか。そう疑わしく思っている間に、娘は早くも扉を押し開いて、笑いながら入ってくると、

「本当に熱心にお勉強だこと」

と言った。于はギョッとして立ち上がり、よく見てみると、長い裳裾(もすそ)の緑色の着物を着た、たおやかな絶世の美女だった。于は人間ではないと察して、娘がどこに住んでいるのか、きつく問いただした。すると娘は言った。

「御覧の通り、あたしはあなたを取って食うような者ではありません。それなのにどうしてそんな無意味な質問をなさるの」

于は娘に惚れこんでしまい、共寝をした。娘が薄物の下着を解くと、細い腰は両の手で抱いてもまだゆるゆるだった。

夜が終わろうとするころ、娘はひらりと立ち去ったが、その夜から毎晩、訪れるようになった。

ある夜、二人で酒を酌み交わしながら話に興じていると、彼女は音楽に造詣が深いことがわかった。そこで于が言った。

「君の声は、なよやかで透き通っている。一曲歌ってくれれば、きっと魂を奪われてしまうよ」

娘は笑って、

「それなら決して歌わないわ。だってあなたの魂がなくなったら大変だもの」

1　山東省鄒平(すうへい)県の黌堂嶺(こうどうれい)のふもとにある寺。六朝時代に創建されたが荒廃していたのを唐代中宗の時、再建すると、東の岩から醴泉（甘い水）が流れ出たので、命名された。北宋の名宰相范仲淹もこの寺で科挙の受験勉強をしたという。

と言ったが、于はお願いだからと迫った。すると娘は、

「あたしは出し惜しみしてるわけじゃないの。他人に聞かれるのが心配なの。あなたがどうしてもとおっしゃるなら、お耳汚しを致しましょう。小さな声で歌うけど、気持を籠（こ）めるので、それでよいことにしてね」

と言って、小さな足[2]で足置き台を軽く踏んで拍子を取りながら歌った。

樹上烏臼鳥　　樹上の烏臼（うきゅう）鳥[3]
賺奴中夜散　　奴（やつ）を賺（あざむ）きて　中夜に散ぜしむ
不怨繍鞋湿　　怨まず　繍鞋（しゅうあい）の湿（うるお）ふを
祇恐郎無伴　　祇（た）だ恐る　郎に伴無きを

樹の上の烏臼鳥、
あたしをだまして、真夜中なのに帰らせた。
ぬいとり靴が濡れても構わない。
ただ残念なのは、いとしい彼に別れたこと。

その声はハエの羽音のようにか細くて聞き取りにくかったが、静かに耳を傾けていると、柔らかく調子を変えながら滑らかに流れてゆくようで、耳も心も震えるようだった。

娘は歌い終わると、扉を開けて外の様子を窺って、

「窓の外で誰か聞いたかもしれないわ」

と言って、部屋の周囲をぐるりと回ってから戻ってきた。于が、

「君はなぜそんなに恐がりで、疑り深いんだい」

と言うと、笑って言った。

「ことわざに〈盗人は常に人を恐れる〉と言うでしょ？　あたしがそれなのよ」

それから寝ようとしたが、ビクビクして楽しまない。そして、

「これまでのご縁も、これで終わりかも」

2　原文は「蓮鉤」、纏足（1「連城」注4参照）にした小さな足。

3　くろもず。鳩に似て冠がある黒い鳥。夜が明けるとすぐに鳴くという。

綠衣女
窺牕有女妝
逶迤一曲清
歌妙入神居
家不勞君絮
問綠衣原是
衛宮人
詳註聊齋志異圖詠
卷八 綠衣女
四

と言うので、于が焦ってその訳を尋ねると、娘は言った。

「あたし、胸騒ぎがするの。あたしの福運も尽きてしまったわ」

于が慰めて言った。

「心臓がドキドキしたり、目がピクピクしたりするのはよくあること。そんなに恐がることはないよ」

娘は少しほっとしたようで、再び于にしなだれかかった。

やがて夜が明けると、娘は衣を着て寝台から降り、戸のかんぬきを開けようとしたが、ぐずぐずした挙句、戻ってきて言った。

「なぜだか恐くて仕方ないの。あたしを戸口まで送ってくださいな」

于は言われた通り起き上がって、彼女を扉の外まで見送った。

「あなた、ずっと立ってあたしを見ていてね。あたしが垣根を越えて行ったら、戻っていいわ」

と言い、于はわかったと承知した。

于が見守っていると、娘は部屋の廊下を曲がり、足音も消え、姿が見えなくなった。寝に帰ろうとしたちょうどそのとき、娘が助けを求めるけたたましい悲鳴が耳に入った。于は駆け付けたが、周囲を見回しても姿が見えない。ただ声は軒先のあたりから聞こえている。首を上げてよくよく見れば、弾丸くらいの大きなクモが何かを捕らえており、それが悲し気な声を上げている。于はクモの巣を破ってつまみ出し、ねばりついているクモの糸を取り払ってやると、それは一匹の緑色の蜂だった。息も絶え絶えで死にそうだ。そっとつかんで部屋に帰り、机の上に置いてやった。息を吹き返して大分長い間じっとしていたが、ようやく歩けるようになった。するとよろよろと硯（すずり）の池まで辿り着くと、墨汁の中にドボンと身を投げた。それから出てきて机の上にうつ伏せになり、体を動かして「謝」の字を書いた。そして二つの羽をしきりに伸ばしていたが、やがて窓の隙間から飛び去った。

娘はそれきり姿を見せることはなかった。

4 瑞雲（妓女の人気下落の謎）

瑞雲は、杭州（浙江省）の名妓で、容貌も才芸も並ぶ者がなかった。十四歳のとき、養母の蔡ばあさんは、彼女に客を取らせることにした。すると瑞雲は、

「これはあたしの人生の第一歩だから、いい加減にしたくないわ。値段は母さんが決めていいから、相手はあたし自身に選ばせてほしいの」

と告げると、養母は了承した。そこで値を十五両[1]と決めて、毎日客に会うことになった。客が会いたい場合は、必ず手土産を用意しなければならない。それが上等な品なら、碁一局の相手をしたり、絵を一枚お返しにしたりするが、大した品でないなら、茶を一杯出すだけだった。瑞雲の名前はもうだいぶ前から騒がれていたので、それからというもの、金持ちの商人や高官が毎日門前に行列を作った。

余杭（浙江省）の賀という書生は、早くから優秀だという評判だったが、家そのも

のは何とか中流といえる程度だった。彼はもともと瑞雲に憧れていたが、鴛鴦（おしどり）（夫婦）になる夢など思いも寄らず、精一杯のささやかな贈り物をして一目麗しい姿に接したいと願った。瑞雲はもう数多くの客に会っているので、自分など貧しい身の上で一瞥（いちべつ）もされないのではと、内心びくびくしていた。いざ会って少し話してみると、殊の外、丁重にもてなしてくれる。腰を落ち着けて話が弾むうちに、彼女の眉や目のあたりに情が籠もってきて、彼に詩を贈ってくれた。

何事求漿者　何をか事とす　漿（しょう）（飲み物）を求むる者
藍橋叩暁関　藍橋（らんきょう）[2]にて　暁に関（かんぬき、門戸）を叩く
有心尋玉杵　玉杵（ぎょくしょ）を尋ぬる心有らば
端只在人間　端（まさ）に只だ人間（じんかん）に在るのみ

1　原文は「価十五金」、清代では銀一両を「一金」という。「両」は〈怪〉の巻5「夜叉国」注6参照。

飲み物求めて何をかせん。
藍橋にて夜明けに戸を叩く。
玉の杵を探す気持があるならば、
まごうことなくこの世にあらん。

賀はこの詩をもらって、天にも昇らんばかりに喜んだ。もっと話し込もうとしたら、不意に小間使がやってきて、「お客さまが来られました」と申し上げたので、彼はあたふたと別れて去った。

賀は帰宅すると、もらった詩を吟じては魂を奪われたように夢見心地に浸っていた。一、二日たつと、思慕の情を抑えられず、手土産を準備して再び出かけて行った。

瑞雲は座敷で彼に会うと、心から喜んでくれた。席を彼の近くに移してにじり寄ると、声をひそめて「一夜、共にできますか」と囁いた。賀は答えた。

「貧乏書生の身では、大切な方に捧げることができるのは愚かなばかりの純情だけです。ほんのささやかな手土産ですが、それでももうすっからかんです。身近に御拝顔できただけで、十分満足です。肌を重ねようなどとは夢にも思いません」

瑞雲はそれを聞くと、つまらなそうにふさぎ込み、向かい合っても一言も発しない。賀が座り込んでいつまでも動かないでいると、老婆がしきりに彼女の名を呼んでせっついたので、賀はしぶしぶ帰って行った。

賀はくよくよ落ち込んで、こうなったら財産すべてはたいて一夜の歓を尽くそうかとも思った。だが、思いを遂げた上での別れなど、恋心がさらに深まってとても耐えられるわけがない。あれこれ考えた末、そのことに思い至ると、熱い気持ちがすっと消えた。以来、彼の消息はふっつり絶えた。

瑞雲は数か月かけて婿選びをしていたが、心に適う人は一人もいなかった。老婆は腹に据えかねて、もはや無理強いするまでと思いつつ、それもできないでいた。

---

2 陝西省藍田県を流れる藍水にかかる橋。裴航の故事（晩唐・裴鉶『伝奇』所収）に基づく。旅の途次、藍橋の宿場付近で喉の渇きを覚えた裴航は、近くの家を訪れ、出てきた老婆に飲み物を無心する。果汁を運んできた孫娘の雲英に一目惚れ。妻にと所望すると、老婆は仙薬を搗くための杵と臼を探して来たら、許すと言う。苦労して入手した裴航は、ついに雲英を娶り、老婆の導きで二人ともに仙界に入ったという話。「雲英」の名は「瑞雲」と類似し、妓女は仙女にも喩えられ、当該作の仙趣と結末を暗示する。

ある日のこと、一人の秀才が手土産を差し出して、しばらく席で語らっていたが、つと立ち上がり、彼女の額を指で一突きして、「残念だ、残念だ」と言いながら立ち去った。

瑞雲が客を送って帰ってくると、額の上に指で押した跡があるのをみんな見とがめた。墨のように真っ黒で、洗えばますますひどくなった。数日たつと、墨の跡は次第に広がり、一年あまりたつと頬骨全体を蔽って左右が繋がり、鼻筋も黒くなった。人はそれを見れば吹き出して、訪れる車馬の轍も途絶えた。老婆は彼女を飾り立てることをやめて、下女の仲間に入れてしまった。瑞雲はひ弱なたちなので、下働きに耐えられず、日毎に憔悴していった。

賀はそのことを耳にしたので立ち寄ってみると、台所で髪を振り乱した姿は幽霊のような醜さだった。瑞雲は顔を上げて彼を認めると、さっと壁のほうを向いて顔を隠した。賀は痛ましくてならず、老婆に向かって嫁に売ってくれと頼んだ。老婆が許したので、田畑はおろか衣類まで売り払い、その金で彼女を買って帰った。

門に入るなり彼女は賀にすがりつき、涙を振り払うと、奥さまなどとんでもない、妾で十分なのでどうか良き伴侶を娶ってくださいと願った。すると賀は、

「人生で大切なのは知己、つまり自分の理解者だ。あんたは栄華のときでさえ、僕を高く評価してくれた。そんなあんたを美貌が衰えたからといって、忘れられるわけがないだろ」

と言い、決して正妻を娶ることはなかった。その話を聞いた者はみんな嘲笑したが、賀の彼女に対する愛情は一層深くなった。

一年あまりして、賀がたまたま蘇州（江蘇省）に行くと、同じ宿に和という書生がいた。その和がふと尋ねた。

「杭州には名妓の瑞雲がいましたが、最近どうですか」

賀が「人に嫁ぎましたよ」と答えると、和はさらに「それはどんな人ですか」と尋ねる。

「まあ僕と似たような人物です」

「もしあなたのような人物なら、上々といえますな。どのくらいで買ったかご存知ですか」

「彼女は奇病にかかったので婆さんは安く売りましたよ。そうでなければ、僕と同様な輩が妓楼のべっぴんを買えるわけがありません」

すると和はさらに尋ねた。

「その人物は本当にあなたのような人なんでしょうね」

賀はおかしなことを言うと思って、何故かと問い返した。すると和は笑って言った。

「本当のことを話しましょう。昔、彼女に一度会ったことがあります。この世のものとも思えないその姿が、時世に恵まれずに妓楼の中で落ちぶれていくのが残念でたまらなかったのです。それでちょっとした術を用いて、彼女の輝きを減らして璞(あらたま)[4]のまま保存させ、その才美を本当に理解できる者が出るまで待たせた次第です」

賀は急(せ)きこんで尋ねた。

「あなたは墨をつけることができたのなら、それを洗い去ることもできるのではありませんか」

和は笑って言った。

「勿論できますとも。ただ当人が誠心誠意で求める必要がありますが」

すると賀は立ち上がり、うやうやしくお辞儀をして言った。

「瑞雲の婿とは、ほかでもない、この僕です」

和は喜んで言った。

「天下広しといえども、本当に優れた人物だけが美醜に惑わされないで深く愛することができるのです。どうか君のお供をしてお邪魔させてください。そうすれば飛切りの美人にして差し上げられますぞ」

かくして、二人は連れ立って帰った。

家に着くと、賀は酒を命じてもてなそうとしたが、和はそれを押しとどめて言った。

「まずはわたしの法術を行って、酒の準備をしてくださる方に喜んでもらうのが先です」

早速、たらいに水を張るように命じ、そこに指を突き立てて何かを書いてから言った。

「この水で顔を洗えば治るはずです。そうなったらお出まし願って、この医者に感謝してもらわねば」

賀は笑いながらたらいを捧げ持って奥に行き、瑞雲のそばに立って彼女が洗い終え

3　芸妓や遊女を置いて、客に遊興させるのを生業（なりわい）とする館。
4　掘り出したままで、磨きをかけていない原石。

るのを待った。彼女が手を動かすにつれて、顔は清らかに白く輝き出し、昔のままのあでやかな美貌になった。

夫婦ともども喜び合い、一緒に奥から出てきて感謝しようとしたが、客の姿はすでに杳（よう）として見えない。あちこち捜し回ったが見つけられなかった。思うに、彼は仙人ではなかったろうか。

5 白秋練

（詩吟に惚れこんで押しかけ女房となった女の正体は？）

直隷省[1]に慕という書生がいた。幼名を蟾宮といい、商人の慕小寰の息子だった。聡明で、勉強好きだった。十六のとき、父は学問を回りくどいからと止めさせ、商売を学ばせることにし、父のお供をさせて楚（湖北・湖南省）に赴いた。息子は船の中で用がなければ、いつも詩を吟詠していた。

武昌（湖北省）に着くと、父は旅籠に泊まって仕入れた荷物を息子に守らせた。彼は父が出かけると、詩集をとりだしては吟詠し、その声音は朗々と響き渡った。するとそのたびに窓に人影がゆらゆら動く。どうやら誰かがひそかに聞き入っているようだったが、特に怪しみもしなかった。

ある晩、父は飲みに出かけて、いつまでも帰ってこなかったので、彼はますます熱心に吟詠した。すると窓の外で誰かが歩き回り、月光がその影をくっきり映し出した。

不審に思った慕は、いきなり飛び出して見てみると、十五、六くらいの国を傾けるほど美しい娘だった。慕を認めると、あわてて逃げ去った。

それから数日後、荷物を船に積んで北に帰ろうとして、夜、湖畔に泊まった。父がたまたま外出すると、突然、老女が入ってきて、

「あんたは我が娘を殺すにちがいない」

と叫んだ。驚いた慕が訳を尋ねると、

「わしは白という者じゃ。秋練という娘がいるが、読み書きも得意でのう。そんな娘が言うには、武昌であんたの素晴らしい吟詠に聞き惚れたとのこと。今ではあんたに恋い焦がれて、寝るのも食べるのもできないほどじゃ。こうなった以上、夫婦になってもらいたい。もはやそれ以外にないのじゃ」

慕は娘にぞっこんだという胸の内を明かし、ただ父の怒りが心配だと率直に告げた。だが老女は本当とは信じないで、約束を迫る。慕が承諾しないと、老女は怒って罵った。

1　明清時代の首都に直属する行政区画。現在の河北省。

「世間には、これほどよい縁談なのに、礼を尽くして求婚しても断られるなんてことがあるのかい。今老いぼれ自ら申し込んだのに、承諾されないとは。大恥かかせてひどいじゃないか。北に無事に帰れるなんて思うなよ」

そう言い捨てると去って行った。

ほどなくして父が帰ってきたので、体のよい言葉を選んでこの件を告げた。心ひそかに父が許してくれればと願ったからだが、父は遠方である上に、娘のほうからの求愛を品がないと軽んじて、一笑に付した。

船を停めたところは、竿も届かないほど深かったが、夜中、突如、水底の砂石が隆起して、船が動けなくなった。湖では毎年必ず砂州に留まらざるを得ない行商の船が出て、翌年の雪解け水が溢れるまで待っている。ほかの商人の荷物がまだ着いていないので、船の中の物品は原価の百倍にもなる。それで父はさほど心配していなかった。来年の南への仕入れ旅は元手を増やす必要があると算段して、息子を残して自分は帰って行った。

慕はひそかに喜んで、老女の住まいがどこなのか、尋ねなかったのを後悔した。だが日が暮れると、老女が下女に支えられた娘を連れてやってきた。娘の衣を広げ敷いて、娘を寝椅子に横たわらせると、老女は慕に向かって言った。

「人が病気でこんなに弱っているのに、お前さんは高枕でのほほんとしていて、いいのかい」

言い終わると、そのまま立ち去った。

慕は、老女の叱責を聞いたときは仰天したが、灯りを移して娘をよく見てみると、病みやつれた姿にもあだっぽい色香が漂い、艶めかしい流し目を送ってくる。慕が少し声を掛けてみたが、あでやかに微笑むばかり。強いて口を開かせようと迫ると、

「〈郎の為に憔悴して却って郎に恥ず〉[2]という詩句は、あたしのための歌のようだわ」

と言った。慕は狂喜して抱きつこうとしたが、彼女があまりに弱々しいのが痛ましく、彼女の懐に手を入れてまさぐったり、唇に触れたりして優しく愛撫した。娘はいつしか嬉しそうな風情を見せて言った。

2　唐代伝奇『鶯鶯伝（おうおうでん）』（中唐・元稹（げんじん）作）中の詩句（七絶、結句）「為郎憔悴却羞郎」。大意は「あなたのせいでやつれたのに、あなたに会うのが恥ずかしい」。

「王建（おうけん）の〈羅衣葉葉〉[3]を、あたしのために三度吟じてくださったら、病はきっと治るはずです」

慕は同意して、二度吟詠するかしないかのうちに、娘は上着を手に取り立ち上がって言った。

「あたし、すっかり治ったわ」

慕がもう一度詠うと、娘はなまめかしく震えながら彼の声に合わせた。慕は、もう天にも昇る心地がして、灯りを消すと臥所（ふしど）を共にしたのである。

娘は夜明け前に早くも起きだして、「もうすぐ母が来ます」と言った。ほどなくして、やはり老母がやってきた。娘が念入りに化粧して嬉しそうに座っているのを見て、安堵したようだった。娘を連れて帰ろうとするが、娘はうなだれたまま返事もしない。するとと母親はさっさと一人で帰りながら言った。

「お前は、かの君と楽しみたいんだね。したいようにすればよい」

慕は、その後ようやく娘の住まいを尋ねたが、娘は、

「あたしとあなたは袖触れあっただけの仲に過ぎません。結婚するかどうかもわからないのに、家柄などを教える必要はないでしょう」

と言う。それでも二人は互いに惚れ込んで、この縁を固く誓い合う思いだった。

ある夜、娘は早々と起き出して灯りをともすと、ふと本を開いてさめざめと泣きだした。慕は跳ね起きて尋ねると、娘は言った。

「お父さまがおっつけいらっしゃるの。あたしたち二人の将来を今、本で占ったら、李益の〈江南曲〉[4]が出てきたけれど、歌詞の意味が不吉なの」

慕は、慰めながら説明した。

3　王建（?〜八三〇?）は、中唐の詩人。大暦十年（七七五）、進士及第。秘書丞、侍御史などを歴任後、太和年間、陝州司馬。楽府に優れ、特に「宮詞」百首が有名。引用詩は、其十七「羅衫葉葉繡重重、金鳳銀鵝各一叢」（七絶、起承句）。薄絹の着物をひらひらさせながら舞う宮女の姿を詠う。

4　李益（七四八〜八二七?）は、中唐の詩人。大暦四年（七六九）、進士及第。長い不遇時代は節度使の幕僚として北方を歴遊し、文名が憲宗に聞こえて抜擢され、最後は礼部尚書。七言絶句に秀で、辺塞詩が有名。唐代伝奇の蔣防「霍小玉伝」に恋人の妓女小玉を裏切った人物として登場する。「江南曲」は、李益の代表作。「瞿塘」は長江三峡の最も上流の瞿塘峡（重慶市奉節県一帯）。「嫁得瞿塘賈（商人）、朝朝誤妾期、早知潮有信、嫁與弄潮児（船乗り）」。長江を往来する商人に嫁いだ女性が、いつ帰るかわからない夫を待つ悲嘆と後悔を詠う。

「初句の〈嫁し得たり　瞿塘の賈〉、この初めからして大吉だよ。不吉な訳がないだろ」

娘はようやく少し安堵したようだったが、立ち上がると別れの挨拶をして言った。

「しばらくお別れしましょう。夜が明けたら、世間の人みんなが後ろ指を指すでしょうから」

慕は彼女の腕を取って、むせび泣きながら尋ねた。

「話がうまく整ったら、どこに知らせればいいんだい」

「ずっと人に様子を探らせるので、結果の良し悪しは、すべてわかりますから、大丈夫です」

慕は舟から降りて見送ろうとしたが、彼女は頑なに拒んで去って行った。ほどなくして娘の予言通り、父がやってきた。慕は父の顔色を見ながら事情を少しずつ語ったが、父は、妓女を連れ込んだのだろうと、怒って激しく罵倒した。そして舟の中の金目の物を詳しく調べて、まったく損失がなかったので、やっと叱るのを止めた。

ある晩、父親が船にいないとき、娘が不意にやってきた。二人は切なく身を寄せ合ったが、今後のことについては、よい策が思い浮かばなかった。すると娘は言った。

「運気の波の高い低いには定めがあるので、とりあえずは目前のことを何とか考えましょう。とにかく二か月はあなたをここに留めることにして、それからどうするかはまた相談しましょう」

別れぎわに、逢瀬の合図は吟詠の声にしようと約束した。それ以来、父が出かけると、慕は高らかに吟詠する。と、娘はすぐにやってきた。

四月も終わろうとするころ、仕入れた荷物は売る時期を失いそうになったが、商人たちには何の手立てもなく、金を集めて湖の神の廟に寄進して祈禱した。そのお陰か端午の節句の後、大雨が降って船がやっと通れるようになった。

慕は家に帰ってから、思いつめて病気になった。父は心配して、巫にも医者にも診てもらった。慕はひそかに母に告げた。

「僕の病は薬やお祓いなどでは治りません。ただ秋練が来ればよいだけなのです」

父は最初、怒ってばかりいた。そのうち時間がたつにつれて、容体がますます衰弱していくと、ようやく不安がふくらみ、車を雇い息子を乗せてまた楚に赴き、船を元の場所に泊めた。それから地元の人に、白という名の老女について尋ねたが、誰も知らない。たまたま湖畔で舵を動かしていた老女が、話を聞きつけるとすぐに自ら名乗り出た。父は老女の舟に乗ると、秋練を垣間見て、こころひそかに気に入った。だが郷里や家柄を詳しく尋ねると、舟で暮らしていると言うばかり。父は息子の病気の訳をありのまま告げて、長患いが癒えるまで、しばらくの間、父の船に来てくれないかと娘に願った。だが老女は婚約もしていないからと言って承知しない。娘は物陰から顔を半ば覗かせて、ハラハラしながら耳を傾けていたが、二人のやりとりを聞いて、今にも泣きそうになった。老女は娘の顔を見て心動き、また父も哀願したので、結局、その場で承知したのである。

夜になって父が外出すると、果たして娘がやってきた。寝椅子に近づくと、すすり泣いて言った。

「あたしの昔の病状が、今のあなたに乗り移ってしまったのね。あの苦しい状況や辛い思いを、あなたも味わざるを得ないのね。それにしても、こんなに衰弱してしまったら、必死に看病してもすぐにはとても治せないわ。それじゃ、あたし、あなたのために少し吟詠してみましょうか」

慕も喜んだので、娘は以前吟じた王建の詩を朗唱した。すると慕は、

「この歌には君の心がこもっているけど、我々二人の病を治すほどの効き目があるとまでは思えない。それなのに君の声を聞いたら、気持はもうすっきりと爽やかになったよ。試しに、〈楊柳千条　尽く西に向かふ〉[5]も詠ってほしい」

と言うと、娘はその詩を吟じた。慕は褒めたたえて言った。

「気持いいなあ！　君は以前、〈采蓮子〉を詠ってくれたね。〈菡萏（蓮のつぼみ）の香り連なる十頃陂[6]（広い池）〉。今もまだ忘れてないよ。ちょっと緩やかな調子で詠ってほしいな」

娘は彼の要望通りに詠った。一段目が終わるや否や、慕は飛び起きて、

「僕が病気だったなんて信じられないよ」

5　中唐・劉方平「代春怨」。「庭前時有東風入、楊柳千条尽向西」（七絶、転結句）。西方にいて長く帰らぬ夫を待つ妻の歌。

6　「采蓮子」（蓮の実を採る人）は、宋代を代表する文学ジャンルである詞（塡詞、長短句、詩余とも称す）の詞牌（曲調名）。詞は、曲（楽譜）に合わせた歌詞を創作する歌辞文学。引用句は、五代宋初・孫光憲（一説に皇甫松）の作。「菡萏香連十頃陂、小姑貪戯采蓮遅。晩来弄水船頭湿、更脱紅裙（紅のもすそ）裹（包む）鴨児（子鴨）」蓮の実を摘む少女の奔放可憐な様態を詠う。

と叫ぶや娘を抱きしめ、長患いがすっかり消えたようだった。しばらくして慕が尋ねた。

「親父は、お母さんに会ってどんなことを言ったんだい。話はうまくいったのかな」

娘は父親の意を察知していて、すぐに「ダメだったわ」と答えた。

娘が去ってから、父が戻ってくると、慕がすでに起き上がっているのを見て大変喜んだ。それでももっぱら慕をいたわり励ますばかりだった。そして言った。

「あの娘はとてもよいが、幼いころから櫂を手に詠っているだけで、当然のことながら卑しい身の上、それに、そもそもふしだらだ」

慕は黙ったままだった。

父が出かけた後、娘が再びやってくると、慕は父の意向を話した。すると娘は言った。

「あたし、そのことはすっかり聞いてわかっているの。およそ世の中のことは、焦れば焦るほど遠のくし、近づけば近づくほど拒まれるものよ。だからお父さまみずから気持を変えて、逆にあたしを求めるように仕向けるべきだわ」

ではどうすればよいかと慕が尋ねると、娘は答えた。

「そもそも商売が目指すのは、利益にほかならないわ。あたしには物価の動きを知る術があるの。たまたまあなたの船の品物を見たけれど、どれもこれも少しの儲けもない物ばかり。どうかお父さまに話してください。某（なにがし）を仕入れれば、利益は三倍だけれど、某を仕入れれば十倍と。お家に帰られた後、あたしの言った通りになったら、それこそあたしは良き嫁ということになるでしょ。その後、ここに来られるとき、あなたは十八、あたしはまだ十七、幸せに暮らす日々が長く続くのだから、何も心配することはないわ」

慕は彼女の話した品物の値動きを父に告げた。父は少しも信じようとしなかったが、試しに残った元手の半分を彼女の指示通りにしてみた。帰ってみると、自分が買った品は、元手を大きく割り込んでいた。だが幸いに少しばかり彼女の言う通りにしたので、それが大きな儲けになり、ほぼ釣り合いがとれたのだった。その結果、父は秋練の神技に敬服した。慕は、それを一層誇張して、「彼女は僕を必ず金持ちにできると言ってました」とまくし立てた。

そこで父親は元手を増やして南に行き、湖に赴いたが、数日たっても白婆さんが姿を現さない。さらに数日後、やっと柳の下にその舟を見かけたので、結納を贈った。

白秋練
纖影憧憧檻外過
美人潛起聽吟哦
楚江江水堪為命
王建羅衣不及他
白秋練

老女はひとつも受け取らなかったが、吉日を選んで娘を慕の舟に送ってきた。父は息子のためにもう一艘雇って、盃を交わさせた。その後、娘は父親にさらに南下するように勧めて、仕入れるべき品をすべて書き出して手渡した。老女は自分の舟に婿を迎え入れて、そこで過ごさせた。三か月後、父親が戻ってきた。仕入れた品が楚に着くと、値段はすでに五倍になっていた。

北に帰ろうとすると、娘は湖の水を持って行くように求めた。帰ると、食事のたびに必ずその水を酢や醤油のように少しばかり加えた。それ以来、南に行くたびに、必ず水を数瓶に入れて持ち帰った。

三、四年後、息子が一人生まれた。ある日、秋練は故郷を思い出して、すすり泣いている。そこで父親は慕と嫁を一緒に楚に帰らせた。湖に着いたが、老女の所在がわからない。秋練は、舟端を叩いては母に呼びかけたが、身も心もここにないようだった。慕を促して、湖畔を回って尋ね歩かせた。たまたま鱘鰉（じんこう）（チョウザメの一種）釣りがおり、白鱀（はくき）[7]を釣り上げたという。慕は近づいて調べてみると、巨大な形は人間そのもの、乳も陰部も備わっている。慕は奇怪に思って、帰ると秋練に話した。彼女は仰天して、自分は以前から放生（ほうじょう）[8]の願かけをしていたと言い、慕にそれを買って放すように頼んだ。慕が釣り人のところに行って相談すると、彼は高値を吹っ掛けた。秋練はそれを聞いて言った。

「あたしはあんたの家に何万と儲けさせたわ。それなのにほんの少しの額を出し渋るなんて！　もしあたしの言うことを聞き入れないなら、今すぐ湖に身投げして死んでしまうから」

慕は恐れおののいて、父には何も話さないで、金をくすねて買い戻して放した。帰ってみれば、秋練の姿が見えない。捜し回っても見つからず、夜明けになってやっと戻ってきた。どこへ行ったのか尋ねると、

「母のところよ」

「お母さんは、どこにいるの」

すると秋練は恥ずかしそうに顔を赤らめて言った。

「こうなったらもう本当のことを告げざるを得ません。あの買ってもらった魚こそ、あたしの母です。以前、洞庭湖にいて、龍王さまに、旅を差配する役目を命じられていました。最近、宮中でお妃を選ぶことになって、軽率な輩があたしをふさわしいと言ったとか。母に詔勅が下され、あたしを宮廷に上がらせるよう求められたの。母は

実情を申し上げたのだけれど、龍王さまは聞き入れず、母を南の浜へと追放されたのです。母は飢えて死にそうになったので、先の災難に遭ってしまったというわけ。今災難は免れたけれど、龍王さまの罰はまだ許されていません。もしあたしを愛しているなら、あたしの代わりに真君[9]に祈って許してもらいたいの。もしあたしが人間ではないからと嫌うのなら、坊やはあなたに手渡して、あたしは去ります。龍宮でお仕えすれば、きっとあなたの家よりも百倍は大事にされるでしょうし」

慕は仰天して、真君にお目通りできないのではと心配した。すると秋練は言った。

「明日の未の刻（午後二時頃）に、真君がいらっしゃるはずです。足の不自由な道士を見かけたら、急いでお辞儀をして、道士が水に入ったら、あとに付いて行ってください。真君は文士がお好きなので、必ず許してくださるはずよ」

そこで魚の腹のような綾絹を一枚取り出して言った。

7　呂湛恩注は、未詳とする。白話訳（孫通海等）は、それぞれ「白鱀豚」（クジラの一種）や「淡水海豚」（イルカ）とする。
8　仏教の善行で、捕らえた鳥や魚を放すこと。
9　未詳。白話注（孟繁海等）では、道教修行によって、仙人になった道人。

「もし何かほしいものはないかと問われたら、すぐにこの絹を出して、〈免〉の一字を書いてもらってね」

慕は言われた通り待っていると、果たして足の不自由な道士がやってきたので、慕はていねいに拝礼した。道士が急いで歩くと、慕はその後に従った。道士は杖を水面に投げて、その上に飛び乗った。続いて慕もそれに乗ると、杖ではなくて舟だった。改めて挨拶すると、道士は、「何を求めるのだ」と尋ねたので、慕は絹を出して書いてほしいと願った。道士はそれを広げて見て言った。

「これは白驥の翼だ。あんたはどこで出会ったのじゃ」

慕は包み隠さずこれまでの顛末を詳しく語った。道士は笑って言った。

「この品は、特に雅なものだ。あの老いぼれ龍は、いい年してなんと淫(みだ)らなことよ」

すぐに筆を出して護符のように草書で「免」の字を書いてくれた。それから舟を岸辺に戻して、慕を下りさせた。道士はと見ると、杖を踏んでぷかぷかと浮かんでいたが、ほどなくすると見えなくなった。

船に帰ると秋練は喜んだが、慕の両親には決して話さないようにと頼んだ。

北に帰ってから二、三年後、父親は南方に出かけて数か月帰ってこなかった。家の湖水はもう無くなっていたが、待てど暮らせど水は届かない。秋練はとうとう病気になり、日夜苦しそうに喘ぐばかり。そして慕に頼んで言った。

「もしあたしが死んでも、地中に埋めないでね。卯の刻（朝六時）と正午、それから酉の刻（夕六時）に、杜甫の〈李白を夢む〉[10]詩を一度ずつ吟詠してくれたら、死んでも体は腐らないわ。水が着いたら、たらいに注ぎ入れてください。それから戸口を閉めてあたしの衣類を解き、抱きかかえて水に浸せば、うまく生き返るでしょう」

彼女は数日間、あえぎ苦しんだ後、とうとう息を引き取った。半月後、父親が水を持って帰ってくると、慕はあわてて秋練の言った通り試みた。二時間ばかり水に浸すと、次第に息を吹き返した。

それ以来、秋練はいつも南に帰りたがった。父が亡くなった後、慕は彼女の望み通り、楚に引っ越したのである。

10　安史の乱の際、永王璘に従軍して夜郎（貴州）に流された李白を案じた作、五言古詩八韻二首。実際は長江上流、白帝城付近で恩赦が届いたが、杜甫は、「江南瘴癘（熱病感染）の地」に李白がいると思い、三晩続けて李白の夢をみた切なる心情を詠う。そこに江湖や龍が登場する（其一第八聯「水深波浪闊、無使蛟龍得」など）。秋練の望郷の思いに通じて行く。

6 香玉

（死後、再生した白牡丹への恋）

労山[1]の道観（道教の寺の堂塔）である下清宮には、高さ二丈（約六メートル）、太さ数十抱えもある耐冬（ツバキ）や、高さ一丈を超える牡丹が植えられていて、花々が咲くとあでやかに光り輝き、錦を織りなすようだった。

膠州（山東省）の黄という科挙の受験生が、部屋を借りて勉強していた。ある日、窓越しに、真っ白い服の女性が花々の間で見え隠れするのが目に入った。道観の中になぜそんな女性がいるのか訝しく思って走り出てみたが、すでに逃げ去っていた。だがそれ以来しばしば見かけるようになったので、あるとき樹木の茂みに身を潜ませて、彼女の来るのを待っていた。ほどなくして彼女が紅の裳裾を穿いた女性と一緒にやってくるのが遠くに見えた。二人とも華やかな絶世の美女だった。次第に近づいてくると、紅の裳裾の女が急に後ずさりして、「ここに誰かいるわ」と叫んだ。彼が突然立ち上がると、二人の女は驚いて逃げ去った。長い袖と裾がひらひら翻って、馥郁たる香りが風のように流れた。彼は低い垣根のところまで追いかけたが、二人の姿はそこでふっつりと掻き消えた。黄は慕わしく思う気持がますます募り、その思いを詩に詠んで、そばの樹に書き付けた。

無限相思苦　無限なり　相思の苦
含情対短窗　情を含んで　短窗に対す
恐帰沙吒利　沙吒利[2]に帰するを恐るるも
何処覓無双　何処にか　無双[3]を覓めん

---

1 山東省の山名。「嶗山」、「牢山」とも。黄海に臨み、山上には、獅子峰、明霞洞などの名勝や、上清宮、下清宮などの道観がある。〈仙〉の巻1「労山道士」参照。

2 唐代伝奇、許尭佐「柳氏伝」に登場する蕃族の将軍の名。詩人韓翃の恋人柳氏は、安史の乱で韓翃と離れ離れになり、乱後、羽振りのよかった沙吒利に無理やり愛姫にさせられた。

3 唐代伝奇、薛調「無双伝」のヒロイン無双は、朱泚の乱で恋仲の王仙客と離れ離れになり、乱後、後宮に入れられるが、義士の犠牲的尽力で王と再会できた。「無双」は、美貌が並ぶものがないほどという意味も兼ねる。

果てなき思慕の情に心ふさぎ、
胸こがしつつ窓辺に向かう。
もののふにその身をゆだぬるを恐るるも、
世に並びなき人をいずこに求めん。

黄が部屋に帰って物思いに耽っていると、不意に彼女が入ってきた。彼は飛び上がって喜んで、迎え入れた。彼女は微笑んで言った。

「あなたって荒々しい乱暴者で、恐い方だとばかり思っていました。意外にも詩がおできになるとは知らなかったわ。詩人ならお付合いしても構わないわ」

黄が彼女の出身を尋ねてみると、

「あたしの名は香玉で、花街にいたの。でも道士に連れてこられて山の中に閉じこめられたの。本当にあたしが望んだわけじゃないのに」

と答えた。彼はそれを聞いて言った。

「道士は何という奴だ。君のために一肌脱いでやる」

「その必要はないわ。道士も無理強いするわけではないの。ここにいるお陰で、あなたのように風流な方といつだってお会いできるから、とても素敵だわ」

「あの紅い服の人は誰なんだい」

「あの人の名は絳雪で、あたしの義理の姉よ」

そうして黄と香玉は身を寄せ合った。目を覚ますと、夜明けの空はすでに赤く染まっている。彼女はあわてて起き上がると、

「歓びに浸って、夜が明けるのに気づかないでいたわ」

と言いながら、服を着、靴を履いて言った。

「あなたの詩に返歌を作りました。笑っちゃいやよ。

良夜更易尽　　良夜　更に尽き易く

朝暾已上窗　　朝暾（朝日）已に窗に上る

願如梁上燕　　願はくは梁上の燕の如く

棲処自成双　　棲処　自ら双と成らん

幸福な夜は疾く過ぎ去りて、
朝の日差しが早くも窓辺を照らす。
梁の上の燕さながら、
ねぐらを共に連れ添わん。

彼は、香玉の腕を握りしめて言った。

「君は見目麗しいだけじゃなくて、聡明な女性だなあ。君を愛するためなら、死んでも構わないよ。一日離れていれば、千里の別れのような思いだ。暇があれば是非来てほしい。夜でなくてもいいからね」

香玉は承知した。それからというもの、朝な夕な、必ず共に過ごした。絳雪も誘うように言ったが、一度も来なかったので、黄は残念がった。すると香玉は言った。

「絳姉さまは特別さっぱりした方で、あたしのように甘える質ではないの。でも辛抱強くお勧めしてみるわ。もう少し待ってくださいな」

ある夜、香玉がやつれ果てた様子で入ってきて言った。

「今日でもうお別れよ。あなたはあたしさえ守れなかったから、姉さんどころではなくなったわ」

「一体、どこに行くというのだ」

するとと彼女は、涙を袖で拭きながら言った。

「これは運命なので、説明するのはとても難しいわ。以前いただいた佳篇は、今となっては予言の詩になりました。

佳人已属沙吒利　佳人は已に沙吒利に属し

義士今無古押衙　義士　今　古押衙(こおうが)[4]無し

佳人はすでにもののふのもの、

救う義士、古押衙は今やなし。

4　「古」は姓、「押衙」は官名で、帝の護衛官の長。「無双伝」（注3）で、後宮の無双を秘薬で仮死状態にして、恋人の王仙客のところに運び届けたのち、自ら首を刎(は)ねた義士。

この詩句は[5]、あたしのことそのままよ」

彼が問い詰めても香玉は何も言わず、ただむせび泣くばかりだった。その夜は一晩中眠らず、朝早く立ち去った。彼は怪訝に思うほかなかった。

次の日、即墨（山東省）の藍という人物が下清宮に遊びに来て、白牡丹をひどく気に入り、すぐに掘り返して持ち去った。黄はそれで香玉が花の精だったとようやく気付き、いつまでも悲しく残念でたまらなかった。

数日後、藍氏が家に持って帰った花は、日ごとにしぼんでいくと黄の耳に届いた。黄は恨み骨髄に徹して、花を慟哭する詩篇五十首を作り、毎日、白牡丹の咲いていたところに行っては泣いていた。

ある日、亡き花を悼んでから戻る途中、ふと後ろを振り返ると、彼方にあの赤い衣の女が牡丹のところで泣いている姿が見えた。黄がゆっくり近付いて行くと、女も避けようとはしなかった。彼は女の袂を引くと、互いに向き合って溢れる涙を思うさま流した。それから彼女を部屋に誘うと、彼女も素直についてきて、嘆いて言った。

「幼い頃からずっと姉妹同然に育ってきたのに、突然引き裂かれるなんて。あなたの哀し気な声を聞くと、私の悲しみも深まるばかり。この涙が黄泉の世界に流れ落ちたら、もしかしたら真心に感応して、妹は生き返るかもしれないわ。でも死ねば魂魄(こんぱく)の気は散らばってしまうから、急には私たちと一緒に笑ったり話したりはできないわね」

「僕は運の悪い人間で、そのせいで愛する人もこんな痛ましいことにしてしまった。美女二人を引き受ける福運などあろうはずもないんだ。以前、香玉に頼んで何度も僕の誠意を伝えてもらったのに、なぜ来てくださらなかったのですか」

「お若い書生さんは、十中八九、軽薄だと思い込んでいました。あなたがこんなに情の深い方だとは思いも寄らなかったの。ただあなたとのお付合いは精神的なもので、淫(みだ)らなことはしたくないわ。昼も夜も睦みあうようなことは、私にはできません」

そう言うと、絳雪は別れを告げた。黄が、

「香玉が永遠にいなくなって、僕は寝るのも食べるのもできないほどだ。君がここにしばらくいて、慰めてくれたらどんなに嬉しいか。そんなにきっぱりと行かないで

---

5 北宋・王詵(おうせん)(一〇四八~一一〇四)は画家で、清麗な画風を得意とした。囀春鶯(てんしゅんおう)という愛姫がいたが、収賄の罪で外地に左遷され、復帰すると、他の者に奪われていた。それを知って詠んだ詩句(北宋・許顗(きょぎ)『許彦周詩話』)。

くれないか」

と言うと、絳雪はやっと留まり、一晩泊まってから立ち去った。

その後、絳雪は数日たっても訪れなかった。冷え冷えとした雨が、ひっそりと暗い窓に降り注ぐ。黄は香玉のことを切なく思い出して、寝台の上で寝返りを打っては、枕を涙で濡らしていた。衣を手に取って起き上がると、灯りをつけて、以前の詩と同じ韻字を用いて詩を作った。

山院黄昏雨　　山院　黄昏の雨
垂簾坐小窗　　簾(すだれ)を垂れて　小窗に坐す
相思人不見　　相思ふて　人見えず
中夜涙双双　　中夜　涙双双

山寺に黄昏の雨が降り、
簾を垂らして小窓に凭(よ)る。
恋い慕えども姿は見えず、

夜更けて涙さめざめ流る。

詩篇ができあがって、自ら吟詠していると、不意に窓の外で誰かが言った。

「一首成ったら、唱和しなくてはいけないわ」

声の主は絳雪だった。扉を開けて彼女を部屋に入れた。絳雪は彼の詩を読むと、すぐ後に続けた。

連袂人何処　袂（たもと）を連ねし人何処（いずこ）
孤灯照晩窗　孤灯　晩窗を照らす
空山人一個　空山　人一個
対影自成双　影に対して自ら双と成らん

袂を並べし人は今何処ぞ、
灯りがぽつんと夜の窓を照らし出す。
静寂（しじま）の山にただ一人、

影に向かえばおのずと二人。

黄はこの詩を読むとハラハラ涙を流し、なぜ会いに来てくれないのかと恨み言を口にした。すると絳雪は言った。

「あたしは香玉のように、情熱的にはなれないの。あなたの寂しさを少し慰められるだけよ」

黄が絳雪を抱き寄せようとすると、彼女は言った。

「お会いできた喜びだけで十分よ。それ以上のことは不要だわ」

それからというもの、淋しくなると絳雪はいつも訪ねてくれた。来れば酒を酌み交わし、詩篇を唱和し、時には泊まらないでそのまま帰り、黄はあえて引き留めなかった。彼は「香玉は私の愛妻で、絳雪は私の良き友だ」と言っていた。

彼は会うたびに彼女に尋ねた。

「君はこの庭の何番目の株なんだい。今のうちに教えてくれよ。そうしたら、それを我が家に植えるから。香玉のように悪人に奪われたら、いつまでも恨むことになるからね」

すると絳雪は言った。

「移植は難しいから、どの株があたしか、あなたに言っても意味ないわ。あなたの妻でさえ添い遂げられなかったのよ。まして友ならなおさら無理よ」

だが彼は納得せず、絳雪の腕をつかんで外に出ると、牡丹のところに行って、一つ一つ、「これが君なのかい」と尋ねた。彼女は答えず、口を覆って笑うばかりだった。

次いで十二月になり、黄は年越しのために実家に帰った。二月になったある夜、絳雪が不意に夢に現れ、ふさぎ込んだ様子で言った。

「大変な災難に襲われています。急いで来てくださったらまだお会いできますが、遅ければ間に合いません」

彼はハッと目を覚ますと胸騒ぎを覚え、夜明けを待たず、あわてて馬の用意をさせて、山に馳せ参じた。すると道士が増築のために、耐冬一本が邪魔になるので、大工に伐らせようとしている。黄はあわててそれを止めさせた。その夜、絳雪が現れて礼を言うと、彼は笑って言った。

「先に本当のことを教えてくれないから、こんな災いに遭ってしまったんだ。今もう君が誰かわかったから、もし来てくれなくなったら、もぐさでいぶり出すことにしよう」

「あなたがそんなことを言いそうな人だととっくにわかっていたから、前に決して言わなかったのよ」

と絳雪が応じた。しばらく共に時を過ごしてから、彼は言った。

「今良き友に会って、ますます愛妻のことが偲ばれる。長い間、香玉を祈ってないので、私と一緒に祈りに行ってくれないか」

そこで二人で出かけて行き、牡丹の穴に向かって涙を注いだ。二時間ほどしてから絳雪が涙を拭って、もう帰りましょうと勧めた。

それから数日後の夜、黄がひとり寂しく座っていると、絳雪が笑顔で入ってきて言った。

「いいお知らせよ。花の神さまがあなたの真心に感動して、香玉を再び下清宮に来させることになったの」

「それはいつ？」

「わからないけど、そう遠くないはずよ」

夜が明けて寝椅子から降りると、彼は頼んだ。

「僕は君のために戻ってきたんだから、長いことひとりぼっちにしないでくれよ」

彼女は笑ってうなずいた。だが二晩たっても絳雪は来ない。すると彼は耐冬の木に抱きつき、揺り動かし、撫でさすり、しきりに呼びかけたが返事はなかった。仕方なく部屋に戻り、灯りの下でもぐさを丸め、木をいぶしに行こうとすると、急に絳雪が入ってきて、もぐさを奪って投げ捨てた。

「あなたって人は、ほんとに悪ふざけをするのね。あたしを傷つけたら、もう絶交よ」

黄は笑いながら彼女を抱きよせ、二人が腰を下ろそうとしたそのとき、香玉がゆるゆる入ってきた。黄はその姿を認めると、さっと立ち上がり、溢れる涙を拭いもせず彼女の手を握った。香玉はもう一方の手で絳雪の手を握り、二人で向き合うとむせび泣いた。ともに腰を下ろしたが、黄は香玉の手を握っているはずなのに、フワフワして自分の手の感覚しかなく驚いて尋ねた。すると香玉は、さめざめと泣きながら言った。

「あたしは昔、花の精だったので凝り固まっていましたが、今は花の幽霊だから、精気が散らばっているの。今お会いできたけど、これは現実とは思わないで。ただ夢を見ているだけと考えてね」

　絳雪は、

「妹が戻ってきてくれて本当によかったわ。だってあんたのご主人が、あたしにまとわり付くので困り果てていたの」

と言って、そのまま立ち去った。香玉は、以前と同様、にこやかに笑った。だが身を寄せ合うと、影を抱いているようだった。彼が鬱々としてつまらなそうにしていると、香玉も恨めしそうに首を振って沈んでいたが、やがて言った。

「白いやぶからし[6]の切り屑に硫黄を少し混ぜて水に溶かし、毎日それを一杯ずつあたしに注いでください。そうしたら、来年の今日、あなたのご恩に報いますわ」

　そして別れを告げて去って行った。

　翌日、黄は元の牡丹のところに行ってよく見ると、芽が出始めている。そこで毎日、薬液を注いで育て、さらに凝った柵を工夫して保護した。すると香玉が現れて、たいそう感激して礼を言った。黄は自分の家の庭に移植しようという計画を話したところ、彼女は反対した。

「あたしは虚弱体質なので、再び掘り返されるのに耐えられないわ。それにものにはそれぞれ生まれるのに決まった場所があるの。あたしは、もともとあなたの家に生まれるようになっていないから、それに背くようなことをすれば、かえって寿命が縮むわ。ただいとおしんでくださりさえすれば、自然に楽しい日々が戻るはずよ」

黄は絳雪が来ないのを愚痴った。すると香玉は言った。

「どうしても姉さんに来てほしいなら、あたしが何とかできてよ」

それから灯りを手にして黄とともに耐冬の木の下に行くと、草を一本抜き、手で測って目盛りを作り、それを幹に当てて下から四尺六寸のところを測って場所を決めると、彼に爪二つで引っ掻かせた。すると不意に背後から絳雪が現れ、笑いながら罵って言った。

「なんとまあ、下女が桀(けつ)[7]のような暴君の手助けをするなんて、ひどいじゃない！」

それから絳雪を引き連れて部屋に入ると、香玉は言った。

「姉さん、悪く思わないでね。しばらく旦那さまのそばにいてやってくださいな。

6　「やぶからし」はブドウ科のつる性多年草。ビンボウカズラとも。

7　中国古代の夏(か)王朝最後の君主。殷(いん)の最後の紂(ちゅう)王とともに、暴君の代表とされる。

一年たったら、必ずご面倒をかけなくなりますから」

それ以来、絳雪はいつも彼のそばにいた。

黄は牡丹の花芽が日ごとに元気よく育っていくのを見守り、春の終わりには二尺くらいの大きさになっていた。実家に帰るときには、道士に金を与えて朝晩世話をするように頼んだ。

翌年の四月に下清宮に行くと、花が一個ついていたが、まだ蕾のままだった。夢中になって見守っていると、花がゆらゆら揺れて綻びそうになり、しばらくすると早くも咲き出した。花は大皿のように大きく、その花蕊の中に指三、四本くらいの小さな美女が座っていた。と、瞬く間にヒラリと花から飛び降りると、香玉、その人だった。

彼女はにっこり笑って、

「あたしは風雨を耐え忍んで、あなたをずっと待っていたのよ。どうしてこんなに来るのが遅かったの」

と言い、そのまま部屋に入った。絳雪もやってきて、笑いながら言った。

「毎日身代わり妻の役目を果たしていたけれど、これでやっと引退して友人に戻れるわ」

みんなで語らいながら、宴を楽しんだ。夜半に絳雪は去って行った。二人は共寝をしたが、肌を寄せ合う歓びは以前と全く変わらなかった。

後に黄の本宅の妻が病死すると、彼は山に入って二度と帰らなかった。そのころには牡丹はもう人の腕くらいの太さに育っていた。彼はいつもそれを指さして言った。

「私はいずれわが魂をここに寄せて、君の左側で芽を出すんだ」

二人の女性は笑って、「どうかその言葉を忘れないでね」と言った。

それから十年余りたつと、黄は急に病気になった。息子がやってきて、彼の枕元で悲しんだ。すると彼は笑って言った。

「これからが本当に私の生きるときで、死ぬときではないんだ。何も悲しむことはないよ」

また黄は道士に向かって、

「いつか牡丹の下に赤い芽が萌え出て、一度に五枚の葉をつけていたら、それが私です」

と言ったが、それが最後の言葉になった。息子は彼を輿（こし）に乗せて家に帰ったが、すぐに亡くなった。

翌年、黄の言った通り、丸々とした芽が突き出てきて、葉の数も五枚だった。道士は不思議に思いながら、ますます心を籠(こ)めて水やりをした。三年後、高さ数尺、太さは一つかみくらいに育ったが、花は咲かなかった。老道士が亡くなり、弟子はこの牡丹を大事にすることを知らず、切り去ってしまった。すると白牡丹も元気がなくなって枯れてしまい、ほどなくして耐冬も枯れてしまった。

異史氏曰く——

まごころが極まれば、鬼神にも通じることができるのだ。花は幽霊になっても、彼につき従い、彼は死んでも魂は花に寄り添った。彼らはそれほど深い情愛で結ばれていたからといえまいか。一人が亡くなり、二人がその後を追って殉じたのは、貞節が固いというわけではなく、深い情愛ゆえに死んだのだ。人間が貞節を守れないのも、情愛が深くないからにほかならない。孔子が唐棣(とうてい)の詩を読んで、「まだ本当に愛していないのだ」[8]と言われたが、まことにその通りだといえよう。

8　「唐棣」は、すもの一種、にわうめ。『論語』子罕篇の以下の文章を指す。「唐棣の華、偏として其れ反せり。豈爾を思はざらんや。室是れ遠ければなり（にわうめの花がひらひらひるがえる。お前恋しと思えども、家がこんなに遠すぎて）」の詩句を批評して、孔子は「未だ之を思はざるなり。夫れ何の遠きことか之れ有らん（それほど深く思っていないのだ。思っていたら、遠いことなど物ともしないはずだ）」と言った。なお当該詩は、現在伝わる『詩経』にはない逸詩。

〈夢〉の巻

1 鳳陽士人

「鳳陽（ほうよう）の士人」（遊学中の夫を家で待つ妻の夢）

鳳陽（安徽省）の書生が、笈（おいばこ）[1]を背にして遠くへ遊学に出た。妻に、

「半年たったら帰ってくるよ」

と言ったが、十か月超えても何の消息もない。妻は首を長くして今か今かと待っていた。

ある夜、ようやく枕につくと、薄絹の帷（とばり）越しの月が影を揺るがせ、別れの寂しさがどうにもやるせない。眠れずに寝返りをうっていると、真珠の髪飾りをつけて紅いショールを羽織った女が、帷をかかげて入ってきて、笑いながら尋ねた。

「お姉さま、さぞ旦那さまにお会いになりたいでしょう」

妻が飛び起きて答えると、その美人は一緒に行こうと誘った。妻は遠いし険しい道のりなので躊躇（ちゅうちょ）したが、美人は心配なさらないでとしきりに誘い、すぐさま妻の手

を引いて外に出、二人並んで月影を踏んで、およそ一矢の射程（約一五〇メートル）ほど歩いて行った。

美人はスタスタ歩き、自分の足取りはもたもたしているのに気づいたので、妻はしばらく待ってと声をかけて、靴を履き替えに戻ろうとした。すると、美人は妻を道端に連れて行って座らせ、自分で足を手に取り、靴を脱いで貸してくれた。妻が喜んで履いてみると、幸いぴったりだった。そこでまた立ち上がってついて行ったが、飛ぶようにスタスタ歩けた。

しばらくして、書生が白いラバに跨ってやってくるのが見えた。妻を見て非常に驚き、あわててラバから下りて尋ねた。

「どこへ行くのだ」

「あなたを捜しに行こうとしているの」

と妻は言った。すると彼は振り返って、あの女は一体誰なんだ、と問うた。妻が答えないうちに、美人が口を覆って笑いながら言った。

1　竹製の背負い箱。書物などを入れる。

「まあまあ、質問攻めはおよしなさいな。奥さまは走りに走って大変だったし、旦那さんも夜中までラバに乗って、ご自分もラバもお疲れでしょう。あたしの家がさほど遠くないので、ひとまず休んで、明日の朝早く出かけても遅くはないでしょう」

振り返ってみると、ほんの数歩のところに村があるので、そのまま一緒について行って、とある中庭へ入った。

美人は眠っていた下女を起こして、客をもてなすように言いつけてから、

「今夜は月の光が明るいから、灯りを命じる必要はないわね。小さな台に石の腰掛も乙なものでしょう」

と言った。書生はラバを軒の柱に繋いでから座についた。美人が妻に、

「靴が大きくて足に合わず、道中とても疲れたでしょう。帰りには足代わり（ロバ）がいるから、返してくださいな」

と言ったので、妻は礼を述べて靴を返した。たちまち酒や果物が運ばれてきて、美人は酌をしながら言った。

「おしどりが長く離れていたけれど、今宵めでたく出会えましたね。濁り酒を一口、心からお祝い申し上げます」

書生も玉杯を手に取って答礼した。美人と書生は談笑しているうちに、互いの靴が乱れて行き交うほどになった。書生はじっと美人を見つめて、しばしば歯の浮くようなことを言ってからかう。夫と妻は思いがけず出会ったというのに、ことば一つ交わさない。美人のほうは、書生にうるうると流し目をして妖(あや)し気に謎をかけている。妻はただ黙って座ったまま、バカのふりをしていた。

やがて、次第に酒が回ってくると、二人の語らいはいよいよ親密になり、美人は今度は大杯を彼に勧めた。書生が酔ったからと辞退すると、一層、しつこく勧める。書生は笑って言った。

「あなたが一曲歌ってくれたら飲みましょう」

美人は拒まず、すぐに象牙の弓で提琴(ていきん)[2]を奏でながら歌った。

黄昏卸得残妝罷　　黄昏に　残妝(ざんしょう)を卸(おと)し得て罷(や)め

2　明・清に用いられる胡弓の一種。二胡や胡琴よりも大型で低音を出す。四弦が多い。西域伝来の楽器。

窗外西風冷透紗
聴蕉声
一陣一陣細雨下
何処与人閑磕牙
望穿秋水
不見還家
潸潸涙似麻
又是想他
亦是恨他
手拿着紅繡鞋
児占鬼卦

窗外の西風　冷やかに紗を透る
蕉声を聴けば
一陣一陣　細雨下る
何れの処にか人と閑磕牙する[3]
秋水を望み穿つも
家に還るを見ず
潸潸として　涙　麻に似たり
又是れ　他を想ひ
亦た是れ　他を恨む
手づから紅繡の鞋を拿着して
児は鬼卦を占はん[4]

黄昏れて残る化粧を拭えば、
秋風が冷え冷えと薄絹の帷越しにそよ吹く。
芭蕉の葉音に耳傾ければ、

一陣一陣、小糠雨降る。
あなたはどこにいて誰と語らうの？
澄んだ瞳で彼方を眺めても、
お帰りの姿は見えず、
さめざめと流す涙は麻のよう。
あの人がいとおしくもあり、憎らしくもある。
紅の刺繍靴を手に取って、
投げては、帰る、帰らないと占うの。

美人は歌い終わると笑って言った。
「これは下町の俗謡で、あなたのお耳を汚すまでもないのだけれど、世間で流行っ

3　口語表現。江南地方の俗語で、世間話を意味する。「磕牙」は、歯がぶつかること（三会本、何垜注）。

4　民間の占い。夫が遠出をしたとき、靴を投げて、表が出ると帰宅し、裏なら帰らないことを意味する。

ているのでちょっと真似をしてみたの」

彼女の声は色っぽく、仕草はみだらだった。書生は、たまらずうっとりしてしまった。しばらくすると、美人は酔ったふりをして席を立った。すると書生も立ち上がって後を追い、いつまでたっても戻って来ない。下女はくたびれて、廊下でうつ伏して眠ってしまった。

妻はひとりで座っていたが、誰にも相手にされず、怒り心頭に発してなんとも我慢ができない。だが帰ろうと思っても、夜中の景色はぼんやりしていて道を覚えていない。あれやこれや考えがまとまらないので、立ち上がって様子を窺うことにした。窓に近寄ると、切れ切れにかすかな囁き声が聞こえる。そこで更に聞き耳をたてると、夫が自分との日頃の秘め事を微に入り細を穿(うが)ちて喋っているのが聞こえた。妻はここに至って、手は震え胸は波打ち、もはやこのままでは済まされず、門を出て野山で死んだほうがましとまで思った。

憤りに駆られて外に出ようとしたそのとき、ふと見ると、弟の三郎が馬に乗ってやってくる。彼はあわてて馬から下りて尋ねた。妻が詳しく話すと、三郎はかんかんになって怒り、すぐに姉と踵(きびす)を返して、まっすぐその家へ入った。すると部屋の入り口には門（かんぬき）がかかっていて、枕辺の語らいがまだしきりに続いている。

三郎は斗枡（とます）ほどの大石を振り上げて櫺窓（れんじまど）[5]の格子に向かって投げつけ、格子の四、五本がくだけ散った。中から大きな叫び声がする。

「彼の頭がつぶれた、どうしよう」

妻はこれを聞いて恐れおののき、大声で慟哭（どうこく）して、

「主人を殺してなんてお前に頼まなかった。ああ、どうすりゃいいの」

と叫んだ。三郎は目をむいて、

「姉貴が俺にキャンキャン言って急（せ）き立てたんじゃないか。やっと胸のつかえを下ろしたら、今度は旦那を守って俺を怨（うら）むなんて。女どもの言いなりになるもんか」

と言い、身を翻して去ろうとした。姉は弟の衣を引っ張って、

「わたしをほっぽりだして、どこへ行くっていうの」

と言ったが、三郎は姉を振りきって地に転がし、すっくと立ち上がると去って行った。

---

5 連子をはめこんだ窓。「連子」は、方形断面の材を、一定の間隔で縦または横に置いて枠内にとりつけた格子。

妻はハッと目が覚めて、ようやく夢だとわかった。

翌日、果たして書生が帰ってきたが、白いラバに乗っていた。妻は不思議に思ったが、まだ言い出さなかった。ところが書生のほうもその夜、夢を見ており、二人で話してみると、見たこと、出会ったものが、逐一ピッタリ同じで、たがいに驚き怪しんだのだった。

ほどなくして、三郎が姉の夫の帰宅を聞いて挨拶にやってきた。彼は、話のついでに義兄に言った。

「昨夜、あなたの帰られる夢を見ましたが、今その通りになるなんて、本当に不思議ですね」

すると書生は笑いながら言った。

「幸いに大石で殺されなくてよかったよ」

三郎はびっくりして訳を尋ねると、書生は夢の話をした。三郎はたいそう不思議がった。というのは、当夜、三郎のほうも夢を見て、その中で姉に泣きつかれ、憤激のあまり、石を投げつけたからだった。

三人の夢はピッタリ一致したが、ただ美人はどこの誰とも知れなかったのである。

鳳陽士人
弟兄夫婦各西
東月下懷人
感慨中顛倒遠
離成梦想不
同梦於梦偏同

2　続黄粱（科挙の試験及第後、宰相になった恐ろしい夢）

福建の曽という挙人[1]が、都での試験に及第したとき、共に及第した二、三人と一緒に、郊外へ遊びに出かけた。たまたま毘盧遮那仏[2]を祀った禅寺に占い師が一人滞在していると耳にしたので、轡を並べて占い師を訪ねた。寺に入って会釈して座ると、占い師は彼らの意気盛んな様子を見て、お追従を言って迎えた。曽は扇子を揺らしながら微笑んで尋ねた。

「吾輩は高官になれるだろうか」

占い師は居住まいを正して、二十年間、太平の宰相におなりです、と答えた。曽は大喜びで、ますます意気軒高だった。

小雨が降ってきたので、仲間と一緒に僧房に雨宿りした。そこに老僧が一人いたが、窪んだ眼、高い鼻で、茣蓙の敷物に座ったまま威張りくさって会釈もしない。一同はちょっと手を挙げただけの略礼をして寝椅子に腰かけると、仲間内で喋り始めた。彼らは曽が宰相になると言われたので祝福した。曽はますます得意になり、連れを指して、

「吾輩が宰相になった暁には、張君を南方の巡撫[3]に推薦し、我が家の従弟を参将や遊撃[4]に推薦する。我が家の老僕も千総や把総[5]になれたら大満足だ」

と言ったので、一同は大笑いした。

そうこうするうち、戸外の雨音がますます激しくなるのを聞くと、曽はうんざりして、寝椅子の上に横になった。と思うや、二人の宦官が現れ、天子直々の詔をもたらした。曽を宰相に召して国家の大計を託すというお言葉である。曽は意気揚々と朝廷

1　「挙人」は、〈怪〉の巻8「周克昌」注2参照。
2　華厳経・密教などの教主。諸宗によって解釈を異にするが、万物を照らす宇宙的存在としての仏。
3　〈怪〉の巻10「促織」注2参照。
4　「参将」は、清代、緑営軍（各省で募集した漢人の軍隊）の将領、正三品。「遊撃」は「参将」の下、従三品。
5　「千総」は、清代、緑営軍の下級軍官。位は「守備」の下、正六品。軍営を巡守、監督する。「把総」も下級軍官で、位は「千総」の下、正七品。

に馳せ参じると、天子は身を乗り出して、時を惜しまず慈恩の言葉をかけられた。三品以下の人事は自由に任免してよいと命じ、宰相の官服、玉帯と名馬を下賜された。曽はその官服を着て、叩頭（頭を地につける拝礼）して退出した。

家に帰ると元の住居ではなく、彩色された棟木に彫刻を施した椽という豪壮極まりない屋敷だった。自分でもなぜこうなったのか訳がわからない。だが髯を捻りながら小声で呼んでも、応答の声が割れんばかりに響く。高官たちが急に海外の珍宝を贈ってくるし、背を丸めておもねる者が折り重なるように門を出入りする。六部の大臣が来れば大急ぎで迎えるが、次官などには挨拶だけで話す。それ以下はただ頷くだけだ。

晋（山西省）の巡撫が歌姫十人を贈ってきたが、皆美人だった。とりわけ美しいのは、嫋嫋と仙仙の二人で、特に可愛がった。曽は職務を気儘に休んでは、一日中、歌を歌わせて楽しんだ。

ある日、昔、まだ出世していなかった頃、郷里の有力者の王子良がよく助けてくれたことを思い出した。今自分は青雲の志を遂げたが、彼はまだ仕官がうまくいかない。一つ手を引っ張り上げてやろうと思い、早速、上奏して諌議[6]に推薦すると、すぐに帝の勅旨が下り、彼は抜擢された。また太僕[7]の郭が以前、自分を敵視したことを思い、給諫[8]の呂氏と侍御[9]の陳昌らに渡りを付け、意を含めて話すと、翌日には次々に弾劾文が上奏され、帝の御旨で郭の職は削られてしまった。恩義も怨恨もすっきりして、彼は気分上々だった。たまたま郊外の町に出たとき、酔っ払いが彼の行列にぶつかった。すぐにその男を縛って都の長官へ突き出すと、その男はたちまち棒で殴られて死んだ。邸宅や田畑を持っている者たちは、みな彼の権勢を畏れて肥沃な田畑や財産を贈呈したので、彼の富は国王にも並べられるほどになった。

ほどなくして、嫋嫋と仙仙が次々に亡くなり、曽は朝夕、追想に浸っていた。そんな中でふと思い出したのは、昔、東隣の絶世の娘に惚れ込み、ずっと妾に買いたく思いながら、金が乏しくて宿願を叶えられなかったことだった。幸い、今や志を遂げる

6 「諫議大夫」の略称。漢の武帝のとき「諫大夫」を置き、以来、天子の過失を諫める役職として明清時代も継続された。
7 天子の車馬を掌る。「太僕卿」ならば、清代は満漢各一名が任ぜられ、従三品。
8 明清時代「給仕中」の別称。給仕中は、秦に初めて置かれ、時代によって職掌が異なるが、明代では六科（吏戸礼兵刑工）に分かれて各部の事務を監察し、清初も明制に倣った。
9 「侍御史」「監察御史」などの略称。いずれも御史台を継承した都察院に属し、百官の不正を弾劾したり、重大な事件を審議する。

ことができる。そこで数名の下僕を使いに出して、娘の家に無理矢理金を納めさせた。間もなく隣家は娘を籐の輿に乗せて担いで来たが、昔、遠目で見たときに比べても、この上なくあでやかだった。彼は人生を顧みて、他にもう何もいらないとまで思った。それから数年後、朝廷の官吏たちの中に、ひそかに曽を非難する者がいるようだった。だが誰一人、表立って言い出すものはなく、彼もまた意気軒高の強気で、気にもとめなかった。ところが龍図閣学士の包拯（ほうじょう）が上奏した。[10] その上奏文のあらましは、以下の通り。

「ひそかに考えますに曽某は元々は飲み打つという無頼の徒で、市井の小人にすぎません。ただ一言だけで帝の御意に適い、栄誉を賜りました。彼の父も子も皆高官に任命され、恩寵極まりました。それなのに身を棄（す）てご恩の万分の一にも報いようとせず、勝手し放題で、権勢を誇りました。死に値する罪状は、毛髪を抜くくらい数えきれません。重要な朝廷の爵位官職を、私腹を肥やすための品物とみなし、欠員の俸給の額を計って、値段の高低を決めるのです。それゆえ文官も武官も、こぞって彼の門下に駆け込むと、彼は自分の儲けを計算する、その緻密さは商売そのものです。彼の鼻息を窺い後塵を拝する者は、数えきれないほどです。時には気骨のある賢臣がおり、決して阿諛追従しないとなると、軽ければ閑職に追いやり、重ければ職を取り上げて庶民に落とします。甚だしい場合、彼に加担せず、鹿を指して馬ではない[11]と真実を告げて少しでも抵抗すると、遠方の僻地へと追放してしまうのです。朝臣はそのために畏れおののき、朝廷は孤立しています。さらに民間の富裕層からは、ほしいままに搾り取り、良家の子女を無理やり妾に娶ったりします。世間は恨みの籠る邪気に覆われて、お天道様も射さない暗さです。彼の下僕が一たび赴くと、長官たちは皆言われるがまま。彼の書簡が一たび届けば、

10　「龍図閣」は、北宋・真宗のときに設置され、帝の御書、典籍、図画、宝物などを収蔵し、学士はそれらを管理研究する。「包拯」（一〇〇〇～一〇六二）とは、北宋の名臣、字は希仁。開封尹代理のとき、民衆側に立った裁判官として有名で、雑劇、白話小説などに「包公故事」として伝えられている。明代流行した公案小説の中から、万暦以降の作品を採録編集したものが『龍図公案』（通称『包公案』）で、本文もそれを踏まえている。

11　秦・趙高（？～前二〇七）が、始皇帝崩御後、権謀術数を用いて丞相となり、さらに二世皇帝を自殺に追い込むが、群臣の意向の踏み絵として、鹿を馬と称し、その答えによって、敵か味方かを判別した（『史記』始皇本紀）。

裁判所は法をも曲げるのです。時には彼の雑役夫や親族まで、外出の際、公用の駅馬に乗って蹄の音高く疾風のように走らせます。地方の接待が少しでも遅いと、たちまち馬上の鞭を振るうという有様で、人民を毒し、官府の者を奴隷扱いして、彼の従者の赴くところは、野に青草なき状態です。

某の権勢は燃え盛り、恩寵を恃(たの)んで後悔ひとつありません。宮殿に召されると、いつも帝に讒言(ざんげん)をすすめ、得意気に退出すると、屋敷の園庭に妓女たちを集めて歌舞を楽しみます。昼も夜も淫楽に耽り、国家の大計や人民の生活は毛頭考えもしません。この世にこんな宰相がおりますか。内外ともに驚き疑い、人心は戦々恐々としております。もし早く誅罰を加えなければ、かような情勢では必ずや曹操(そうそう)、王莽(おうもう)[12]の如き災いを醸成致します。臣は日夜ひたすら憂懼(ゆうく)して心の安らぐ時がありません。死を冒して彼の罪状を並べ、帝のお耳に入れる次第であります。何卒大奸(たいかん)の首を刎(は)ね、横領した財産を没収して、上は天の怒りを鎮め、下は民心を晴らしていただきますよう伏して祈り奉ります。もし臣の言に虚偽誤謬がありましたら、いかなる厳罰でも直ちに身に加えて頂きたい所存であります。云々」

この上奏を聞いて、曽は氷水を呑んだように心底ぞっとした。幸いに帝は寛容で、宮中に留め置かれて公にされなかった。だが続いて各部各道の諫官や高官たちがつぎつぎに弾劾文を上奏し、昔、曽家の門に出入りして彼を義父と呼んだ者まで顔を背ける始末。ついに帝の勅旨によって、家を取りつぶし、雲南軍に配流されることになった。息子は平陽（山西省）の長官になっていたが、すでに役人を派遣して尋問されていた。曽は帝の御旨を聞いて驚き恐れていると、剣や鉾を持った武官数十人が、いきなり奥の間に踏み込んできて、彼の冠や官服をはぎ取り、妻とともに縛り上げた。ふと見れば、数人の人夫が財物を庭に運び出している。金銀や紙幣が数百万、真珠や翡翠、瑪瑙が数百石、帷や簾、寝椅子の類もまた数千点、赤子の襁褓や女の鞋に至るまで、すべて庭の階のところへ投げ出した。曽はそれらを一つ一つじっと見つめながら、こころ悲しく、目も突き刺されるようだった。さらに一人の男が美しい妾を引きずり出した。髪はばさばさに乱れ、声をあげて泣き叫ぶが、美貌を哀れむ主はもうい

12　曹操は、後漢の献帝を推戴しているようにみせながら、三国時代・魏の建国の礎を築いた。王莽は、前漢末の平帝を殺害して二歳の劉嬰を太子に立てたが、西暦七年、太子を退けて自ら皇帝となり、新を建国。二人ともに当時の皇帝および国家を裏切った。

ない。悲しみの炎にこころは焼かれ、憤りながら、ものも言えない。ほどなくして彼らは高殿や倉庫まで封印しおわると、すぐに曽をどなりつけて引っ立て、監視役人が縄を引っ張り門外に突き出した。夫婦は声もなく歩き始めたが、ぼろ車でもいい、しばらく乗せてほしいと求めても、決して許されなかった。

十里あまり歩くと、妻は足が弱くて躓き、倒れそうになるので、曽は時々手を差し伸べて引き起こしてやる。さらに十里あまり行くと、自分も疲れ果ててしまった。にわかに高い山が目に入り、真っすぐ天空に突き刺さるようだ。こんなに険しくてはとても山越えできないと不安に駆られ、妻の手を引いて二人向き合って泣いた。だが監視役人は獰猛な目で睨みつけ、少しでも歩みを止めると容赦しない。振り返ると、夕日はもう沈んだのに、泊まるところもない。仕方なく、のろのろとよろめきながら歩いた。

やがて山の中腹に至ると、妻はもう力尽きて泣きながら道端に座り込んだ。曽も休むと、監視役がどなりつけた。と突然、ワイワイガヤガヤ、大騒ぎの声が聞こえると、盗賊たちが手に手に鋭利な刃物を持って跳びかかってきた。監視役人は驚いてさっさと逃げてしまった。曽は這いつくばって、「身一つで遠方に流されるところで、お宝は何一つ持っていない」と、助けを求めた。すると盗賊たちは目をむいて言い放った。

「我らはみなお前のせいで冤罪にされた被害者だ。ただ極悪人の首が欲しいだけで、ほかに何もいらぬ」

すると曽は怒鳴った。

「わしは罰を待つ身とはいえ、朝廷で任命されたお役人さまだぞ。お前ら盗賊風情など何するものぞ」

盗賊も怒って、大きな斧を振るって曽の首を斬った。頭が地面に落ちる音を聞いたように思い、曽の魂が驚き怪しんでいるうちに、幽鬼が二人やって来ると、彼を後ろ手に縛りあげて、追い立てながら連れて行った。

数時間ほど歩いてある都邑に入り、しばらくすると宮殿が見えた。宮殿には醜い異形の王が、机にもたれて功罪を決定している。曽は進み出ると、這いつくばって命請いをした。王は書類を閲覧すると、わずか数行で怒りに震えながら言った。

「こやつは君を欺き国を誤った罪じゃ。油の鼎に入れよ」

幾万の幽鬼たちが一斉に承知し、その声は雷鳴のように轟いた。すぐに巨大な幽鬼が階下へ鼎を運んできた。見れば高さ七尺あまりもある。四方から炭火を起こし、鼎の足は真っ赤になった。曽はジタバタして必死に泣きわめいたが、逃げ隠れする何の術もない。幽鬼は左手で曽の髪をつかみ、右手で足首を握って、鼎の中に放り込んだ。曽は体が一塊になったように感じ、煮え滾る油の波に翻弄されて上がり下がりし、皮も肉も焼け焦げて、痛みが心臓を貫いた。沸き立つ油が口に入ると、肺腑が煮え上がり、早く死んでしまいたいと思うが、どうしても死ぬことができない。

しばらくの後、幽鬼は巨大な叉で曽を鼎から取り出し、再び法廷へ戻して平伏させた。王はさらに書類を調べて、怒って言った。

「お前は権勢を笠に着て人を凌辱した。剣の山の刑罰を受けるべきだ」

幽鬼は再び曽をつかんで連行した。その山はさほど大きくなかったが、切り立った壁のように聳えて、鋭利な刃が縦横ぎっしりタケノコのようにそそり立っていた。数人の者が先におり、腸や腹が刃の上に引っかかって泣き叫ぶ声は、痛々しくて聞くに堪えない。幽鬼は登るよう急き立てたが、曽は大声で泣きわめきながらしり込みして動かない。すると幽鬼は鋭い錐を頭に突き刺した。曽は痛みに我慢できず憐れみを請うたが、幽鬼は怒って曽をつかみ上げると、空中に向かって力一杯投げ上げた。体が雲の上まで上がったかと思うと、目が眩んで一挙に落下し、刃が胸に突き刺さった。

その痛さ苦しさはとても言葉にできない。だがしばらくすると、体の重さが負荷をかけて剣先の穴が次第に広くなり、突然体が脱落し、四肢が尺取り虫のように曲がった。すると幽鬼はまた曽を王の下へと追い立てた。

王は、曽が一生のうちに爵位や勲章を売りさばき、法を曲げて財を成した金額は幾らになるかを計算させた。すぐに髯武者が現れて、数取り棒を数えて言った。

「三百二十一万です」

すると王が言った。

「こやつが儲けた分だけ飲ませよ」

やがて金銭を階の上に積み上げると、まるで丘のようだったが、つぎつぎに鉄釜の中へ入れて、激しい炎で溶かした。幽鬼たちは数人がかりで、柄杓でそれを彼の口に注ぎ込む。口から溢れて頷に流れると、皮膚が焦げ臭く焼け爛れ、喉に入ると臓腑が煮え上がる。生きているときには、この物の少ないのに苦しめられたが、今やこの物の多いことが恨めしい。半日たって、やっとそれが終わった。

王は彼を甘州（甘粛省）に流し、女に生まれ変わることを命じた。数歩行くと、周囲数尺もある鉄の梁がかかっているのが見え、それには燃え盛る車輪が繋がれている。

車輪の大きさは幾百由旬(ゆじゅん)[13]あるかわからないが、炎が五色に燃え上がり、その光は天空までキラキラ輝かせている。幽鬼は彼を鞭うって、車輪に登らせた。眼を瞑(つむ)り、躍り上がって登ると、車輪が足の動きに従って回転した。そのうち斜めに落ちたように思ったら、体中が冷たくなった。目を開けて体を見てみると、もう嬰児になっており、女児だった。父母はと見れば、つぎはぎだらけのボロボロの着物を着ている。泥で造った部屋に椀と杖だけは置いてある。それで乞食の子だということがわかった。毎日乞食の後について貰い物をした。だが腹はいつもグーグー鳴ってひもじかった。ボロを着ているので、冷たい風がしょっちゅう骨を刺した。十四歳のとき、顧(こ)という秀才に売られて妾となったので、衣食にはほぼ困らなくなったが、正妻が荒くれ女で、毎日鞭を振るってこき使い、真っ赤に焼いた鉄で乳房を焼かれたりした。幸い主人が可愛がってくれたので、いくらか慰められた。

あるとき東隣の性悪な若者が、垣を乗り越えて来て不貞を迫った。だが前世の悪行によって受けた幽鬼の責め苦を思うと、今また繰り返すことなどどうしてできよう。そこで大声を出して叫ぶと、主人と正妻が起きて来て、若者は逃げて行った。

それからほどなくして、主人が彼女の部屋に泊まった夜、寝物語に自分の苦労話をしていると、急に激しい物音がする。部屋の戸ががらりと開き、刀を持った二人の賊が入って来るや、なんと主人の首を斬り、衣類などを袋に詰め込んだ。彼女は丸くなって布団の中で伏せて、一声もたてなかった。賊が逃げてから初めて大声で叫び、正妻の部屋に駆け込んだ。正妻は仰天し、一緒に泣きながら調べていたが、そのうち妾が情夫に主人を殺させたと疑って、役所へ訴え出た。長官は彼女を厳しく尋問して、あろうことか極刑の判決を下し、凌遅（りょうち）[14]刑によって執行されることになった。処刑場へ引かれて行く胸の中では無実の恨みに凝り固まり、地団駄踏んで冤罪を叫び、冥界の十八地獄でもこれほど暗黒ではないと思った。

悲しく泣き叫んでいる最中、仲間が呼びかける声が聞こえた。

「君は悪夢を見ているのか」

ハッとして目が覚めると、老僧は相変わらず茣蓙（ござ）の敷物の上に足を組んで座っている。仲間たちは口々に言った。

13 「由旬」は、梵語の略音訳。帝王の一日の行軍の里程。八十里・六十里・十六里など諸説ある。

14 最も残酷な刑罰で、四肢を順番に斬ってから首を斬る。

「日が暮れて腹がへったのに、どうしていつまでも眠りこけているんだい」

曽は惨憺たる思いで、やっと起き上がった。僧は微笑して言った。

「宰相になるという占いは当たりましたかな」

曽はいよいよ驚き怪しみ、拝みながら教えを請うと、僧は言った。

「徳を修めて仁を行えば、燃え盛る穴の中でも青い蓮の花が咲くのじゃ。拙僧にわかることはござらん」

曽は自信満々でやって来たが、図らずもしょんぼりと帰って行った。宰相への思いはこの夢で薄れてしまい、山に入ったらしいが、その後のことはわからない。

異史氏曰く――

善は福をもたらし、淫は災いを起こすというのは、天の常道である。宰相になると聞いて心中、喜んだのは、決して国のため君のために尽力できるからではない。そのとき、胸の中には、豪邸や妻妾など、あらゆる欲望が膨れていたのである。しかしながら夢はもとより虚妄であり、幻想も真実ではない。彼は空想によって思い描き、神魂が幻影で応じたのだ。黄粱が炊きあがろうとするとき、かような夢は必ず見るもので、「邯鄲の夢」[15]を継ぐといえよう。

15 唐代伝奇の沈既済「枕中記」に基づく故事成語で、人生の栄枯盛衰の儚さを意味する。趙の邯鄲で、出世を夢見る貧乏書生が道士から不思議な枕をもらい、宰相や左遷を含めた約五十年の人生の浮沈を夢見たが、それは、黄粱がまだ炊き上がらないほど短い時間だったという話。

3　蓮花公主　（宮殿に召された男が結婚した姫の正体は？）

膠州（山東省）の竇旭は、字を暁暉という。昼寝をしているとき、ふと見れば、粗末な身なりの下僕らしい男が一人、寝椅子の前に立っている。おどおどしてためらいがちに何か言いたそうである。竇が問いかけると、

「宰相さまがお呼びです」

と答えた。

「宰相さまとは何者だい」

「すぐお隣にいらっしゃいます」

と言うので、男の後について行った。垣根や屋敷を巡って、とある場所に導かれたが、楼閣が重なり建ち、椽が数えきれないほど連なっている。その角を何度も曲がりながら入って行った。何万何千という扉や門は、とてもこの世のものとは思えない。見れ

ば宮女たちが、大勢往き来している。ところが皆が皆、下僕らしき男に向かって「竇さまがお越しなの？」と問いかけ、そのたびに彼は、はい、はい、と返事をする。不意に高官らしき人物が現れて、たいそううやうやしく竇を出迎えた。広間に上がってから、竇は尋ねた。

「平素、ご挨拶もしないのに、不躾にも拝謁させていただきます。何かの誤りで、かくもご丁寧に迎えて頂いたのではと、どうも不思議なのですが」

すると高官が言った。

「わが君は、あなたさまの代々の高潔なご一族に傾倒されており、是非ともあなたさまにお目にかかりたいとの思し召しなのです」

彼はますます驚いて、「王さまとはどなたでしょうか」と尋ねると、

「もうすぐおわかりになりますよ」

と答えた。

やがて二人の女官がやってくると、二本の旗をたてて彼を先導した。門をいくつも通ると、見れば宮殿内に王らしき人物がいる。竇が入ってくるのを見ると、階を下りてきて彼を迎え、賓客を迎える拝礼をした。挨拶が終わると席についたが、大変なご

馳走が並んでいる。仰ぎ見ると、宮殿の扁額には「桂府（桂の宮殿）」と記されている。彼は圧倒されて、挨拶の言葉も言えなかった。すると王は言った。

「忝くもお隣とはご縁が深いことだ。楽にすればよい。何もかしこまる必要はないぞ」

彼は、はいはいと頷いた。酒が何度か酌み交わされると、笛や歌が広間の下から聞こえてきた。だが鉦や太鼓は鳴らないので、楽の音は繊細で優美だった。しばらくすると、王はふと左右の家臣を振り返って言った。

「朕が一句詠むから、お前たちはその対句を作れ。では〈才人 桂府に登る〉だ」

周囲の人々は想を練っていたが、竇はすぐに「君子は蓮花を愛す[1]」と応じた。

王は大変ご満悦で、こう言った。

「なんと不思議なことだ。〈蓮花〉は朕の公主（皇女）の小字（幼名）だ。なぜこんなにぴったり合ったのだろう。これぞ前世の縁ではないか。公主に伝えてくれ。君子に一目ご挨拶するようにと」

ほどなくして、帯玉の音がシャランシャランと近づいてきて、蘭や麝香の香りが強く漂ってくる。公主が現れたのだ。年は十六、七、つややかな美しさは並ぶ者がいな

いほどだった。王は賓に挨拶するように命じてから、

「これが娘の蓮花じゃ」

と紹介した。公主は拝礼し終わると立ち去った。彼は一目で魂を奪われてしまい、呆然として我を忘れてしまった。王が杯を挙げて酒を勧めても、彼の目は何も見ていないようだった。王は彼の心中を察して言った。

「娘はあなたにふさわしいとは思うが、恥ずかしいことに人間ではありません。どうしたものか」

だが彼は痴人のようにぼんやりして、王の言葉も聞こえないようだった。彼のそばに座っている者が、彼の足を踏んで言った。

「王さまがあなたに礼を尽くしていらっしゃるのに、それが見えないのですか。王さまが仰っていることが聞こえないのですか」

彼は茫然自失のさまが恥ずかしくてたまらず、席を離れて言った。

「過分のおもてなしを賜り、不覚にも酔ってしまいました。失礼の段、どうかお許

1　北宋・周敦頤（一〇一七〜七三）の「愛蓮説（あいれんせつ）」の「蓮は花の君子なる者なり」を踏まえる。

しください。日も暮れました。我が君におかれましては、お疲れのことと存じますので、すぐにお暇（いとま）いたします」

王は立ち上がって言った。

「君子にお目にかかり、誠に心行くまで楽しんでいるのに、なぜそんなに急いで別れを口にされるのですか。しかし、ここに留まらないと言われたからには、無理強いは致しません。もしここをお忘れでないなら、再びお迎えしましょうぞ」

宦官に命じて、竇を先導して帰らせた。道すがら宦官は、彼に語った。

「先ほど王が姫さまとお似合いだと言われて、婚姻を結びたいようだったのに、なぜ黙って一言も言われなかったのですか」

竇は地団駄踏んで悔しがり、一歩一歩後悔を深めながら、家に辿り着いた。すると突然ハッと目が覚めたようで、夕日がすでに沈みかけている。薄暮の中に座って思いを凝らせば、先ほどのことがまざまざと目に浮かび上がる。夜の書斎で灯りを消して、あの夢のような時間を再び追い求めることができたらと願ったが、邯鄲（かんたん）[2]への道は遥か遠く、後悔するばかりだった。

ある夕方、友人と共に寝椅子で横になっていると、不意に先の宦官が現れて、王がお呼びだと伝えた。彼は喜んで後に従った。王にひれ伏して謁見すると、王は彼を引き起こし、そばに連れてくると、座らせて言った。

「君と別れてから、君が娘を慕ってくれていることに気づきました。娘を君にお仕えさせたいと愚かにも考えたのですが、あながち厭わしくは思っておられないようですね」

竇は、すぐに感謝の拝礼をした。すると王は学士や大臣に祝宴に侍るように命じた。宴も酣になった頃、宮女が進み出て申し上げた。

「公主さまのご準備が整いました」

たちまち数十人の宮女が、公主を支えて出てきた。公主は紅の錦で顔を蔽い、波に乗るかのようにしとやかに歩いてくる。手を引かれて毛氈に上がり、竇と互いに拝礼して婚礼を行った。それから二人は館に送り帰された。初夜の部屋は清潔で温かく、この上なくなまめかしい芳香が漂っている。

「君が目の前にいると、本当に嬉しくて死ぬのも忘れそうです。ただ今日の出会い

2　戦国時代、趙の都。〈夢〉の巻2「続黄粱」注15参照。

が夢ではないかと、それだけが心配です」

と彼が言うと、公主は口を蔽って笑って言った。

「紛(まが)う方なくあたしとあなた、これがどうして夢でしょうか」

翌朝起きると、彼はふざけて公主のために化粧をしてやった。それから帯で彼女の腰回りを測ったり、指を当てて足の大きさを測定したりした。公主は笑って、

「頭がおかしくなってしまったの」

と問うと、彼は答えた。

「私は何度も夢に騙されたので、細かく覚えておきたいのです。もし夢だったとしても、これで十分君を思い出せるからね」

二人でふざけたり、笑ったりしていると、宮女が一人、駆けこんできて言った。

「妖怪が宮門に入ってきました。王さまは脇の宮殿に避難されましたが、もはやここも危険です」

竇はびっくりしてあわてて走って王に会いに行った。王は彼の手を取って、泣きながら言った。

「君子はお見捨てにならず、永のお付合いができると思っていたのじゃ。それなの

に思いがけない災難が天から下り、国運が覆ろうとしている。一体、どうすればいいのか」

竇生は驚いて、何を話されているのかと尋ねた。すると王は机の上の文書を彼に渡して読ませた。以下がその文章である。

「含香殿大学士[3]臣黒翼言上す。恐るべき妖怪のため、一刻も早く遷都されて、国家の命脈を保たれんことを祈り奉ります。宮門からの報告に拠れば、五月六日より、一千丈の巨大な大蛇が現れて、宮門外にとぐろを巻き、内外の臣民一万三千八百人余りを呑み込んだとのことです。大蛇が通過した宮殿は、どこもかしこも廃墟になりました。それゆえ臣が勇気を奮って様子を窺いに行ったところ、しかと大蛇の怪物を見届けました。頭は山のように巨大で、眼は長江や大海にも等しいくらい。首をもたげれば、宮殿楼閣を一呑みにし、腰を伸ばせば城壁はすべて壊されます。

3　「含香」は、古代、尚書郎が上奏するとき、口に鶏舌香を含んだことを指す。君王に侍奉したり上奏したりすることをも意味し、尚書省を指す場合もある。

誠に千年の昔より見たことのない獰猛さ、万年も遭遇したことのない大惨禍であります。国家にも宗廟にも、危険が今すぐにも迫っております。帝におかれましては、ご一族を早急に率いて、速やかに安全な地に移られることを、伏してお願い奉ります。云々」

竇は読み終わると、顔は土気色に変わっていた。そのとき、宮女が走ってきて「妖怪が来ました」と申し上げた。宮殿全体が悲鳴に包まれ、太陽が消えたかのような悲惨な有様だった。王はあわてふためいて為す術を知らず、ひたすら涙ながらに、

「娘のことはあなたに頼みましたぞ」

と言うばかり。彼は息を切らして駆け戻ると、公主は侍女たちと抱き合って悲鳴を上げている。竇が戻ってきたのを見ると、彼の衿を引っ掴んで叫んだ。

「あなた、なぜあたしをほっておくのですか！」

竇はその傷ましさに息苦しいほどだったが、彼女の腕を取って考えながら言った。

「小生は貧賤の身で、恥ずかしいことに黄金の御殿[4]を持っていません。間口数間しかないあばら家ですが、さしあたり一緒に身を隠してはどうでしょうか」

公主は涙ながらに言った。

「今は危急のとき、選んでいる余裕はないわ。早く連れて行ってください」

そこで彼は公主の手を引いて支えながら宮殿を出、ほどなく家に着いた。すると公主が言った。

「ここはとっても安心できる住居で、わが国よりよほどいいわ。でもあたしはあなたに付いてこられたけど、父と母は何に頼ればよいかしら。どうか別棟を建ててください。そうすれば国中の者が付いてくるでしょうから」

彼がそれに難色を示すと、公主は泣き叫んで言った。

「人の急場を救えない人に、夫の資格なんかないわ」

彼はひとまず慰めて部屋に入った。公主は寝台に伏して泣き悲しんでいて、それを宥(なだ)めることもできない。焦って考えてもよい方法がない。突如、ハッと目が覚めて、ようやく夢だと知ったのである。それでも耳元には、彼女の泣き声がよよとばかりこ

4 原文は、「金屋」。漢の武帝が幼少のとき、従姉妹の阿嬌を指さして、嫁にできたら「金屋」に住まわせると言った故事（『漢武故事』）に因む。後に妻妾を娶る意味に用いられる。「長恨歌」にも「金屋粧(しょう)成りて嬌として夜に侍す」と詠われる。

びりついて消えない。じっとそれに聞き入っていると、どうやら人間の声ではない。なんと蜂が二、三匹、枕辺を飛び交ってうなっているのだ。彼は大声で、「なんと奇怪な！」と叫んだ。そばにいた友人がびっくりして問いただすので、夢のことを告げた。友人も不思議なことだといぶかった。

二人で起き上がって蜂を見てみると、衣類の近くに寄り添うように飛んでいて、手で払っても去ろうとしない。友人が蜂のために巣を作ったらどうかと勧めた。竇は職人を監督して、公主が願ったようなしつらえを作らせた。左右二つの塀を縦に作ると、垣根の向こうから、蜂が群れを成して、縄のように引きも切らず飛んでくる。まだ屋根もできていないうちに、溢れんばかりに一杯になった。

どこから飛んできたのか辿ってみると、隣の老人の古い畑に行き着いた。畑の中に大きな蜂の巣があり、三十年以上たっていて盛んに繁殖していた。ある人が竇のことを老人に告げたので、老人が見に行くと巣は静まり返っている。巣の壁を開けてみたところ、中には一丈あまり（三・二メートル）の蛇がいたので、捕らえて殺した。そこであの巨大な大蛇とは、この蛇だったとわかった。蜂は竇が作った家に入ってから一層盛んに増えたが、別に怪異は起こらなかった。

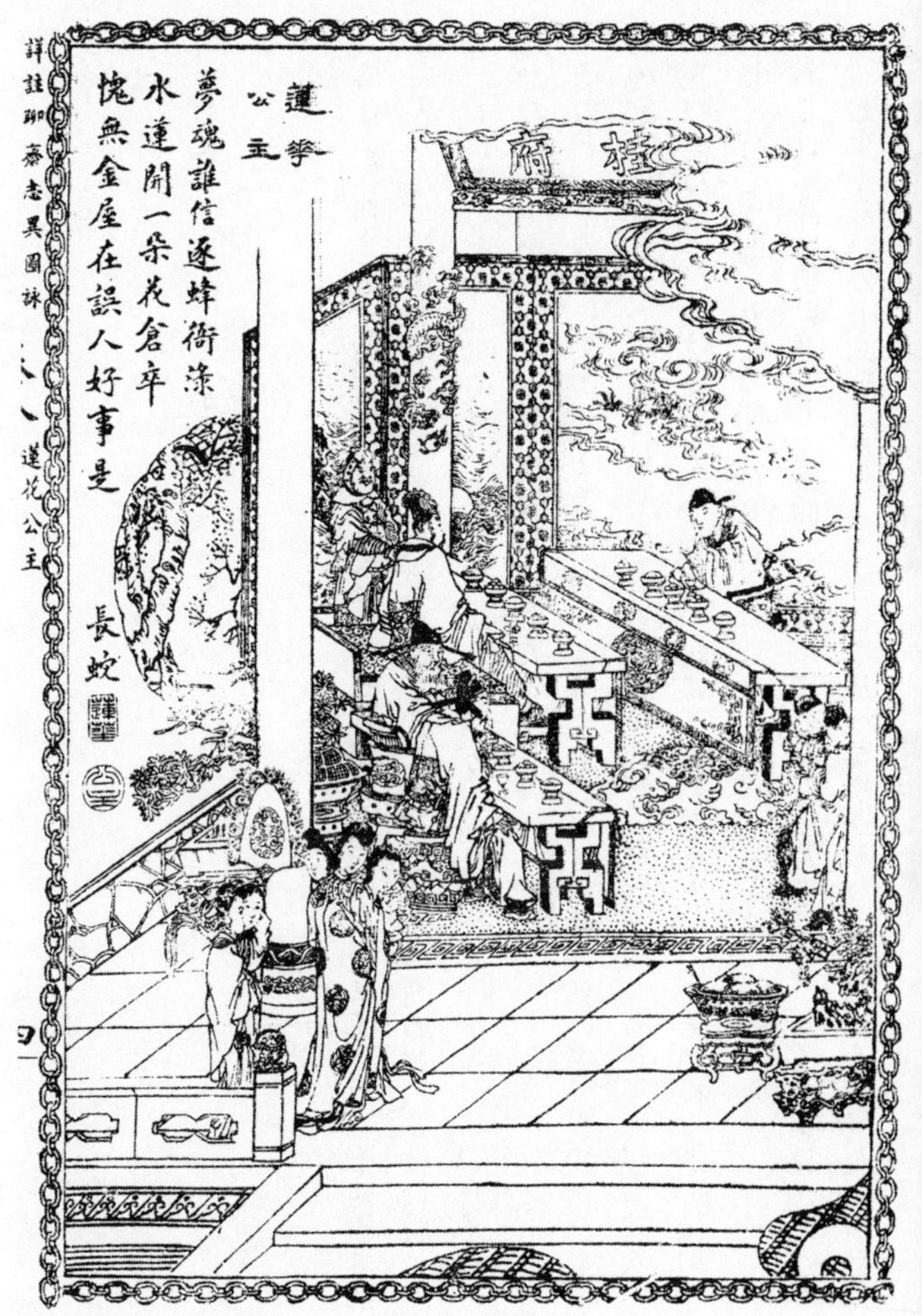
詳註聊齋志異圖詠
蓮花公主
蓮華公主
夢魂誰信逐蜂衙涂
水蓮開一朵花倉卒
愧無金屋在誤人好事是
長蛟
桂府

4　江城　（最強荒くれ女房の改心）

臨江[1]（江西省）の高蕃は、幼少のころから聡明で容姿にも優れていた。十四歳で郷学に入った。[2]裕福な家は競うように娘を嫁がせようとしたが、高の選択条件は厳しくて、しばしば父の命でも聞こうとしなかった。父の仲鴻は齢六十で、この息子だけだったから、溺愛して、息子の言うなりだった。

その昔、東の村に樊という老人がおり、町で子供たちを教えていて、家族とともに高の家を借りていた。翁には娘がおり、字を江城といい、高と同じ年で、当時八、九歳だったが、二人は仲がよく、毎日一緒に楽しく遊んでいた。その後、老人は引っ越して行き、四、五年の間、付き合いはなかった。

ある日、高は狭い通りで、世間には滅多にいないほどあでやかな美女を見かけた。六、七歳くらいの下女を連れている。じろじろ振り返るわけにもいかず、ただ横目で見ただけだが、娘は立ちどまり、じっと見つめて何か言いたそうなので、よくよく見ると江城だった。わかったとたん、飛び上がらんばかりに驚喜して、言葉も出ず、互いに見つめ合ったまま呆然と立っていた。やがて我に返って別れたけれど、二人の心は熱く燃え上がった。そこで高はわざと紅の手拭きを落として行った。下女がそれを拾って、嬉しそうに娘に手渡した。娘は袖の中に入れて、自分の手拭きと取り換え、何食わぬ顔をして下女に言った。

「高秀才は赤の他人じゃないんだから、落とされた物を隠しちゃいけないわ、追っかけてお返しして」

下女は言われた通り、高を追いかけて手渡した。高は手拭きを手に入れて、大喜びだった。帰って母に会い、縁談を進めるように頼んだ。すると母は言った。

「あちらの家は間口一間もないほど。しかも南へ北へと放浪する流れ者一家、お前にふさわしい相手になんかできますか」

1 「臨江」と称する郡府県は、江西省のほかに、四川省・吉林省にある。

2 原文は「入邑庠(ゆうしょう)」。「邑庠」は、地方の学校(府学・県学)を意味し、入学者は、科挙の予備試験の童試合格者「生員」(秀才)。

「僕が自分自身、願っているのです。絶対、後悔なんかするはずもありません」

と高は言ったが、母は一人では決められず、父の仲鴻に相談した。父はまったく取りあわなかった。高はこれを聞いて苦しみ悩み、一粒の米も喉を通らなくなった。母は心配して父に言った。

「樊家は貧乏だけれど、悪徳商人やならず者の仲間ではありません。わたし、樊さんの家に行ってみます。もし嫁にしてもいいような娘なら、反対することもないでしょう」

「わかった」

と父は言った。

母は黒帝廟[3]に焼香に行くということを口実にして出かけ、樊の家へ行った。娘を見ると澄んだ瞳に光る歯、いながらにして見目麗しいから、たいそう気に入った。すぐに金や絹をたっぷり贈って、正直に意図を告げた。樊の母親は謙遜して辞退していたが、やがて婚姻を承諾した。帰って高にその次第を話すと、ようやく顔をほころばせて笑ったのだった。

翌年、吉日を選んで娘を嫁に迎え、夫婦は相思相愛で、たがいにべた惚れだった。

ところが嫁は、しょっちゅう怒るようになり、怒ると赤の他人のように睨みつけ、大声で嘲り罵り、いつも耳にキャンキャン響いてうるさかった。しかし高は愛しいゆえに、すべてじっと我慢していた。

父母はこれを聞いて、このままではよくないと思い、こっそり息子を責めた。それが嫁の耳に入ってしまい、怒り狂っていよいよ口汚く罵った。高がその怒鳴り声に少しでも反発すると、嫁はますます怒り、鞭で外に追い出すと、扉に門をかけてしまった。高は外でぶるぶる震えながら門を叩く勇気もなく、膝を抱えて軒下で過ごした。

嫁はそれ以来、高を目の仇にした。初めのうちはずっと跪いていれば、まだ機嫌がよくなったが、だんだん膝を屈してもご利益がなくなり、夫でありながらいよいよ困り果てた。舅や姑が少しでも責めると、嫁はなりふり構わず噛みついた。舅姑は憤激して、息子に迫って実家に帰らせた。樊のほうでは恥ずかしいやら心配やらで、知人に頼んで仲鴻に許しを請うたが、認めなかった。

3　黒帝は天の五帝の一つ。「五帝」は五行説によって、東西南北および中央に配されるが、「黒帝」は北方、冬の帝。その帝を祀る廟。

一年あまりして、高が外出したとき、岳父に出会った。岳父は高を家に招いて連れ帰り、ひたすら平謝りにあやまった。娘に化粧させて会わせると、若夫婦は互いに見つめ合って、思わずしみじみした。そこで樊は婿を歓待するために酒を買い、盛んに婿をもてなした。日が暮れると、是非、泊まるよう熱心に勧め、別の寝台をきれいに整えて、夫婦を共寝させた。高は夜が明けてから帰宅したが、両親にはとても事情を話せず、いろいろ粉飾して取り繕った。それからは四、五日ごとに岳父の家に通って泊まったが、父母は知らなかった。

樊がある日、意を決して仲鴻を訪れた。初めは会おうとしなかったが、是非にと願ってようやく会ってもらえた。樊は膝を屈して進み出て、許しを請うた。だが、仲鴻は息子に事寄せて承知しなかった。すると樊は言った。

「婿殿は昨夜、手前の家に泊まられたが、娘との仲になんの不服もないようでしたが」

仲鴻は驚いて尋ねた。

「いつ泊まったのです」

樊は事実をすっかり話した。仲鴻は赤面してあやまって言った。

「わしはまったく知りませんでしたわい。息子が惚れているのに、わし一人が娘御を目の仇にするなんて」

樊が帰った後で、仲鴻は息子を呼んで罵った。高はうつむいたまま少しも反発しなかった。そうこうするうち樊がもう娘を送ってきた。仲鴻は言った。

「わしには子供らのしたい放題を面倒見切れんのでな。別居するがよかろう。早速で悪いが、分家の誓いを執り行ってくだされ」

樊が仲鴻を説得しても聞き入れなかった。その結果、別居することになり、仲鴻は下女を一人やって手伝わせた。

一月あまりはかなり落ち着いていたので、両親は胸をなでおろしていた。だがほどなくして嫁は次第に我儘になり、高の顔に時々爪跡が見られるようになった。両親は明らかにそれとわかっても、我慢して何も尋ねなかった。

ある日、高が鞭に耐えかねて父のところへ逃げ込んできた。気もそぞろで、ハヤブサに襲われたスズメのようだった。両親が怪訝に思って尋ねている最中、嫁が早くも棒を手にして追いかけて来ると、なんと舅のすぐそばで高を捕まえて殴った。両親が泣き叫んでも一顧だにせず、数十回殴って、やっとプリプリ怒りながら去って行った。

父は、

「わしはとにかく騒ぎを避けたいから別居したんだ。お前だって喜んでいたのに、なんでここに逃げてきたんだ」

と言って、息子を追い払った。高は追い出されても行き場がなくて、ほっつき歩いた。母は息子がくじけて行き倒れにならないかと恐れ、一人で住まわせて食事の世話をしてやった。そして樊を呼び出すと、娘を説教するように頼んだ。樊は娘の部屋に入って懇々と説いたが、娘は最後まで聞こうとせず、かえって悪口雑言を浴びせる始末。樊はもう勘当だと宣言し、衣を翻して出て行った。ほどなくして樊は憤激のあまり病気になり、妻と相前後して亡くなった。娘は恨みに思って、弔いもしなかった。毎日、壁一枚隔てて、舅姑に聞こえよがしに罵り喚いていた。だが舅は知らぬ存ぜぬを押し通した。

高は一人暮しをして以来、湯火の責め苦から解放されはしたものの、寂しくて仕方ない。こっそりやり手婆さんの李氏に声をかけ、金を渡して妓女を書斎に引き入れた。往き来はいつも夜にしていた。そうこうするうち、嫁はそれを小耳に挟み、書斎にやってきて罵った。高が無実だと必死に弁解して、お天道さまに誓ったので、ようやく帰って行ったが、それからというもの毎日、高の隙を窺っていた。すると李婆さんが書斎から出てきたところへバッタリ出くわし、慌てて呼び止めた。婆さんはさっと顔色を変えたので、嫁はますます疑って婆さんに言った。

「お前さんがしたことを正直に話すなら許してやってもいいが、まだ隠すようなら、髪の毛、根こそぎ引っこ抜いて禿げ頭にするよ」

婆さんは、震えおののいて白状した。

「半月ほどの間に、妓楼の李雲娘（りうんじょう）がここに二度来ただけですよ。今、若旦那から、いつぞや玉笥（ぎょくし）山で陶（とう）家の嫁を見かけたが、纏足が気に入ったので呼んでくるように頼まれたところです。あの女は色好みだけれど、まだ夜の女にまではならないだろうから、うまくいくかどうか」

嫁は本当のことを言っていると思い、とりあえずは許してやった。だが婆さんが立ち去ろうとすると、またもや無理に引き留めた。日も暮れてしまったが、脅すようにきつく命じた。

「先に行って灯りを消せ。そして陶家から来たと言うんだ」

婆さんは言う通りにした。嫁はすぐさま真っ暗な中に入った。高は大喜びで腕を引き寄せて一緒に座らせると、綿々と恋焦がれた思いを言い連ねた。女は黙って語らない。高は暗闇の中で女の足をまさぐりながら言った。

「山の上で仙女のようなお姿を一目拝んでからは、ただもうあなたのことばかり恋焦がれていました」

女は一言も話さない。高が、

「これまでの願いがやっと叶えられるのに、目の前にいながら顔が見えないなんてつまらないよ」

と言い、自分で灯りをともして、照らしてみると江城だった。高はギャッと叫んで真っ青になり、灯りを床に落とした。それからずっとわなわな震えながら跪いていたが、まるで刃を首に当てられてでもいるようだった。嫁は彼の耳を引っ張って帰らせると、両足を針で隈なく突き刺した挙句、寝台の下に伏せさせ、目が覚めては罵った。高はそのため嫁を虎か狼のように恐れた。嫁がたまたま機嫌のよい顔を繕っても、彼は枕辺で震えおののき、夫として人並みのことができなかった。すると嫁はビンタを食らわせ、叱りつけて追い出し、ますます彼を唾棄して人間扱いしなくなった。高は毎日蘭や麝香(じゃこう)の匂う郷(さと)にいながら、まるで獄中の罪人が獄吏を崇めるようだった。

江城には姉が二人いて、共に生員に嫁いでいた。上の姉は穏やかで善良、口下手だったから、彼女とは合わなかった。下の姉は葛家に嫁いでいた。人となりは、ずる賢くて弁がたち、見てくれを専らにしていた。容貌は江城ほどではなかったが、気が荒くて嫉妬深いのは、おあいこだった。この姉妹が会うと、他の話はしないで、ただ各々女房としての威力を自慢して得意になっていたから、二人は至極仲がよかった。高が親戚や友人のところに行く場合には、嫁はいつも怒りまくるのだが、葛のところへ行くときだけは、わかっても止めなかった。

ある日、高は葛のところで酒を飲んだ。酔いがまわると、葛は嘲笑して言った。

「君はなんでそんなにひどく恐がるんだい」

高は笑って言った。

「世の中には不可解なことが多いね。私が恐がるのは、あれが美しいからだ。ところが家内ほど美しくもないのに、自分の妻を僕よりずっとひどく恐がっている者がいるね。ますます訳がわからんじゃないか」

葛はたいそう恥じ入り、何も答えられなかった。だが下女が耳にして義姉に告げた。義姉はかんかんに怒って、杖を手にして急に飛び出してきた。高は彼女の凶暴な様子を見て靴も履かずに逃げようとしたが、それより先に義姉は杖を振り上げるや、高の背骨に当てた。高は三度殴られて三度転び、立ち上がれなくなった。そのとたん、今度は誤って頭に当たり、血がだらだら流れた。義姉が立ち去った後で、高はよろよろしながら家に帰った。江城が驚いて訳を尋ねた。初めは義姉さんにさからったからと言って、すぐには話そうとしなかったが、何度も厳しく問い詰められて、ようやく詳しく語った。すると江城は、絹で高の頭をグルグル巻いてから、憤然として言い放った。

「他人の旦那をご親切にも殴ってくれるなんて。許せるもんか！」

江城は短い袖の服に着替えて懐に杵を隠し、下女を従えてすぐに出て行った。葛の家に着くと、姉が笑顔で迎えに出てきたが、江城は無言のまま杵で殴り倒し、ズボンを引き裂いて痛めつけた。姉の歯は欠け落ち、唇が裂け、大小便を漏らしてしまった。江城が立ち去ると、姉は恥ずかしいやら腹立たしいやら、鬱憤を晴らすため、夫を高のところへ行かせた。高は走り出て来て、心をこめて見舞いを言った。すると葛が囁いた。

「僕がここに来たのは、来ざるを得なかっただけだよ。背徳の荒くれ女を、幸いほかの手を借りて懲らしめられたんだ。我々二人にとっちゃ願ったり叶ったりだね」

ところが早速これが江城の耳に入り、突如、飛び出してくると、葛を指さして、

「卑怯者め、女房が痛い目に遭って苦しんでるのに、こっそり敵と仲良くやるなんて！　こんな男はぶっ殺してやる」

と罵り、杖を持ってくるようがなり立てた。葛は追い詰められ、戸口を突き開けて必死に逃げた。この事件で、高は往き来するところがまったくなくなったのである。

ある日、同窓の王子雅（おうしが）が立ち寄ったので、引き留めて酒を飲んだ。飲むうちに閨（ねや）の話で盛り上がり、ひどい下ネタに落ちてしまった。ちょうどそのとき、江城が覗きに来て、物陰で一部始終、聞いてしまった。すると彼女は、ひそかに巴豆（はず）[4]をスープに入れて客に出した。ほどなくして王は、我慢しきれずにひどく吐き、息も絶え絶えになった。江城は下女に尋ねさせた。

「これでも懲りずにもっと無礼をなさいますの？」

4　トウダイグサ科の常緑小高木で、多量のクロトン油を含み、強烈な下剤作用と皮膚の発赤作用がある。

　そこでようやく病気の理由がわかったので、呻き声を上げながら憐れみを請うた。すると菉豆湯[5]がすでに器に用意してあった。それを飲んでやっと治ったのだった。以来、同窓生は警戒しあって、高の家では決して酒を飲もうとしなくなった。

　王は小料理屋を持っていて、庭に紅梅が多かったので、宴を設けて仲間を招いた。高は文社[6]を口実にして、嫁にびくびく言い訳してから出かけた。日が暮れて、やがて宴も酣になると王が言った。

「今たまたま南昌（江西省）の名妓が、ここに流れて来てるんだ。呼んで一緒に飲もうや」

　みんな大喜びだったが、ただ高だけは席を立って去ろうとした。けれどもみんなが引き留めて言った。

「奥方の耳や目がいくら長くても、ここまでは伸びないだろう」

妓女のことは決して喋らないと誓ったので、高は再び腰を下ろした。しばらくしてご指名の妓女がやって来た。年は十七、八歳、帯玉をちんりん鳴らし、雲つくように高い髷を結っている。姓を聞くと、

「謝氏でございます。字は芳蘭と申します」

と答えた。ものの言いようがたいそう雅（みやび）やかだったので、一座はみな熱狂してしまった。芳蘭はといえば、とりわけ高に執心のようで、しばしば色目を使った。それでみんなは彼女の気持に気づき、わざと二人を引き寄せて肩を並べて座らせた。芳蘭はこっそり高の手を取って、指で彼の掌に「宿」という字を書いた。高はこうなった以上、帰るに忍びず、泊まるわけにもいかず、心はたとえようもなく乱れた糸のようだった。顔を寄せて囁き合っているうちに酔いはますます深まり、彼は寝台上の紅（べに）をつけた虎のことなど、すっかり忘れてしまった。

ほどなくして水時計が時を知らせるのを聞いて、店の客はいよいよ少なくなった。ただ離れたところに美しい若者が一人座って、灯りに向かって独酌しており、童僕が手拭きを持ってそばに控えていた。みんなはひそひそ若者の優雅さをネタに話した。まもなく若者は飲むのを止めて、戸口を出て行った。すると童僕が引き返して入ってくると、高に向かって言った。

---

5 「菉豆」のスープ。「菉豆」（緑豆）はマメ亜科の植物で、春雨の原料にもなる。薬膳では「寒」に属し、解熱や解毒作用がある。スープは、特に食あたりに効果があり、中毒が緩和される。

6 文学や評論などを研鑽する同好の士の集まり。科挙の受験生が多い。

「主人が一言お話したいと待っております」

みんなは訳がわからなかったが、高は真っ青になり、別れも告げないであたふたと出て行った。つまり若者はなんと江城で、童僕は下女だったのだ。高は後に従えさせられて家に着くと、四つん這いになって鞭を受けた。それ以来、ますます厳しく閉じ込められて、世間の慶弔も一切途絶えてしまった。

学政使が歳試に来たとき、高は試験に失敗して青衣に降された。[7] ある日、高が下女と話していると、江城は密通しているのではないかと疑い、酒ガメを下女の頭に袋のようにかぶせて、鞭打った。それから高と下女を縛って刺繡用のハサミで腹の肉を切ってから、縄を解いて互いに相手の肉で補わせ、そこを自分で縫わせた。一月あまりすると、補ったところがくっついて一つになったという。

また江城は、素足で踏みつけて埃まみれにした餅を、高を叱りつけて拾わせ、無理矢理食べさせたりした。このようなことがしょっちゅうだった。

高の母は息子が心配で、あるとき高の家に来てみると、息子は柴のように痩せ細っており、帰宅すると、死ぬかと思うほど慟哭した。その夜、夢に一人の翁が現れて、母に告げた。

「憂えるには及ばない。これは前世の因縁じゃ。江城は元は静業和尚（未詳）の飼っていた長生きの鼠で、ご子息の前生は士人じゃったが、あるときそこに遊びに行って誤って殺してしもうたのじゃ。今その悪業に報いており、人間の力ではどうすることもできない。毎朝起きて敬虔に観音呪[8]を百遍唱えれば、必ず霊験があろうぞ」

目が醒めてから夫に話し、不思議に思って、夫婦は教えられたとおりにした。二月あまり敬虔に唱え続けたが、嫁の暴挙は相変わらずで、ますますもの狂おし気になった。門外の鉦や太鼓の音を耳にすると、いつも髪を振り乱して飛び出し、呆けたようになって見とれていた。町中の者が千人くらい嫁を指さして見ていても、平気の平左で怪しみもしない。舅も姑も恥ずかしく思ったが、やめさせることはできなかった。

7　「学政使」は、〈怪〉の巻10「促織」注4参照。「歳試」は生員（秀才）を対象に行う試験で、成績によって格上げ、格下げする。高は格下げされて、生員から五等の「青衣」（庶民の着る衣で、停学処分）に落とされた。

8　『観世音菩薩経』（『法華経』の第二十五品「観世音菩薩普門品」を一巻とした経典）の呪文。衆生がその名を唱えれば、菩薩が神通力で大慈を垂れ、種々に身を変えて苦悩する人々を救済する。

あるとき、老僧が門外で仏経の悟りを説き、見物人が垣のように集まっていた。老僧が太鼓の皮を吹き鳴らして牛の鳴き声をたてると、江城が走り出てきた。大勢の人で隙間がないのを見ると、下女に言いつけて踏み台を持ってこさせ、足を上げてその上に登った。みんなの目が集まっているのに、彼女は気にもしないようだった。やがて僧は説教の終わりに一碗の清水を求め、それを手にして江城に向かって、厳か(おごそ)に宣(のたま)わった。

「怒ってはならぬぞ！　怒ってはならぬぞ！　前世も仮に非ず、今世も真に非ず。シッ！　シッ！　鼠は頭を縮めて去れ、猫に尋ねさせるでないぞ！」

宣い終わると、水を含んで江城の顔に向かって吹き付けた。化粧がだらだら流れて、襟や袖を濡らした。見物人は驚いて大騒ぎし、江城が激怒するだろうと思ったが、彼女は一言も言わず、顔を拭って一人帰って行った。老僧もそのまま立ち去った。

江城は部屋に入ると阿呆のようになって座りこみ、腑抜けたように、一日中何も食べず、寝台を整えるとすぐに寝てしまった。真夜中、急に高を呼び起こした。高は小用だろうと思い、便器をうやうやしく差し出したが、江城はそれを退けた。そして高の腕をそっと取って、布団の中に引き入れた。高はギョッとして頭から足まで震えおののき、命令を承ろうとして、まるで帝の詔(みことのり)を奉るかのようだった。すると江城は嘆いて言った。

「あなたをこんな風にさせるなんて、あたしは本当に人でなしだわ！」

なんと手で高の体を撫でさすり、刀や杖の傷跡に触るたびに、しくしくすすり泣いては爪で自身をかきむしり、すぐに死んだほうがいいと自分を責め恨むのだった。高はその様子を見て、本当に可哀そうに思い、心を籠めて慰めてやった。すると江城は言った。

「あの和尚さまは、きっと菩薩の化身なんだわ。清水を浴びたら五臓六腑が新しくなったようなの。今までしてきたことを思い返すと、すべて一昔前のことみたい。これまでのあたしは、とてもじゃないけど人間とはいえないわね。夫婦なのに親密になれず、お舅さま、お姑さまにお仕えできず、一体どういうつもりだったのか。明日、お引っ越ししましょうよ。やはりご両親と一緒に住んで、ご機嫌伺いをしたいの」

二人は一晩中、長々と語り合い、恰(あたか)も離れ離れの十年間の話をしているようだった。江城は夜明けに飛び起きると、衣服をたたみ道具をしまい、下女に籠を持たせ、自分は布団を包み、高を促して両親の家に行き扉を叩いた。母が出て来て驚いて尋ねたので、二人は考えを告げた。母はそれでもぐずぐず渋っていたが、江城が下女と共にさっさと中に入ってしまったので、母もあとに従った。江城はひれ伏して泣いて謝り、ひたすら許しを請うた。母は嫁の気持が誠であることを察し、共に泣きながら尋ねた。

「蕃や、なぜこんなに急に変わったんだい？」

高が先の事情を詳しく述べると、母はこれこそいつか見た夢のご利益と、やっと悟ったのである。大喜びで下僕を呼ぶと、二人のために元の部屋を掃除させた。

それからというもの、嫁は従順に両親の意を汲み、孝行息子よりもよく仕えた。人に会えば新妻のように恥ずかしがり、時には昔のことを持ち出してからかわれると、頰を赤く染めた。勤勉で節約に励み、貯蓄も上手にした。三年たつと、両親が家計に口を挟むこともなかったのに、巨万の富と称されるほどになった。高はこの年、郷試に及第した。嫁はいつも高に、

「あのとき見かけた芳蘭さん、今でも覚えていますわ」

と言っていた。高は折檻（せっかん）されないだけでも十分儲けものだったから、よからぬ考えを決して起こそうとはせず、はいはいと聞いているだけだった。たまたま科挙の試験を受けに都へ行き、数か月して帰ってきた。部屋に入ると、芳蘭が江城と向かい合って

碁を打っていた。驚いて尋ねると、江城が数百金出して身請けしたのだった。
この話は浙中(せっちゅう)（浙江省）の王子雅が詳しく話してくれたものである。

異史氏曰く——
人生は前世の悪業の報いであり、一口の飲食にも必ず報いがある。閨房の中での因果応報となると、骨にまで達した腫瘍のように、毒はとりわけむごい。天下の賢妻は十人中一人、荒くれ女房は十人中九人であるのを見るにつけ、世間で善業(ぜんごう)を修められる者の少ないことがわかる。観世音菩薩の願力は偉大なのに、なぜ一碗の水を大千世界[9]に注いでくれないのだろうか？

9　仏教用語で、須弥山(しゅみせん)を中心とした三千大千世界の一つ。または三千大千世界を指す。われわれの住む世界の全体。「三千大千世界」とは、大中小、三種の「千世界」を併せた総称。日月・四天下・六欲天・三十三天・梵世天などが囲むものを「一世界」とし、それを千個集めたのが「小千世界」、さらに千個集めたのが「中千世界」、それを千個集めたのが「大千世界」。

5 夢狼　（老父が見た親不孝息子の正夢）

白という老人は、直隷（河北省直轄地）の人である。長男の甲が初めて役人となって南方へ赴任したが、三年たっても何の便りもない。そんな折、たまたま親類の丁という姓の男が訪ねてきたので、老人は喜んでもてなした。丁は、元々冥界に行くことができる人物だった。そこで話のついでに老人が冥界のことを尋ねると、丁の答えは、漠とした不可思議な話ばかりである。老人は深くは信じようとせず、ただ微笑んで聞いていた。

別れてから数日後、老人が横になっていると、丁がまたやってきた。同行を誘われたので、丁に従ってついてゆくと、とある町に入った。

しばらくすると、丁はある門を指さして言った。

「ここはあなたの甥御さんの家です」

そのころ老人の姉の子は、晋（山西地方）の県令（長官）だったので、怪訝に思い、

「ここにいる訳はないがな」

と言うと、丁は言った。

「もし信じないなら、中に入ればわかりますよ」

老人が入ってみると、なるほど甥が蟬飾りの冠に神獣の刺繡入り官服という立派な役人の装いで広間に座っている。戟（ほこ）[1]や旗を手にした士卒がずらりと両側に並んでいるが、通知してくれる者が一人もいない。

丁は、そこから老人を引っ張り出して言った。

「息子さんの役所はここから遠くありません。やはり会いたいですか」

老人は頷いた。しばらくして、とある屋敷に着いて、丁は言った。

「さあ、入りましょう」

その門を覗いてみると、巨大な狼が一匹、道の真ん中に陣取っていたので、震え上がって進むことができない。すると丁が重ねて言った。

1　〈怪〉の巻5「夜叉国」注3参照。

「さあ、入りましょう」

そこでさらに一つ門を入ると、広間の上にも下にも座ったり寝たりしているのが、みな狼なのだ。さらに庭の中を見ると、白骨が山のようである。老人はますます恐くなった。すると丁は身をもって老人をかばいながら進んで行った。ちょうど、息子の甲が奥から出て来て、父と丁を見て大喜びし、しばらく座って話すと、側仕え（そばづか）を呼んで酒肴を命じた。突如、一匹の巨大な狼が死人を咥えて入ってきた。老人はガタガタ震えながら立ち上がり、

「これは一体、どうしたことじゃ」

と言うと、甲は言った。

「ちょっと料理させますので」

老人は必死になってそれを止めた。心臓はドキドキして動悸が止（や）まない。別れて出ようとしたが、大勢の狼の群れが道を塞いでいて、進むも退くも窮まり、どうしようもない。すると急に、狼どもが大騒ぎして叫びながら逃げ出し、寝台の下に隠れたり、机の下に腹ばいになったりした。老人は愕然としたまま訳がわからない。そこへ金の鎧兜（よろいかぶと）をつけた猛者（もさ）が二人、目を怒らせて入って来ると、黒い縄を出して甲を縛った。

甲は突如、虎に変身し、鋭い牙をギラギラむき出していた。猛者の一人が鋭利な刀を抜いてその首を斬ろうとすると、もう一人が言った。

「まあ、待て待て。それは来年四月のことになっている。とりあえず今は牙を叩き落とせばよい」

そこで特大の分銅を取り出して牙を叩くと、牙はポロポロ地に落ちた。虎は大声で吠え叫び、その声は山全体を震わした。

老人はぞっとした途端に目が覚め、ようやく夢であったと知った。それにしても気持が悪いと思い、丁を呼びに行かせたが、丁は来られぬとのことであった。そこで老人は夢を記して次男に託し、甲の下へ行かせたが、その手紙は親の切々たる気持を籠めた訓戒であった。

次男は甲のところに着き、見れば兄の前歯がすべて欠けている。驚いて尋ねると、酔って馬から落ちて折ってしまったとのこと。だがその時を調べてみると、まさに父が夢を見た日であった。弟はいよいよ驚いて、父の手紙を差し出した。甲はそれを読んで顔色を変えたが、しばらくして言った。

「これはたまたま夢と重なったにすぎない。何も怪しむに足りんよ」

そのころ甲は権力者に賄賂を贈って、一番に推薦されていたので、怪し気な夢など意にも介さなかったのである。

弟は数日滞在している間に、たちの悪い下役人が役所に満ちており、賄賂を贈って口利きを頼む者が夜中まで絶えないのを見て、涙を流して兄を諫めた。すると甲は言った。

「お前は田舎者だから、出世の秘訣を知らないだけだ。役人を任免する権力は、上司の手にあり、民にあるわけではない。上司が喜べばよい官位というわけだ。民を愛しても、それでどうやって上司を喜ばせることができるんだい」

弟は改めるよう説得しても無駄だと知り、諦めて帰宅し、父に仔細を告げた。老父はそれを聞いて声を上げて泣いたが、どうしようもなかった。ただ家財を売り払って貧しい人々を救い、日々神に祈って、ひたすら息子の悪行の報いが妻や子に及ばないようにと願うばかりだった。

翌年、甲を吏部[2]の役人に推挙するという知らせが来て、祝賀客が門に溢れた。しかし老父はすすり泣くばかりで、枕に伏せり、病気と称して出て行かなかった。ほどなくして甲が都へ帰る途中、盗賊に襲われて、主人も下僕も殺害されたという噂が耳に入った。すると老父は立ち上がって家の者に向かって言った。

「鬼神のお怒りが当人に及ぶだけに止まり、我が家をお助け頂いたのは誠に有り難いことじゃ」

そして香を焚いて感謝を申し述べた。老人を慰める人々は、口々にその噂は出鱈目だと言ったが、老父だけは信じこんで疑わず、早速息子のために墓を作ろうとした。

ところが甲は、実は死んではいなかった。

これより先のことだが、四月中、甲は任を解かれて県境を離れた途端、盗賊に襲われた。甲は携行している物すべてを差し出したのだが、盗賊たちは叫んだ。

「我々はお前の任地の民全員のために、冤罪にされた無念を晴らしに来たんだ。物取りなんかじゃない」

と言うや否や、彼の首を斬った。さらに召使たちに向かって尋ねた。

「司大成(したいせい)というのはどいつだ」

司というのはもと甲の腹心で、甲を助けて悪行を尽くした男である。召使たちがそ

2　魏晋以来、中央官庁に置かれた役所。文官の任免・勲階・懲戒などを掌(つかさど)る。清末に廃止。

の男を指さすと、賊はその男をも殺した。そのほか悪徳下役人四人——彼らは甲のために厳しく税を取り立て、甲は彼らを従えて都に入ろうとしていた——、盗賊たちはその四人とも捜し出して殺してしまい、それから分捕り品を山分けして袋に入れて走り去った。

甲の魂は、路傍に伏せっていた。そこへ県の長官が一人通りかかり、殺されたのは誰かと聞いた。先払いの者が、

「某県の白知事です」

と言うと、長官は言った。

「それは白某殿のご子息だ。あのお年寄りにこんなむごいさまを見せるべきではない。その首を繋(つな)いでやるがよかろう」

早速一人が首を拾って胴体につけると、長官は、

「邪悪な人間に、正しくつけるのはよくない。肩で顎を受けるくらいゆがめるのがよかろう」

と言って、スタスタ行ってしまった。

しばらくして甲は息を吹き返した。妻子がその遺体を受け取りに行くと、なんとか

息をしているようなので、車に乗せて帰った。ゆっくり流動食を流し込んでやると、飲み込んだ。だが宿屋に身を寄せたまま、旅費もなく帰ることができなかった。半年ほどして、老父はようやく確かな知らせを受け取り、次男をやって連れ帰らせた。

甲は生き返ったとはいえ、自分の目で自分の背中を見るという具合で、もはや二度と世間並の人間の数に入れられないようになった。

一方、老父の姉の子は政治手腕の評判がよく、その年、御史[3]の官に登った。すべて老父が見た夢の通りになったのである。

異史氏曰く――

ひそかに嘆かわしく思うのは、天下の官吏がどこもかしこもみな虎や狼のように残忍なことである。たとえ上役が虎でなくても、下役はとかく狼になろうとする。まして虎よりも獰猛な奴など言語道断だ。そもそも人は自分の後（すなわち死後）を自ら見られないことを残念に思っている。だが生き返った男に、自分の後を見るようにさ

3　秦漢以後、官吏を監察し、不正を糺す官。

せるとは、鬼神の教えはなんと奥深いことか！

夢狼
夢回無計破愁顔賀
客盈門泪獨潸省識
官場真面目虎
狼不必在深山

6 竹青　（黒衣を着て烏になった男の夢と現）

魚客は湖南の人であるが、どの郡県の出身かは忘れた。家は貧しくて、科挙の試験に落第して帰る途中、旅費がなくなってしまった。乞食をするのも恥ずかしく、腹をすかして、しばし呉王廟[1]の中で休むことにし、神像の前で拝礼して祈った。廊下に出て横になると、不意に見知らぬものが一人、彼を引っ張って王の下に連れて行き、謁見すると、跪いて言った。

「黒衣部隊の兵卒が、まだ一人欠けたままなので、この者で補充できますが」

王は「よろしい」と言って、すぐに黒い衣を魚に授けた。魚がそれを身につけると、烏に変身したので、羽ばたいて外に飛び出した。見れば、烏の仲間が群れ集まっている。みんなで連れ立って飛んで行き、船の帆柱のそこここに離れて止まった。船上の旅人たちは、競うように烏たちに向かって肉を放り投げた。烏の群れは、それを空中でパクッと受け止めて食べる。そこで彼も真似をして食べると、すぐに満腹になった。樹の枝まで飛んで行って休むと、満ち足りた思いだった。

二、三日過ぎると、呉王は彼に連れ合いがいないのを憐れんで、竹青(ちくせい)という雌をめあわせてくれた。二羽はいつも仲睦まじく愛し合った。彼は餌を取るとき馴れてしまって警戒しなかったので、竹青はいつも注意していたが、彼はすべて聞き流していた。

ある日、満州族の兵隊が通りかかり、烏めがけてはじき弓を撃ち、彼の胸に命中した。幸い竹青が彼を咥えて連れ去り、捕らわれずにすんだ。烏の仲間は怒って翼を羽ばたいて波を起こし、船をすべて転覆させた。

竹青は彼に餌を与え続けたが、傷はひどく、その夜死んでしまった——と、不意に夢から覚めたようで、身は廟の中に横たわっていた。

1　三国時代、呉の孫権(そんけん)に仕えた将軍甘寧(かんねい)を祀(まつ)る廟。漢江近くの富池鎮(ふうちちん)にあった。南宋のとき神格化され、神風を吹かして航行を助け、霊験灼(あらたか)な廟と知られるようになった。廟前を航行する船は必ず参詣し、その際、数百羽の烏が送迎した。船頭が空中に肉を投げると、烏は一つ残らず落とさなかったという。

それより以前、村人は彼が死んでいると思い、どこの誰やらわからないが、触れるとまだ冷たくなっていない。そこで時々見回りに来て、彼の様子を見ていた。ようやく気が付いたので、事情を尋ねて明らかになると、みんなで旅費を出してやり、故郷へ帰らせたのだった。

三年後、魚は再び元のところを通りかかり、呉王廟に詣でた。ご馳走を用意し、烏の群れに呼び掛けて食べさせてから、

「竹青がもしここにいたら残ってほしい」

と願った。だが烏たちは食べ終わると、みな飛び去った。

その後、魚はめでたく郷試に及第して帰る途中、再び呉王廟に詣で、羊と豚をお供えした。それから、烏の友人たちに大盤振る舞いをして、さらに竹青に呼びかけた。

その夜、湖畔の村に船泊りした。灯りをつけて座ろうとしたそのとき、不意に机の前に、鳥のような物がヒューッと落下したが、よく見ると二十歳ばかりの美人である。にこやかに笑って、「その後、お元気ですか」と言う。魚は驚いて誰かと尋ねると、こう言った。

「あなたは竹青をご存知ないの」

魚は喜びの声を上げて、勢い込んでどこから来たのかと尋ねた。すると彼女は言った。

「あたしは今、漢江の神女なので、故郷にはほとんど帰らないのです。でも以前の仲間の烏が、二度もあなたの気持を伝えに来てくれました。それで一目、お会いしに来たのです」

魚はいよいよ嬉しく思い、まるで永の別れをしていた夫婦のように恋しさと喜びに浸った。

魚は彼女を連れて南に一緒に帰ろうとしたが、彼女のほうは彼を西の自宅に迎えたいと言う。二人で話し合ったが、決着がつかなかった。

その夜はもう休み、魚が目を覚ますと、彼女は先に起きていた。目を開いてよく見ると、そこは天井の高い大広間で、巨大な灯火がキラキラ輝いており、どう見ても船の中ではない。驚いて起き上がり、

「ここは一体どこなんだ」

と尋ねると、竹青は笑って言った。

「ここは漢陽（湖北省）よ。あたしの家は、つまりあなたの家でしょ。南へ行く必要なんかないわ」

空が次第に白み始めると、下女や婆やがガヤガヤ集まってきて、酒や肴が早くも並べられている。幅広い寝台の上に低い机が置かれ、夫婦で向かい合って酒を酌み交わした。魚が、

「下僕は一体、どこにいるんだい」

と尋ねると、「船にいるわ」と答えた。船頭はそういつまでも待ってくれないと魚が心配すると、竹青は言った。

「大丈夫、あなたのためにちゃんと手配しておくから」

そこで昼も夜も差しつ差されつして話に興じ、魚は楽しくて帰るのを忘れた。

船頭は夢から覚めて、ふと見れば漢陽にいる。腰もぬかさんばかりに驚いた。下僕は主人の魚を捜し回ったが、杳としてその行方はつかめない。船頭はよそへ行こうとしたが、もやい綱の結び目がほどけないので、仕方なく下僕と一緒に船を守った。

二か月あまりすると、魚はふと望郷の思いに駆られて、彼女に言った。

「僕がここにいたら、親兄弟と縁が切れてしまう。それに君と僕は夫婦となったのに、君は僕の郷里を知らないじゃないか。どうだい、一緒に帰ろうよ」

すると彼女は答えた。

「いいえ、あたしは行けないわ。行ったとしても、お宅には奥さまがいらっしゃるのだから、あたしをどうなさるおつもり？　だからあたしをここに置いて、ここをあなたの別宅にしたほうがいいわ」

彼は道のりが遠すぎて、そう簡単には来られないとぼやいた。すると彼女は黒衣を出してきて言った。

「あなたが以前お召しになった古着がまだあるのよ。もしあたしに会いたいと思ったら、これを着れば来られるし、到着したら、あたしが脱がしてあげるわ」

そこで珍しいご馳走を山盛りにして、彼のために送別の宴を張ってくれた。魚はすぐに酔って寝てしまい、目が覚めると、元の船の中にいた。まわりをよく見ると、洞庭湖（どうていこ）で、以前、停泊したところだった。船頭と下僕が一緒にいて、互いに顔を見合わせ、目をぱちくりさせて、一体どこに行っていたのかと問い詰めた。彼はわざと呆然自失の態を装ってから、枕元に包みが一つあるので、中身を調べてみた。それは彼女が贈ってくれた真新しい衣類や靴下、靴で、黒衣もその中に畳んで入っていた。さらに刺繡入りの袋が腰のところに結ばれていて、手で探ってみると、金貨が一杯詰まっていた。

それから南に向かって出発し、岸辺に着くと、船頭にたっぷりはずんでから、船を後にした。

魚は家に帰って数か月すると、漢江のことがしきりに思い出されてならない。そこでこっそり黒衣を出して着てみた。すると両脇から翼が生えて一斉に出揃うと、たちまち空へと羽ばたき、二時(ふたとき)ほどたつと、もう漢江に到着していた。空中で旋回しながら下を見下ろすと、孤島の中に二階建ての邸宅が軒を連ねているのが目に入ったので、そのまま飛び降りた。下女が早くも彼を望み見て叫んだ。

「ご主人さまがいらっしゃった」

ほどなくして竹青が出てくると、みなに命じて手で羽の結び目を緩めさせた。魚は羽毛がベリベリ取り外されるのを感じた。それから竹青は彼の手を取って建物に入ると言った。

「ちょうど良いときに来られたわ。あたし、今日明日にも、子供を産みます」

彼はふざけて尋ねた。

「胎生？　それとも卵生かい？」

竹青は答えた。

「あたし、今は神女なので、皮膚も骨もすでに硬くなっていて、昔とは違うはずよ」

数日後、果たして出産した。胞衣が分厚く包んでいて、大きな卵のようだったが、それを破ると男の子が出てきた。魚は喜んで、「漢産」と名付けた。

三日後、漢江の神女たちが揃って大広間を訪れ、衣類や食べ物など珍しい物を贈って祝ってくれた。神女たちは、みなたおやかな美人ばかりで、三十歳を超えるような者はいなかった。みんなで部屋に入り、寝台に近づくと、親指で赤子の鼻を押さえた。このしきたりを「増寿」（長生き）と呼ぶ。彼女らが帰ってから、

「今来た人たちは、誰だい」

と尋ねると、竹青は答えた。

「みなさん、あたしの仲間よ。一番後ろにいた真っ白い服を着た人は、あの有名な故事の、鄭交甫に佩び玉をあげた神女よ[2]」

数か月いると、竹青は船で彼を送り出したが、船は帆も櫂も用いないのに、風に

2　周の鄭交甫（未詳）が南の楚に行こうとして、漢皐（湖北省襄陽）に至り、長江の神女二人に出会った。二人は、鶏卵ほどの大きさの佩び玉を下げており、鄭に与えると、姿を消したという（『韓詩外伝』など）。

乗ってヒューッと進んだ。陸に着くと、すでに道の左端に人が馬を繋いで待っていたので、その馬に乗って帰った。

それ以来、魚は途切れることなく漢江に通った。数年たつと、漢産はますます聡明で美少年になり、魚は可愛くて仕方なかった。本妻の和氏は、子がないのを苦にして、いつも漢産を一目見たいと言っていた。魚はその事情を竹青に打ち明けた。すると彼女は、息子の旅支度を整えて、父について行かせることにした。ただし、三か月だけという約束をさせた。

魚が連れ帰ると、和氏は腹を痛めた実の子以上の可愛がりようで、十か月超えても、どうしても帰すに忍びない。ところがある日、漢産が急病で亡くなった。和氏は悲嘆にかき暮れて、今にも死にそうなほどだった。魚は竹青に訃報を告げに行った。だが屋敷に入ると、なんと漢産が寝台の上で、裸足を投げ出して横になっている。喜び叫んで竹青に尋ねると、こう言った。

「あなたは約束を破って、いつまでたっても帰してくださらない。あたしはもう、息子に会いたくて我慢できず、呼び寄せたのよ」

彼は、和氏が漢産を可愛くて仕方なかったから帰せなかったのだと説明した。すると彼女は言った。

「あたしがもう一人産んだら、漢産を連れて帰っていいわ」

それから一年あまり後、竹青は男女の双子を産んだ。男の子を漢生（かんせい）、女の子を玉珮（ぎょくはい）と名付けた。それで魚は漢産を本宅に連れ帰った。

こうしていつも年に三、四回往き来していたが、不便に思ったので、家ごと漢陽に引っ越した。

漢産は十二歳で、秀才の試験に及第した。竹青は人間にはよい娘がいないと言って、息子を呼び戻し、嫁をめあわせてから、本宅に帰した。嫁の名は「巵娘（しじょう）」といい、その娘も神女だった。

後に和氏が亡くなると、漢生と妹も揃って葬儀に参列した。埋葬後、漢生はそのまま家に残ったが、魚は玉珮を連れて去り、その後、本宅に帰ることはなかった。

〈仙〉の巻

1　労山道士（仙術修行、壁抜けの術）

ある村に姓が王という若者がおり、排行は七番目で旧家の息子だった。少年のころから仙術に憧れていて、労山[1]（山東省）に仙人が数多くいると耳にするや、行李を背負って学びに出かけた。

とある山頂に登ると、幽寂な雰囲気の道観が現れた。一人の道士が蒲の敷物の上に座っていたが、真っ白い髪が衿まで垂れて、神々しいばかりだった。ひれ伏してお辞儀をしてから言葉を交わすと、その哲理は非常に霊妙に思われたので、弟子にと頼み込んだ。すると道士は、

「甘やかされた身では、とても辛抱できなかろう」

と言ったが、彼は「大丈夫です」と答えた。

門人は大勢おり、夕方になるとみな集まってきた。王は一人一人に挨拶し、そのま

ま道観の中に留まることになった。夜が明けると、道士は王を呼び、斧を与えると、門人たちに付き従ってたきぎを取ってくるように命じた。王はうやうやしく拝命した。一か月を過ぎると、王の手も足もマメだらけになり、苦痛に耐えがたく、内心もう帰りたいと思った。

ある夜、道観に帰ると二人の客が師匠と酒を飲んでいる。日はとっぷり暮れているのに、まだ灯りをともしていない。師匠はやおら紙を鏡のように丸く切ると、ペタッと壁に貼り付けた。たちまちそこから月光が輝いて部屋の中を明るく照らし、細い毛さえも映しだすようだった。門人たちはまわりでせっせと世話を焼いている。すると客の一人が言った。

「今宵は実に愉快だ、みんなで存分に楽しもうぞ」

そして机の上の徳利を手に取ると弟子たちに分け与え、酩酊するまでたっぷり飲めと勧めた。王は、七人も八人もいるのに、一本の徳利でなぜ皆に十分ゆきわたるのかと不審に思った。弟子たちは言われるまま、それぞれ椀や杯など酒器を求めると、我

1　〈恋〉の巻6「香玉」注1参照。

勝ちに杯を傾けて酒を飲み干し、まるで酒樽の酒がなくなるのを恐れるかのようだった。だが汲んでは注ぎと何往復しても、酒は少しも減らない。王は奇妙に思った。

客の一人がふと思いついたように、

「せっかくさやかな月の光を賜ったのに、ちとわびしいのう。嫦娥（じょうが）[2]を呼んだらいかがかな」

と言うと、月に向かって箸を投げた。すると美女が一人、月光の中から現れ出た。最初は一尺にも満たなかったが、大地に着くと普通の人と同じくらいの大きさになった。細くくびれた腰にすっきりとしたうなじという姿で、ひらりひらり「霓裳（げいしょう）の舞」[3]を舞う。それから、

仙仙乎　　　　仙仙たるかな
而還乎　　　　還らんか
而幽我於広寒乎　　我を広寒（月の宮殿）に幽するか

ふーわりふわり、

人間世界に戻ったのかしら。
それとも月の宮殿に奥深く隠されたままかしら。

と歌った。その声は清らかに冴えわたり、簫の音のような美しさだった。歌い終わると、くるくる舞いながら身を翻し、パッと机の上に飛び乗った。目を丸くして見ているうちに、たちまちもとの箸に戻っていた。三人は腹を抱えて笑った。すると客の一人が言った。

「今宵は本当に楽しい。だがもうすっかり酔っぱらってしまった。わしを月の宮殿まで見送ってくれるかのう」

三人は席を立つと、ゆるゆると月の中に入って行った。みんなが三人を見つめていると、月の中で腰をおろして飲み出したが、ひげも眉もくっきりと見え、その姿はま

---

2 古代神話で月世界にいるという仙女の名。もと弓の名人羿の妻。嫦娥は、羿が西王母からもらった不死の薬を盗み飲み、仙女となって月に出奔して月の精になったという。

3 霓裳羽衣の曲（もとインドのバラモンの曲で、西涼から伝わり、唐の玄宗が歌辞を潤色したという）に合わせた舞踊。「霓」は虹の意。虹模様の衣裳で、転じて仙人の衣類を意味する。

勞山道士
願學神仙一念癡樵薪蘇艸苦難持祓求捷得穿牆術似此居心已可知

るで丸い鏡に映った像のようだった。ほどなくして月明かりが次第に暗くなってきた。門人が灯りを持ってやって来ると、道士が一人座っているだけで、客たちの姿は消えていた。机の上の肴はまだ残っており、壁に貼り付けた月は鏡のように丸い紙切れのままだった。

道士が門人たちに「十分飲んだか?」と尋ねると、「たっぷりいただきました」と答えた。「満足したなら早く寝ろ。明日のたきぎ取りのためにな」

弟子たちはハイと答えて退出した。王はこころひそかに感服して、帰ろうという思いはそのまま掻き消えてしまった。

さらに一か月が過ぎ、王は辛くて我慢できなくなったが、道士は相変わらず道術を一つも教えてくれない。もう待てないという気持になり、道士に別れの挨拶をした。

「わたしははるばる数百里も遠しとせず、先生に弟子入り致しました。長生の術を教えてもらえなくても、何か簡単な術を修得したら、わが志を少しは満足させることができます。ここに来てもう二、三か月にもなるのに、朝早くから夜までずっとたきぎ取りばかりです。我が家ではこんなに辛い思いをしたことはありません」

道士は笑って言った。

「わしは以前、お前は苦行を辛抱できまいと言ったが、やはり今、その通りになったな。明朝、お前を見送らせよう」

「先生、わたしは長い間お仕えしました。せめてささやかな術でも授けてくだされば、ここまで来たかいがあったというものです」

「どういう術を教えてほしいのじゃ」

と道士が尋ねると、王は言った。

「いつも拝見していますが、先生が歩いて行かれるときは、垣根や壁があっても平気で通ってしまわれます。その術を学べれば満足です」

道士は笑って承諾した。そしてその秘訣を教え、自分で呪文を唱えさせてから「さあ、通れ」と促した。だが王は、垣根に向かったまま、一向に入ろうとしない。「試しに入ってみろ」と言っても、王はやはりぐずぐずして垣根の前で進めない。道士は叫んだ。

「頭を伏せて突っ込め！　ためらうな！」

王は言われた通り、垣根の数歩手前から突進して入った。垣根に達したと思ったが、空を切って何もないようだった。だが振り返ってみると、垣根の外にいたのである。

彼は大喜びで中に戻って礼を言った。道士は、

「家に帰っても、身を清く保つのじゃ。そうでなかったら神通力は消えるぞ」

と言い、旅費を与えて帰らせたのである。

家に着くと、王は、仙人に会ってきた、硬い壁を平気で通り抜けたぞと自慢したが、妻は信じなかった。そこで彼は教えられた通りに術を試そうとした。垣根から数尺離れて突進したが、頭は硬い壁にぶつかり、パタンと倒れてしまった。妻が助け起こしてみると、額には大きな瘤ができていた。妻がからかうと、王はきまり悪そうにして、老いぼれ道士め、怪しからん奴だ！　と腹立ちまぎれに罵るばかりだった。

異史氏曰く――

この話を聞いて、大笑いしない者はいない。だが大笑いした世の人々も、自分が王と同類だとわかっている者は実に少ない。今、田舎者で甘い毒を好んで、苦い薬を嫌う者がいたとする。そこへ権力者の膿を吸い、痔を舐めるような輩が仰々しく飾り立てた術を進言してきて、権力者の意に迎合し、偽って「この術を行えば何の障害もな

く、思うままに進むことができる」と言う。最初、それを試みると、効果がなきにしもあらず。すると権力者は天下の大法と思い、すべてそうすれば上手くいくと考える。その勢いは、硬い壁にぶつかってひっくりかえるまで止まらないのである。

2 西湖主

（貧しい書生が洞庭湖神の姫と結婚）

陳弼教は、字を明允といい、燕（河北省）の人である。家が貧しく、副将軍の賈綰の配下になり、書記となった。たまたま洞庭湖に船泊りしていると、猪婆竜[1]が水面に浮かんできたので、賈が弓を射て背中に命中させた。ところが一匹の魚が竜のしっぽをくわえたまま離そうとしないので、それも一緒に捕らえて帆柱のそばに繋いでおいた。竜は息もたえだえの様子で、口をあけたりすぼめたりして救いを求めているようだった。陳はそれを見て可哀そうに思い、賈の許しを請うて逃がしてやった。傷薬を持っていたので、ふざけ半分、傷口に塗って水中に放したところ、しばらく浮き沈みしてから水にもぐって行った。

一年あまり後、陳は北に帰ることになって、再び洞庭湖を渡ろうとしたところ、大風が起こって舟が転覆した。幸い流れてきた竹つづらを引き寄せて、一晩中、それにつかまって流されていたが、木に引っかかって止まった。たぐり寄せて岸へ上がろうとしたそのとき、死体がプカプカ流れてきた。見れば陳の童僕だった。力一杯、岸に引っ張り上げてみたが、すでにもう息絶えていた。可哀そうで胸が張り裂けそうだったが為すすべもなく、遺骸を前につくねんと座り尽くしていた。周囲を見れば小山が緑色にこんもり茂り、柳が細い新緑の葉を揺らしている。だが誰一人通らないので、道を尋ねることもできなかった。

夜が明けても辰の刻（午前八時頃）のころになるまで、ぼんやりと哀しみに沈んでいた。すると、ふと童僕の手足がピクリと動いた。嬉しくなって撫でさすってやると、やがて水をゴボゴボ大量に吐き出して、生き返った。

二人で衣類を石の上に干したが、昼になってようやく乾いて着ることができた。だが、すきっ腹がグーグー鳴りだし、ひもじくてたまらない。そこで村里を探そうと、速足で山を越えようとした。やっと中腹まで来ると、鏑矢（かぶらや）[2]のうなり声が聞こえる。

1　ワニの一種。形はトカゲに似ていて鎧のような甲羅がある。
2　先端に鏑をつけ、その先に矢じりをつけたもの。射ると鏑の穴から空気が入って大きな音を立てて飛ぶ。

どこからかと見回すと、二人の若い女が豆を撒くような音を立てながら、駿馬に乗ってやって来る。二人とも紅の絹布で鉢巻をし、頭上高く束ねた髪に雉の尾を挿している。小さい袖の紫の服を着て、腰は緑の錦で結わえている。片手に弾き弓を抱え、片手に青い弓籠手をつけている。

山頂を越えると、数十騎が雑木林で狩りをしていた。揃いもそろって美女ばかり。みな同じ装束を身につけていた。陳が進むのをためらっていると、馬丁らしき男が駆けてきたので尋ねてみた。

「これは西湖の姫さまが、首山で狩りをしておられるのじゃ」

と答えた。陳はこれまでのいきさつを話し、飢えを訴えた。すると馬丁は包みを解いて食べ物をくれたが、

「ここからすぐに立ち去るがよい。狩りの邪魔をすると死ぬことになるぞ」

と言い含めた。陳は恐ろしくなって、あわてて山を駆け下りた。

木立が生い茂った林の中に大きな宮殿や楼閣が見え隠れするので、寺院かと思って近づいて行った。白壁の塀が張り巡らされ、その下には谷川が溢れんばかりに流れている。朱色の大門が半ば開いており、そこに石橋がかかっていた。橋を渡り、中扉に

よじ登って眺めると、白雲たなびく中に物見の台が高く聳え立っていて、天子の御苑か貴人の園かと思われた。ためらいながらも入ってみると、張り出した藤が道を遮り、かぐわしい花が面前に迫ってくる。くねくねと折れ曲がった欄干を幾度も曲がって行くと、さらに別の中庭と館があった。枝垂(しだ)れ柳が数十株もあり、高さは朱色の軒を払うほどだった。山鳥が鳴くたびに花びらが乱れ飛び、奥深い園庭にそよ風が吹きわたると、円い楡(にれ)の葉がハラハラ落ちる。目にも楽しく心もなごみ、この世のものとは思えなかった。小さな四阿(あずまや)を通り過ぎるとブランコがあったが、上のほうは雲にも届かんばかりの高さで、ブランコの綱はひっそりと垂れ下がって、人の気配はまるでなかった。陳はもしかしたらここは帝の後宮の近くではないかと思い、畏(おそ)れ多くてそれ以上、深入りできなかった。

突如、馬が門から駆けてくる音が聞こえ、女たちの笑いさざめく声もするようだ。陳と童僕は花の茂みの中に身を潜めた。ほどなくして笑い声が次第に近づいてくる。一人の女が、

「今日の狩りは面白くなかったわね。獲物がほんとに少ないんだもの」

と言うと、さらにもう一人の女も言った。

「姫さまが雁を命中されなかったら、下僕も馬もくたびれもうけになるところだったわね」

やがて紅の衣を着た数人が、一人の娘をお守りして四阿まで来て座った。娘は半袖の軍服姿で、年の頃、十四、五歳、豊かな髷(まげ)は露にぬれたようにしっとり輝き、腰は細くて風が吹いても揺れんばかりにしなしなしている。仙界の花にも喩えられる玉(ぎょく)蕊花(ずいか)や瓊英(けいえい)でも、まだその美しさを表すには不十分なくらいだった。

女たちは茶を供したり、香を薫(た)いたりしているが、そのあでやかな姿はまるで錦を織りなすようだった。

しばらくして娘は立ち上がり、階を下りて行く。女の一人が言った。

「姫さまは馬に乗ってお疲れでしょうに、まだブランコにもお乗りになられるのですか」

姫はにっこりうなずいた。そうして姫を肩に乗せる者、腕を掴む者、裾をからげる者、靴を持つ者、それぞれに娘を上に助け上げた。姫は真っ白い腕を伸ばし、纏足用の先の尖った靴を踏みしめて、燕のように軽々とブランコを漕いで、大空の雲の中にまで入って行った。遊び終わって姫をブランコから降ろすと、女たちは口々に、

「姫さまは本当の仙女だわ」

と言い、笑いさざめきながら去って行った。

陳は長い間じっと見守っていて、まるで魂がふわふわ飛び上がらんばかりの気持だった。人声が遠ざかってから、花の茂みから出て来てブランコの下に行き、行きつ戻りつしながら物思いに耽(ふけ)っていた。ふと見れば、垣根の下に紅(あか)い手巾(ハンカチ)が落ちている。美人たちの忘れ物と知って、いそいそとそれを袖の中にしまいこんだ。四阿に登ると、机の上に文具が置かれている。そこで紅い手巾に、詩を書きつけた。

雅戯何人擬半仙　雅戯　何人か半仙[3]に擬する

分明瓊女散金蓮　分明なり　瓊女(けいじょ)(仙女)金蓮を散ず[4]

広寒隊裏応相妒　広寒(月の宮殿)隊裏　応(まさ)に相妒(ねた)むべし

3 唐・玄宗の治世、寒食節に宮中ではブランコ(鞦韆)に乗って楽しんだが、玄宗はそれを「半仙(半ば仙女)の戯」と呼んだという(五代・王仁裕『開元天宝遺事』)。

4 「金蓮」は、黄金製の蓮で、南斉の東昏侯(とうこんこう)が、寵姫のために道に金蓮を敷いて歩かせた(『南史』斉東昏侯紀)。以後、美人の歩みを意味し、後世、纏足の美称となった。

莫信凌波上九天　凌波に信(まか)せて[5]　九天に上る莫(な)かれ

雅な遊び、半ば仙女に化するは誰が人ぞ。

まさに玉女が黄金の蓮をまき散らす。

月の宮殿の仙女たちも妒まんばかり。

寄せ来る波を踏んで、天空高く昇ってはいけない。


書き終わると、口ずさみながら四阿を出て、もと来た道を探してゆくと、幾重にも重なった門には閂(かんぬき)がかかっている。うろうろするが妙案もないので、引き返して先の楼閣や四阿のあたりを巡り歩いていた。そのとき女が一人入ってきて、驚いて尋ねた。

「どうしてここに来ることができたのですか」

陳は挨拶してから言った。

「道に迷ったのです。どうかお助けください」

「紅い手巾を拾いませんでしたか」

と女が問うので、陳は、

「拾いましたが、もう汚してしまいました。どう致しますか」

と答えながら、それを取り出した。女は仰天して叫んだ。

「お前は死んでも只じゃすまないよ。それは姫さまご愛用の品。それなのにこんなに黒く汚してしまって、救いようがないわ」

陳は真っ青になって助けを求めた。すると女が言った。

「宮殿を覗き見しただけでも罪になるのよ。けれど、お前は学がありそうだし穏やかそうだから、私としては何とか無事にすむようにしてあげたい。でもこんなことをしたからには、どうしようもないわね」

そのまま女は手巾を手にして、あたふたと去って行った。

彼は胸をドキドキさせて恐れおののきながら、自分に羽のないのを嘆きつつ、うなだれたまま死の宣告を待っていた。やがて女が戻ってくると、こっそり祝福して

5　魏・曹植（そうち）「洛神の賦（らくしんのふ）」に「波を凌いで微歩すれば、羅襪（らべつ）（絹の靴下）塵を生ず」と詠（うた）い、「凌波」は、以後、女神の歩みを意味する。

言った。

「あなた、死ななくてすみそうよ。姫さまは矯めつ眇めつ何度も手巾をご覧になったけれど、にこにこして怒ったふうはなかったわ。もしかしたら無罪放免になるかもしれない。とにかくじっとしているのが身のためよ。木によじのぼったり、垣根をくぐったりしてはダメ。見つかればきっと許されないから」

早くも日が暮れたが、果たして結果が吉と出るか、凶と出るか、自分ではわからない。腹が減って食欲の炎が燃え盛る一方、不安のためにじりじりして死にそうだった。

ほどなくして先の女が灯りを掲げてやってきた。下女が一人、壺や岡持ちを下げて来て、酒食を出して陳にすすめた。陳が急きこんで様子を尋ねると、女は言った。

「先ほど折を見て、姫さまに申し上げたの。〈お庭の秀才さん、もし許されるのなら、逃がしてあげてください。そうでないと飢え死にしそうです〉と。姫さまは考え込んでいらしたけれど、〈この深夜に彼を行かせる場所なんかないわ〉とおっしゃって、あなたにお食事をさせるよう命じられたのよ。これは悪い知らせではないでしょ」

だが陳は不安で落ち着かず、一晩中、うろうろ歩き回っていた。辰の刻（午前八時頃）近くになって、先の女がまた食事を持ってきた。陳は柔和な表情を作って、彼女に助けてくれるよう頼んだ。すると女は言った。

「姫さまは殺せとも、逃がせともおっしゃらないの。我々下の者は、差し出がましく進言できるわけないでしょ」

やがて夕日が西へと傾いていき、陳はどうなることかとハラハラしながら彼方を眺めていた。そこへ女が息せき切って走ってきて言った。

「大変よ。おしゃべりがこのことを王妃さまに洩らしたの。王妃さまは手巾を広げて見て投げ捨てられ、狂ったように大声で罵られた。きっとすぐに最悪の知らせが来るわ」

陳は衝撃のあまり顔が土気色になり、ひざまずいて助けを請うた。だが急に人声がガヤガヤ聞こえてくると、女は手を振りながら逃げるように去って行った。数人の女が縄を持ってなだれ込んできた。中の一人の下女が彼をじっと見つめて言った。

「誰かと思ったら陳さまではないですか」

そして縄を持った者を押しとどめて、

「しばらく、しばらく、王妃さまに申し上げてくるまでお縄は待っていて」

身を翻すとあわてて走り去ったが、すぐに戻ってきて言った。

「王妃さまが陳さまにおいでいただくように仰せです」

陳は恐れおののきながら、後について行った。数十の門をくぐりぬけて、碧（みどり）の簾（すだれ）に銀の鍵がかかった宮殿に着いた。たちまち美しい侍女が簾を掲げて、「陳さまのお着き〜」と声を上げた。上座の美女は、目もくらみそうなまばゆいガウンを羽織っていた。

陳はひれ伏して頭を床に近づけ、最敬礼をして言った。

「万里の彼方から参りました寄る辺ない身の上、何卒（なにとぞ）、命をお助けください」

妃はあわてて立ち上がると、自ら彼を引き起こして言った。

「あなたさまがいらっしゃらなければ、私に今日という日はなかったのです。侍女たちは何も知らず、大事なお客さまに無礼を働いてしまい、どのようにお詫びしましょう」

妃はすぐに豪華な宴席を設けさせ、彫刻入りの杯に酒を注いだ。陳は何が何だか訳がわからず呆然としていると、妃が言った。

「生き返ることができたご恩に報いられないのを、残念に思っていました。娘の手巾に詩を書きつけてくださるというご厚情を賜ったのは、天命の縁（えにし）と言うべきです。

今晩すぐに婚儀を致しましょう」

陳は思いも寄らぬ出来事に舞い上がったまま、落ち着かないでいた。日が暮れると、下女が彼のところに来て申し上げた。

「姫さまのご準備が整いました」

そのまま陳の手を引いて帷(とばり)まで連れて行くと、不意に笛の音が盛大に響きわたった。階の上は花毛氈(もうせん)が敷きつめられ、門から広間、垣根から厠(かわや)まで、至るところに灯りがともされていた。何十人もの美しい侍女が姫を支え導き、天や地への拝礼を行わせた。麝香(じゃこう)や蘭の香りが宮殿や庭にまで漂って、むせかえるようだった。

二人は手を携えて帷の中に入ってから、共に愛を交わした。陳は言った。

「旅人の身のうえで、これまで拝謁する機会もありませんでした。上等な手巾を汚してしまい、死罪を免れただけでも幸運というべきなのに、かえって良縁を賜うことになろうとは本当に望外の喜びです」

すると姫は語った。

「わが母上は洞庭湖の君主の妃で、長江の王の娘です。去年、実家に帰省したとき、たまたま湖上を散策していて、流れ矢に当たってしまったのです。あなたのお陰で逃れることができ、その上、薬まで塗っていただきました。一族を挙げてあなたに感謝し、片時もそれを忘れていません。人間でないからといって、どうか怪しまないでくださいまし。あたしは龍王さまから長生きの秘訣を教えていただきましたので、あなたといつまでも共に生きていきたいと思います」

そこで陳はようやく彼らは神人だとわかったのだった。そして、

「あの下女は、どうして私を見知っていたのだろうか」

と尋ねると、こう答えた。

「あの日、洞庭湖の船の上で、小さな魚が母の尾にしがみついていたでしょ。あれがその下女なのよ」

「私を死罪にしないなら、なぜすぐに放してくれなかったんだい」

と陳が尋ねると、姫は笑って言った。

「本当はあなたの詩才が慕わしかったの。でもあたしは指図できないから、一晩中、ヤキモキしていたわ。誰もそれに気づかなかったけれどね」

陳はしみじみ言った。

「君は私の鮑叔（ほうしゅく）[6]だよ。ところで私に食事をすすめてくれたのは誰なんだ」

「阿念よ。彼女はあたしの腹心なの」

「どうやって恩返しすればよいかな」

と陳が尋ねると、姫は笑って言った。

「あなたのお側には、まだずっと長く侍ることができるのですもの。ゆっくり考えてくださっても遅くはないわ」

「大王さまはどこにおいでなんだい」

「関帝[7]さまに従って蚩尤を征伐に出かけられて、まだお帰りにならないの」

数日たつと、陳は家族に何の便りもしていないことが気になって、頭から離れなくなった。そこでまず無事の知らせを書いて、童僕に届けさせることにした。

家族は、一年以上前、洞庭湖で舟が転覆したと聞いたので、妻子はずっと喪に服し

6　春秋時代、斉・桓公の名宰相管仲の親友。鮑叔はどんな状況になっても管仲を信頼し、敬愛した。管仲は、「自分を産んだのは両親だが、自分を本当に理解しているのは鮑叔」と言った（『史記』管晏列伝）。

7　三国・蜀の関羽。死後、神格化された。彭宗『古関帝実録』に、関帝が冥界の兵士を率いて、蚩尤と闘って下したと記される。蚩尤は、古代神話中、兵器を発明した戦神とされる。

ていた。童僕が帰宅して、やっと陳は無事と知ったが、連絡する手段が見つからず、恐らく彼は漂泊しているうちに、最後は戻れなくなるのではと心配した。

さらに半年たったころ、突然、陳が帰宅した。衣類も馬もとても豪勢で、荷物袋の中には宝玉がぎっしり詰まっていた。以来、巨万の富を築き、お抱えの楽人や妓女も上等で、諸侯も敵わぬほどだった。

その後、七、八年の間に、息子が五人生まれた。毎日、賓客が宴会に集い、立派な会場での飲食のもてなしも最高の豪華さだった。彼の不思議な体験を尋ねられれば、少しも隠すことなく物語った。

陳の幼馴染の梁子俊（りょうししゅん）という者は、役人として南方に十年以上赴任していた。帰郷する際、洞庭湖を通ると、美しい彩色の屋形船が目に入った。彫刻された欄干に朱色の窓、笛や歌声がたおやかに響き、靄（もや）につつまれた波間にゆるやかに揺れている。折しも美女が窓を押し開けて、景色を眺めている。梁はその船に目を凝らすと、一人の若者が帽子もつけず、船べりで胡坐（あぐら）をかいて座っている。そばには十五、六の美女がいて、彼を按摩（あんま）していた。梁は、きっとこの楚の地方の貴顕だろうと思ったが、それにしては従者がひどく少ない。よくよく目を凝らして見てみると、なんと陳明允だった。おもわず欄干によりかかって、大声で叫んだ。

陳は呼び声を聞くと櫂を止めさせ、船首まで出て来て、船を近づけて梁を迎えた。梁が見ると、テーブルの上には料理の残り物が溢れんばかりで、酒の気配がまだ濃厚だった。陳はすぐにそれを取り下げさせた。やがて美しい下女が数人現れて、酒をすすめたり、茶をたてたりして、見たこともないような山海の珍味が出された。梁は驚いて叫んだ。

「十年会わない間に、こんなに豊かになるなんて」

陳は笑って言った。

「君は、貧乏書生は所詮、ものにならないと侮っていたんだろう」

「先ほど一緒に飲んでいたのは何者だい」

「愚妻だよ」

と答えるので、梁はさらに怪訝に思って尋ねた。

「奥さんを連れてどこに行くんだい」

「西のほうへ行くところさ」

梁はもっと聞きたく思ったが、陳はそれより早く、酒席を盛り上げるよう歌を命じた。その言葉が終わるや否や、銅鑼(どら)や太鼓の音が鳴り響き、歌や笛がにぎやかに起こって、もう話を楽しむことはできなくなった。梁は目の前に美女がひしめくのを見て、酔いに乗じて声を張り上げた。

「明允公、わしの魂をまことにとろけさせてくれんかね」

陳は笑って言った。

「そなたは酔ったようだな。だが美人の妾一人を買うくらいの金があるから、旧友のよしみで贈ることにしよう」

そして侍女に命じて、美しい真珠一粒を梁に差し出させて言った。

「緑珠(りょくじゅ)8くらいの美女でも買えるぞ。私がケチでないのがわかっただろう」

それから別れを促して言った。

「雑事に追われているので、旧友ともゆっくりできないのだ」

梁が船に戻るのを見届けると、陳はともづなを解いて直ちに去った。

梁は帰郷すると、陳家に彼のことを尋ねさせた。すると陳はちょうど、客とともに酒を飲んでいるところだった。梁はますます不思議に思った。

「昨日は洞庭湖にいたのに、どうしてこんなに早く帰ってこれたんだい」

と尋ねると、陳は、「いや、湖には行っていないよ」と答える。そこで梁は湖上で見たことを話すと、一座の者はみな驚くばかりだった。陳は笑って言った。

「君は何か見間違っているよ。私に分身の術でもあるというのかね」

ほかの人々は奇異に感じたが、結局、その訳はわからなかった。

陳はその後、八十一歳で亡くなった。埋葬しようとすると、棺が軽すぎて不審に思い、開けてみると、中は空っぽだったのである。

異史氏曰く――

つづらが沈まなかったり、紅い手巾に詩歌を記せたりしたのも、その中に鬼神の意がこもっていたからだ。つまりそれは陳の一途な憐れみの心が通じたということである。宮殿と豪邸、妻と愛姫、彼の身は一つでありながら、二か所でかしずかれているのは、なんとも不可思議なことだ。その昔、あでやかな妻に美しい妾、出世する息子

8　西晋の大富豪石崇(せきすう)（三九六頁注10）の愛妾。成り上がりの高官孫秀(そんしゅう)が緑珠を所望したが、石崇は拒否したため、刑死させられた。彼が逮捕されるとき、彼女は楼から身を投げて石崇に殉じた。「緑珠堕楼」の故事。

に賢い孫、その上、不老不死をも願った者がいたが、陳はその半分だけ手に入れたに過ぎなかった。まさか仙人の中にも、唐の郭子儀(かくしぎ)[9]や西晋の石崇[10]のように栄耀(えいよう)栄華を極めた者がいるとでもいうのだろうか。

9　大唐帝国を揺るがした安史の乱（七五五～七六三）で、都長安と洛陽を反乱軍から奪回した大将軍。その功績で、汾陽（山西省）王を授けられ、官俸二十四万貫を賜り、贅を極めたという。

10　石崇は荊州（湖北省）長官だったとき、貿易で巨万の富を築いた。彼の別荘金谷園での大宴会は有名で、李白「春夜宴桃李園序」などにも記されている。

3　蕙芳（仙女が選んだ夫の条件とは？）

馬二混（ばじこん）は、青（せい）州（山東省）の東門内に住んで、麺を売って暮らしていた。家は貧しく、嫁もいなくて、母親と苦労を共にしていた。

ある日、母が一人でいるところに、年の頃十六、七の美人が不意に現れた。まったく飾り気のない質素な装いだったが、まわりを明るく照らすほどの美貌だった。母は目をぱちくりさせ、驚いて問いただすと、娘は笑って言った。

「あたしは息子さんを誠実で心優しい方と見込んだので、どうかお母さまのところに置いてください」

母はますます驚いて言った。

「お嬢さんは、天女さま、そんなことを言われちゃ、わしらの寿命が数年、縮みますよ」

だが娘は頑なに願うばかり。娘はきっと高貴な家から逃げ出してきたのだろうと思って、母はますます必死に拒んだ。ようやく娘は去ったが、三日たつとまたやってきて、いつまでも去ろうとしない。氏素性を尋ねると、こう言った。「お母さまがあたしを家に入れてくださるなら、お話しますが、そうでないなら、お答えするまでもありません」


するど母は言った。

「わしら貧しいその日暮しの者が、あんたのような嫁をもらったら、釣り合わないどころか不吉なんじゃ」

娘は微笑んで寝台に腰かけると、いよいよ慕わし気な様子でいつまでも動かない。母は断って言った。

「お嬢さん、もう帰ってくださいよ。うちに災いをもたらさないでおくれ」

娘はようやく出て行き、母は彼女が西の方へ立ち去るのを見送った。

さらに数日すると、西の町に住む呂婆さんがやってきて母に言った。

「うちの隣に住む蕙芳は、親なしで頼る人もいないが、お宅の坊ちゃんの嫁になりたいと願っている。それなのに、なんで叶えてやらないんじゃ」

母は、何だか不吉だと詳しく語った。すると呂が言った。

「そんなことあるもんか。もし変なことが起こったら、この老いぼれが責めを負うてやるよ」

そう聞いて母は大変喜び、この話を承諾した。呂婆さんが去ってから、母は部屋を掃除し敷物を敷き、息子が戻ったら嫁を迎えに行かせようと思っていた。ところが日が暮れると、娘が自分からひらりと現れた。部屋に入って母に会い、丁寧に礼を尽くして挨拶した。それからこう告げた。

「あたしには下女が二人いますが、まだお母さまのご指示を承っていないので、中に入れておりません」

「わしら親子は、ぎりぎりの暮しで、召使を使える身分なんかじゃないのじゃ。毎日わずかばかりの稼ぎでなんとかやっている。今嫁が一人増えて、なよなよして働きもせずに食うとなると、わしらは腹がくちくなるまで食べられないのではとさえ心配している。その上、下女が二人も増えたらどうなるのか、風でも吸って生きていけるとでもいうのかい」

と母が言うと、娘は笑って言った。

蕙芳

鬻藥生涯日
僅餬何期中
饋有仙姝相離
算謂難相見記
取唐宮乞巧圖

「下女が来ても、お母さまには出費させません。二人ともあたしが食べさせますから」

「下女はどこにいるんだい」

と母が尋ねると、やおら娘は、「秋月、秋松！」と呼んだ。その声が終わらないうちに、まるで飛んでいる鳥が落ちるように、二人の下女がもう目の前に立っている。早速、ひれ伏して母に挨拶をさせた。

母は、馬が帰宅すると事の次第を報告した。馬は喜んで部屋に入ると、目に入ったのは、翠の棟木に彫り物の施された梁、宮殿のような豪華さで、テーブルや屏風、カーテンは、きらびやかで目がくらむようだった。馬は度肝をぬかれて、中に入ろうとしない。すると娘が寝台から下りて微笑みながら彼を出迎えたが、見れば仙女のような美しさ。馬はますます驚いて、後ずさりした。娘は彼を引っ張り上げると、腰を下ろして優しくねぎらった。馬はもう大喜びで、うっとりして何が何だかわからない。だがつと立ち上がり、酒を買いに出かけようとした。娘は「それには及びません」と止めて、二人の下女に仕度を命じた。秋月が革袋を取り出し、扉の後ろでゴトゴト揺り動かしているようだった。やおら袋の中に手を入れて中からつかみだしたのは、酒の満ちた壺、炙り肉の山盛りの鉢など、手にする物すべて熱々でよい匂いを発していた。飲み終わって床に入ったが、模様入りの敷布に錦の布団で、この上なく温かくなめらかだった。

夜が明けて外に出ると、家は元の通りのあばら家だった。親子ともども不思議でならなかったので、母が呂婆さんのところに行って、嫁の素性を確かめることにした。母は婆さんの家に入ると、まず仲人の世話への感謝を述べた。ところが婆さんは怪訝そうに言った。

「随分ご無沙汰しているのに、隣の娘を取り持つなんてことあるはずないだろ」

母はいよいよ奇怪に思って、事の次第を詳しく話した。すると婆さんはびっくりして、すぐに母と一緒に新婦を見にやってきた。娘は微笑んで迎えると、口を極めて仲人の礼を言った。婆さんは、彼女の美しさに見とれてしばらくぼんやりしていたが、気を取り直すと、なにも言わず、ただハイハイと頷くだけだった。娘は白木の孫の手[1]

1 「孫」は、仙女「麻姑」に因む。麻姑は、鳥のように爪が長かったので、背中が痒いときに掻いてもらうのによいと思われた（『神仙伝』七）。

を一本、呂に贈って言った。

「ご恩に報いるものがないので、とりあえずこれでお婆さまの背中を掻いていただければ有り難いです」

婆さんはそれを受け取って帰ったが、ふと見ると銀に変わっていた。

馬は嫁をもらってから、すぐに商売替えをして家も新しくした。タンスの中には貂の毛皮や錦が一杯で取り放題だったが、家を出ると粗末な木綿に変わっている。それでも軽くて暖かかった。嫁自身の衣類も同様だった。

それから四、五年たったころ、嫁はだしぬけに切り出した。

「あたしはこの世に来てから十年あまり、あなたとご縁がありましたが、もうお別れしなければなりません」

馬は必死になって止めたが、嫁は、

「どうか他のよい伴侶を選んで、祖先のお墓を守ってください。年月がめぐったら、もう一度訪れましょう」

と言うや、姿を消した。

そこで馬は秦氏を娶った。三年後の七夕に夫婦水入らずで語らっていると、前妻が突然入ってきて笑いながら言った。

「新しいお連れ合いと仲がよろしいこと。昔の連れ合いはお忘れかしら」

馬は驚いて立ち上がり、悲しそうに彼女の手を引いて座らせ、綿々たる思いを口にした。すると前妻は言った。

「あたしはたまたま織女さまが天の河を渡られるのを見送りに来て、その合間にちょっと立ち寄っただけなの」

二人は互いに寄り添って、休む間もなく語り合った。ところが急に空から「蕙芳」と呼ぶ声がした。前妻はあわてて立ち上がって別れを告げた。馬は誰が呼んだのかと尋ねると、

「あたしはたまたま双成姉(そうせい)[2]さんと一緒に来たのだけど、姉は人を待っていられない性質(たち)なの」

そこで馬は彼女を見送ると、

2 中国神話の仙女の女王的存在である西王母に仕える侍女に、董双成の名が見える（『漢武帝内伝』）。

「あなたの寿命は、八十歳。その時が来たら、あたしがお骨を拾いに来てあげるわね」

と言い終わると、すぐに去った。今、馬は六十歳あまりである。朴訥(ぼくとつ)なだけの人柄で、特に優れたところがあるわけではない。

異史氏曰く――

馬は混という名で、職業も取るに足りないのに、蕙芳はなぜ彼を選んだのか。この話から考えれば、仙人は、朴訥で誠実な人柄を尊ぶことがわかる。余はかつて友人に言ったことがある。「私や君のような人間は、幽鬼や狐にも見捨てられるね。ただ我々があまり仙人に恥ずかしくないのは、〈混〉[3]という点だけだ」

3　「混」は、入り乱れる、濁る、ぼんやりして区別がつかないなど、否定的な意味が多い。だが『荘子』「応帝応篇」には混（渾）沌という古代伝説の帝が記述される。混沌帝は、目・鼻・耳・口の「七孔」がない。あるとき南海と北海の帝が混沌帝にもてなされたので、そのお礼として、混沌の顔に、毎日一孔ずつ開けたところ、七日後、帝は死んでしまったという。すなわち本来的な状態に人工的な操作を加えることの危険性と愚かさを意味する寓話である。本篇の「混」も、道家的な価値観を含んで、ありのままの素朴な誠実さを意味すると考えられる。

4 青娥

（憧れてやっと結婚できた妻は、仙界へ）

霍桓は、字を匡九といい、晋（山西省）の人である。父は県尉[1]だったが、早くに亡くなった。後に残された霍桓はまだ幼かったが、並外れて賢かった。十一歳になると、神童科[2]の資格を得て学校に入った。しかし、母親があまりに可愛がりすぎて、家に閉じ込めて一歩も外に出さなかったので、十三歳になっても世間的な常識はまるでなく、叔父と伯父、甥と舅の区別すら理解していなかった。

同じ村に評事[3]の武という者がいたが、道教に心酔して、山にこもったまま帰ってこなかった。武には青娥という十四歳になる娘がいた。その美貌は、世にも稀なほどだった。彼女は幼い頃から父親の蔵書をこっそり読んでいて、やがて何仙姑[4]という仙女にあこがれるようになった。父親が山に隠棲してからは、志を立てて嫁に行こうとしなかったが、母親はどうしようもなかった。

ある日、霍桓は、門前を通りかかった青娥の姿をチラリと目にした。無知は無知なりに、ぞっこん惚れ込んでしまった。だがその気持を彼女に言うことはできない。すぐに母親に話して、仲人を頼んで結婚を申し込んでほしいと願った。母親は無理だとわかっていたので、色よい返事をしなかった。すると彼は鬱々とふさぎ込んでしまった。母親は、息子の気持が反抗的になるのを恐れて、とうとう出入りする人物に頼んで武の家に伝えてもらったが、案の定、叶わなかった。

たまたま道士がひとり霍家の門口におり、長さが一尺ばかりの小さなノミを手に握っている。霍はそれをちょっと借りて見せてもらい、何に使うのかと尋ねた。道士は、

「これは薬草を掘る道具だ。見た目はちっぽけだが、硬い石だって掘れるんだ」

1　県の軍事・警察・刑罰を掌る下級役人。
2　科挙の科目名。経書に通じている少年に与えられた資格。童子科とも。
3　刑罰を判定する裁判官。隋に設立され、清末に廃される。
4　民間道教の代表的仙人である八仙の一人で、唯一の女仙。八仙の一人の呂洞賓が桃を与えて以後、飢えなくなり、吉凶を予言できた。唐・開元年間に仙化したという。

と答えたが、霍は本当だとは信じなかった。すると道士は塀の上の石を、まるで腐ったものを落とすかのようにたちまち切り落としてしまった。霍はたいそう不思議に思い、そのノミを持ってあちこち調べて手から放そうとしない。道士は笑って言った。

「坊ちゃんが気に入ったのなら、あげますぞ」

霍は大喜びでお金を渡そうとしたが、道士は受け取らずに立ち去った。

彼は家に持ち帰って、いろいろレンガや石を試してみたが、ほぼ問題なく切ることができた。不意に、青娥の家の塀に穴を開ければ、姿が見られると思いついた。それは法を犯すこととも知らずに。

夜が更けると、塀を越えて出かけて行き、まっすぐに武の屋敷に着いた。二重の塀に穴を開けて、ようやく中庭に到達した。見れば脇の小部屋にまだ灯りがともっている。身をかがめて様子を窺うと、青娥が就寝前の顔の手入れをしていた。しばらくして灯りが消えて、しんと静まり返った。壁に穴を開けて中に入ると、彼女はすでに熟睡していた。そっと靴を脱いで、静かに寝台に上がった。娘が目を覚ませば、きっと大騒ぎになって追い払われるのではとびくびくして、そのまま刺繡入りの布団の脇で横たわっていた。微かに流れてくる彼女の芳（かぐわ）しい寝息を嗅いでうっとりしていたが、深夜まであれこれ工夫したので疲れはててしまい、瞼を少し合わせると、とたんに眠りこけてしまった。

娘が目を覚ますと、すうすうという寝息が聞こえる。目を開けてみると、穴の隙間から、光が射し込んでいる。ギョッとしてあわてて起き上がり、薄暗がりの中、閂を抜いてそっと抜け出した。女中部屋の窓を叩いて呼び起こすと、皆で灯りをともし、棒を持って娘の部屋に赴いた。見れば、総角に結った書生が娘の寝台でぐっすり眠っている。よくよく見てみると、霍とわかった。体を揺するとようやく目を覚まし、がばと跳ね起きると、目が流星のようにキラキラ輝いて、さほど恐れ入っているようには見えない。それでもきまり悪そうに一言も発しない。皆が指さして泥棒と罵ると、やっと涙ながらに口を開いた。

「僕は泥棒なんかじゃありません。本当にお嬢さんを好きになったので、ただお側に近づきたいと思っただけです」

みんなは、幾重にも厚い土塀に穴を開けるとは、子供のできることではないと疑っ

5　頭の両側に髪を集めて、角のように束ねて垂らした小児の髪型。

てさらに問い詰めた。すると彼はノミを取り出して、その凄い力を説明した。そこでみんなで試してみると、びっくり仰天、神さまからの授かりものではないかと怪しんだ。このことを奥さまに告げに行こうとしたが、娘はじっと思案している様子で、母親に言わないほうがよいと考えているようだった。下女たちは娘の気持ちを察して、

「この坊ちゃんは、家柄も評判もよいし、特にお嬢さまを辱(はずかし)めるようなことをしたわけでもありません。ひとまず無罪放免して立ち去らせ、改めて、仲人を立てて求婚させたほうがよいのでは。明朝、奥さまに盗人が入ったと報告すればどうかしら」

と言ったが、娘は黙ったままだった。そこでみんなは彼に出て行くように促すと、霍はノミを戻してくれと願った。みんなは笑って言った。

「バカな子だねえ。この期(ご)に及んでも凶器を忘れないなんて」

霍は、枕辺に鳳の簪(かんざし)があるのを目に留めると、そっと袖の中に仕舞いこんだ。

それに気づいた下女が急いで娘に告げたが、彼女は何も言わず、怒りもしなかった。

老女が霍の首をポンと叩いて言った。

「おつむの弱い子だなんて、とんでもないね。ほんと抜け目がないんだから」

そして彼の手を引いて、彼が開けた穴から出してやった。

霍は家に帰ると、母親には一切事実を告げずに、もう一度仲人を立てるように願った。母は無下に拒むに忍びず、あちこち仲人を頼んで急いで他の良縁を求めさせた。青娥はそれを知って内心やきもきして、ひそかに腹心の者にそれとなく彼女の気持を伝えさせた。母親は喜んで仲人を頼んで話に行かせた。ところがたまたま小間使が武夫人に先の事件を漏らしてしまい、夫人は恥をかかされたと憤激に堪えないでいた。そこへ仲人がやって来たので、ますます逆上して、杖で地面を引っかきながら、霍はおろか彼の母親まで罵倒した。仲人は恐ろしくなって、こそこそ退散すると、事細かに状況を報告した。母親のほうも腹を立てて叫んだ。

「できそこないの息子が何をしたのか知らないけれど、なんであたしまでこんな無礼な目に遭わなきゃならないんだ。二人が共寝しているとき、いっそのこと淫乱な二人とも殺してしまえばよかったんだ」

それからというもの、親族に会えば、母親はいつもそう訴えた。青娥は恥ずかしくて死にそうだった。武夫人はたいそう後悔したものの、母親の口を封じることはできなかった。すると青娥はこっそり霍の母に遠回しに、他の人には嫁がないという誓いを伝えさせた。その言葉は哀切極まりないものだったので、さすがの母親もそれに感じ入り、ようやく口を閉じたのである。だが縁談話は沙汰止みになった。

そのころ秦地方(陝西省)出身の欧公がこの地の長官として赴任してきたが、霍の文章を見て高く評価し、時々、役所内の部屋に彼を召し出してひどく可愛がった。ある日、霍に「結婚は?」と尋ねたので、「まだです」と答えると、公は詳しく問いただした。霍が、

「だいぶ前に元評事の武さんのお嬢さんと約束したのですが、その後、少し行き違いがあって、中断したままになっています」

と答えると、公は「まだ今でも望んでいるのかい」と尋ねた。霍は恥ずかしそうに黙り込んだ。すると公は笑って言った。

「よし、わしが君のために一肌脱ごう」

公は早速、県尉と教諭[6]に命じて、結納を武家に届けさせた。夫人は喜んで、婚約がようやく定まったのである。

翌年、青娥を娶った。彼女は部屋に入ると、ノミを投げ捨てて言った。

「こんな泥棒の道具、捨ててください」

霍は笑って言った。

「これが縁結びだったことを忘れちゃいけないよ」

彼はそれを大切にして、いつも身につけて離さなかった。

青娥は、温厚な性格で口数も少なかった。一日に三度、姑のご機嫌伺いをし、あとはただ部屋に閉じこもって静かに座っており、家政にはさほど心を留めなかった。だが姑が慶弔のために出かけるときには、家事の一つ一つ、どれもきちんとこなして手を抜かなかった。一年あまりして、息子の孟仙（もうせん）を産んだ。だが子供の世話はすべて乳母にまかせて、特に可愛がる様子も見えなかった。

さらに四、五年たったころ、ふと霍に向かって言った。

「大事にしていただいたご縁は、もう八年になります。別れは長く、会うは短しといいます。今、別れの時になりましたが、どうしようもありません」

霍は驚いて尋ねたが、彼女は黙々と身仕度を整えると姑に挨拶に行き、部屋にとってかえした。霍はその後を追いかけて問い詰めようとすると、彼女は寝台の上で仰向けになって目をつぶるや息絶えたのである。霍は母親と共に悼み悲しみ、立派な棺桶

6　県学の学務官。生員の指導監督に当たる。

を買って埋葬した。

母親はもう年をとって体が弱っていたが、いつも孫を抱いては嫁を思い出して胸がつぶれるほど哀しんだので、とうとう病を得て起き上がれなくなった。飲み物食べ物も戻してしまい、ただ魚の吸い物だけを欲しがった。だが魚は近くでは手に入らず、百里の遠方まで行ってやっと買うことができる。折悪しく下僕も馬もみな出払っていた。霍は孝行一途の息子だったので、焦って帰りを待っておられず、金を懐に一人で出かけて、昼も夜も歩みを止めなかった。帰り道、山の中で日が暮れてしまい、両足とも痛くて引きずり、一歩も歩けなくなった。そこへ後ろから老人が一人やってきて、彼に尋ねた。

「足にマメができたのかい？」

霍が「ハイそうです」と答えると、老人は彼を道端に引っ張っていって座らせた。そして火打石で火をつけ、紙に包んだ粉をあぶって、彼の両足を燻した。試しに歩いてみると、痛みが止まっただけではなく、先よりももっと健脚になっていた。霍は感激してお礼を言った。すると老人は尋ねた。

「なんでそんなに急いでいるんだい」

霍は母親が病気のためと答えて、その経緯も話した。すると老人は、

「後添えをもらえばよいではないか」

と言うので、霍は、「よい人がいないので」と答えると、老人は、彼方の山村を指さして言った。

「あそこによい人がいるぞ。もしもわしについて来るなら、仲人を務めようぞ」

霍は、病気の母が魚を待っており、寄り道する余裕は少しもないと断った。すると老人は手を合わせて丁寧に会釈すると、他日、村に入って、王老人と言って尋ねてくるように約束して、去って行った。

霍は家に帰ると、魚を煮て母に差し出した。母は少し箸を進め、数日するとやや快方に向かった。そこで霍は下僕に馬を命じて、老人を探しに行った。先の場所に着いたが、村の場所がよくわからない。あわててうろうろしているうちに時はたってしまい、次第に日も暮れていく。山も谷も複雑に入り組んで、眺望を見極めることができない。そこで下僕と別れて山頂に登って、村落を見つけようとした。だが山道は険しく、これ以上馬で進むことは無理なので、徒歩で登った。次第に暮色が深まり、夕もやが立ち込めてきた。あちこち歩いて見回したが、一向に村は見えない。仕方なく山

青娥
穴垣曾探綉房春
鑿石重聯洞府
掘道士贈
鑱尤有
意度他
孝子作
仙人

を下りようとしたが、帰り道に迷ってしまった。不安に襲われて焦りながらやみくもに歩き回っていると、暗がりの中で絶壁から落ちてしまった。幸いに数尺下に狭い出っ張りがあって、そこに引っ掛かり、やっと身を寄せられたが、下を見ると真っ暗で底も見えない。ぞっとして少しも身動きができなかった。が、うまい具合に崖の壁面には小さな木がぎっしり生えていて、体を支える柵のようになっている。しばらくして足元の脇に小さな穴があるのに気づいた。しめたと喜び、背中を岩にぴたりとつけながら、虫のように這って行って中に潜り込んだ。やや気持が落ち着いて、夜が明けたら助けを呼べると希望が湧いてきた。

ほどなくして穴の奥のほうに、星のような小さな光がまたたくのに気が付いた。次第に近づいて三、四里ばかり進むと、不意に大きな建物が見えた。灯りもないのに、真昼のように光り輝いている。家の中から美人が一人出てきたので、目を凝らして見ると青娥だった。彼女は霍を見て驚いて言った。

「あなた、どうやってここへいらしたの？」

霍は説明もそっちのけで、彼女の袂に抱きつくと声を上げて泣き出した。青娥は彼をなだめながら、姑や子供のことを尋ねた。霍が一部始終、苦しい状況を話すと、彼

女も辛そうだった。霍が、

「お前が亡くなって一年あまり、ここはあの世なのかい？」

と尋ねると、

「いいえ、ここは仙界です。あのとき、あたしは死んだのではありません。埋められたのは、実は竹の杖だったのです。あなたが今ここに来られたのは、仙界にもご縁があるからでしょう」

と答えた。それから彼女は霍を岳父のところへ連れて行った。鬚を生やした立派な男性が広間に座っていたので、霍は小走りに駆け寄って挨拶をした。青娥が「霍さんが来ました」と申し上げると、老人は驚いて立ち上がり、彼の手を握って返礼をして言った。

「婿殿が来られたのは、大変結構だ。当分、ここに留まられるがよい」

だが霍は、母が待っているから長居はできないと断った。すると岳父は、

「わしもその事情はわかっている。だが三、四日くらい帰りが遅れても、不都合ないだろう」

と言い、酒肴でもてなしてから、下女に西の広間に寝台を準備するよう言いつけて、

錦の布団を延べさせた。霍は岳父のところから退出すると、青娥に共寝しようと言うと彼女は、にべもなく撥ねつけて言った。

「ここをどこだと思っているの？ 汚らわしいことは許されないのよ」

霍は彼女の腕を摑んだまま離さない。すると窓の外で下女たちの笑いさんざめく声が聞こえて来て、青娥はますます恥ずかしがる。二人が押し問答しているところへ、老人が入ってきて叱りつけた。

「俗物め、我が仙界を汚しおって！ 出て行け！」

霍は元々負けず嫌いなので、辱めに我慢できず、怒りも露わにして叫んだ。

「男女の情は人間本来のもの、道を悟った方が、なんだって僕にあれこれ干渉するのですか。出て行くのはおやすい御用、ただし、お嬢さんもお連れいたします」

老人は何も言わず、娘を呼んで霍について行かせ、後ろの扉を開けて送り出そうとした。だが、霍が外に出た途端、彼を欺いて二人は扉をサッと閉めて立ち去った。振り返ってみると、絶壁がそそり立ち、少しの隙間もない。孤独な影が頼りなげに浮かぶばかりで、帰り道もわからない。空を見上げると、月が高々と斜めにかかり、星もまばらだ。しばらくの間、悲しみに沈んでいたが、やがて悲しみは恨みに変わり、絶壁に向かって泣き叫んでみたが、何の応答もなかった。憤激が抑えきれなくなると、彼は腰に帯びたあのノミを取り出し、岩を砕きながら掘り進んだ。掘っては罵り、罵っては掘って。瞬く間に三、四尺ばかり掘り進むと、かすかに人の声が聞こえて来て、「悪者め」と言っている。霍は力を振り絞ってますます速度を上げた。突然、洞穴の奥で、扉がパカッと開いた。父親が青娥を押し出して「行け、行け」と言うや否や、壁はまたすぐに合わさった。彼女は恨めしそうに言った。

「あたしを気に入って嫁にしたのだから、父に対してあんな態度を取ることはないでしょうに。どこの老いぼれ道士があんたにその凶器を与えたのか。ほんとに死にそうになるほど人を無茶苦茶にしてしまって」

霍は妻が戻ってくれたので、願いが叶ったと満足して、もはや何も言わなかった。ただ道が険しくて、そう易々と帰れないのではと心配した。すると青娥は木の枝を二本折って、それぞれ一本ずつに跨(またが)ると、忽(たちま)ち馬に変わって走り出し、あっという間に家に着いた。だが、霍が行方不明になってから、すでに七日たっていたのである。

当初、下僕は霍を見失ってからいくら捜しても見つからず、家に戻って霍の母に告げた。母は山も谷もくまなく捜させたが、なんの手がかりも得られなかった。絶望的な気持に落ち込んでいたまさにそのとき、息子が帰ってきたので、大喜びで迎えに出た。顔を上げると嫁がいる。気絶しそうになったが、霍があらましを話すと、もう嬉しいやら喜ぶやら。

青娥は、これまでのいきさつが尋常ではないので、世間で物議を醸すことを恐れて、すぐに他所(よそ)に移りたいと望んだ。姑は聞き入れて、他の郡に別荘があるので、帰る時を決めて移らせた。それで誰にも気づかれないですんだ。

その後、二人は十八年間、共に暮らし、娘を一人もうけて、同じ村の李(り)家に嫁がせた。それから霍の母が寿命を全うした。すると青娥が言った。

「家の荒れた畑に雉(きじ)が卵を八つ抱いているところがありますが、そこに埋葬するとよいでしょう。あなたと息子が棺に付き添って行って埋葬してください。息子はもう成人しているのだから、墓守りに残ればよいと思います」

霍は妻の言う通りにして、埋葬後、一人で戻ってきた。

一月あまり後、息子の孟仙が帰宅すると、父母の姿が見えない。年寄りの下男に尋ねると、「埋葬に行かれたまま、まだお帰りではありません」と言う。心の中で、神異が起こったと理解したが、どうしようもなく、嘆かわしく思うばかりだった。

孟仙の文名は、世間を騒がすほどだったが、受験ではうまくいかず、四十歳になっても及第しなかった。その後、推薦されて資格を得て北京の試験場に行ったところ、同じ号舎で、十七、八くらいの若者と出会った。りりしい風貌の俊才で、好感を持った。答案用紙に「順天（北京）の廩生[7]、霍仲仙」と記していたので、目を見張って驚き、自分の姓名を名乗り出た。仲仙も不思議に思って郷里や本籍地を尋ねたので、孟はすべて話した。すると仲仙は嬉しそうに言った。

「僕が都に出発するとき、父が、試験場で山西の霍という人に出会ったら、我が一族なので親しく付き合うようにと言ったのですが、父の言った通りだ。それにしてもなぜ名字まで同じなんだろう」

そこで孟仙は、仲仙の高祖父（祖父の祖父）や曽祖父、父や母の姓名を尋ねてみると驚いて「それは間違いなく私の父と母だ」と叫んだ。だが、仲仙が年齢が違いすぎると疑うと、孟仙は、

「私の両親は、二人とも仙人なんだ。だから容貌では実年齢がわからないのさ」

と話して、これまでのいきさつを述べると、仲仙は、ようやく納得した。

受験が終わると、休むまもなく駕籠を雇って、二人一緒に父母のところへと向かっ

た。家に着くと、召使が出迎えて、昨夜からご主人と奥さまの姿が見えなくなりましたと報告した。二人ともびっくり仰天。仲仙は家に駆けこんで妻を問い詰めると、妻が話した。

「昨晩、お二人と一緒にお酒をいただいたのですが、お母さまが、〈お前たち夫婦は若くて世事に慣れていないけれど、明日、お兄さんが来るので、私はもう何の心配もないよ〉とおっしゃいました。今朝早く、お部屋を訪ねると、ひっそりしてどなたもおられませんでした」

兄弟は、それを聞いて悲しくなり、地団駄踏んで悔しがった。仲仙はそれでもまだ追いかけて捜そうとしたが、孟仙が無駄だと言ったのでやっと諦めた。

今回の試験で、仲仙は挙人に合格したが、祖先の墓が山西にあるので、兄の住む家に帰った。その後も父母はまだこの世にいるだろうと願って、あちこち捜し回ったが、とうとうその行方はわからなかったのである。

7 科挙の予備試験童試の第三段階である院試合格者（生員）の中で、特に成績優秀で学費を支給される者。

異史氏曰く——
塀に穴を開けて女の寝台に眠る、それは痴愚そのもの。岩壁に穴を開けて岳父を罵る、それは狂気そのもの。仙人が二人の仲を取り持ってくれたのは、ただ長生きして、親孝行させようとしただけである。それなのに人間世界に混じって、息子や娘まで生したのなら、そのまま最後まで居続けてもよかったのではないか。三十年の間に、何度も子供を棄てるなど、一体全体どういうわけだ。不可解この上ない。

5 雲蘿公主

（天界の姫との結婚と義賊との友情）

安大業は、盧竜（河北省）の人である。生まれてすぐに言葉を話し続けたので、母親が犬の血を飲ませたら、やっと話すのを止めた。やがて成長すると、眉目秀麗、世に類なき美男子になった。しかも聡明で学問も修得している。世の名家は競って婿にと願った。ところが母親は夢のお告げで、「息子は姫君と結婚する」と言われたので、それを信じて縁談話には見向きもしなかった。だが彼が十五、六歳になっても一向にその気配がないので、母親は次第に後悔し始めた。

ある日のこと、安が一人で座っていると、急に不思議な香りが漂ってきた。と突如、美しい侍女が一人、走りこんで来て言った。

「姫さまのご到着」

すぐに長い毛氈が地に敷かれ、門外から真っすぐ寝椅子の前まで伸びてきた。安が驚き怪しんでいると、娘が一人、侍女の肩に手を当て、それを支えにして入ってきた。衣類も容貌も光り輝いていて、周囲がパッと明るくなるほどだった。侍女がさっと刺繍入りの敷物を寝椅子の上にかけ、娘を手助けして座らせた。安はあわてふためいて何をすべきかわからず、丁寧に腰を曲げて尋ねた。

「どちらの仙女さまが、ご降臨くださったのですか」

娘は微笑んで、上着の袖で口を覆った。侍女が答えた。

「こちらは聖后府の雲蘿(うんら)公主さまです。聖皇后さまが、姫さまをあなたさまに嫁がせたいとお考えなのです。それゆえこちらのお屋敷の様子を、ご自分で見に来られたのです」

安は思いがけないことに驚き喜び、言葉では表せないほどだった。娘もうつむいたまま、向かい合っても言葉を出さず、間が持たない。安は元々囲碁が好きで、碁盤がいつもそばに置いてあった。すると侍女が紅い手巾(ハンカチ)で塵を払い、それをテーブルの上に移して言った。

「姫さまは、毎日これに夢中でいらっしゃいます。お婿さまとどちらがお強いかしら」

安がテーブルの近くに座を移すと、公主も微笑みながら近寄った。三十手あまり打つと、侍女が石をかき混ぜて、「婿さまの負け」と言った。そして碁石を箱に入れながら、

「婿さまは世俗では名人でいらっしゃるのでしょうね。姫さまとはわずかに六目しか差がないのですから」

そこで黒を六目置かせて、再び対戦した。公主は腰かけるときには、いつも下女を伏せて座らせ、その背中に足をのせた。左足を床に置くときには、もう一人の下女を右側に伏せて座らせた。さらに二人の少女を両側に侍らせ、安がじっと考え込むときには、肩ひじを曲げて少女の肩にのせて待っていた。

勝負が盛り上がってまだ終わっていないのに、そばの少女が笑って「婿さまが一目負け」と言った。すると侍女が進み出て言った。

「姫さまがお疲れのようなので、そろそろお開きになさいまし」

すると娘は身を傾けて、侍女の耳元で何かささやいた。侍女は出て行ったが、しばらくして戻ってくると、寝椅子の上に千両置いて、安に告げた。

「先ほど姫さまがおっしゃったのですが、お住まいが狭苦しいので、ご面倒をおか

けしますが、このお金で少し手を入れて頂きたいのです。工事が終わったら、またお目にかかります」

するとー人の侍女が言った。

「今月は天の法則を犯すことになるので、増築はよくありません。来月なら吉です」

娘が立ち上がったので、安は引き留めようとして門をしめた。すると下女が皮袋のような物を取り出して、地面に叩きつけた。突如、もくもくと雲が湧き出てきて、あっという間に周囲に広がり、暗くて何も見えなくなった。娘たちを捜しても、もはや跡形もなかった。それを知った安の母は、彼女たちを妖怪ではないかと疑った。しかし安は思いが募り、夢にまで見てどうしても諦めきれない。今月は止めるべきという指示を顧みずに工事の完成を急がせ、日を限って急き立てて、住まいの中も外も一新させたのである。

これより先のこと、灤州(河北省)の袁大用という書生が隣に仮住まいしていたが、安のところを訪れて名刺を投じた。だが、安は元来人付合いが少なく、よそに出かけていると居留守を使い、答訪も袁の不在中を狙った。ところが一月あまり後、門の外でたまたま袁に出くわしてしまった。二十くらいの若者で、上品な絹の単衣に絹の帯、黒靴を履いて、まことに雅びな様子をしている。少し話をしてみると、実に穏やかで慎み深い。安は彼に好意をもち、家に招き入れた。碁の対局を願ったが、勝ったり負けたり、恰好の相手だった。それから酒を酌み交わして談笑し、大いに楽しんだ。

翌日は袁が安を寓居に迎え入れてくれたが、珍しい料理がつぎつぎに出され、大変な歓待を受けた。十二、三歳の童僕がささらで拍子を取りながら澄んだ声で歌い、また踊ったり跳ねたり実演して見せた。帰る段になって安はすっかり酔ってしまい、歩けなくなったので、袁は童僕に背負わせようとした。安は、童僕が細くてか弱そうなので、無理だと思ったが、袁は大丈夫と譲らない。するとその子は平気な様子で、彼を背負って送り帰した。安は不思議で仕方なかった。翌日、安はその子をねぎらうために金を包んでやったが、何度も辞退してからようやく受け取った。以来、二人の交友はますます親密になり、三日にあげず往き来するようになった。

袁の人となりはあっさりしていて寡黙だが、意気盛んで気っ風がよかった。町に借金のために娘を売る者がいたときには、財布をはたいて買い戻してやり、金を少しも惜しまなかった。安はそれを知って、ますます袁を重んじるようになった。

数日後、袁が訪れて別れを告げ、象牙の箸、伽羅の数珠など十点以上の品々と、五百両を安に贈り、改築に役立ててほしいと言った。安は金を返して品だけを受け取り、お返しに絹布を贈った。

一か月あまり後のこと、楽亭(らくてい)（河北省）に仕官した後、帰郷した人物がいて、その屋敷には、財貨が溢れんばかりだった。そこに夜、強盗が入り、主人を縛ると焼き鏝(ごて)を当て、金目の物すべてを強奪していった。家の者の一人が犯人を袁だと見定めたので、役所では各地にお触れを回して捕らえることにした。

安家の隣の屠(と)氏は長年安家と仲が悪かったが、近ごろ安家が大規模な改築をしているので、いまいましい思いでひそかに疑念を抱いていた。たまたま安家の小僧が象牙の箸を盗み出し、それを屠家に売ったが、屠家はそれが袁の贈り物と知って、大尹(たいいん)（県の長官）に報告した。大尹は兵士を派遣して安家を包囲した。そのとき、安も下僕も遠出していたので、安の母を捕らえて連行した。母は衰弱しているところに衝撃を受けて虫の息となり、数日間、食事もできなくなったので釈放された。安は母の知らせを聞いて、急いで戻ってみると、すでに危篤状態で、夜を越えて亡くなった。母の納棺を終えるとすぐに、安は役所に捕らえられた。大尹は安が年若く、温厚で学問もありそうなのを見て、心中、冤罪を疑った。そこで安を厳しく尋問した。彼は袁との交友の事実を述べた。大尹が、「なぜ急に金持ちになったのだ」と尋ねたので、安は答えた。

「母が銀を貯めていたのです。この度、嫁を迎えようと思ったので、新婚用の部屋を増築していたのです」

大尹はそれを信じて文書に詳しく記し、彼を郡に送って無罪放免にするように計らった。

隣人は彼が無罪になったことを知り、護送の役人たちに礼金をはずんで、途中で彼を殺すように頼んだ。道は深山を通るので、安を絶壁の近くまで引き寄せ、そこから突き落とすという計画である。実行しようという危機が迫ったまさにそのとき、突然、草むらから虎が一匹飛び出てくるや、二人の役人を噛み殺し、安を咥えて連れ去った。幾層にも重なる高い楼閣に至ると、虎は中に入って行って彼を置いた。見れば、雲蘿公主が下女に付き添われて出て来て、傷(いた)ましそうに彼を慰めた。

「あなたをここにお引き留めしたいのはやまやまですが、お母さまの埋葬がまだ終わっていらっしゃらないので、できません。それより文書を持って郡に行くべきです。自首すれば必ず無罪を認められます」

それから安の胸の前の帯を手に取って、十幾つかの結び目を作って言い含めた。

「役人に会ったとき、この結び目を解けば、禍を逃れることができますよ」

安は言われた通り、郡に自首した。長官はその誠実さをよしとし、さらに文書を調べて彼の無罪を了解したので、罪名を取り消して帰らせた。

帰り道、袁に出くわした。安は馬から下りて袁の手を取り、これまでの事を詳しく話した。袁は憤りを露わにした表情を浮かべたが、黙ったまま一言も発しない。そこで安は言った。

「君は上品な風貌をしていながら、どうして自分を汚すようなことをしたのだ」

「拙者が殺すのは、皆不義の輩だ。盗むのは皆不正の財だ。そうでないものは、道に落ちているものだって、拾いはしない。あなたの指摘はもちろん正しい。しかしながらあなたの隣人のような奴を、この世に生かしておいていいものか」

袁はそう言い終わるや、ヒラリと馬に乗って去ってしまった。

安は帰宅すると母を埋葬し、門を閉ざして客を謝絶した。ある夜、突然、強盗が隣家に押し入り、父と息子はじめ十人以上、全員殺したが、下女を一人だけ残した。財物は根こそぎ、童僕と二人で分けて持ち去った。去り際、犯人は灯りを持って下女に向かって言った。

「お前、しっかり覚えておけ。殺人者はこの俺だ。ほかの人間は全く関わりはないぞ」

袁は扉も開けず、軒に飛び移り、垣根を越えて立ち去った。

下女は翌日、役所に訴えた。役所は安が事情を知っているのではと疑って、また彼を連行した。県の長官は、厳しく尋問した。安は法廷で帯を握り、結び目を一つ一つ解きながら、弁明に努めた。長官は結局、事件との関わりを突き止めることができなかったので、彼を釈放した。

安は帰宅すると、ますます家にこもって学問に励み、外出しなかった。足の不自由な老婆が一人、炊事してくれるだけだった。喪が明けると毎日、階や庭を掃除して、良い知らせを待っていた。

ある日、不思議な香りが中庭に満ちている。高閣に登って目を凝らすと、屋敷の内外の置物や設備が目を見張るほどすっかり新しくなっている。そっと色付きの簾(すだれ)を上げてみると、なんとそこには、美しく装った公主が座っていた。安があわてて拝礼すると、公主は彼の手を引き寄せて言った。

「あなたは天の定めを信じなかったから、工事中、災難を引き起こしてしまわれた。さらにお母さまを亡くされるという悲しみに遭われて、私との婚儀も三年遅れてしまいました。事を急いてかえって遅くなってしまったのです。もっとも世の中のことは、大体そんなものですわ」

安が金を出して酒宴の準備をしようとすると、公主が「その必要はありません」と言う。すると下女が櫃の中を探って、鍋から出したばかりのような熱い料理やスープを出し、酒もよい香りを漂わせている。それを酌み交わしているうちに、日もすっかり暮れた。公主が足の踏み台代わりにしていた下女たちも、次第にいなくなった。公主は手足をなよなよとなまめかしく伸ばしたり曲げたりして、所在なさそうにしている。そこで安が近づいて抱こうとすると、公主は言った。

「ちょっと手を放してくださいな。今、二つの道があるのだけれど、どちらか一つ、選んでください」

安は彼女の首に手を回して、どういうことかと尋ねた。

「もしも碁や酒の交わりだったら、三十年共にいることができますが、もし共寝の喜びをするなら、六年しか一緒におられません。どちらを選ばれますか」

「六年後に再び相談しましょう」

公主は黙り込んでいたが、とうとう床を共にした。

「あなたが俗人の道を免れられないことは、とうにわかっていたわ。でもこれもまた運命です」

と公主は言った。

その後、公主は下女や婆やを雇わせて南の別院に住まわせ、そこで煮炊きや機織りをさせて、生活を営ませた。北の屋敷の中では決して火を起こさず、ただ碁盤や酒器だけを置いた。その扉はいつも閉まっており、安が押せば自然と開くが、他の人は入れなかった。けれども南院で下女たちが怠けると、公主はすぐにそれを察知し、そのたびごとに安を叱責に行かせたが、公主の言う通りなので、皆文句も言わずに従った。公主は無口で笑い声もたてず、何か話しかけてもただうつむいて微笑むだけだった。ともに肩を並べて座ると、彼に斜めに寄り掛かるのが好きだった。彼は彼女を膝の上に抱き上げると、まるで赤子を抱いたように軽かった。

「君はこんなに軽いと、掌の上でも舞えるんじゃないかい」

と安が言うと、彼女は答えた。

「そんなこと簡単よ。ただそれは、はしためのすること。私はしたくないからしないだけ。飛燕(ひえん)[1]は元は九姉さまの侍女だったけれど、何度も軽々しい失敗を繰り返して罪になり、人間界に流されてしまったの。女子の貞節を守らなかったため、もう随分前から幽閉されているわ」

公主の部屋には錦の褥(しとね)が敷き詰められているので、冬には暖かく、夏には涼しかった。彼女は厳冬でも軽い薄絹だけを着ている。安が彼女のために新しい衣類を作ってやり、無理に着させた。だがしばらくすると脱いでしまって言った。

「俗世のものは重くて、骨を圧迫して疲れて仕方ないわ」

ある日、安が彼女を膝の上に抱き上げると、以前の倍くらい重いような気がして、不可解に思った。そう言うと、彼女は笑って自分の腹を指さして言った。

「この中に、世俗の種ができたのよ」

数日後、眉をしかめて、ものを食べようとせずに言った。

「最近、つわりになったので、煮炊きしたものが欲しいの」

1　前漢・成帝の皇后、趙飛燕(ちょうひえん)。舞姫の出で、成帝の掌の上で舞えるほど、身が軽かったという。

そこで安は彼女のためにおいしいご馳走を用意してやった。それ以降、彼女は普通の人間と同じものを飲食するようになった。

ある日のこと、公主が言った。

「あたしは体が細くて弱いから、お産に耐えられないわ。下女の樊英は、とても丈夫だから、代わりに出産してもらうわ」

そして下着を脱いでそれを英にはかせると、一室に閉じ込めた。しばらくすると、赤子の泣き声が聞こえた。扉を開けて見てみると、男児だった。彼女は喜んで、

「この子は福相をしているわ。きっと大物になってよ」

と言い、名前を「大器」とつけた。そして赤子をくるんで安の胸におさめ、乳母に渡して南の別院で養育させた。彼女は出産後、元の通りに腰は細くなり、煮炊きしたものは食べなくなった。

公主が突然、安に別れを告げ、しばらく実家に帰りたいと言う。いつ戻るかと尋ねると、三日後と言い、以前と同様、皮袋を地に叩きつけると、そのまま姿を消した。三日たっても戻って来ず、一年を過ぎてもまったく音信もない。安はもはや望みはないと観念した。

彼は扉に鍵をかけ、帳を下ろして学問に励み、遂に郷試に及第した。だが再婚はしないと決心し、一人北院に泊まっては、彼女の残り香に浸っていた。

ある夜、眠れず寝返りばかり打っていると、ふと灯りが窓から射し込むのが見えた。門が自然に開いて、多くの下女が公主に寄り添って入ってきた。彼は喜んで立ち上がり、なぜ約束を違えたのかと問い詰めた。すると公主は答えた。

「あら、あたし約束を破ってなんかいないわ。天界では二日半しかたっていないのよ」

それから安は得意げに秋の郷試合格を告げたが、それは公主がきっと喜ぶだろうと考えたからである。だが、彼女は憂わし気に言った。

「そんな賭博のようなもの、何の役にも立たないわ。栄誉でも恥辱でもないわ。せいぜい人の寿命を縮めるだけよ。三日会わなかっただけで、また一段と俗世にどっぷり浸かってしまったのね」

安はこう言われてから、もう二度と出世の努力はしないことにした。

数か月過ぎると、彼女はまた実家に帰ると言う。安ががっかりしてしょげているのを見ると、彼女は、

「今度はきっと早く戻って来るわ。この前のようにじりじりお待たせしないことよ。でも人生の会う、別れるというのは、すべて定めがあるのよ。それを節約すれば長持ちするし、浪費すれば短くなるのです」

そう言って去ったが、一か月あまりですぐに戻ってきた。それから以後、一年半に一度帰省し、大体いつも数か月して戻ってきたので、安はそれが普通だと思うようになり、さして怪しむこともなかった。

もう一人男児が生まれた。彼女はその子を抱き上げると、「山犬か狼よ」と言い、すぐに捨てるよう命じた。だが彼はそうするに忍びず止めさせて、名前を「可棄（かき）」とつけた。その子が満一歳になると、公主は、あわてて婚約させようとした。次から次へ仲人が話を持ってくるが、彼女は生年月日を聞くと、どの話も合わないと断った。

「私は狼のために深い檻を作ってやろうと思ったけれど、結局、できなかったわ。六、七年後、家が傾いてしまうのも運命ですね」

そして安に頼んで言った。

「よく覚えておいてね。四年後、侯（こう）という家に娘が生まれるけれど、その子の左胸には小さなイボがあります。それが可棄の嫁になる娘で、その娘と婚約させてください。侯氏の家門の低さを問題にしてはいけません」

そのことを安に書きとめさせた。それからまた帰省したが、今度は結局、二度と戻って来なかった。

安は公主の願いを常日頃、親類や友人に伝えていたところ、予言通り、侯家に娘が生まれて、イボもあると知らせてくれた。ただ侯家は身分が低く、所業もよくないので、皆こぞって安家にふさわしくないと反対したが、安は無視して婚約を決めた。

大器は十七歳で試験に及第し、雲（うん）氏を娶（めと）り、夫婦二人とも親孝行で仲がよかった。父は二人を慈しんだ。一方、可棄は成長するにつれて、学問を嫌い、親の目を掠（かす）めては、無頼の徒と賭け事をしていた。いつも家の物を盗んでは負債に充てるので、父は怒って彼を鞭打ったが、どうしても改心しなかった。周囲の人間たちは何とか可棄から身を守ろうと、皆で包囲網を築いて防ごうとした。すると、ある夜、彼は遂に家を脱け出して盗みを働いた。家主が気づいて彼を縛り、県の長官に突き出した。長官は彼の姓氏を調べて安家とわかると、名刺を添えて送り戻してくれた。父と兄は二人で彼を縛り上げ、散々痛めつけて、もはや虫の息となるまでにしたところ、兄が憐れに思って許しを求めたので、やっと父は同意した。だが父は怒りのために病気になり、食もほとんど進まない。そして二人の息子のために財産目録を作成し、屋敷や美田のほとんどを大器のものと記した。可棄は怨み怒り、夜、刀を持って兄の部屋に押し入って殺そうとしたが、誤って兄嫁に斬りつけてしまった。

それ以前の事だが、公主が残していったズボンがあり、とても軽くて柔らかいので、雲氏は寝間着に作りかえていた。可棄はそれに斬りつけたのである。火花が四方にパッと飛び散り、可棄は度肝を抜かれて逃げ去った。父はそのことを知って、ますます病気が悪化し、数か月後に亡くなった。

可棄は父の死を聞いて、ようやく戻ってきた。兄は彼の面倒をよく見てやったが、可棄はそれをいいことに、いよいよしたい放題をするようになった。

一年あまり後、可棄に分与された田畑もほとんど売りつくしてしまい、挙句の果てに彼は郡の役所に赴いて、兄を訴えた。だが役人は可棄のことをよく知っていたので、彼の言い分を却下した。兄弟の縁は、遂にこれで絶えてしまった。

さらに一年ほど過ぎて、可棄は二十三、侯家の娘は十五になった。兄は母の言葉を思い出して、あわてて二人を結婚させようとした。弟を家に呼び寄せ、立派な住まいを与え、新婦を門に迎え入れた。そして父の残した美田をすべて書類に登記し、それを新婦に手渡して言った。

「少ないながら数頃の田畑は、お前のために必死に守っておいた。今すべてお前に託す。弟は信用できない。一寸の草さえも、奴にあげたらなくしてしまう。これからの成否は、ひとえにお前にかかっているのだ。弟の言動を改めさせることができたら、飢えと寒さを心配しなくてすむだろうが、そうでなければ兄としても底なしの谷を埋めることはできないのだ」

侯氏は貧しい家の娘だったが美しかったので、可棄は彼女を恐れながらも愛しており、彼女の言うことには逆らわなかった。彼が外出するときには、侯氏はいつも帰る時刻を決めて、それを過ぎると、厳しく責めて食事を与えなかった。その結果、さすがの可棄も少しは身を慎むようになった。

一年あまり後、男児が生まれた。すると妻は、

「今後はもう人を頼らないで生きていきます。肥沃な田畑が数頃あれば、我々母子は飢え寒さを心配する必要は少しもありません。夫がいなくても大丈夫です」

と宣言した。たまたま可棄が家の粟を盗んで、博打に出かけて行った。妻はそれを知ると、門のところで待ち受けて、彼が帰宅して入ろうとするのを、弓を引き絞って拒

絶した。可棄は縮みあがって逃げ去った。妻が奥に入ったのを確認してから、ためらいながら家に入って行った。すると妻は刀を手にして飛び出してきた。可棄はあわてて戻ろうとしたが、妻は追いかけて彼に斬りかかり、着物のへりを切り落として尻を傷つけた。血が流れて靴下や靴を濡らした。彼は怒り狂って兄のところに行って訴えたが、兄は相手にもしない。弟はさすがに恥ずかしくなって、すごすごと立ち去った。だが翌日、彼は再びやってきて、今度は兄嫁に跪き、妻にとりなしてくれるよう涙ながらにかき口説いた。だが、侯氏は決して彼を入れようとはしなかった。可棄は逆上して、妻を殺しに行くと言ったが、兄は黙っていた。すると可棄は怒って立ち上がり、戈を手にするやすぐに出て行った。兄嫁は驚いて止めさせようとしたが、兄はほっておけと目で知らせた。可棄が去ってから、兄は言った。

「奴はわざとああしてバカを演じているのさ。嫁は決して家に入れはしないよ」

召使に様子を見に行かせると、弟はすでに家の門に入ったという。兄はようやく心配になり、弟の家へ駆けだそうとした。ちょうどそのとき、可棄がゼイゼイ言いながら兄の家に入ってきた。先ほど可棄が家に戻ると、妻は赤子をあやしていたが、夫の姿を遠くに認めるや、子供を寝台の上に放り出して、台所の包丁を持ってきた。可棄は怖くなって、戈を引きずって逃げ出した。妻は門の外まで追いかけてきたが、やっと家に戻ったという。兄はその状況をとっくに知っていたが、わざと弟に問いただした。弟は何も言わず、部屋の隅に向かって泣くばかり。目もすっかり腫れあがっている。兄は可哀そうに思って、自ら弟を引き連れて弟の家に行ってやると、妻はやっと兄に免じて夫を家に入れたのである。兄が出て行ってから、妻は罰として夫をいつまでも跪かせ、固く誓いを立てさせた。それから瓦を盆代わりにして、そこに食事を置いて、夫に与えたのだった。以来、可棄は行いを改めた。妻は家計をしっかり管理していたので、日ごとに暮し向きが豊かになり、可棄は何でもただ待っているだけでよかった。後に七十歳になると子や孫に囲まれていたが、妻はまだ時々、彼の白いひげを引っ張って、跪いて歩かせたりしたのである。

異史氏曰く――

猛妻や嫉妬深い女房は、骨に付いた悪性の腫れもののごとく、まさに死ななきゃ治らない。なんという恐ろしい猛毒か。しかしながら世に知られているヒ素や附子（トリカブト）は、上手に服用すれば、気絶やめまいに劇的な効果がある。朝鮮人参や茯苓[2]などは、とても及ばないほどという。もっとも仙女が人の臓腑まで見通していなかったら、こんな猛毒を子孫に贈ることはなかっただろう。

以下の二話はその例である。

章丘（山東省）の挙人、李善遷は、若いときから大らかで細かいことにこだわらず、楽器や音楽に精通する風流人だった。二人の兄は共に優秀な成績で進士に及第していたが、彼はますます奔放に羽目を外していった。謝氏を妻に娶り、妻が彼の遊びを少し禁じたところ、家を飛び出してしまい、三年たっても帰ってこない。あちこち捜しても見つからなかった。その後、彼が臨清（山東省）の妓楼にいるのを突き止めた。家人が入って行くと、彼は帝王のように南に向かって座り、十数人の若い妓女が側に侍っている。彼女らは、みな音楽や芸事を彼から学ぶ弟子だったのである。彼がそこを去って帰郷するときには、衣装箱が積み重ねられたが、それらはすべて妓女たちの贈り物だった。

家に帰ると、夫人は彼を一室に閉じ込めて、書物を机一杯に積み上げた。そして長い綱を寝台の足元に括り付け、その先端を格子窓の中から外に引き出し、大きな鈴をつけて台所まで伸ばした。彼が何か用のあるときには、その綱を踏む。すると鈴が鳴って、夫人は事に対処するのである。

夫人は自分で質屋を開き、簾を下げて質草を受け取り値段をつける。左手に算盤(そろばん)、右手に筆を持って商売に励み、老僕たちはただ使い走りするだけだった。こうして財を蓄えて富豪になった。だが彼女は兄嫁たちの貴い身分には及ばないと、いつも恥じ入っていた。彼は幽閉されてから三年後、ついに進士に合格した。彼女は喜んで言った。

「三つの卵のうち、一個だけ孵化(ふか)して、あんただけ孵化できない卵だと思っていたけど、今やっと孵化できたわ」

さらにもう一例。進士の耿崧生(こうすうせい)も章丘の人である。夫人はいつもそばにつききりで、灯りが消えないようにして彼の勉強を助けた。灯りを継ぐ人が止めない限り、勉強する人も休めない。友人知人が訪れると、夫人はそっと立ち聞きする。学問につい

---

2 サルノコシカケ科に属するきのこの菌核。アカマツ・クロマツなどの根に寄生する。漢方薬に用いられ、鎮静・利尿・強壮の効果があるとされる。

て論じているなら、茶を入れ料理を作ってもてなすが、もしふざけているなら、叱って客を追い出してしまう。毎回の試験の結果、耿が並みの成績なら決して部屋に入れないが、良い成績なら笑って迎え入れた。

彼が家庭教師をして得た金はすべて家に納めて、一分一厘も隠し立てしなかった。それゆえ彼の雇い主からの給金は、いつも彼女の面前で、はした金まできちんと数えられた。中には嘲笑する者がいたが、それは彼女には全くごまかしがきかないことを知らないからだった。

その後、彼は岳父に頼まれて妻の弟に勉強を教えたが、その年、弟は秀才の試験に合格した。岳父は謝礼に十両を贈った。だが耿は気持だけ受けて、金を返した。夫人はそれを知ると、

「あちらは親族といっても、我々は授業料で暮らしているのに、なぜ返すの」

と言って追いかけて行くと、金を取り戻した。耿は決して口では争わなかったが、心中、すまなく思い、いつか償おうと考えた。それからというもの、毎年の授業料はすべて少なめに夫人に報告した。二年あまりたつと、そこそこの金が貯まった。そんな折、夢枕に立った人が、

「明日、丘に登れば、金額はすぐに目標に達します」

と告げた。翌日、試しに丘に登ってみると、夢のお告げ通りお金を拾った。ちょうど金額が合ったので、岳父に返すことができたのである。

耿が後に進士になってからも、夫人はまだ彼を叱咤した。耿が、

「今や一人前の役人になったんだから、相変わらずガミガミ言うなよ」

と言うと、夫人はこう答えたという。

「ことわざに〈水張（みなぎ）れば、船も高し〉というでしょ。あんたが宰相になったら、私もえらくなれるというものよ」

6 丐仙 (乞食を助けた鍼灸師への恩返し)

高玉成(こうぎょくせい)は旧家の子息で、金城(きんじょう)(甘粛省)の広里(こうり)に住んでいた。鍼灸(しんきゅう)の技術に優れ、貧富を差別しないで治療した。

村に乞食が一人やってきたが、足の脛(すね)に崩れたできものがあり、道に横たわって、そこら中、膿や血で汚し、臭くて近づけないほどだった。村の人々は彼が死ぬのを恐れて、日に一度、食事を与えた。

高はその乞食を見て可哀そうに思い、下僕に命じて体を支えて連れてこさせ、脇の小部屋に入れさせた。家の者たちは臭くて嫌がり、鼻をつまんで遠くに立って見ているだけだった。だが高はもぐさを出して自分で灸をすえてやり、粗食ではあるが、毎日食事も与えた。数日たつと、乞食はワンタンを欲しがったが、下僕は怒って叱り飛ばした。高がそれを耳にし、すぐに下僕に命じてワンタンを食べさせた。ほどなくすると、乞食はさらに酒と肉も欲しがった。下僕は、高のところに走って行って報告した。

「あの乞食は、ちゃんちゃらおかしいですぜ。道で寝っ転がっていたときには、日に一度のおまんまにさえありつけなかったのに、今じゃ三度の飯にもぶつくさ言って、願い通りワンタンをあげたのに、今度は酒と肉が欲しいときやがった。こんな欲張りは、やっぱりまた道に棄てるほかないですよ」

するとは、乞食のできものの具合を尋ねた。

「カサブタが段々取れてきて、歩けるようになっているのに、ぐずぐず呻いて痛そうなふりをしています」

と答えると、高は言った。

「大した額じゃないんだから、すぐに酒と肉をふるまってやれ。元気になったら怨まれずにすむだろう」

下僕は口だけ承知したと言って、結局、乞食には何も与えなかった。それどころか仲間たちとの立ち話で、主人は愚かだと嘲笑した。

翌日、高は自分で乞食のところに出かけて行って様子を見た。乞食は足を引きずりながら立ち上がり、感謝して言った。

「高徳のあなたさまのお陰で、死人が生き返り、白骨に肉が生じました。お恵みの深さは、天や地にも喩えられます。ただおできはよくなりつつありますが、まだ完治したというわけではなく、むやみにおいしいものが食べたいんです」

高は、この言葉で、自分の命じたことが行われなかったことを悟った。そこで下僕を呼んで鞭打ち、すぐに酒と焼き肉を乞食に与えるよう命じた。

下僕はこのことを怨みに思い、深夜、脇の小部屋に火をつけ、それからわざとらしく大声で火事だと叫んだ。高が起きて見に行ったときには、小部屋はすでに火の海だった。「ああ、乞食はもうダメだろうな」と高は嘆きながら、人々を指図して消火に励んだ。ところが見れば、乞食は火の燃え盛る中、熟睡してゴーゴーと大きな鼾(いびき)をかいている。呼び起こして見ると、乞食はわざとらしく驚いた様子で言った。

「おや、建物はどこにいったんですか」

それでやっと人々は、乞食が普通の人間ではないと悟ったのだった。

高はそれ以来、以前にもまして乞食を大事にし、彼を客間に泊まらせ、新品の衣類を着させて、毎日一緒に過ごした。彼の姓名を尋ねると、「陳九(ちんきゅう)」と名乗った。

丐僊
歌舞園林各盡歡
麗人忽作夜叉看
若非推解當時意
靈窟何來奪命丹

数日たつと、乞食の顔色はますます艶やかになり、話しぶりにも威厳が増してきた。その上囲碁の名人で、高は対局するといつも負けた。それで毎日、彼に教えてもらい、その奥義をかなり修得した。

このようにして半年たったが、乞食は暇乞いを言わないし、高のほうも片時でも彼がいないとつまらなく思った。上客が来ると、必ず彼も同席させて一緒に飲んだ。時にはサイコロ遊びをしたが、陳が高に代わってサイコロの目を叫ぶと、いつも思い通りの最高の目が出るのだった。高は不思議でたまらなかった。やり方を教えてくれと高が求めても、陳はわからないと言って断った。

ある日、陳は高に告げた。

「お暇しようと思います。これまで深いお情けを恵んでくださったので、今、ささやかな席を設けてお迎えしたいのですが、他の人は遠慮させてください」

「互いに気が合ってとても楽しく過ごしているのに、なぜ急に別れるのですか。それにあなたは酒代もお持ちでないのだから、宴会の亭主役をなさるわけにはいかないでしょう」

と高が言うと、陳は是非にと誘って言った。

「酒一杯だけですよ。金はかかりません」

「どこで」と高が尋ねると、「庭の中です」と答える。季節は真冬だったため、高は庭の亭は寒くて仕方ないだろうとしり込みすると、陳はあくまでも「大丈夫です」と言ってきかない。そこで高は彼の後について庭に出た。

空気が急に三月初めの暖かさになったように感じた。さらに亭の中に入ると、ますます暖かい。風変わりな鳥が群れて、入り乱れるように囀り、晩春そのものだ。亭の中にあるテーブルは、すべて瑪瑙がちりばめられている。水晶の屏風は透き通ってピカピカ光り、鏡のようだ。その中では花や木々がゆらゆら揺れて、次から次へ咲いたり散ったりしている。その上を雪のように真っ白い鳥が、飛び交いながら囀っている。ところが高が手で触ってみると、何一つない。驚きのあまり、しばし呆然とした。腰を下ろして見れば、止まり木に九官鳥がいて「お茶をどうぞぉー」と叫んだ。すると東のほうから赤い鳳が、赤い玉製の皿を口にくわえて飛んできた。皿の上には、ガラスの杯が二つ、中には芳しい茶が入っていた。鳳はすっくと首を伸ばして、きちんと立って待っていた。二人が茶を飲み終わって杯を皿の上に置くと、鳳は口にくわえ、翼を振るって飛び去った。

九官鳥がさらに「お酒をどうぞぉー」と叫ぶと、すぐに青い鸞（鳳凰の一種）と黄色い鶴が、太陽の中からヒラヒラ羽ばたきながら飛んできた。各々酒壺と杯をくわえていて、それらをテーブルの上に置いた。ほどなくして色々な鳥たちが料理を運んできて、少しも羽を休めず往き来した。珍しい料理があれこれ並べられ、あっという間にテーブルが一杯になった。酒も肴もすべて見たことのないものばかり。陳は高の豪快な飲みっぷりを見て言った。

「あなたはいける口ですな。それでは大杯が必要ですね」

すると九官鳥がまた「大杯を持ってこぉーい」と叫んだ。すると不意に太陽のまわりがキラキラ輝いて、巨大な蝶が現れ、一斗ほど入る鸚鵡貝の大杯を脚で摑んで飛んでくると、テーブルの上に止まった。見れば蝶は雁よりも大きくて、二つの羽がしなやかに揺れ、模様が色鮮やかに光っている。その美しさに思わず感嘆の声を上げた。陳が「蝶よ、酒の酌を」と呼びかけると、蝶はヒラリと翻るや麗人に変身し、刺繡入りの衣をふわふわ揺らしながら近づいてきて酒を勧めた。陳が、「酒の余興がないぞ」と言うと、女はしゃらんしゃらんと舞い始めた。舞が佳境に入ると、足が地面から一尺以上も離れ、顔を仰向けて後ろにのけぞり、足につかんばかりに折り曲げるや、くるりととんぼ返りをして身を起こして立ったが、体に塵一つついていない。そして歌った。

連翩笑語踏芳叢　連翩として笑語し　芳叢を踏み
低亜花枝払面紅　低く亜れたる花の枝　面を払って紅なり
曲折不知金鈿落　曲折して　知らず　金鈿の落ちしを
更随蝴蝶過籬東　更に蝴蝶に随ひて　籬東を過ぐ

ひらひらと笑いさざめき、若草を踏み、
低く垂れた花の枝、顔払ってほの紅し。
つづらに折れて、金の簪落ちたも知らず、
胡蝶追いかけ籬の東を通り過ぐ。

歌声の余韻はゆるゆると細く長く、建物の梁のみならず広く流れめぐるようだった。陳は彼高はこの上ない喜びに満たされ、彼女の手を取って一緒に飲ませようとした。陳は彼女を席に着かせて、酒を注いでやった。高は酒を飲み終えると女への気持が高ぶり、急に立ち上がって抱きつこうとした。だが間近で見ると、女は夜叉に変身している。眼球が瞼（まぶた）から飛び出し、牙がくちばしからはみ出ている。真っ黒い皮膚は凸凹して、醜悪さは喩えようもない。陳は箸でそのくちばしをバシッと撃ち、「とっとと消え失せろ！」と叱りつけた。たちまち夜叉は、また蝴蝶に変身して、ヒラヒラ舞い上がると飛び去った。

高は恐怖が静まると、別れを告げて外に出た。月の光が冴え冴えと洗われたように清らかだ。それを見て高は陳にふざけて言った。

「あなたの素晴らしい酒も肴も、空から運んで来られた。ということは、お住まいは天上にあるわけですね。友人を一度遊びに連れて行ってくれませんか」

「いいですよ」と陳は言うや、すぐに高の手を取って、飛び上がった。そのまま体がふわふわ空中に漂っているように感じ、次第に天に近づいて行く。見れば高く聳える門があり、井戸のように丸い入り口があった。そこを入ると、昼間のように光り輝いている。階（きざはし）も道もすべて青い石畳でできていて、すべすべして清潔で一筋の汚れもなかった。高さ数丈もある大木が一本あり、上のほうに蓮くらいの大きさの赤い花が、ぎっしり咲き誇っている。その下に女が一人、真っ赤な衣を砧（きぬた）の上で叩いていた。この世に二人といないあでやかな美人だった。高は木のように突っ立ってじっと見つめたまま、歩くのも忘れたようだった。女はそれに気づくと、叱って言った。

「どこの狂人なの。ここまでまぎれてくるなんて」

そして杵を投げつけると、高の背中に当たった。陳は急いで人気（ひとけ）のないところへ彼を連れて行って、強く叱った。高は杵を投げられて、酔いもすっかり醒（さ）め、冷や汗を流して恥じ入った。それから陳の後をついて行くと、足元に白雲が接しているところに来た。すると陳が言った。

「ここでお別れです。一つお話があります。くれぐれも忘れないように気をつけてください。実は、あなたの寿命は長くないのです。けれど明日、すぐに西の山の中に身を避ければ、災厄を免れることができます」

高は陳を引き留めようとしたが、くるりと背を向けて去って行った。

高は雲が次第に低くなっていくのを感じているうちに、庭の中に体が落ちた。そこは、風景も何もかもすっかり変わっていた。帰って妻に話し、二人でこんな不思議なことはあり得ないと驚き呆れたのだった。それでも杵が当たったところを調べると、錦のように風変わりな紅い色に変色しているし、不思議な香りもしたのだった。

高は朝早く起きると、陳に言われた通り、食料を包んで山に入って行った。濃い霧が空をすっぽりと覆い、視界もぼんやりして山道がはっきりしない。雑草が生い茂る中に足を踏み入れてしまい、あわてて走り出すと、不意に足を取られて深い洞窟の中に落ちてしまった。その深さはどのくらいかわからないほどだったが、幸いなことに体のどこにも傷はなかった。落ち着いて大分たってから仰ぎ見ると、洞窟の入り口は、ぼんやり霞んで、雲が覆っているようだった。高はがっかりして嘆いた。

「仙人さまがせっかく災いから逃れさせてくれたのに、俺の寿命もとうとうおしまいのようだ。一体いつになったら、こんな深い洞窟から出られることか」

そのままへたり込んでいたが、ふと見れば、奥のほうにかすかに光が洩れている。立ち上がって少しずつ奥に入って行くと、別天地が現れた。

三人の老人が向かい合って碁を打っており、高がやってきたのを見ても、気にしないで、碁をやめようともしない。高は側でかがんで観戦した。勝負が終わり、碁石を箱に仕舞ってから、老人はどのようにしてここに来たのかを尋ねた。高が「道に迷っ

て落ちたんです」と言うと、老人は、

「ここは人間世界ではないから、長くいてはいけない。わしがお前さんを送ってあげよう」

と言って、彼を洞窟の下まで連れて行ってくれた。すると雲気に抱かれて上に登っているような気がしている間に、大地を踏んでいた。見れば山の中の木々の色は深い黄色に染まっていて、サワサワと葉が落ちて、秋の終わりのようだった。彼は仰天してつぶやいた。

「俺は冬に来たのに、なぜ晩秋に変わったのだ」

走って家に帰ると、妻や子はみな驚き、集まってくると泣いて大騒ぎする。高が怪訝に思って尋ねると、妻が言った。

「あなたはこの三年も帰らなかったので、みんな亡くなったと思っていたのよ」

「本当に不思議だなあ。ついさっき出かけたと思うんだが」

と高は言いながら、腰にぶら下げた食料を出してみると、もうすでにすっかりなくなっていた。みんなは互いに顔を見合わせるばかりだった。すると妻が言った。

「あなたが出かけた後、こんな夢を見たの。黒い服を着てピカピカ光る帯をつけた二人連れが、税金の取り立てをするみたいにドカドカ部屋に入ってきて、辺りを見回すと、〈ヤツはどこに行った〉と言ったの。私は叱りつけて〈あの人はもうとっくに外に行きましたよ。あんたたちがもし役人なら、女の寝屋にズカズカ入ってきて許されるわけがないでしょ。恥を知りなさい〉と叫ぶと、二人はやっと出て行ったの。でも歩きながら〈奇妙だ、奇妙だ〉と言ってたわ」

高は、自分が洞窟で出会ったのは仙人で、妻が夢で見たのは幽霊だったとようやくわかったのである。

高は客を迎えるごとに、杵をぶつけられた衣を中に着込んだ。席にいる客たちは、みなその香りに気づいたが、麝香（じゃこう）でも蘭の香りでもなかった。汗をかくと、ますます香りが強くなったという。

〈幽〉の巻

1 王六郎（酒好き幽霊の恩返し）

許（きょ）という姓の男は、淄川（しせん）（山東省）の北の郊外に住む漁師だった。毎晩、酒を持って川岸に出かけては、飲みながら漁をしていた。飲み始める前に地面に酒を注ぐと、いつも祈りながらこう言った。

「川で溺れ死んだ人も、飲んでください」

ほかの漁師が一匹も捕れないときでも、許だけは必ず魚籠（びく）に溢れんばかりに捕れた。

ある夜のこと、一人で酒を飲もうとしたとき、若者がやってきて、許のそばを行きつ戻りつする。そこで彼を誘って、気前よく一緒に酒を酌み交わした。ところが一晩中、一匹も捕れないので、許はがっかりした。すると若者が立ち上がり、

「あなたのために下流から魚を追い上げましょう」

と言って、ひらりと立ち去った。しばらくすると、また戻ってきて「魚の大群がやっ

てきますよ」と言った。果たして魚が水を吸っては吐く音が勢いよく聞こえてきた。網を揚げてみると、数匹かかっていて、どれもこれも一尺以上の大きさだ。許は大喜びで若者に礼を言った。帰り際、彼に魚をあげようとしたが、受け取らないでこう言った。

「しょっちゅう結構な物をいただいているのに、これしきのこと、お返しにもなりません。もしお厭(いや)でなければ、これからもお付合いしてくださると嬉しいのですが」

「今晩初めてご一緒したのに、〈しょっちゅう〉とはこれまた恐縮です。末永く付き合えるなら、わしとて願ってもないことです。ただ感謝の気持だけでお返しできないのが恥ずかしいばかりです」

と許は言って、若者の名前を尋ねた。

「姓は王(おう)で、字はありません。お会いしたときには王六郎[1]と呼んでください」

そう言って別れた。

翌日、許は魚を売って酒を大目に買った。夜になって川岸に行くと、六郎がすでに

1　「六」は、排行（〈恋〉の巻2「封三娘」注1参照）。王家の六番目の息子の意。

王六郎
一念仁慈感帝 故人情重共周旋
老漁從此生涯足 不向江頭覓酒錢

先に来ていて、二人で酒を楽しんだ。数杯飲むと、彼は許のために魚を追い上げてくれた。

このようにして半年ばかりたったころ、不意に六郎が許に告げた。

「立派な方と知り合いになれて、肉親以上にお慕いしています。けれど別れの時がやってきました」

いかにも悲しそうな話しぶりなので、許が驚いて尋ねると、彼は何か言いかけては何度もためらった末、ようやく口を開いた。

「我々は心から信頼しあっているのだから、打ち明けても信じてもらえると思います。それに今もうお別れなので、はっきり話しても構わないでしょう。実は僕は幽霊なのです。もともと酒が好きで、泥酔してここで溺死し、もう数年になります。以前から、あなただけが他の人よりもたくさん魚が捕れるのは、皆僕がひそかに追い上げたからで、あなたの酒へのお礼だったのです。けれど明日、僕の業が満ちて、代わりの人物が来るはずです。僕はこれから生まれ変わることになっているので、二人で過ごせるのは今宵限り、それで感無量なのです」

許は聞き初めこそ驚いたが、これまでずっと親しく過ごしてきたので、恐怖心はまったく起こらなかった。それで彼もすすり泣きながら、酒を酌んで言った。

「六郎よ、これを飲め。悲しむことはない。せっかく知り合えて急に別れることになるのは、本当に残念だ。だが業が満ちて生き返るのだから、まことにめでたいではないか。悲しむのは正道に外れているぞ」

それから二人で心行くまで酒を飲んだ。許が「代わりは、どんな人だ」と尋ねると、

「明日、川岸でご覧になれます。昼頃、女の人が川を渡ろうとして溺れますが、その人です」

と話した。村の鶏が鳴いたのを聞いてから、二人は涙ながらに別れた。

あくる日、許は川岸で異変が起こるか、こわごわ様子を窺っていた。果たして赤子を抱いた女性がやってきて、川まで来ると落ちてしまった。赤子は岸に投げられて、手足をばたつかせながら泣いている。女性は何度も浮き沈みしていたが、急にずぶぬれのまま岸によじ登った。草の上でしばらく休むと、赤子を抱いて去って行った。女性が溺れたとき、許は見ているに忍びず、よほど助けに行こうと思ったが、六郎の代わりなんだと考え直して救うのを止めた。女性が自力で這いあがり、六郎の言った通りにならなかったので、怪訝に思った。

日が暮れると、許はいつもの場所へ漁をしに行った。すると六郎がまたやってきて、

「今またお目にかかります。当分、お別れは致しません」

と言うので、理由を尋ねると、こう答えた。

「あの女性が僕の身代わりなのですが、抱いていた赤子を可哀そうに思ったのです。僕一人の身代わりに二つの命が犠牲になる、だから諦めたのです。つぎの身代わりが、いつになるかわかりません。もしかしたら我々二人の縁は、まだ尽きていないのでしょう」

許は感動して言った。

「何という君のこの仁徳の心、天の上帝にきっと通じるよ」

そこで二人は元通り、共に過ごした。

だが数日後、六郎はまた別れを告げた。許は再び身代わりが現れたのかと思ったが、六郎は、

「違います。あなたの言われた通り、僕の可哀そうに思う気持が天帝に通じたのです。この度、招遠県（山東省）の鄔鎮の土地神の地位を授けられ、明日赴任します。もしこの交友をお忘れでないなら、遠路を厭わず、どうか一度お訪ねください」

と話した。許は祝福して言った。

「君は真っすぐな心ゆえに神さまになれた、いや本当に嬉しいなあ。ただ人と神は世界が離れているから、たとえ遠路を苦にせずとも、どうすればよいのか」

すると六郎は「ただ出かけてくだされればよいのです。ご心配無用」と言い、丁寧に挨拶を繰り返して去って行った。

許は家に帰って早速、旅支度をしようとした。すると妻が笑って言った。

「ここから数百里も離れたところでしょ。その地があったとしても、泥で作ったご神像とは、一緒に話もできないでしょうに」

だが許は耳を貸さずに旅立ち、とうとう招遠に辿り着いた。住民に尋ねると、実際、鄔鎮は存在した。そして鄔に至り、旅籠で一休みして土地神の廟について尋ねると、宿の主人は驚いて言った。

「お客さまは、許さまではありませんか」

「そうだが、なぜご存知ですか」

主人はさらに「淄川にお住まいですよね」

「そうだが、なぜご存知なのだ」と言っても、主人は答えないであたふたと出て行った。するとにわかに大勢が押しかけて来た。夫は子供を抱きかかえ、妻は戸口から覗き込むというふうに、ぐるりと人垣が取り囲む有様。許がますます驚くと、やっと人々は許に告げた。

「数日前の夜、神さまが夢に現れて、淄川の許という友人がもうすぐやってくる。だから旅費を助けてやってほしいと話されたので、ずっと待っていたのです」

許も不思議なことだと思い、祠に行き、祈って話しかけた。

「君と別れてから、寝ても覚めても心から離れず、以前の約束を果たそうと遠路はるばるやってきました。そしたらここの人たちの夢の中で私のことを頼んでくださったとのこと、本当に感激しました。お供えのないのが恥ずかしいですが、酒を少々持ってきました。よろしければ、あの川辺の酒盛りのように楽しんでください」

祈り終わって、紙銭[2]を焼いた。すると急に神座の後ろから風が起こり、しばらく紙銭を巻き上げてから、ようやく止んだ。

夜、六郎が夢に現れたが、立派な官服と冠のいで立ちで、以前とまったく異なって

2　紙を銭形に切って代替物と看做し、神を祀ったり、死者を供養したりするときに用いる。

いた。六郎は感謝を述べた。

「遠路はるばる訪ねてくださり、嬉しさと切なさで胸が一杯です。ただ低い身分ながら官職があるため、直接おめもじできません。すぐおそばにいながら、山川に隔てられているようで悲しくてたまりません。ここの人たちが心ばかりの気配りをするので、以前のご厚誼(こうぎ)に多少とも報いたいと思います。お帰りのときにはお見送りしましょう」

数日後、許が帰ろうとすると、人々は懸命に彼を引き留め、朝な夕な何人も代わるがわるもてなした。許が帰郷の決意を固めると、人々は競うように餞別を紙や風呂敷に包んで彼に贈った。昼にならないうちに、贈りものが袋一杯になった。召使や子供たちがぞろぞろ集まってきて、彼が村を出るのを見送ってくれた。突然、つむじ風が起こり、十里以上、彼についてきた。許は礼を尽くして言った。

「六郎さん、どうかお大事に！ 遠くまでのお見送り、もう十分です。君はご自身の仁愛の心で、この地を幸福にできるでしょう。友人の私が頼むまでもありません」

風はずっとくるくる舞っていたが、やがて去って行った。村人も不思議に思いながら戻って行った。

許は帰郷すると、暮し向きが幾分か豊かになり、とうとうもう漁をしなくなった。後に招遠の人に出会って土地神の様子を尋ねると、その霊験は、打てば響くようだとのことだった。

これは章丘県（山東省）石坑荘（せきこうしょう）の話だともいうが、どちらが正しいかわからない。

異史氏曰く――

青雲の志を遂げて高い身分になったとしても、貧賤の時を忘れてはならない。六郎が神となったのも、そのお陰だ。今日、車に乗っている貴顕は、笠をかぶる庶民を覚えているはずはない。わが村に隠者がおり、生家は貧しかった。幼いころの友人が出世したので、訪ねて行けばきっと面倒をみてくれると考えて、精一杯旅装を整え、千里を遠しとせず赴いたが、望みは叶（かな）わなかった。持ち金をはたき、馬を売ってようやく帰ることができた。彼の従弟がひどくからかい、「月令（がつりょう）」[3]の形式に倣って、彼を嘲

3　儒教の経典『礼記（らいき）』の篇名。「是月也、～」という形式で、各月ごとに行う政事や儀式などを記述する。ここでは、その形式を借りている。

笑した。「この月は、兄が帰って来た。貂（てん）の帽子[4]はなくなり、車の覆いもない。馬はロバに変わり、靴音もひっそり響かない」。これを読むと思わず笑ってしまう。

4　貂（イタチ科の哺乳類）の毛皮で作った帽子。清代では、四品以上の文官、三品以上の武官が着用できた。

2　陸判（冥界役人の移植手術）

陵陽（安徽省）の朱爾旦は、字を小明というが、大らかな性格で、恐いもの知らずだった。だが生まれつき頭の回転が鈍く、熱心に勉強はするのだが、どうも役人の試験に合格できない。

ある日、勉強仲間で集まって飲んでいると、一人がふざけて朱に言った。

「君は強者という評判だから、真夜中に十王殿[1]に行けるだろう。左側廊下の判官を背負ってきたら、みんなで豪勢におごってやるぞ」

陵陽には十王殿があるが、殿中の神々はすべて木彫りの像で、色鮮やかに塗られて、まるで生きているようだった。中でも東の廊下に立っている判官は、緑色の顔に真っ赤なあごひげで、とりわけ恐ろしい形相をしている。夜ともなると、東西の廊下から拷問の声が聞こえてくるなどといわれ、殿中に入った者は、ぞっとして身の毛がよだつほどだったという。それで仲間はこの判官を外に持ち出すよう、朱に難題を吹っ掛けたのである。

朱は笑いながら立ち上がると、さっさと出て行った。と、ほどなく門外で大きな呼び声がする。

「おーい、ひげの大先生にお越し願ったぞ」

みな一斉に立ち上がると、たちまち朱が判官を背負って入ってきて、机の上に据え置くや、盃を三度、捧げ奉った。

それを見ていた仲間は、恐れおののいてオロオロし、お願いだから戻してきてくれと頼んだ。

すると朱は、もう一度酒を取ると地に注ぎ、

「吾輩はがらっぱちのできそこない。大先生、どうか悪く思わんでください。拙宅はそう遠くありません。気が向けば飲みに来てください。どうか遠慮されませんよう

1　冥界で罪人を裁く十人の王を祀った廟。亡者は初七日に秦広王、以後十日ごとに、初江王・宋帝王・五官王・閻羅王・変成王・太（泰）山王、百か日に平等王、一周年に都市王、三周年に五道転輪王をめぐり、審判を受ける。唐末五代から盛んになり、十王像が作成されるようになった。

に」

と祈ってから、判官を背負って出て行った。

翌日、仲間は約束通り、朱におごってくれた。日が暮れて朱はほろ酔い気分で帰ったが、どうも飲み足りず、灯りをともして一人で飲んでいた。そこへ簾(すだれ)を上げてフラリと入ってきた人がいる。よく見ると判官だ。朱は立ち上がって、

「あの世へと迎えに来たんですね。昨晩、無礼を働いたので、腰斬(ようざん)[2]の刑にでもしようというおつもりですか」

と言うと、判官はひげもじゃの顔をほころばせて答えた。

「そうじゃない。昨日は丁寧なお招きにあずかったが、今夜たまたま閑(ひま)ができたので、せっかくだからお言葉に甘えてまかり越したのじゃ」

朱は大喜びで判官の衣を引っ張るようにして席を勧め、自分で酒器を洗って火を起こし始めた。すると判官が、

「今夜は暖かいから、冷酒で十分じゃ」

と言うので、朱はそのまま卓上に酒壺を置くと、そそくさと奥に行き、召使に酒の肴を見繕うように言った。

妻は話を聞いて、びっくり仰天。戻ってはダメと言い張ったが、朱はそれを無視して突っ立ったまま酒肴を待って、できると持って行った。

朱は判官と酒を酌み交わしてから、やおら姓名を尋ねると、

「わしは陸（りく）という姓で、字はない」

とのこと。古典について話が及ぶと、打てば響くような受け答え。そこで「八股文（はっこぶん）[3]はご存知ですか」と尋ねると、こう答えた。

「良し悪しぐらいは、まあわかりますぞ。冥界の役人の受験もこの世とほぼ同じなんじゃ」

陸の飲みっぷりは豪快で、大盃で立て続けに十杯は重ねる。朱は日がな一日、飲み通しだったので、そのままぐでんぐでんに玉砕してしまい、テーブルに突っ伏して眠りこんでしまった。覚めてみると、灯火も消えかかって薄暗く、冥土の客もすでに立ち去った後だった。

2　古代の刑罰。裸にした罪人を台上に寝かせて、腰から下を切り離す。

3　原文は「制芸」。明清時代の科挙の経義（四書五経）課題に対する答案の文章形式。四種の対句を作成するので「八股文」ともいう。

それ以来、陸は二、三日に一度は訪れてくる。二人はますます親密になり、時には共に寝たりすることもあった。

朱が作文の草稿を陸に見せると、陸はその都度、遠慮なく朱筆を塗りたくり、どれもこれもまずいなと言った。

ある夜のこと、朱が酔って先に寝ると、陸はまだ手酌で飲んでいた。朱は夢うつつの中、ふと腸にかすかな痛みを感じた。ハッとして目を覚ましてよく見ると、陸が寝台の前で正座し、朱の腹を裂いて腸と胃を取り出し、一本一本、きちんと仕分けている。朱はギョッとして、

「何の怨みがあって殺すんだ」

と叫ぶと、陸は笑いながら言った。

「心配することはない。わしは君のために聡明な心臓と取り換えているだけだよ」

陸は落ち着きすまして、腸を朱の腹に納め入れると、再び合わせて閉じてから、最後に足を包む布で朱の腰を縛った。すべて終わり、寝台の上を見ると、血の跡一つないが、腹のあたりがややしびれているようだった。陸が肉の塊を卓上に置いたのが目に入ったので、尋ねると、

陸判
易卻心腸更面目回天
手段最堪稱陵陽
麻額今何在請與先
生訂酒朋

「これは君の心臓なんだ。作文の出来が悪いのは、君の毛穴が詰まっているからだとわかったんだ。たまたま冥界の何千何万という心臓の中で、いいのを一つ選べたから、君のために取り換えたんだ。これを持って行って、数の埋め合わせをするぞ」と言って立ち上がり、扉を閉めて立ち去った。夜が明けて、はっきり見えるようになると、傷口はもうすっかり縫い合わさり、紐のような赤い筋が一本残っているだけだった。

それからというもの、朱の文才が輝き出し、文章を一度目にするだけで記憶できるようになった。数日後、朱は自分の書いた文章を陸に見せると、陸は言った。

「いいじゃないか。もっとも君の福は少ないから、大出世はできないよ。郷試止まりだな」

「それはいつですか」と尋ねると、

「今年はきっと首席合格だよ」

と答えた。ほどなくして、朱は予備試験に一番で及第し、陸の予言通り、秋の郷試で首席合格を果たした。日頃、彼をからかってばかりいた勉強仲間たちは、今回の答案を見ると、顔を見合わせて驚き、根掘り葉掘り彼に尋ねて、やっとその怪異を知った。

すると我も我もと朱の紹介を求め、陸との付合いを願った。陸が承諾したので、みんなで大宴会をしつらえて待っていた。初更（午後八時）ごろ、陸がやってきたが、真っ赤なひげが生き物のように動き、目は稲妻のようにギラギラ輝いている。それを見た仲間らは、血の気がひいて呆然自失の有様。歯がガチガチ音を立てて震え、一人また一人と波がひくように去って行った。そこで朱は、陸を連れて帰って二人で飲んだ。酔いが回ってから朱が言った。

「先だっては腸を洗い、胃を切り取ってもらい、大変世話になった。実はもう一つお願いがあるんだが、言ってもよいかな」

陸はすぐにどうぞと言ったので、朱は話し出した。

「心臓や腸を取り換えられるなら、顔も換えられるんじゃないかい。荊妻（けいさい）は私の若いころからの連れ合いで、下半身は何というか、かなり上々なんだが、顔がもひとつなんだ。君の執刀で何とかしてもらいたいが、どうだろう」

陸は笑いながら、「いいとも。まあ、そう急（せ）かさないでくれ」と言った。

数日後の真夜中、門を叩く音がする。朱はあわてて起き上がり、陸を招き入れた。灯りをともすと、陸は懐に何か抱えている。問い詰めると、

「先日、君が所望したものだよ。ずっといいのが見つからなかったんだが、たまたま美人の首が手に入ったので、これで君のご命令に報いられるというわけさ」

朱が広げて見てみると、首周りはまだベットリと血で濡れている。陸はさあ早く妻の部屋に入れろと急かして、鶏や犬に気づかれるなと命じた。朱は夜のこととて妻の部屋には閂がかかっていて入れないのではと心配したが、陸が手で扉を一押しすると、スッと開いた。陸を連れて寝室に入ると、夫人は横向きに眠っている。陸は手にしていた首を朱に預けると、自分は靴の中から匕首のような刃物を取り出した。それを夫人のうなじに押し当て、力を入れると、まるで瓜でも切るかのようにスパッと切れて、ゴロリと首が枕元に落っこちた。すばやく朱の懐から美人の首を取り出して、うなじの上にくっつけ、ピタリと合っているかしっかり確かめてから、ぐいと押し付けた。それから枕を肩の下にあてがい、朱に向かって切り落とした首を人気のないところに埋めておくように言いつけると去って行った。

朱の妻は目が覚めると、首の辺りが少ししびれ、顔面がゴワゴワするような気がする。手でこすってみると血の固まりがついた。ギョッとして下女を呼んで、たらいに水を汲んでくるよう命じた。下女は血だらけの顔を見て、腰を抜かさんばかりだった。

妻が顔を洗うと、たらいの水は真っ赤に染まった。頭を上げてみると、顔かたちが全く違っており、下女は一層驚いて気を失いそうになった。夫人が鏡で見てみると、もはや何が何だか訳がわからず、錯乱状態になった。そこへ朱が入ってきて、事の次第を告げた。そして妻の顔を仔細に見てみると、長い眉はスッキリと髪のところまで伸び、えくぼが頰に刻まれていて、絵の中の美人そのものだった。襟首を出して調べてみると、紅い筋一本がぐるりと回っていたが、その上と下の肌色は、はっきり違っていた。

これより前のこと、侍御の呉家[4]には飛び切り美しい娘がいたが、結婚前に婚約者が二人とも相次いで亡くなったので、十九歳の今も未婚だった。正月の元宵節[5]の日に十王殿にお参りに行ったところ、参詣客がごった返しており、中にいた無頼の輩が娘を垣間見て、美貌に心をそそられた。ひそかに住まいを探し当てると、夜陰に乗じて梯子に登り屋敷に侵入した。寝室をこじ開け、寝台下の下女を殺して、娘を犯そうと

4　〈夢〉の巻2「続黄粱」注9参照。
5　陰暦正月十五日の上元の日（元宵）を中心とする数日間、提灯を飾り、門戸の神を祀る風習。

迫った。娘は大声を上げて必死に抵抗したので、賊はカッとなって娘も殺してしまった。呉夫人は遠くの叫び声を耳にして、下女を呼んで見に行かせた。下女は死体を見てギャーッと叫び、家中大騒ぎになった。死体を広間に安置し、斬られた頭を首にもたせかけた。一族みな泣くやら喚くやら、一晩中、混乱が続いた。

夜が明けて死体の上掛けを取り払うと、体だけで首がない。夫人はしっかり守っていないから犬に食べられたんだと言って、そばについていた下女を体中、鞭打った。侍御はこの事件を郡に訴え、役所は厳しく期限を切って賊を捕らえようとしたが、三か月たっても犯人は見つからなかった。

そうこうするうちに、朱家で首を取り換えたという異変を、呉公の耳に入れる者が現れた。呉公はもしかしたらと疑って、婆やを朱家に探りに行かせた。婆やは朱家に入って夫人を見た途端、仰天して飛び出し、呉公に報告した。だが娘の亡骸(なきがら)は元のまま安置されているので、呉公は驚き怪しみながらも訳がわからない。おそらく朱は何か妖術でも使って娘を殺したのではないかと邪推し、朱のところに行って詰問した。朱はこう説いた。

「家内が夢の中で首を取り換えられたんですが、本当のところ、なぜなのかわからんのです。わしがお嬢さんを殺したなんて滅相もありません」

だが呉は信じないで、役所に訴えた。役所は朱家の者たちを尋問したが、皆が皆、朱の言う通りそのままだったので、郡の長官も有罪判決を下せなかった。朱は許されて家に帰ると、陸によい案はないかと相談した。陸は、

「お安い御用だ。娘自身に話させよう」

と言った。その夜、娘が呉の夢枕に立って言った。

「あたしは蘇渓の楊大年という男に殺されました。孝廉の朱さんとは関係ないわ。朱さんは、奥さまが美しくないので、陸判官があたしの頭を奥さまと取り換えてあげたの。これってあたしの体は死んだけれど、頭は生きているということよ。どうか朱さんを恨まないでください」

呉は目が覚めてから、妻に夢の話をすると、妻も同じ夢を見ていたので、役所に報告した。役所が調べてみると、夢のお告げ通り、楊大年という者がいる。楊を捕らえて枷の拷問を加えると、白状して罪に服した。そこで呉は朱のところに行き、夫人に会わせてもらった。以来、呉は朱を娘婿とみなした。そして朱の妻の首と娘の遺骸とを合葬した。

朱はそれから三度、都の会試に挑んだが、いずれも受験場の規則に反して退場させられたので、仕官の志は断念してしまった。

それから三十年たったある夜のこと、陸が「君の寿命はもう長くないよ」と朱に言った。朱がそれはいつかと尋ねると、五日後と答えた。

「救ってもらえないのかい」

と朱が言うと、陸はこう答えた。

「これは天の命なんだ。人間が自分の都合でいいようにはできない。それに悟りに達した者からみれば、生と死は同じものにほかならない。生が楽しくて、死が悲しいなんて決まってないよ」

朱はなるほどと思って、すぐに死装束や棺桶を準備させ、それが終わると死装束に着替えて亡くなった。

翌日、夫人が柩に取りすがって慟哭(どうこく)していると、朱がフラリと現れて、外からゆるゆると近づいてくる。夫人が怯(おび)えると、朱が言った。

「わしは本当に幽霊だが、生きているときと何も変わっちゃいない。お前たち親子のことが心配で、気になって仕方ないんじゃ」

夫人は大声を上げて慟哭し、涙が胸を濡らすと、朱は側に寄ってやさしく慰めた。

夫人が、

「昔、魂を呼び戻すという説がありましたね。あなたは今御霊（みたま）があるのだから、生き返ればよいのに」

と言うと、朱は答えた。

「天が決めた定めは変えられないのじゃ」

「冥界の役所では、どんな仕事をしていらっしゃるの」

「陸判官殿がわしを推薦して、文書監督をしているよ。爵位をもらって、何の苦労もない」

夫人がもっと話そうとすると、朱が言った。

「陸殿が同行されているんで、酒肴を用意してくれ」

夫人は部屋から走り出て、言われた通り調えた。部屋の中からは、笑い声や飲食する音が聞こえてきて、生前と変わりなく意気盛んに盛り上がっていた。真夜中、様子を窺うと、二人はすでに姿を消した後だった。

それ以来、朱は三、四日に一度は訪れて、時には夫人に寄り添ったまま泊まっていき、家の中のことをあれこれ指図した。息子の瑋がちょうど五歳のときには、朱は来るたびに抱っこをし、七、八歳になると、灯りの下で勉強を教えた。息子のほうも賢くて、九歳で文を作ることができ、十五歳で県学に入学でき、結局、自分が父無し子とは思いもしなかったのである。

そのころから、朱が訪れるのは間遠になり、来たり来なかったりという具合になった。とある夜、やって来ると、夫人に向かって、「そなたとは、今日でお別れだ」と言った。「どこに行くのですか」と尋ねると、

「帝の命を受けて太華卿[6]となり、遠路はるばる赴任するんだ。仕事も大変で、任地も遠いから、もう来られない」

母と子は、彼に追いすがって慟哭した。

「泣くんじゃない。息子はもう一人前だし、暮しも不自由ない。百年も別れない夫婦など、あり得ないのだからな」

そして息子を振り返って、

「立派な人物になるんだぞ。父の業績を汚すでないぞ。十年後、また一度会うことになろう」

と言うと、たちまち門から去って行き、それきりふっつり途絶えてしまった。

その後、瑋は二十五歳で進士に及第して、行人[7]の官についた。西岳祭祀の命を受けて、華陰（陝西省）にさしかかると、突然、羽飾りをつけた御輿の行列が、瑋の行列にぶつかってきた。不審に思って車中の人を見てみると、父だった。瑋は馬から飛び降りて、慟哭しながら道の左端でひれ伏した。父は御輿を止めて言った。

「役所での評判は、上々のようだな。父は安心して瞑目できるというものじゃ」

瑋がひれ伏したままでいると、朱は御輿を促して、後も見ずに立ち去ろうとした。が、数歩行って振り返ると、帯刀を解き、瑋に贈り届けさせた。そして遠くから、

「この刀を身につけているなら、きっと出世するぞ」

と呼びかけた。瑋が追いかけようとすると、御輿も馬も従者も、風のようにあっという間に見えなくなった。瑋は長い間、嘆き悔やんでいたが、刀を抜き出して見ると、きわめて精巧な代物で、次の字が一行、彫られていた。「胆は大ならんと欲して心は

6　「太華」は、山岳信仰で聖山とされる五岳の一つ、西岳の華山。「卿」は、その長官。
7　官名。天子の勅使として、詔勅などを各地に広く行き渡らせ、異民族との外交などを掌る。

小ならんと欲す。智は円ならんと欲して行は方ならんと欲す」[8]と。

瑋は後に司馬[9]となり、五人の息子をもうけた。名は、沈・潜・沕(ぶつ)・渾・深である。ある夜、父が夢に現れて、「帯刀は渾に贈るがよい」と言ったので、その通りにした。渾は総憲[10]として仕え、政治的名声を得た。

異史氏曰く――

鶴の長い足を切ったり、鴨の短い足を繋げたりする。このように本来の姿を無理に曲げるのは、妄挙というべきだ。また花をほかの木に移し、木をほかの木に接ぎ木するということを初めて考えたのも奇計である。ましてやノミで腹を裂いて肝や腸を取り出したり、首を斬ってすげかえたりすることなど、何というべきか。もっとも陸公という人物は、恐ろしい外面の下に、美しい気骨を包んでいたといえるだろう。明代末は、今よりそう遠くないので、陵陽の陸公はまだご健在か。あるいは御霊としておられるか。もし陸公の御者となって鞭を持てるなら、それこそ私の憧れるところだ。

8　事を為すのには、大胆且つ細心であるべきで、才知は柔軟且つ方正であるべきという教訓。初唐・孫思邈の伝記中の言葉（『旧唐書』巻一九一）。孫は、道仏にも通じた医者。前漢・劉安『淮南子』「主術訓」の「心欲小而志欲大、智欲圓而行欲方」を踏まえる。

9　明・清時代は、兵部尚書（長官）の別称。また同知（直隷庁の長官）をも指す。

10　都察院左都御史（百官の不正を糾す監察庁の長官）の別称。

3　聶小倩（誠意と努力で幸福を得た美女幽霊）

甯采臣（ねいさいしん）は、浙江の人である。性格は、豪放大胆、且つ品行方正を信条としていた。「わが人生は、妻一筋」というのが、口癖だった。

たまたま金華（きんか）（浙江省）に赴き、町の北の郊外まで来て、寺でひと休みした。寺の中の仏殿や塔は壮麗だったが、そのほかは雑草が伸び放題。人の姿も埋没するほどで、誰も訪れた気配がなかった。東西の僧房の扉は二つともひっそりと閉じられたままだったが、南側の小部屋だけは閂（かんぬき）も鍵も新しいようだった。さらに本殿の東の隅を見ると、長竹が群生しており、階（きざはし）の下には大きな池があり、野生の蓮がすでに花開いている。甯はこの風景の幽玄な趣（おもむき）がすっかり気に入った。折しも科挙の試験官がこの地に滞在し、受験生が集まって町内の宿賃が上がっていたので、ここに泊まることにした。そこで散歩しながら、僧の帰るのを待っていた。

日が暮れると一人の書生がやってきて、南の扉を開けた。甯は駆け寄って挨拶し、来意を告げた。すると書生は言った。

「ここに主人はいませんよ。僕もここに仮住まいしているんです。このあばら家でも平気なら、お付合いしていただければ有り難いです」

甯は喜んで、藁（わら）を敷いて寝台にし、板切れで机を作ったりして、長逗留の算段を整えた。

この夜、月はさやかに輝き、清らかな光は水のようだった。二人は本殿の廊下で膝を突き合わせて、各々の姓名を名乗った。書生は、「姓は燕（えん）、字は赤霞（せきか）と申す」と自己紹介し、甯は、科挙の受験生かと思ったが、発音を聞くと地元の浙江訛りはまったくなかった。それを尋ねると、「秦（陝西省）の出身です」と答えた。話しぶりはたいそう朴訥で、誠実そうだった。ひとしきり話をし終わると、挨拶して各々寝に帰った。

甯は不慣れなところなので、いつまでも寝付けない。すると僧房の北のほうからボソボソ話し声が聞こえて来て、住人がいるようだった。起き上がって北壁の石造りの窓の下にしゃがんで、そっと様子を窺った。見れば、低い垣根の向こうの小さな中庭に、四十余りの女と老婆がいる。老婆は色の褪せた緋色の着物を着て、大きな銀の櫛をさし、腰が曲がってひどく年を取っていた。月明かりの下、二人向き合って喋っている。若いほうの女が言った。

「小倩はなぜこんなに来るのが遅いんだい」

老婆が「もうおっつけ来るさ」と言うと、女は言った。

「お婆さんに何か怨み言を言わなかったかい」

「聞いてないよ。けど何だかしょんぼりしていたようだね」

すると女が、

「あたしゃ、あの子にあんまりいい顔しちゃいけないね」

と言い終わらないうちに、十七、八の少女がやってきたが、遠目にもパッと華やかな美しさだった。老婆が笑いながら言った。

「陰でこそ噂するもんじゃないね。わしたちがちょうどお前のことを話しているときに、このちび妖怪がこっそり足音を忍ばせてやってくるんだから。悪口言ってなくてよかったよ」

さらに老婆が続けた。

「お嬢さんのきれいなこと、まるで絵から抜け出たみたいだね。この老いぼれが男だったら、魂を吸い取られちまうよ」

娘は、

「お婆さんが褒めてくれなかったら、一体、誰が褒めてくれるかしら」

と返した。女や娘がさらに何か言ったが、よく聞き取れなかった。甯は、彼女たちは隣の家族だろうと思い、もう寝ることにした。

しばらくしてから、ようやくしんと静かになった。やっとウトウト眠り始めたとき、誰かがやってきた。急いで起き上がって目を凝らすと、それは北の中庭にいたあの娘だったので、びっくりして尋ねた。すると娘は笑って言った。

「月が明るくて眠れないので、あなたと楽しめたらいいなと思って」

甯は居住まいを正して言った。

「君は世間の噂に注意すべきだし、僕も人の口を畏れる。たとえ一度でも道を踏み誤ったら、清廉の道は失われるのだ」

すると娘は、「夜だから、誰も知らないわ」と言うので、甯はまた叱った。娘はぐずぐずしてもっと何か言いたげだったので、甯は強く叱った。

「とっと消え失せろ！　さもないと南の僧房にいる書生を呼んで、お前のことを話すぞ」

娘は怯えた様子でやっと引き下がったが、扉の外に出ると再び戻ってきて、黄金の延べ棒一本を布団の上に置いた。甯はそれを手に取ると、庭の石畳の上に投げ捨てて叫んだ。

「筋道の通らない物は、僕の物入れが汚れるぞ」

娘は恥じて出て行き、黄金の延べ棒を拾い上げてつぶやいた。

「あの男はまさに、鉄か石だわ」

翌朝、蘭渓（らんけい）（浙江省）の書生が、下僕一人を連れてやってきて、試験を待つ間、東側の脇部屋を借りたが、夜になって急死した。足の裏の真ん中に錐（きり）で刺したような小さな穴があり、そこから一筋、血が流れ出ていた。だが誰にも訳がわからなかった。一夜過ぎて書生の下僕も死んだが、その症状もそっくりだった。夜になって燕が帰ってきたので、甯が事件を話すと、妖怪のせいだろうと言った。甯は元来、剛毅なたちなので、そう聞いても意に介さなかった。

夜半、娘が再びやってきて、甯に向かって言った。

「あたしはたくさんの人々を見てきたけど、あなたほど剛直な人はいなかったわ。あなたは本物の聖人賢者ですね。だからあたしももう決して嘘は申しません。あたしは小倩、姓は聶(じょう)です。十八歳の若さで死んで、寺のそばに葬られました。そしたら妖怪に脅されて、ずっと汚らわしい仕事をさせられてきたの。人に顔向けできない恥ずべきことをするのは、本当に好きでしているわけではないのです。今、寺の中には殺せる人がいなくなったので、恐らく夜叉(やしゃ)がここに来るはずです」

甯は驚いて、助かる方法を尋ねると、娘は言った。

「燕さんと同じ部屋にいたら助かります」

「燕さんは、なぜ平気なんだい」

と問うと、

「彼は常人ではないから、決して近づけないの」

「お前は、どんな風にして人を惑わすのだ」

「あたしにすり寄る男には、その足を錐でそっと刺すの。すぐに意識がぼんやりするから、血を取って妖怪の飲み物に差し出すの。時には黄金を使うけど、あれは金ではなくて、羅刹(らせつ)[1]の骨で、それを置けば人の心臓肝臓を切り取ることができるわ。この二つとも、今の世の人の好みにつけ入っているのよ」

甯は感謝してから、いつ警戒すべきかと尋ねたら、「明晩」と答えた。娘は別れ際、涙ながらに訴えた。

「あたしは苦海に落ちてしまい、岸を求めても見つけられません。あなたさまの正義感は雲をも凌ぐほどなので、きっとこの苦しみを救えます。もしあたしの朽ちた骨を安らかな場所に移葬してくださったら、生き返らせてもらう以上の感謝感激です」

甯はきっぱり、「承知した！」と断言した。そして今どこに骨があるかと尋ねると、

「白楊[2]のそば、烏(からす)の巣のあるところとだけ覚えていてください」

と言い終わって戸口を出るや、ふっと消え去った。

翌日、燕がどこかへ出かけてしまうのを恐れて、甯ははやばやと燕のところに赴いて、お招きしたいと誘った。辰の刻（午前八時ごろ）から酒肴を用意してもてなし、話を切り出す機会をずっと窺っていた。やおら同宿をお願いしたいと言うと、燕は生来、静かなのが好きだからと断った。甯は必死になって食い下がり、無理矢理寝具を持ち込んでしまった。燕は仕方なく長椅子を運んで受け入れてくれたが、次のように頼んだ。

「僕は君が立派な方だと承知して心から敬服はしていますが、いささか考えるところがあるのです。もっとも今すぐにはお話ししにくいのだが。とにかく、どうか僕の物入れの箱や風呂敷包みを覗かないでください。もしご覧になったら、二人ともによくないことになりますぞ」

甯はかしこまって承知した。やがて各々寝ることにした。燕は物入れを窓辺に置いてから、枕に頭をつけてほどなく、雷のような鼾(いびき)をかき始めた。だが、甯は眠ることができない。二時間ばかりたったころ、窓の外に暗い人影が映った。と思うや、急に窓に近づいてきて中の様子を窺い、目からギラリと閃光を発射した。甯はギョッとして燕を呼ぼうとすると、何かが燕の箱を突き破って出てきた。白い絹布のような光沢をヌラリと翻し、窓の石格子まで伸びて折れ曲がるや、ピカッと光ってサッと箱の中に戻り、稲妻が消えたようだった。

燕が目を覚まして起き上がったが、甯は寝たふりをして様子を窺った。すると燕は

1　人をたぶらかし、血肉を食うという悪鬼。後に仏教の守護神になった。また地獄の獄卒ともいう。

2　ヤナギ科の落葉高木。はこやなぎ。古来、墓地によく植えられる。古詩十九首に「白楊多悲風、蕭蕭愁殺人」（其十四）、東晋・陶淵明「挽歌詩」にも「荒草何茫茫、白楊亦蕭蕭」と詠われる。

箱を捧げ持って調べてから何か取り出し、月に向けると匂いを嗅いだり、じっくり見たりしている。それはギラギラと白く輝き、長さ二寸ほどで幅は薤（にら）の葉ぐらいだった。燕はそれを幾重にもしっかり包むと、こわれた元の箱の中にしまって、

「一体、なんという図太い化け物だ。大胆にも直撃して箱を壊しやがって」

とつぶやくと、また横になった。

甯はたいそう好奇心に駆られたので起き上がって尋ね、自分の見たことを告げた。すると燕は言った。

「君とはもう親密な間柄になったのだから、隠すまでもないだろう。僕は剣客なのだ。あれがもし石格子でなかったら、妖怪はすぐにやられていたはずだ。そうでなくても、怪我をしているはずだ」

「しまってあるのは何ですか」

「剣だよ。今匂いを嗅いだら、妖気が漂っていた」

甯が見たいと願うと、燕は気前よく取り出して見せた。それは、キラキラ輝いている小さな剣だった。このことがあってからというもの、甯はますます燕を大切に思うようになった。

あくる日、窓の外をよく見ると、血の跡がある。それを辿って寺の北側に出ると、荒れ果てた墓が累々と連なっているのが見え、その中に娘が話した白楊があり、てっぺんには烏の巣が見えた。

甯は用件が片付いたので、旅支度を整えて帰郷することにした。すると燕は送別会を開いて、心を籠めて別れを惜しんでくれた。そしてボロボロの革の袋を甯に贈って言った。

「これは剣をしまう袋だ。大事に取っておけば、妖怪を遠ざけられるよ」

甯がその術を教えてほしいと願うと、燕は言った。

「君ほど信義に厚く志操堅固な人間なら、術を用いなくても大丈夫だ。何といっても君は富貴の世界の人で、道術世界の人間ではないのだから」

その後、甯は、妹がここに葬られているからと口実をつけて娘の骨を発掘し、それを経帷子（きょうかたびら）に納め、舟を雇って帰郷した。

甯の書斎は野原に隣接していたので、書斎のすぐ外に墓を作って埋葬し、供養して祈って言った。

「孤独なお前の魂を憐れみ、庵の近くに葬った。歌うも哭（な）くも我が耳に入ろうぞ。

願わくは、あの悪鬼に汚されぬように。ささやかな一瓶の薄酒をささげよう。上等の清酒ではないが、どうか厭うことなきように」

祀り終わって帰ろうとすると、後ろで呼び止める声がする。

「ちょっとお待ちになって。ご一緒します」

振り返ると、小倩だった。嬉しそうに礼を言った。

「あなたさまの真心には、十回死んで感謝してもまだ足りないほどです。今、御供をしてまいり、ご両親に挨拶をさせてください。妾や下女にしていただいても後悔しません」

甯は娘を仔細に見ると、肌はたなびく霞が潤っているようで、足は細い筍を爪先立てたようにほっそりとしなやかだ。白昼でもその美貌は、この世に二人といないあでやかさだった。そのまま一緒に書斎に行くと、そこで少し待っているように言い置いて、甯が先に奥に入って、母に申し上げた。母は驚愕したが、折しも甯の妻が長患いで伏せっていたので、嫁を驚かせないよう言ってはならないと戒めた。そこへ彼女が早くもひらりと入ってきて、床にひれ伏して挨拶した。甯が「これが小倩です」と言うと、母は仰天してオロオロするばかり。すると小倩は、母に向かって語った。

「あたしは風に吹かれるままの寄る辺ない身の上で、親兄弟からも遠く離れています。有り難いことにご子息さまが憐れんで庇(かば)ってくださり、そのご恩は身に沁みております。どうか身の周りのお世話をさせていただき、ご恩にお報いしたいと思います」

母は娘の楚々(そそ)とした美しさを見て、やっと話す気になって言った。

「お嬢さんが息子に目をかけてくださり、老母にはこの上ない喜びです。ただわが生涯には、後継ぎはこの息子だけです。決して幽霊と連れ添うわけにはいかないのです」

すると娘は、

「あたしの心に嘘偽りはまったくありません。母上さまが冥界の人間を信じられないからには、お兄さまとしてお仕えして、母上さまのおそばで朝夕お世話したいと思いますが、いかがでしょうか」

母はその誠意に打たれて許すことにした。すると娘は甯の妻に挨拶したいと言ったが、母が病気だからと断ると、素直に引き下がった。娘はすぐに台所に入って、母に代わって食事の差配をした。部屋の出入りや、長椅子の横をすり抜けたりする様子は、長く住みなれている者のようだった。

日が暮れると、母は小倩を怖がり、用事はもういいからと寝に帰らせ、寝床の支度をさせなかった。小倩は母の意を察したので、すぐに去った。書斎に通りかかって入ろうとするが、後ずさりして扉の外をうろうろしている。何か怖がっているようだった。甯が声をかけると、小倩は言った。

「部屋の中に剣の気が生じていて、怖いのです。おめもじしなかったのは、実はそのためなのです」

甯はあの革袋のせいだと気が付き、他の部屋に移してやった。小倩はようやく入ってきて、灯りの下で腰を下ろしたが、しばらくたっても一言も喋らない。だいぶたってから、口を開いた。

「夜もお勉強なのですか。あたしは若いころ、『楞厳経（りょうごんきょう）』[3]を読みましたが、いまはもうほとんど忘れてしまいました。お願いですが、一巻お借りして、夜お暇があれば、お兄さまに教えていただきたいの」

甯が承諾すると、また腰を下ろして黙ったまままつくねんと座っている。二更（夜十二時ごろ）も終わるころになっても去ると言わないので、甯が促した。すると悲しそ

うに、

「見知らぬ土地でひとりぼっち、荒れた墓地が怖くて仕方ないの」

と言う。甯が、

「書斎には、ほかに寝るところがないし、兄と妹は離れているべきだから」

と言うと、小倩は立ち上がったが、今にも泣きそうに顔をゆがめている。不安気な重い足取りで、ぐずぐずしながら扉を出て、階を下りて姿を消した。

甯は内心、可哀そうに思って、他の寝台に泊まらせようかとも考えたが、母の怒りを畏れたのだった。

小倩は毎朝、母のご機嫌を伺い、手洗い鉢を捧げ持って身支度の手伝いをし、それから大広間に下がって仕事をしたが、どれもこれも母の意に従った。日が暮れると、書斎に立ち寄って、灯りをつけて経を読んだ。甯が寝ようとすると、それを察して、やっとすごすご重い足取りで出て行った。

3　仏教経典。唐・般刺密帝(ばんらみったい)訳。心性の本体を明らかにし、大乗仏教の秘密部に属す。禅宗などで広く用いられる。『大仏頂如来密因修証了義諸菩薩万行首楞厳経』の略称。『大仏頂経』とも。

これより以前、甯の妻は病のため働けず、母の苦労は耐えがたいほどだった。だが小倩が来てからたいそう楽になり、内心、彼女を有り難いと思っていた。日ごとに親愛の情が深まって、本当の娘のように感じ、その結果、彼女が幽霊であることを忘れてしまうほどだった。夜も追い出すのに忍びなくなり、部屋に泊めて一緒に寝起きするようになった。

小倩は来たばかりのときは、一度も飲食しなかったが、半年たつと、時々薄粥をすするようになった。母も息子も彼女を溺愛し、幽霊ということを避けて口にせず、人々もそれを見抜くこともなかった。

ほどなくして甯の妻が亡くなった。母はひそかに小倩を嫁にと思ったが、その反面、息子に良くないのではとも恐れた。小倩はそれを敏感に察して、機会を見つけて母に告げた。

「一年以上、住まわせていただき、あたしの心根はおわかりいただけたと思います。旅人に災いを及ぼしたくなかったので、ご子息の御供をしてこちらにまいりました。この小心者には、何の他意もございません。ただご子息の輝くばかりの大らかなお人柄が、天にも人にも慕われているのです。実は数年ほどおそばでお手伝いさせていただけたら、天の朝廷から封号を授けられます。冥界で晴れがましい思いをしたい、ただそれだけの気持なのです」

母も彼女の無垢な心を知っていたが、後継ぎができないのが心配だったのだ。すると小倩は言った。

「子供というのは、天からの授かりもの。ご子息は福禄の帳簿に宗族を守る息子は三人と記されていますので、幽霊の妻だからといって取り消されません」

母はその言葉を信じて、息子と相談した。甯は喜んで、祝宴を催して、親戚に披露した。ある者が新婦を見たいと言うと、彼女はためらうことなく華やかに装って、姿を現した。列席の人々は、みな目を見張り、幽霊と疑うどころか、仙女ではないかと疑ったのだ。それ以来、親類中の女性たちは、こぞって祝いの品を持って祝福に来て、競うように挨拶した。小倩は蘭と梅を上手に描いたので、一人一人に一尺幅の絵をお返しにすると、貰った者は大事にしまいこんで有り難がった。

ある日のこと、小倩が窓辺でうなだれて、悲しそうにぼんやりしている。そしてふと甯に尋ねた。

「あの革袋はどこにあるの」

「君が怖がったので、別の場所にしまい込んであるよ」

「あたしは生気をだいぶ長く受けているから、もう怖くないの。取り出して枕元にぶら下げるといいわ」

甯がどういう意味だと問いただすと、

「ここ三日ほど胸騒ぎがして、動悸が止まらないの。多分、金華の妖怪が、あたしが遠くに逃げたのを恨んで、今日明日にも尋ね当てて来るんだわ」

甯が言われた通り、革袋を持ってくると、小倩は矯めつ眇めつして、

「これはあの剣仙が人間の首を入れた袋だわ。ここまでボロボロになるとは、一体どのくらいの人を殺したのかわからないほど。今見ても、ゾクゾクして鳥肌がたってくるわ」

と言って、枕元にぶら下げた。

翌日、小倩はさらに革袋を戸口の上に移すように命じた。夜になると、彼女は灯りに向かって座り、甯に寝ないでと約束させた。と突然、何か飛ぶ鳥のようなものがドサッと落ちた。小倩はギョッとして、カーテンの奥に隠れた。甯が見てみると、夜叉らしきもので、稲妻のように鋭く光った目に、血のような舌を出し、閃光を発射しな

がら、摑みかかろうと迫ってくる。だが戸口まで来ると、後ずさりしてぐずぐず躊躇っている。が、次第に革袋に近づき、爪で引っ搔けてかぎ裂きにしようとした。とその瞬間、袋から轟音が一発響きわたるや、袋がもっこを二つ併せたくらいの大きさにパンと膨れ上がり、影薄い幽鬼のようなものが、ぬっと体半分突き出した。夜叉を鷲づかみにして引っ込んだ後は、物音一つせず静まり返り、袋は一挙に元の大きさに縮んだ。甯が呆然としていると、小倩が出て来て大喜びして叫んだ。

「無事に終わったわ！」

二人で袋の中を調べると、澄んだ水が数斗あるだけだった。

数年後、甯は予想通り、進士に及第した。そして小倩は息子を一人もうけたが、妾を家に入れると、さらにそれぞれ息子を一人ずつ産んだ。三人の息子は、みな役人になって声望を博したのだった。

4　連瑣（詩の好きな夭折少女の再生譚）

楊于畏は、泗水（山東省）のほとりに引っ越した。書斎は荒野に面していて、垣根の向こうには古い墓がたくさんある。夜には白楊がザワザワと鳴り響き、大波が引いては返すような音をたてた。夜もとっぷり暮れて灯りをともしても、この上ない寂しさが迫ってくる。ふと垣根の向こうで、誰かが詩を口ずさんでいる。

玄夜凄風卻倒吹　　玄夜　凄風　却倒して吹き
流蛍惹草復沾幃　　流蛍[1]　草に惹りて　復た幃を沾す

暗い夜、荒れ狂う風が吹きすさび、
蛍が流れ飛んで草に戯れ、絹の帳に止まっては光を浴びせる。

この詩を繰り返し口ずさみ、その声は痛々しいほどに哀調を帯びている。か細くなよやかな声からすれば、少女のようだ。不思議に思って、翌日、垣根の向こうを調べたが、人の足跡は全く見つからない。ただ紫の紐(ひも)が一本、いばらの中に落ちていたので、それを拾って持ち帰り、窓辺に置いた。

その夜も更(ふ)けようとする十時ごろ、また昨日のように女の吟詠が聞こえた。楊は腰かけを移し、それに登って眺めようとした途端、声がハタと止んだ。楊はそれが幽霊だと悟ったけれど、心惹かれて慕わしく思った。

翌日の夜は、垣根のところで身を伏せて様子を窺った。すると十時前ごろ、女がひとり、叢(くさむら)から葉擦れの音を立てて出てきた。小さな木に身を預けて支えにし、うなだれて哀しそうに口ずさんでいる。楊が小さく咳ばらいをすると、女はたちまち雑草の中に消えてしまった。そこで楊は垣根の下でじっと隠れていたが、やがて吟詠が終

1　南朝斉・謝朓(しゃちょう)「玉階怨」（五言古詩四韻）の「夕殿　珠簾を下ろし、流蛍　飛びて復た息(や)む」（第一聯）を踏まえて、女性の憂苦を表現。

わったので、垣根越しに女の詩に続けて次の詩を吟じた。

幽情苦緒何人見　幽情[2] 苦緒 何人か見んや
翠袖単寒月上時　翠袖 単寒し 月の上る時

深い哀しみ、辛い胸のうち、誰がわかってくれようか。
翠の袖も冷え冷えと、月が静かに上り行く。

だがいつまでたっても、ひっそりと静まり返っているばかり。そこで楊は部屋に帰った。腰かけようとしたちょうどそのとき、ふと見れば、美しい人が近づいてくる。彼女は居住まいを正して言った。

「あなたさまは、風雅なお方だったのですね。それなのにあたしったら、怖がってばかりいたわ」

楊は喜んで、彼女を部屋に引き入れて座らせた。娘は痩せてびくびくしていて、肌は氷のように冷たく、衣にも耐えられないように儚げだ。楊が、

「君の郷里はどこなんだ。長い間、ここに仮住まいしているのかい」

と尋ねると、娘は答えた。

「あたしは隴西（甘粛省）の出身ですが、父について流れてきました。十七歳で急病のために死んで、もう二十年以上たちます。黄泉の世界の荒野で、群れをはぐれた野鴨のように、一人ぼっちの寂しい身の上。吟じていたのはあたしの作で、深い恨みを託したのです。後に続く句を長い間考えていたのですが、できませんでした。でもあなたが代わって続けてくださり、黄泉でそれを聞いて、とても嬉しく思いました」

楊が共寝を誘いかけると、彼女は顔をしかめて言った。

「墳墓の中の朽ちた骨は、生きている人とは違うのです。もし歓びを共にしたら、生きている人の命を縮めることになります。あなたに災いを及ぼすのは、忍びないわ」

そこで楊は思い止まったが、ふざけて娘の胸を探ってみると、やはり処女の乳房

2　南朝梁・江淹「悼室人」十首其二（五古五韻）「幽情　一へに弭まず、嘆きを守りて誰か能く慰めん」（第五聯）を踏まえる。「悼室人」は、亡妻を悼む詩。

のようだった。さらに裳裾の下の纏足を見ようとした。娘はうつむいて笑いながら言った。

「この好き者、ふざけてばかり」

楊が足に触ろうとすると、月色の錦の靴下をはいていて、多色の糸で結わえており、もう片方は、紫の紐だった。「なぜ紐を揃えないのだ」と尋ねると、

「昨夜、あなたが怖くて逃げたとき、どこかに落としてわからないの」

と言う。楊は「君に紐を返してあげよう」と言って、すぐに窓辺から紫の紐を取ってきて娘にあげた。彼女は驚いて、どこで拾ったのか尋ねたので、事実を告げた。すると彼女は糸をはずして紫の紐で結わえた。それから机の上の書物をパラパラとめくっていたが、ふと「連昌宮詞」[3]を見つけると、ため息をついて言った。

「あたしは生きているとき、この詩が一番好きだったの。今これを見るとまるで夢のようだわ」

楊は彼女と一緒に詩や文について語り合ったが、その怜悧(れいり)なまでの聡明さに惚れ惚れした。西の窓辺で、蠟燭の芯を切りながら語り合い、まるで良き友を得た思い[4]だった。

それ以来、毎夜、かすかに吟詠が聞こえさえすれば、ほどなくして彼女がやってきた。そのたびに彼女は頼んで、

「あなた、あたしのことは、どうか秘密にして、誰にも言わないでね。幼いときから臆病で、悪い人に襲われるのが怖いの」

と言うので、楊は承諾した。

二人は互いに気に入って、魚と水のようだった。乱れた関係にはならなかったが、寝屋の中では、彼女の眉を描いて[5]やるより、もっと親密だった。彼女は楊のために、

3　中唐・元稹（げんじん）の七言古詩四十五韻。玄宗時代の盛時と安史の乱（七五五〜七六三）後の荒廃を、一人の老人に語らせている。「連昌宮」は、現在の河南省宜陽県にあった宮殿で、唐代、皇帝が長安から洛陽に行幸するときに立ち寄る行宮。

4　晩唐・李商隠（りしょういん）「夜雨寄北」（七絶）の「何れか当に共に西窓の燭を剪り、却って話す巴山（はざん）夜雨の時を」（転結句）を踏まえる。巴（四川省）にいる詩人が、都の妻（または恋人）に寄せた詩。

5　前漢・張敞（ちょうしょう）は妻の眉を描いてやったという。噂が広まり、時の宣帝が真偽を質したところ、張は「閨房の内、夫婦の私、眉を画（えが）くに過ぐる者有り」と答えて、帝を感心させた故事（『漢書』巻七六）。張は当時、「京兆尹（けいちょういん）」（都の長官）だったため、「京兆眉」ともいわれた。

灯りのもとで書写をしたが、その字は端正でしなやかだった。また自分で宮詞百首[6]を選び、書き写しながら吟詠した。また楊に碁盤を用意させ、琵琶を買わせて、毎夜、碁の手ほどきをしたり、琵琶の絃をつまびいたりした。「蕉窗零雨（しょうそうれいう）（芭蕉の窓辺に小糠雨）」の曲を奏でると、人の胸を切なくさせ、楊はそれを終わりまで聞いていられない。そんなときには、「暁苑鶯声（ぎょうえんおうせい）（夜明けの苑に鶯のさえずり）」という調べを演奏してもらって、たちまちのびやかな気持ちになるのだった。

二人は灯芯をかきたてながら楽しんで、いつも夜が明けるのを忘れた。だが彼女は窓越しの空が白み始めるのを見ると、あわてて逃げるように去って行った。

ある日、薛（せつ）という書生が遊びに来たが、そのとき、楊は昼寝をしていた。薛が部屋を見ると、琵琶や碁盤が置いてある。それらは楊がたしなむものではないのにと、薛は不審に思った。さらに書物をぱらぱらめくっていると、宮詞がでてきた。その筆跡の美しいのを見て、ますます疑いを深めた。楊が目覚めたので、薛は尋ねた。

「なぜ遊び道具を揃えたんだい」

「練習しようと思ったのさ」

薛はさらに宮詞の詩集について問いただすと、友人から借りたとこじつけた。薛は頁をめくって調べていたが、最後の頁にか細い字で「某月某日、連瑣(れんさ)書」とあるのを見つけて、笑って言った。

「これは女手だ。なぜそこまで嘘をつくんだよ」

楊は困り果てて、返す言葉も出なかった。薛がいよいよ問い詰めても楊は話そうとしない。すると薛は、その書写を取り上げてしまった。楊はますます追い詰められて、とうとう彼女のことを白状した。すると薛は一度会ってみたいと言い出した。だが楊は、彼女が秘密にしてと頼んだことを告げた。そう聞くと、薛は一層、見たい思いを募らせた。楊は仕方なく承諾した。

その夜、連瑣が来ると、薛の願いを伝えた。彼女は怒って言った。

「あたしがなんてお願いしたか忘れたの？　それなのにもう人に喋ってしまうなんて」

楊が詰問された状況をくどくど弁解したが、彼女は「あなたとの縁はもうおしま

6　詩の一体。宮廷の出来事や瑣事を詠む。漢魏の楽府(がふ)に始まり、梁・徐陵(じょりょう)、庾信(ゆしん)が継承し、唐代では、李白、王昌齢(おうしょうれい)らが詠み、王建は百首作った。五代蜀・花蕊(かずい)夫人、北宋・王珪(おうけい)も、それに倣って百首詠んだ。

い」と言った。楊は必死になって宥(なだ)めたが、とうとう怒ったまま立ち上がって、別れを告げた。

「あたし、しばらくあなたとご無沙汰するわ」

翌日、薛がやってきたので、楊は断られたと話した。薛はごまかしていると疑って、夕方、同輩二人を連れてやって来ると、粘って帰ろうとしない。わざと邪魔をして、一晩中、大騒ぎした。楊がどんなに冷たい目で睨んでも、ききめがなかった。

幾晩たっても彼女が少しも姿を現さないので、友人たちはやっと帰る気になり、大騒ぎも次第に収まってきた。するとふと吟詠の声が聞こえる。みんなで耳を傾けると、たとえようもなくもの哀しい。薛がじっと聞き入っていると、武秀才[7]の王某が大きな石を投げつけて、大声で叫んだ。

「姿を見せないで、もったいぶった真似をしやがって。どんだけいい句か知らないが、ウーウーツァーツァー陰気ったらありゃしない」

吟詠はハタと止んだ。みんなは王を怨み、楊も憤懣(ふんまん)やるかたなく、顔にも言葉にも露わにした。

翌日、みんなはやっと引き揚げて行った。楊は一人、ガランとなった書斎につくねんと座って、彼女がまた来てくれるように願ったが、影一つ現さなかった。

二日たって、突然、彼女がやってきて泣きながら言った。

「あなたがひどい客を招いたから、どれほどあたしを怖がらせたか」

楊は必死になって謝ったが、彼女はそそくさと出て行きながら言った。

「ご縁は終わったと断言した通りよ。これでお別れです」

楊は引き留めようとしたが、すでに姿はかき消えていた。

それから一か月あまり、彼女はまったく姿を現さなかった。楊は思いつめて、痩せて骨ばってきたが、彼女を追いかける術もなかった。ある日の夕方、楊が一人で酒を飲んでいると、帳（とばり）を上げて、彼女が入ってきた。楊は狂喜して言った。「許してくれたのかい」

すると彼女は涙をハラハラと流して黙ったまま一言も言おうとしない。懸命に尋ねると、何か言おうとして、また口ごもる。やっと重い口を開いて言った。

7　清代の武科挙（〈怪〉の巻5「夜叉国」注10参照）は、文官と同様で、「秀才」（生員）は、童試を及第して武郷試受験の資格を持つ者。

「むかっ腹をたてて縁切りしたのに、今度はあたふたお願いに上がり、本当にお恥ずかしいわ」

楊が再三問い詰めると、やっと話した。

「どこの馬の骨かわからない小役人が、あたしを妾にしようと迫ってきたのです。あたしはまっとうな家の出なのに、奴隷同様の幽霊なんぞに仕えるなんてとんでもないわ。けれどか弱い女の身ひとつでは、とても抵抗しきれません。もしあなたがあたしのことを妻のように思ってくださるなら、あたしが身を任すのを絶対お許しにならないと考えたの」

楊は憤りに駆られて、命がけでそいつをやっつけてやると思ったが、人間と幽霊は世界が違うので、力を振るえないのではと心配した。すると彼女は言った。

「明日の晩は、早めに眠ってください。あなたを夢の中で迎えに行きますから」

そして以前と同じように、二人で夢中になって、夜明けまで語り明かしたのだった。彼女は別れ際、くれぐれも昼寝をしないで夜の迎えを待つようにと頼んだので、楊は承知した。

そこで楊は午後遅くから酒を少し飲み、酔った勢いで寝台に上がり、衣を引っかぶって横になった。やがて彼女がやってきて、腰につける刀を与え、手を引いて連れて行った。とある屋敷に着いて、門を閉じて話をしようとしたそのとき、誰かが石を取って門を叩く音が聞こえた。彼女はギョッとして、「あいつが来た」と言った。楊は扉を開けて飛び出すと、紅い帽子に青い服を着たひげもじゃの男を見た。楊が怒って叱咤すると、男はカッと睨みつけ、凶暴にわめきたてた。楊は怒りに火がつき、男めがけて飛びかかって行った。すると男は石を拾って、どしゃぶりの雨のように、投げつけてきた。それが楊の腕に当たって、刀を握れなくなった。まさに危機に陥ったそのとき、誰かが腰に矢を携えて、狩りをしているのが目に入った。よく見ると、武秀才の王だった。大声で助けを求めると、王は弓をつがえて駆けつけて来て、男の股に矢を命中させた。もう一本射ると、男はバッタリ倒れた。楊は喜んで王に感謝した。王が訳を尋ねたので、詳しく事情を説明した。王自身も先の罪を贖(あがな)うことができたと喜んだ。そして二人で彼女の部屋に入ったが、連瑣は恐ろしいやら恥ずかしいやらで、遠くに立ち尽くしたまま、一言も話さない。彼女の机の上に長さ一尺余りの短刀があったが、金と玉で飾られている。鞘(さや)を払ってみると、光り輝いて影をも照らすほどだった。王はすっかり気に入って、手から離さない。彼は楊としばらく立ち話をしたが、彼女が恥ずかしそうにおどおどしているのを見て可哀そうに思い、そのまま手を振って帰って行った。楊も一人で帰ってきて、垣根を越えると、バタリと倒れた。そこで目が覚めたが、村の鶏がすでにやかましく騒いでいる。腕が激しく痛むので、夜が明けてよく見れば、皮膚が赤く腫れあがっていた。

正午頃、王がやってきて、昨夜、不思議な夢を見たという。そこで楊は、

「矢を射た夢ではないかい」

と言うと、王はなぜそれを知っているのだと怪しんだ。楊は腕を出して見せて、事の次第を告げた。王は夢の中の美人の容貌を覚えていたが、実物を見ていないのを残念に思っていた。そこで彼女を救ったことをこれ幸いに、また彼女を紹介してくれと頼んだ。

夜、彼女がやってきて礼を言った。楊は王のおかげだと強調して、王のたっての願いを告げた。すると彼女は、

「王さまの御助けということは有り難くて、決して忘れません。でもあの方は武張(ぶば)っていて、あたし、ほんとに怖いのよ」

と言ってからこう続けた。

「王さまは、あたしの短刀をとても気に入ってくださいました。あの刀は、実は父が粤（えつ）（広東省）に使いで出かけたとき、百両で買い求めたのです。あたしはあれが大好きで、柄（つか）の上を金糸でかがり、宝珠を嵌め込んだのです。父はあたしの若死にを哀れに思って、棺の中に入れてくれました。大切な品ですが、今これを王さまに贈りたいと思います。刀を見れば、あたしに会うのと変わりないでしょうから」

翌日、楊が彼女の考えを伝えると、王は大喜びだった。夜になって、彼女は言葉通り、刀を持ってきて言った。

「これをどうか大切にしてと伝えてください。当地で作られたものではありませんから」

このとき以来、彼女はまた最初のときのように、往き来するようになった。

数か月後、連鎖は灯りの下で楊と向かい合ってふと微笑み、何か話がありそうなのに、顔を赤らめて話そうとしない。それを二、三回繰り返した。楊が彼女の肩を抱いて、どうしたのと尋ねると、こう答えた。

「もう長いこと情をかけてくださったので、あたしは生きている人間の気を受けたし、毎日煮炊きしたものを食べたから、急に白骨に生気が出てきたのです。ただ生きている人の精気と血液が必要で、それがあれば生き返れるのです」

楊は笑って言った。

「君自身がダメと言ったから交わらなかっただけで、もちろん、僕が惜しむわけないだろう」

「私と交わった後、あなたはきっと二十日あまり、大病にかかるでしょう。でもそれは薬で治すことができます」

と言い、とうとう歓びを共にした。やがて彼女は着物を着て立ち上がって言った。

「新鮮な血も少し必要なのだけど、痛みをこらえてあたしにくださるかしら」

楊は鋭い小刀を手に取ると、腕に刺して血を出した。彼女は寝台に横たわり、そのしずくを臍(へそ)の中に受け入れた。それから立ち上がって告げた。

「あたしはもう来ません。どうか覚えておいてください。百日たったら、あたしの墓の前に来て、木の上に青い鳥[8]が止まって鳴いているのを見たら、すぐに墓を掘り返してください」

楊はしっかり胸に刻み込んだ。彼女は門を出るとき、再び頼んで、

「くれぐれも忘れないでくださいね。遅くても早くてもダメなのよ」

と言ってから、去って行った。

十日あまりたって、楊はやはり病気になり、腹がふくれて死にそうになった。だが医者が薬を与えると、泥のような汚物を出し、十二日たって治った。

楊は百日を数えると、召使に鋤(すき)を担がせ、彼女の墓の前で、その時を待った。日が暮れてから、彼女の言葉通り、青い鳥が二羽鳴くのを見た。楊は「よし！」と喜んで、いばらを切り分け、墓穴を開けた。

棺の木はもう朽ちていたが、彼女の顔は生きているようだった。手で触ると、かすかに温かい。衣をかぶせて担いで帰り、火のそばに置くと、スースーと糸より細いような息をし始めた。少しずつ薄い粥を飲ませたら、夜中になって生き返った。

彼女はいつも楊にこう言った。

「二十年あまり、まるで一つの夢をみていたようだったわ」

8　「青鳥」は、古代神話の西王母〈怪〉の巻3「偸桃」注2参照。また、大地母神、また冥界の女王とも）の使者と伝えられる（『漢武故事』など）。

5　李司鑑　（挙人の過激な自己処罰）

李司鑑（りしかん）[1]は、永年県（河北省）の挙人だった。清の康熙（こうき）四年（一六六五）九月二十八日に、妻の李氏を殴り殺した。村の組長が広平府[2]に報告したので、府は、治下の永年県に取り調べを命じた。

李は府の役所の前にいたが、突如、道路脇の肉売りの棚に掛けてあった肉切り包丁を奪うと、城隍廟（じょうこうびょう）[3]に駆け込んだ。廟の二階の舞台に登ると神像にひざまずいて独り言を言い放った。

「私が村の悪人の出鱈目を真に受けて、是非を誤ったのを神が責められ、罰に耳を削げと命じられた」

すぐに自分で左耳を削ぎ落として、それを階下に投げ捨てた。さらに、

「人の金をだまし取ったことを神が責められて、指を切るよう命じられた」

と言って、左指を切り取った。続いて、

「婦女を犯したことを神が責められて、一物を切るよう命じられた」

と言いながら、自分で去勢し、気を失って倒れてしまった。

時の総督の朱雲門[4]が李の挙人資格の剥奪と罪業を審議するよう、すでに聖旨を受けていたが、李はそれより先に冥界の誅罰に服していたのである。

以上は、邸抄[5]に拠る。

1　「司鑑」は、「典獄」と解する説もあるが、未詳。

2　明代に置かれた京師直隷府で、清代も直隷省に属し、治下は永年県。

3　民間信仰で、城市（町）の守護神である城隍神を祀る廟。

4　盛偉校注『聊斎志異校注』（山西人民出版社、二〇〇〇）に拠れば、雲門は字、名は昌祚（しょうそ）。康熙四年（一六六五）、直隷・山東・河南三省の総督。「総督」は、一省の長官である巡撫とともに、数省を統轄する地方長官。皇帝に直属して、地方政治の監督、軍隊の指揮、外交の権限を有した。

5　京師に常駐する諸侯王や地方長官が、皇帝の勅諭や奏議などを伝写して、諸藩に伝え報告する。今の「官報」。

6　伍秋月

（冥界での殺人は許されるのか）

秦郵（江蘇省）の王鼎は、字を仙湖といい、性格は意気軒高で力持ち、交遊も遠方にまで及んでいた。十八のとき、許嫁が結婚前に亡くなった。以来、遠くに出かけるようになり、いつも一年たっても帰ってこなかった。

兄の鼐は、江北[1]の名士として知られ、兄弟たちを心から大切に思っていた。鼎に嫁を娶らせるために、遠出をするなと勧めたが、彼は言うことをきかず、舟で鎮江（江蘇省）の友人を訪ねに出かけた。あいにく友人は他所に出かけていたので、鼎は旅籠の二階を借りた。部屋から見れば、長江の水は清い波に揺れ、金山が目の前に聳えており、素晴らしい景色を心行くまで楽しんだ。

翌日、友人がやってきて、自宅に移るように勧めてくれたが、鼎はこの部屋が気に入ったと断った。半月あまりたったころ、夜の夢に、十四、五の見目麗しい娘が現れた。寝台に上がってきて共に寝たが、目が覚めてみると寝具が濡れている。不可解に思ったが、偶然だろうと考えた。だが夜になると再び同じ夢を見て、それが三、四日続いた。これは普通ではないと考え、灯りを消さないことにし、身を横たえて、ドキドキしながら寝込まないように気をつけていた。そのうちついうつらうつらすると、夢の女がまた現れた。睦み合おうとしたそのとき、彼はハッと気が付いて目が覚めた。見れば、仙女のような女人がまがうことなく腕の中にいる。彼女は、鼎が目を覚ましたのを見て、恥ずかしそうに身を縮めた。娘は人間ではないと悟ったが、彼はすっかり惚れ込んでしまい、話もせずに、勢い込んでその身に迫った。娘は耐えられない様子で、

「こんなに狂暴な人だなんて。そうだとわかっていたから、実際には姿を現さなかったのよ」

と言った。そこで鼎が初めて名を尋ねると、娘は語りだした。

「あたしは伍家の秋月です。亡くなった父は世に知られた儒者で、易学を究めてい

1　長江以北の江蘇、安徽両省一帯の地域。

ました。ずっとあたしを慈しんでくれましたが、ただ長生きしないと予見して、婚約させませんでした。父の言ったとおり、あたしは十五歳で夭折しましたが、すぐにこの二階屋の東に埋葬されました。そのときは、土饅頭も作らずに地面と平にし、墓誌銘もない仮葬でした。でも棺の側に小さな石板を立てて、そこに〈女秋月、葬るも塚なく、三十年にして王鼎に嫁がん〉と書いてくれました。今もう三十年たち、まさしくあなたが来られました。本当に嬉しくて、すぐにでも名乗り出たかったけれど、恥ずかしいし不安もあって、夢を借りることにしたのです」

鼎も嬉しくなって、再度、思いを遂げようと迫ると、秋月は言った。

「あたしには陽の気が少し足りないので、生き返るにはそれが必要です。でも実際、こんなに激しい風雨[2]には、耐えられません。これから仲良く過ごせる時間は無限にあるのですから、今宵はこれまでに致しましょう」

そのまま立ち上がって去って行った。

翌日、秋月は再びやって来ると、差し向かいで笑いふざけ、普段からずっとそうしているように楽しんだ。灯りを消して寝台に上がると、生きている人間と何の違いもなかった。ただ彼女が起き上がると、寝具がべっとり濡れていた。

ある夜、明月が冴え冴えと輝き、庭の中をそぞろ歩いているとき、鼎は彼女に「冥界にも町があるのかい」と尋ねた。

「おんなじよ。あの世の町は、ここではなくて三、四里ばかり離れているわ。ただこの世の夜は、昼になっているけど」

と答えた。鼎が、「生きている人間に町は見えるのかい」と尋ねると、「見える」と言うので、彼が行ってみたいと願うと承知した。秋月は、月光の中、身を翻してヒュッと飛び上がり、風のように進みゆく。鼎は必死になって追いかけた。たちまちあるところに着くと、秋月は、「もうすぐよ」と言った。鼎が眺めると、何も見えない。すると彼女は鼎の両目に唾を塗った。彼が目を開けると、パッと明るく、普段の二倍ほどよく見え、夜なのに白昼のようだった。ふと見れば、おぼろに霞む靄の中に、城壁の上にある姫垣[3]が浮かんでいる。道路には、市場に行くように多くの人が歩いている。二人の下役人が、三、四人を繋いで連行していったが、奇怪なことに最後の一人が兄

2　「雲雨」の縁語で、男女の情交を意味する。「雲雨」は、楚王と巫山の神女との契りに基づく（宋玉「高唐賦」）。

3　城壁などの上にめぐらした低い垣。

の顔によく似ている。鼎は走って近づくと、やはり兄だった。仰天して、「兄さん、なんでここに来たんだ」と尋ねた。兄は彼を見ると、さめざめと涙を流して訴えた。

「自分でもなんだかよくわからない。無理矢理捕らえられたんだ」

鼎は怒って叫んだ。

「わが兄は、礼を心得た立派な君子なのに、なぜこのような縄目を受けるんだ」

すぐに下役人に縄を解いてくれと頼んだ。だが下役人は許さず、いばりくさって睨みつけたので、鼎は腹をたてて殴ろうとした。兄がそれを止めて言った。

「これは役所の命令なので、彼らも法を順守するしかないのだ。ただわしは手持ちの金があまりないので、袖の下を求められても出せずに困っている。お前が帰ったら、何とかしてほしい」

鼎は兄の腕を取って、大声をあげて泣いた。下役人は怒って、兄の首の縄を強く引っ張り、兄は、ひっくり返った。それを見た鼎は我慢ならず、烈火のように憤激して、さっと刀を抜くと下役人の首を斬り落とした。もう一人が大声で叫ぶと、鼎は、「こやつも」と切ろうとした。秋月が動転して叫んだ。

「役人を殺したら、絶対許されないわ。ぐずぐずしていると禍を招きます。どうかすぐに舟を求めて北に向かって舟出してください。家に帰ったら、お兄さまの喪中の旗をそのままにして、門を閉じて世間とのつきあいを避け、七日たって何事もなければ心配ありません」

そこで鼎は兄を連れて、夜、小舟を雇い、大急ぎで北に帰った。帰ってみると、弔問客が門前にいるので、兄がやはり亡くなっていたことを知った。門を閉め鍵をかけてから中に入った。兄の姿が、すでにかき消えていたことを確認してから部屋に入ると、死者はすでに生き返っていた。兄は大声で、

「腹が減って死にそうだ。すぐに湯餅（タンピン）[4]を用意してくれ」

と叫んだ。亡くなってすでに二日たっていたので、家の者たちはみな腰を抜かさんばかりに驚いた。鼎が事の経緯を詳しく語った。

七日たって閂（かんぬき）をはずし、喪中の旗を撤去し、世間の人々は、ようやく兄のよみがえりを知った。友人たちが集まって兄にいろいろ尋ねたが、すべてごまかして答えた。

---

4 タンメンの古称。汁麺。赤子誕生三日目の祝いに食べる風習「湯餅之喜」がある。それに因（ちな）んで、誕生日など祝い事によく食べる。

伍秋月
片石留題易數精
埋香卅載竟重
生冥追情有靈
符在秋月於今
十倍明

そのうち鼎は秋月のことが思い出されて、瞬時も忘れられなくなった。そこで再び南に行き、もとの旅籠に着くと、灯りを手にしてずっと待っていたが、彼女は結局、来なかった。眠くなって寝ようとしたそのとき、女性が一人現れて告げた。

「秋月お嬢さまの伝言をお伝え致します。先に役人が殺されましたが、犯人が逃亡したため、その代わりにお嬢さまを捕らえて牢屋に収監しています。獄吏がむごい扱いをするので、あなたさまならなにか手立てを講じてくださるだろうと、毎日待っておいでです」

鼎は悲憤に駆られて、すぐに女性の後に付いて行った。とある大きな町に着くと、女性は西の城門から入り、ある門を指さして言った。

「お嬢さまは、当面、この中に入れられています」

鼎が中に入ってみると、獄舎がぎっしり並び、多くの囚人が収監されているが、秋月はいなかった。さらに小さな扉の奥に進むと、小部屋に灯りがともされている。窓に近づいて覗いてみると、秋月が寝台に腰かけて、袖で顔を覆って嗚咽（おえつ）している。役人が二人、側にいて、彼女の顎をつまんだり、靴をつかんだりしていたぶっている。彼女は、ますます激しく泣きだした。役人の一人が彼女の首を引き寄せて言った。

「お前は罪人のくせして、まだ貞節を守ろうっていうのかい」

鼎はカッとして、ものも言わずに刀を手に部屋に押し入り、麻を切る如く、二人を一刀両断し、秋月を奪って獄を出た。幸い誰にも気づかれなかった。

なんとか旅籠に着いたと思ったら、ハッと目が覚めた。気分の悪い夢だったとげっそりしていると、見れば秋月が目に涙を溜めて立っている。彼は驚いて立ち上がり、彼女を引き寄せて座らせ、夢の話を語った。すると彼女は、「それは真実で、夢ではないの」と告げた。彼は仰天して、「ではどうすればいいのだ」と尋ねると、秋月は嘆いて、

「これには天の定めがあり、あたしは月末になって、ようやく生き返れることになっていました。でももうこのような事態になってしまったからには、月末を待っていられません。今すぐに埋葬場所から掘り起こして、あたしを一緒に連れて帰ってください。毎日、あたしの名前を何度も呼んでくださったら、三日後、生き返れます。ただ時がまだ満ちていないので、骨も足も弱くて、あなたのために家事を務められませんが」

と言って、そそくさと立ち去ろうとしたが、身を翻して戻ると、

「あたし忘れかけていたわ。冥土の追手が来たら、どうすればよいかを話さなくては。生前父は、あたしに守り札を書くように教えました。三十年後、夫婦が持つようにというお札です」

と言い、筆を求めてお札二枚をさらさらと書き上げた。

「一枚は、あなたが身につけて、一枚はあたしの背中に貼ってください」

彼女を送り出して、姿が消えた場所に印をつけ、そこを一尺ばかり掘ってみると、すでに朽ちた柩が見えた。そばに小さな石碑があり、彼女の言った通りだった。柩を開いて中を調べると、その顔は生きているようだった。部屋の中に抱き入れると、衣装がふわふわ風に吹かれてすべて散ってしまった。お札を張り付けると、寝具で厳重に包み、背負って浜辺に行った。停泊中の舟を呼んで、妹が急病なので、家に送り帰すのだと偽った。運よく南風が激しく吹き、夜明けには早くも村の入口に着いた。彼女を抱きかかえて寝台に寝かせてから、ようやく兄と兄嫁に話をした。家中の者は、驚いて互いに顔を見合わせたが、戸惑いを口に出す者は一人もいなかった。

鼎は布団を開いて、ずっと秋月を呼び続けた。夜にはいつも死体を抱いて寝た。日ごとに彼女の体は温かくなり、三日後、遂に生き返った。七日たつと歩くことができるようになり、衣服を改めて兄嫁に挨拶した。あでやかな美しさは仙女そのものだった。ただ十歩以上は、人に頼って歩く。そうでないと、風に吹かれるだけで何度も転びそうになる。それを見る者は、何か病気があるようだが、かえってますます魅惑的だと思った。

秋月は、いつも鼎にこう諭した。

「あなたは本当に罪深いから、徳を積み、お経を唱えて懺悔すべきです。そうでないと、恐らく寿命は長くないでしょう」

鼎は、元来仏を信じていなかったが、秋月に言われて敬虔な仏徒になり、その後、無事に過ごしたのである。

異史氏曰く――

余は、法律としてこの条文を上奏したい。「およそ役人を殺した者の罪は、庶民を殺したよりも三等減ず」と。思うに、こうした役人には、殺されるべき理由があるからだ。したがって悪い役人を殺すことは、善良と看做せる。やや責めるとしても、暴虐とまでは言えない。まして冥界には、元々決まった法律などないのだから、もし悪人がいて、刀、ノコギリ、釜茹での刑罰を与えても、残酷とは看做せない。人の気持がそれを快しとするなら、冥王も善処と看做すのである。もっとも罪を犯して冥土の役人が追いかけるなら、幸運にも逃げきることができるかどうかはわからないが。

7 小謝

（美しい幽霊二人の誘惑に負けなかった男）

渭南（陝西省）の姜という六部[1]の役人の屋敷には、化け物がたくさんおり、いつも人を惑わせていた。そのため引っ越して、留守番に下僕を残したが、下僕も死んでしまった。その後、入れ替わり立ち替わり、みな死んでしまうので、とうとう空き家にした。

村に陶望三という書生がいた。以前から才気煥発で、妓女と遊ぶのは好きだが、宴たけなわになると、決まって妓女を帰らせた。友人がわざと妓女を彼の下に行かせたところ、拒まずに笑顔で中に入れたが、実際は一晩中、手出しをしなかった。陶は嘗て姜の家に泊まったことがあり、侍女が夜、相手をしに行ったが、彼は固く拒んで乱れなかった。それで姜は陶を気に入って、重んじるようになった。

陶の家はひどく貧しい上に、妻に先立たれ、狭いあばら家は酷暑に耐えられない。

そこで姜に空き家にしている屋敷を借りたいと願った。だが姜は、あそこは凶宅だからと断った。すると陶は「続無鬼論」[2]を書いて姜に捧げ、「幽霊なんか何ができるものか」と言った。姜は、それほど願うならと言って承諾した。

陶は出かけて行って屋敷を掃除した。日が暮れると、書物を部屋の中に置き、他の物を取りに帰って屋敷に戻ってみると、書物がなくなっている。怪訝に思って、寝椅子に横になり、息を潜めて異変が起こるか様子を窺った。

ほどなくして足音が聞こえる。その方を睨んでいると、二人の女が奥の部屋から出て来て、なくなった書物を机の上に戻した。一人は二十くらいで、もう一人は十七、八くらい、二人ともあでやかな美人だった。寝椅子のそばに立ってぐずぐずして、顔を見合わせて微笑んでいる。陶は微塵も動かなかった。すると年長のほうが、彼のお腹に片足をヒョイとのせて踏んづけた。若いほうは、口を押さえて笑いをこらえている。彼はドギマギして我を忘れそうになったが、すぐにシャキッと気合を入れて、と

1　中央の行政官庁の六部署、「吏・戸・礼・兵・刑・工」の総称。
2　後漢・王充『論衡』が、幽霊は存在しないと説いて以来、晋・阮瞻（げんせん）、唐・林蘊（りんうん）らが無鬼論を唱えたので、「続」と冠した。

うとう見向きもしなかった。すると女は近寄ってきて、左手で彼の髯を引っ張り、右手で顎や頰を軽くぶち、ペンペンと小さな音をたてた。若いほうはますます笑い転げる。と、彼はいきなり立ち上がって、「化け物め、何をするか！」と叱った。二人はワッと驚いて逃げ去った。

陶は夜中、悩まされるのではと心配になって、家に戻ろうかと思ったが、姜に偉そうなことを言った手前、恥ずかしいので、灯りをともして読書した。暗闇の中で、幽霊の姿がゆらゆら蠢(うごめ)いたが、彼は見向きもしなかった。真夜中になって、灯りをつけたまま寝ることにした。ようやく寝入り始めると、誰かが細い物を鼻の中に突っ込んだような気がして、むずがゆくて大きなクシャミをした。暗闇の中で、クスクス笑い声だけが聞こえる。彼は何も言わず、狸寝入りをして様子を窺った。すると年下の女が現れ、紙きれのこよりを手にして、抜き足差し足で近づいてくる。陶が急に飛び起きて叱ると、ヒューッと逃げ去った。ところが寝始めると、今度は耳にこよりを突っ込む。一晩中、うるさくて仕方なかったが、鶏が鳴くと、やっと静まり、ようやくぐっすり眠った。

昼間は一日中、何も変わったことはなかった。日が傾くと、二人はぼんやりと姿を現した。そこで陶は、夜中に炊事をして、明け方まで起きていることにした。年長のほうは、次第に机の上に肘を曲げてのせ、彼が読書するのを見守るようになった。すると手を伸ばして彼の本を手で蔽（おお）う。彼が怒って捕まえようとすると、ヒュッと姿を消す。しばらくするとまた本に触るので、彼は本を手で押さえて読んだ。年若いほうは、こっそり彼の頭の後ろに回って、両手で彼の目を塞いでからパッと逃げて、遠くに立って笑っている。彼は指さして罵（ののし）り、

「チビ幽霊め、捕まえたらタダではおかんぞ」

と叫ぶが、少女たちは一向に怖がる様子もない。そこでふざけ半分に言った。

「寝間の秘め事は、僕にはとんとわからんからね。僕にべたべたしたって無駄だよ」

二人の娘は微笑むと、身を翻して竈（かまど）に向かい、薪を割り、米をといで、彼のために炊事を始めた。彼は振り返ると、おだてて言った。

「お二人さん、そのほうがいたずら騒ぎよりましじゃないか」

しばらくして粥が煮えると、先を争って、ちりれんげや箸、お椀を机の上に置いた。

「君たちの働きに感心したよ。どうやってお礼しようか」

「ご飯の中に、ヒ素や酖毒（ちんどく）[3]を混ぜておいたわ」

と女たちが笑うと、彼も言い返した。

「君たちにはもともと怨み辛みもないのに、なぜそんなことをしでかすのだ」

彼が粥をすすり終わると、女たちはまた椀に盛って、競うように走って持ってきてくれた。

彼はこんなことを楽しんで、いつしか慣れ親しみ、それが毎日の暮しになっていった。すると彼女らのほうも日ごとに近づいてきて、膝を接して座ったり、耳を傾けて話し合うようになってきたので、彼女らの姓名を尋ねた。年上のほうが、

「あたしは秋容、喬氏よ。あの子は阮家の小謝」

と答えたので、陶はさらに出身を聞いた。すると小謝が笑って言った。

「おバカさん！　まだ深い仲にもなっていないのに、誰があんたに家柄を問うように頼んだって言うの？　お嫁さんにでもしてくれるの？」

すると彼は居住まいを正して言った。

「美しい人と向かい合って、何も感じないわけはないだろう。ただ冥界の陰気に当たれば、必ず死ぬから我慢しているのさ。それが気に入らなければ、君たちは去ればいいだけのことだ。一緒に住みたいのなら、落ち着いてここにいればよい。もし僕の

ことが好きでないなら、君たちに無理強いするような真似はできない。万が一、好きになってもらえるなら、この変人を殺したりはしないだろう」

二人の娘たちは、顔を見合わせて真面目な顔になり、それ以来、ひどいいたずらはしなくなった。そうはいっても、時々、彼の懐に手を突っ込んでまさぐったり、彼のズボンを下に引っ張ったりしたが、彼は怪異と思わず放っておいた。

ある日のこと、陶は書物を書き写していたが、途中のままにして出かけた。戻ってみると、小謝が机の上に覆いかぶさるようにして、彼に代わって筆を動かしている。彼を見るや、筆を投げ出し、はにかむように横目で見て笑った。彼が近づいて見てみると、下手な字で字になっていないが、行間がスッキリと整っている。陶が褒めて、

「君は品がある人だな。これが気に入ったのなら、僕が教えてあげるよ」

と言って、彼女を懐に抱きかかえるようにして、腕を取って書くのを教えた。そこへ秋容が外から入ってきた。パッと顔色が変わり、ねたましそうだった。小謝が笑って、

3　中国南方にすむ鴆(ちん)という鳥の羽にある猛毒。その羽を浸した酒は、人を殺すという。派生的に毒物の総称。

小謝
患難相乘幸脫離尹
邢妒念已潛移返魂
香爇雙珠合道士何
來術亦奇

「小さいとき父に書を教わったけど、もう長い間、書いていなかったので、何だか夢のようだわ」

と言っても、秋容は、むっつり黙ったまま。彼はその気持を察したが、知らないふりをして、今度は秋容を抱きかかえると、筆を持たせて、

「君が書けるかどうか、見たいんだ」

と言い、数文字、書かせると、立ち上がって、

「秋さんはすばらしい筆力だ」

と褒めた。それで秋容はやっと顔をほころばせた。そこで陶は、先の紙二枚を折って手本とし、二人に習字をさせ、自分は別の灯りの下で勉強した。それぞれやるべきことができて、邪魔されないことを、彼は心ひそかに喜んだ。

習字を終えると、二人は机の前にうやうやしく立って、彼の批評に耳を傾けた。秋容はもともと文字が読めないので、金釘流（かなくぎりゅう）で判読できない。批評が終わると、秋容は、自分でも小謝にかなわないと思って、恥じ入るようだった。彼が秋容を褒めて慰めると、ようやく晴れやかな顔になった。

このときから二人は陶を先生として応対し、彼が座ると背中を掻いてあげたり、横

になると足をもんでやったりした。バカにするどころか、競って媚びるようになった。一か月もたつと、小謝は端正な文字が書けるようになり、彼がたまたまそれを褒めると、秋容がしょげかえり、化粧が涙で濡れて、その跡が糸のようになっている。彼があれこれ慰めて、やっと泣き止んだ。そこで彼女に読み書きを教えると、すばらしく頭がよくて、一度指導しただけで理解し、二度尋ねることはなかった。彼と競争するように勉強して、いつも徹夜するのだった。

小謝はさらに、弟の三郎を連れて来て彼の門下生にしてもらった。年は十五、六、見目麗しかった。黄金の如意棒一本を、挨拶代わりにした。陶が秋容とともに経典を一冊持たせると、それを読む声が部屋に響いた。かくして陶は、ここに幽霊の塾を設けたのだった。

家主の役人は、これを聞いて喜び、時々、授業料として暮しの援助をしてやった。数か月たつと、秋容と三郎は共に詩がよくできるようになり、しょっちゅう詩の贈答をした。すると小謝は、秋容にはもう教えないようにとこっそり陶に頼み、彼はわかったと承知した。秋容のほうも、同じく小謝には教えないようにとこっそり頼み、彼はこれまた承知と言っておいた。

ある日、陶が歳試[4]を受験しに行くことになった。二人の娘は、涙を流して別れを惜しんだ。すると三郎が言った。

「今度の受験は、病気を理由に止めたほうがよいでしょう。そうでないと、恐らく不吉なことが起きると思いますよ」

だが陶は、そんなことをしては恥だと思って、そのまま出かけて行った。

これより前に遡るが、陶は時の政治を譏る詩詞を好んで書いていたので、村のお偉方の恨みを買っていた。その結果、彼らは、隙さえあれば陶を中傷しようと狙っていた。お偉方は、今回、ひそかに試験官に賄賂を贈り、彼の品行に問題ありとお上に讒言させた。結局、彼は獄中に繋がれたのだった。

陶は手持ちの金も尽き、ほかの囚人から食べ物を恵んでもらっていたが、自分では、もはや生きていけないと思っていた。その牢屋に突然、ヒュッと何者かが現れたが、それは秋容だった。彼女は食べ物や日用品を彼に持ってきて、悲しみにむせびながら言った。

4 〈夢〉の巻4「江城」注7参照。

「三郎が今回不吉だと心配したけど、やはりその通りでしたね。三郎はあたしと一緒に来て、役所に無実を訴えに行っています」

これだけ言うと秋容は姿を消し、その姿を見た者は誰もいなかった。

翌日、長官が外出すると、三郎が道を遮って陶の無実を訴えたが、長官は彼を捕らえた。秋容が陶の牢獄に現れて三郎の逮捕を知らせ、取って返して様子を探りに行った。だが、三日たっても帰ってこない。陶は心配するやらひもじいやらで胸が塞がり、一日が一年のように思われた。そこへ小謝がヒラリと現れ、悲痛な面持ちで、息も絶えんばかりにして言った。

「秋容さんがここから戻るとき、城隍廟（じょうこうびょう）を通りかかったら、西側廊下の黒顔判官に無理矢理連れて行かれて、妾になるように迫られたの。彼女が言うことを聞かなかったので、今、彼女も捕まって幽閉されている。あたし、休まず百里も走り続けて来て、もうへとへと。北の城郭まで来たとき、古い棘（いばら）が土踏まずにささってしまい、骨の髄まで痛んでたまらないの。もう次には来られないかもしれないわ」

その足を彼に見せたが、血がだらだら流れている。そして、三両の金を差し出し、足を引きずって数歩歩くと、スッと消えた。

長官が三郎を取り調べたが、元々親類でもないのに、なぜ理由もなく陶のために訴えたのか、自白するように棒で叩こうとしたそのとき、叩いたのは地面で、彼の姿は消えてしまっていた。長官は奇々怪々、仰天して訴状を読んでみると、真情に溢れた言葉が悲し気に切々と綴られていた。そこで陶を呼び出して直に取り調べ、「三郎とは、一体、何者か」と尋ねたが、彼は偽って、知らぬ存ぜぬと押し通した。役所は、彼を無実として釈放した。

陶は獄から屋敷に戻れたが、日がすっかり暮れても、誰も来なかった。真夜中になって、やっと小謝が現れ、嘆かわしい様子で語った。

「三郎は役所に訴えに行って、役所の守護神によって、冥界の司庁に護送されました。閻魔王さまは、三郎のことを情義に厚いと評価して、富貴の家に生まれ変わらせました。秋容さんのほうはずっと幽閉されているので、あたしは訴状を書いて城隍神に訴えようとしたの。だけど、門前で押さえられて入ることができなかったわ。これからどうすればいいかしら」

5　黒い顔の俗神で、冥界の判官。ここでは城隍神の部下で、淫神として描かれている。

陶は怒って叫んだ。

「色黒の化け物ジジイめ！　ひどいことをしやがって！　明日、お前の像を倒して、踏んづけて、粉々の泥にしてやるぞ。城隍神も罪を責め立ててやる。部下がこんなひどい横暴をしているのに、知らないなんて、酔っぱらって夢でも見てるんじゃないか」

二人は向き合って、悲しんだり、怒ったりして、夜が明け始めたことにも気づかなかった。

そこへ秋容がヒラリと姿を現した。二人は飛び上がって喜び、矢継ぎ早に問いを浴びせると、秋容は泣きながら語った。

「今度は、あなたのために大変な苦労をさせられたわ。あの色黒判官たら、毎日、刀や棒であたしを脅迫してたけど、今晩、急に帰してくれたの。そのとき、こう言ったの。〈わしに他意はない。お前を愛すればこそなんだ。だから、お前が望まない以上、決して汚さなかっただろ。面倒でも、陶秋曹[6]に咎めないように伝えてほしい〉って」

それを聞いて、陶は少し気分をよくした。そして共寝をしようとして、

「今日は、君たちのために死にたいんだ」

と言った。だが、娘たち二人は、愁いに沈んで説いた。

「これまであなたにいろいろ教えてもらって、あるべき人の道というものを理解しました。わかったからには、あなたを愛しているのに、あなたを死なせるなんてできるわけありません」

こう言って、あくまで共寝を許そうとしなかったが、顔を寄せ合って考え込む様子は、夫婦の情愛そのものだった。二人は困難に遭遇したために、嫉妬の念は、すべて消え去ったのだった。

あるとき、たまたま道で陶とすれ違った道士が振り返って「御身には、幽霊の気が取り付いていますな」と言った。陶はその言葉を不思議に思って、彼女らのことを詳しく話した。すると、道士は、

「その幽霊たちは、素晴らしいですな。彼女らを裏切ってはダメですぞ」

6 「秋曹」は、周代以来の伝統で、刑罰を掌る役人（「秋官」）を指す名称。陶の後の科挙及第の予言になっている。

と話し、二枚の札を書いて、彼に手渡して言った。

「帰ったら、これを二人に与えて、その福運に任せてみなさい。もし門の外で、娘の死を慟哭する人の声が聞こえたら、札を飲みこんで急いで駆けつけるのじゃ。先に到達したほうは、生き返ることができますぞ」

陶は、それをうやうやしく受け取り、帰って二人の娘たちに与えた。

一月あまり後、道士が言った通り、娘の死を慟哭する人の声が聞こえてきた。二人は争うように走り去った。だが小謝は、あわてて札を飲みこむことを忘れてしまった。見れば柩の御輿が通り過ぎて行く。秋容は真っすぐに進むと、柩の中に入って消えた。小謝は入ることができず、泣き叫んで帰ってきた。陶が出てみると、富豪の郝氏が娘を見送るところだった。周囲の人々はみな、娘が一人、柩に入って行くのを見て、仰天したものの訳がわからなかった。突如、柩の中で物音がしたので、肩から降ろして蓋を開けてみると、娘はすでに息を吹き返している。とりあえず陶の書斎の外に柩を置いて、みなで取り囲んで見守った。すると娘は急に目をパッチリ開けて、「陶さんは？」と尋ねた。父親は、「一体、どうしたのだ」と彼女を問い詰めると、「あたしはあなたの娘ではありません」と否定して、事情を説明した。それでも父親は本当とは信じられず、娘を御輿に乗せて帰ろうとしたが、彼女はどうしても言うことを聞かない。さっさと陶の部屋に入っていくと、寝台に横になって突っ伏したまま起きようとしなかった。父は仕方なく、陶を婿と認めて去って行った。

陶は横たわる彼女に近づいてよく見てみると、顔かたちは違うが、そのあでやかな美貌は秋容に劣らない。期待以上だったので大喜びして、二人でこれまでのことをしんみり語り合った。

突然、しくしくと幽霊らしい哀れなすすり泣きが聞こえてきた。それは小謝が部屋の暗い片隅で泣いているのだった。陶は可哀そうでたまらず、すぐに灯りを持って行ってやり、何とか慰めようとしたが、彼女は涙で衣類を濡らすばかりで、その無念の痛みを消すことはできなかった。夜明け近くになって、小謝はようやく去って行った。

夜が明けると、郝は下女や婆やに嫁入り道具を運ばせ、岳父として、陶を婿と認めた。ところが日暮れて寝間に入ると、小謝がまた泣き出す。こんな風にして六、七夜続くと、夫婦ともに小謝のことが痛ましくてならず、夫婦の契りを交わすことができない。陶は悩んでいろいろ考えたが、何の方策も思いつかない。すると秋容が言った。

「あの道士さまは、仙人よ。もう一度行ってお願いしたら、もしかしたら同情して助けてくださるかもしれないわ」

陶はいかにもと思い、道士の居場所を尋ね当てて、地面にひれ伏して願いを述べた。だが道士は「術なし」と、断言した。陶がいつまでもめそめそ哀しんでいると、道士は苦笑しながら言った。

「あほうは、うるさくて仕方ないなあ。まあ、お前とは縁があるのじゃろう。わしの術をやりつくしてみるか」

道士はようやく陶の後についてきてくれると、静かな部屋を求めた。その扉を閉めて座り、邪魔するなと申し渡した。それから十日あまり、道士は飲みも食べもしない。こっそり様子を窺うと、目をつむって眠っているようだった。

ある日の早朝、見知らぬ娘が陶の部屋の簾を上げて入ってきた。明るい眸(ひとみ)に真白い歯、輝くばかりのあでやかさで、周囲がパッと明るくなった。その娘が微笑んで話し出した。

「夜通し歩き続けて、もうくたくただ。お前にまとわりつかれて、百里以上駆け回って、やっと小謝が身を寄せるのに恰好の小屋(体)を手に入れたぞ。わしがこれに乗り移って、一緒にやってきたんだ。あとは、小謝本人に会ったら、この身を預けるだけだ」

日が暮れて小謝が現れると、娘はさっと立ち上がって小謝に抱きつき、合体して一つになり、パタンと地に倒れた。

道士は部屋から出ると、両手を合わせて挨拶して、すぐに立ち去った。陶はうやうやしく見送ったが、戻ってみると、娘はすでに生き返っていた。手助けして寝台に横たえると、次第に生き生きしてきた。ただ足首を握って、足がズキズキ痛いと呻いていたが、それも数日たつとよくなり、起き上がれるようになった。

後に陶は、科挙試験に及第して官籍を手に入れた。蔡子経（さいしけい）という者が科挙の同期にいたが、用事があり、彼のところに来て数日間、泊まった。たまたま小謝が隣の家から帰ってきたが、蔡はその姿を遠くで眺めると、駆け出して近寄って行った。小謝は身を縮めて彼を避けたが、内心、彼の軽々しい振る舞いに腹を立てた。だが蔡は陶に言った。

「本当にお騒がせな話なんだが、言ってもいいかな」

「一体、何だい」と陶が尋ねると、蔡は答えた。

「三年前、下の妹が亡くなったんだが、一晩たったら死体がなくなり、今でも訳がわからない。さっきたまたま夫人を見かけたが、なぜか妹にそっくりなんだ」

陶は笑って言った。

「家の愚妻など田舎者で、君の妹君と比べようもないさ。けれど同期の縁を結んだからには、道義として妻に挨拶させるのは当然だよ」

そして奥へ入ると、小謝に死装束を着せて、出て来させた。蔡は目を丸くして驚き、

「本当に妹だ！」と大声で叫ぶと、すすり泣き始めた。そこで陶は事の次第を語った。

すると蔡は喜んで、

「妹はまだ死んでいなかったんだ。早く家に帰って、両親に話して喜ばせてやろう」

と言って帰った。

数日後、蔡家の全員が訪れた。その後、郝家と同様、親類として陶と往き来したのである。

異史氏曰く――

絶世の美女は一人でも求め難いのに、どうしてやすやすと二人も手に入れられたの

か。こんなことは、千年に一度、あるかないかだが、ただ女色に奔(はし)らない者だけが、巡り合えるのだ。

道士は、一体、仙人なのか。本当に神秘的な術だ。もしそういう術があるなら、醜悪な幽霊とも付き合えるというものだ。

8　席方平

（果たして地獄の沙汰も金次第か）

席方平は、東安（河北省）の人だった。父の名は廉といい、不器用な頑固者だった。そのため同じ村の金持ちの羊と仲違いしたが、羊は先に死んでしまった。数年後、廉が病に倒れて危篤に陥ると、こう言った。

「羊某が今、冥土の使者に賄賂をやって、わしを鞭打たせようとしている」

突然、廉の体が真っ赤に腫れあがり、叫び声を上げながら死んでしまった。

方平は、ショックで打ちひしがれて物も食べなくなり、

「父上は朴訥な人柄なので、今、強欲な幽霊に虐待されている。これから冥土に行って、父上のために恨みを晴らしてやるんだ」

と話すと、以後、二度と口をきかなくなった。立ったり座ったりしてふらふらする様子は、痴れ者のようだった。魂が肉体を離れてしまったのである。

席は家の門を出たところまでは自分でもわかっていたが、それからどう行けばよいのか見当がつかない。すると道行く人が目に入ったので、冥府の県城を尋ねた。ほどなくして県城に入ると、父はすでに牢獄に入れられていた。獄門に着くと、父は遠くの軒下で伏せっていて、げっそり弱っているようだった。目を上げて息子を認めると、ハラハラと涙を流して訴えた。

「獄中の役人どもは、どいつもこいつも賄賂をもらっていて、昼も夜もわしを鞭打つので、脛(すね)も股も砕かれて傷だらけだ」

方平は腹を立てて、獄吏を大声で罵った。

「父にもし罪があるとしたら、そのときは、王の定めた法というものがあるぞ。お前ら死霊が好き勝手できると思ったら大間違いだ」

方平は獄門を飛び出すと、筆を執って告訴状をしたためた。たまたま城隍神(じょうこうしん)の早朝執務に出会ったので、無罪を叫んで訴状を投げつけた。羊はこれは危ないと恐れ、あわてて内外の役人に賄賂を渡し、それからやっと審問に出頭した。その結果、城隍神は方平の訴えには根拠がないとして、まともに取り上げなかった。方平の怒りは収まらず、ここではそれを解決できないので、暗い夜道を百里以上歩き続けて郡に到着した。役人たちの実情を郡の長官に告訴したが、半月も待たされて、ようやく審議された。だが長官は方平を棒たたきの刑に処し、案件を城隍神に差し戻したのである。方平は県城に戻されると、手かせ足かせをはめられてひどい拷問を受け、無念の恨みを晴らすことはできなかった。

城隍神は、方平が再度訴えるのではないかと恐れたので、下役人に護送させて彼を家に帰らせた。下役人は家の入口まで来ると立ち去った。彼は家に入らず、こっそりまた冥界の役所へとまっしぐらに駆け込み、郡と県の理不尽な不正を訴えた。冥界の王は早速、郡と県の長官を召喚して、被告と原告、おのおの弁明させようとした。二人の長官はひそかに手下を方平に遣わして、千両やるから取り下げるよう申し入れた。だが彼は聞き入れなかった。

数日後、冥界の旅籠（はたご）の主人が彼に告げた。

「あなたは気負いすぎていらっしゃる。長官さまが示談を求めたのに、応じようともされない。今聞いたところでは、お二人は、それぞれ冥王のところに付け届けをしているそうです。おそらく大変危ない目に遭いますよ」

方平は、そんなことは噂話に過ぎないと、信じようとしなかった。だが不意に黒衣の獄卒に呼びたてられて入廷すると、冥王の顔はすでに怒気を孕(はら)んでいる。方平に一言の申し開きも許さず、鞭打ち二十を命じた。方平は、声を荒らげて叫んだ。

「私に何の罪があるんだ」

しかし冥王は、まるで聞こえないふりをして、何一つ反応しない。方平は鞭を受けながら、大声でわめいた。

「無実なのに鞭打つなんて許せないぞ。金を渡さないからこんな目に遭わせるのか！」

冥王はますます怒って、火の燃えさかる寝台に寝かせるよう命じた。二人の鬼卒[1]が方平をさっとつかんで引きずりおろした。見れば東の階下に鉄の寝台が置かれていて、その下には火が盛んに燃えており、寝台は丸ごと真っ赤に焼けている。鬼卒は彼の衣類を剝ぎ取り、寝台の上にのせると、繰返しギューギュー押さえつけた。激痛に襲われ骨も肉も真っ黒に焼けこげて、耐えられない苦しさだが、死ぬことも叶わない。一(いっ)時(とき)ばかりして、鬼卒が「もういいだろう」と言って彼を助け起こし、寝台から下りて

1　冥界の下役人。「鬼」は幽霊を意味し、「卒」は、下役、または下級兵士。

着物を着るよう急きたてた。幸いに足を引きずりながらも、まだ歩くことができた。再び法廷に連行されると、冥王が、「また訴えるのか」と問うたので、方平は答えた。

「父の恨みはまだ晴らせていないし、わが心も死んでいません。訴えないと言ったら、王さまを騙すことになります。必ずや訴えますとも」

「何を訴えるのだ」

「この身に受けたことを、すべて言上するだけです」

王は一層、腹を立てて、ノコギリで彼の体を切るように命じた。二人の鬼卒が、彼を引っ張っていった。見れば高さ八、九尺ほどの柱が立っていて、その下に木の板二枚が置いてあり、血糊がべっとりついている。二人が方平を縛ろうとしたちょうどそのとき、法廷から急に大声で「席某」と呼ばれた。鬼卒はすぐに彼を引っ立てて、連れ戻した。王がまた尋ねた。

「お前はまだ訴えるのか」

「絶対訴えます」

王は、さっさと切ってしまえと命令した。鬼卒は彼を引きずりおろして二枚の板で挟むと、柱にくくりつけた。ノコギリの歯が脳天に食い込むと、我慢できない痛みだ。だが彼はかえって腹を据えて叫び声を上げなかった。

「すごい奴だ、この男は」

と鬼卒が言うのが聞こえた。ノコギリはギコギコ音を立てながら、胸元まで下がってきた。するともう一人の鬼卒が、

「この人は大変な親孝行で、しかも無実だ。心臓を傷つけないようにノコギリを少し脇によけてやろう」

だがノコギリの歯が曲がりくねって挽き下ろされるので、かえって痛さが激しくなり、とても耐えられない。やがて体が真っ二つに斬られてしまった。板が外されると、二つの半身がパタンと倒れた。鬼卒は法廷に上がって、大声で報告した。廷上から伝令で、体を合体して謁見させるようにと命じてきた。二人の鬼卒は、すぐに半身を押し当てて合わせると、引きずって連行しようとした。だが方平は、ノコギリで挽かれた裂け目が痛いし、さらにまた裂けそうで、半歩歩くとよろけてしまう。すると鬼卒の一人が腰から絹の帯紐を一本取り出して、彼に与えて言った。

「お前の親孝行に報いて、これをあげよう」

方平がそれをもらって体を結わえると、とたんに体がシャンとして苦痛がまったくなくなった。そこで法廷に上がってひれ伏した。

冥王は、再び先と同じ質問をした。方平は同じ責め苦に遭うのを恐れて、「もう訴えません」と答えた。すると王は、即座に彼をこの世に送り帰すよう命じた。

鬼卒は、方平を引き連れて北門から出ると、帰り道を指示した後、身を翻して帰って行った。

方平は、冥界の役人たちの堕落ぶりはこの世よりも悪いと思ったが、それを天帝に訴える道がない。世間では、灌口（かんこう）山（四川省）の二郎（じろう）神[2]が、天帝の親族で勲功もあり、聡明で公正と伝えられている。二郎神に訴えれば、霊験があるはずだと考えた。二人の鬼卒がすでに戻って行ったのをこれ幸いに、彼は身を翻して南へと向かった。必死に駆けているうちに、二人の鬼卒が戻ってきて言った。

「お前は家に戻らないだろうと王さまが疑われたけれど、やっぱりそのとおりだったな」

方平を鷲づかみにして、再び冥王の前に引き連れて行った。彼は心の中で、王はきっと激しく憤っていて、一層むごい拷問は免れまいと不安で仕方なかった。だが王は、特に厳しい表情もなく、彼に向かってこう述べた。

「お前の志は、まことに親孝行だ。父親の無実はわしが晴らしてやったぞ。今すでに金持ちの家に生まれ変わっている。お前がギャーギャー文句を言う必要は、毛頭ないのだ。これからお前を現世に送り帰してやるが、千金の財産と百歳の寿命を授けてやれば、それで十分じゃろ」

そう言うと王は寿命の帳簿に記入して大きな印鑑を押すと、自らそれを方平に示した。彼は感謝して、階を下りた。

鬼卒が彼とともに法廷を出て、護送している途中、彼を急かしながら罵った。

「ずる賢い奴め。さんざ人を翻弄して、死ぬほど疲れさせやがって。もう一度同じことをしたら、今度は大臼の中に投げ入れて、粉々に砕いちまうぞ」

方平はカッと目を見開き、睨みつけて叱った。

2　「二郎神」の名で祀られているものは四人いるが、底本の呂湛恩（りょたんおん）注に拠れば、戦国秦の李冰（りひょう）の次男を指す。李冰は当時、蜀の太守で洪水に悩まされていた。二郎は、その原因を悪龍と突き止めて退治したという。白話小説の『西遊記』や『封神演義』などにも登場し、民間に広く伝わるが、必ずしも李冰の次男に限らない。

「幽霊なんぞ、なんぼのものじゃ。私は刀やノコギリにも耐えられたんだぞ。ただ棒叩きは我慢できないが。そんなことを言うなら、これから戻って大王にお目見えを願うぞ。王が一人で帰ってよいと命じられたら、お前たちなんかに用はない」

そこで走って戻ろうとした。二人はあわてふためいて、彼のご機嫌をとるように、猫撫で声で止めるよう説得した。方平はわざとのろのろ歩き、数歩行くと道端で休んだ。鬼卒はいまいましそうだったが、それきり文句を言わなくなった。

半日ほどして、とある村に着いた。門が半開きになっている家があり、幽鬼は彼を引っ張って一緒に腰を下ろさせようとした。方平が門の敷居に腰を下ろした途端、二人して彼を門の中に突き飛ばした。

驚愕が収まって落ち着いて自分を見ると、すでに赤子に生まれ変わっている。憤慨して泣き叫び、乳も飲まなかったので、三日で死んでしまった。

魂がゆらゆらしていても、方平は、灌口の二郎神のことを、忘れていなかった。数十里ばかり走っていると、突然、盛大な行列が近づいてくるのが目に入った。旗や戟が道一杯に広がっている。避けようとして道を横切ると、行列を侵したとして先導の騎馬に捕らえられ、縛られて主人の車の前に引き出された。仰ぎ見れば、車中には一人の若者がおり、立派な風貌は際立って威厳があった。「何者か」と問われた。方平は、無実の罪を晴らすところもないし、この人は高官だろうから権力を使って味方してくれるかもしれないと思って、これまでの虐待を綿々と訴えた。すると車中の人は、彼の縛りを解くように命じ、車に従ってついて来るようにさせた。ほどなくして、とある場所に着いたようで、十人あまりの役人が、道の左側に並んで、[3]うやうやしく出迎えた。車中の人が、一人一人に挨拶を返してから、ある役人に向かって方平を指さして言った。

「この者は下界の人間だが、ちょうど今、直訴しに行くところだ。すみやかに裁決してやりなさい」

方平は従者に尋ねて、車中の人が天帝の第九親王で、裁きを命じられたのがほかならぬ二郎神だということが、やっとわかった。二郎神は、世間で伝えられているのとはまったく違って、スラリと背が高く、豊かな髯を蓄えていた。

3　〈妖〉の巻5「醜狐」注2参照。

九王さまが立ち去ってから、方平は二郎神の後に従い、役所らしきところに至った。そこには、方平の父と羊某、そして鬼卒たちが揃っていた。しばらくして、囚人車から囚人が出てきたが、それは冥王、郡の長官、そして城隍神だったのである。法廷で各自相対して審問されたが、方平の言上はすべて真実だった。そのため冥王たちは、捕らえられた鼠のようにブルブル震えていた。二郎神は筆を執ると、すらすらと判決文をしたためた。やがて判決が下され、関係者全員に文言を読ませた。以下が、その判決文である。

「案ずるに、冥王たる者、王という爵位に当たる職階であるからして、その身は、天帝の恩顧を蒙っている。したがって、自ら節操正しく潔白に努めて臣下を導くべきで、賄賂を貪り、官職を怠るという誹りを招くべきでないのは当然である。しかるに豪華な馬飾りや儀仗用の戟を派手にしつらえて貴顕を誇示し、狼のように凶暴貪欲で、結局、家臣としての節を汚してしまった。斧の柄で鑿を叩けば、鑿は木の奥まで入り込む。かように根こそぎにすれば、女子供は、骨と皮だけになってしまう。また鯨が魚を呑み込み、魚が蝦を食べるようであれば、螻蛄や蟻のような庶民は、まったく憐れむべきことになる。お前は長江の水を掬って腸を洗わねばならん。[4] 即刻、東壁にある焼けた台に登らせ、カメに入っていただく。[5] 城隍神と郡の長官は、庶民の父母というべき官職で、天帝の牛羊というべき民衆を養育することが仕事である。職階としては低くても、国のために尽くす者は、上司にへつらうべきではなく、高官の権勢に迫られても、志ある者は、信念を貫くはずだ。それなのにお前らは、猛禽のように残酷な手段を用いて、かの民の貧困を慮ることもなく、それどころか狡猾な猿のように悪だくみを弄し、民が幽霊のように、一層、痩せ細るのも意に介さなかった。ひたすら賄賂を貪り、法を曲げるとは、これぞまことに人の顔をした獣というべきぞ。したがって骨の髄をえぐり、毛髪を刈り取って、まずは冥界での死罪に処するが順当だ。それから人間の皮をはいで、動

4 呂注は、五代の王仁裕(八八〇~九五六)が、長江の水で腸を洗われる夢を見て心を入れ替えたという故事(旧『五代史』巻一二八)に基づくとする。なお王は翰林学士などを歴任し、盛唐の栄華の遺聞を集めた『開元天宝遺事』を記した。

5 唐・則天武后朝の来俊臣が囚人に自白させる際、炭火であぶった大ガメに入れると脅迫した故事(『資治通鑑』天授二年)を踏まえる。

物の皮に張り替え、獣の胎(はら)から生まれさせるべきである。

下役人どもはすでに冥界に入った輩で、人間ではない。それゆえ役所においては、ひたすら仕事に励み、現世の人間への生まれ変わりを願って然るべきである。それなのになぜ苦海に波を生じさせ、果てなき悪事を増やそうとするのか。勝手気ままにやりたい放題、その勢いで狂犬のように六月に霜を生じさせるような無理難題を押し付けて、虎のように大声で吠え、わめき散らして大通りに立ちはだかる。冥界を思うままに乱し、脅しているから、当然、誰もが獄吏を敬遠する。悪官の暴虐を手助けするから、誰しも首切り役人として忌み嫌う。こんな輩は、刑場にて手足を切り落とし、さらに釜茹でにして筋肉や骨を浚(さら)うがよかろう。

羊某は、金持ちで仁徳のかけらもなく、狡猾で嘘ばかりついている。金の光で大地を蔽い、そのために閻魔宮殿をすっかり暗くしてしまった。さらに銅貨の臭気で天まで燻(いぶ)され、非業の死を遂げた者には日も月もなく、彼らは絶望の暗黒の中に沈まざるを得なかった。残りの銅貨臭は、今なお鬼卒を悪行へと突き動かし、極悪の力は、そのまま神にまで及んでいるのだ。羊氏の家産はすべて没収と記録し、席書生の孝行を賞賛するがよい。ただちに東岳泰山府君(たいざんふくん)[6]の下へ罪人全員を送って、審判を執行する」

二郎神は、父の席廉に向かって告げた。

「そなたの息子の孝徳とそなたの善良謙虚な人柄を良しとして、現世の寿命三紀（三十六年）を与えよう」

そして席父子を郷里へと送り帰させた。方平は、この判決文を書き写し、帰り道、父子共々それを読んだのである。

家に到ると、方平がまず生き返り、家族に父の棺桶を開けさせたが、死体はまだ氷のようだった。一日中、待っているうちに、次第に温かくなって蘇生した。判決文の写しを捜したが、もうなくなっていた。

以来、席の家は日増しに豊かになり、三年のうちに、肥沃な美田がどこまでも広がった。一方、羊氏の子孫は落ちぶれてしまい、豪邸田畑、すべて席氏のものになっ

6　五岳信仰（中国の東西南北および中央の五霊山）の東岳である泰山の山神。道教の神で、人の寿命、福禄を掌る。のちに仏教と習合して閻魔大王の眷属ともされ、冥界の裁判関連を管掌。

た。村人でその田を買おうとする者がいると、夜、神人が夢枕に立って、

「この田は席家のものじゃ。お前は決して手を出してはならぬ」

と叱った。最初はそう気にも留めなかったが、植え付けをしてみると、一年中、少しの収穫もない。そこで手放してしまい、それらはまた席の家のものになってしまうのだった。席の父は、九十を超えて亡くなった。

異史氏曰く——

人々は極楽浄土を口にするが、生と死とは別世界であることがわかっていない。それゆえ誰もが迷妄に囚われるのだ。また人間はどこから生まれてきたかもわからないのだから、死んでどこへ行くか知るわけがない。ましてや死んだうえに、さらに死に、生きていて再び生き返ることなど、なおさらわからない。

誠実で孝行という志が微動もせず、永遠に変わらないとは、席方平は、なんと不思議な人だ。本当に偉大な人といえよう。

解説――蒲松齢とその時代――

黒田真美子

『聊斎志異』（以下、『聊斎』と略す）は、中国の清初、十七世紀末に編まれた文言小説集である。「聊斎」とは、作者、蒲松齢（字は留仙・剣臣、号は柳泉）の書斎名である。「聊」は、語源的には、耳にしばらくとどめて楽しむの意であり、いささか、差し当たりという副詞としても用いる。現代中国語としては、聞いたり話したりという広がりから、世間話をするという意味もある。したがって「聊斎」とは、世の諸々の話をしばし楽しむ書斎というほどの命名であろう。『聊斎』が世に知られるようになってから、松齢は「聊斎先生」と呼ばれた。さすれば書名は、「蒲松齢の志異」と解せよう。「志異」の「志」は、「三国志」「地志」「墓志」を挙げるまでもなく、「誌」「識」と同じく、書き記す、記録するの意である。それゆえ「志異」は、「異を志す」、すなわち松齢が知り得た異事異聞の記述という意味である。では蒲松齢とはいかなる人物か、その異事異聞とは何か、彼は、なぜこの書を書いたのか、以下に、これらを中心に記して、本書を楽しむ一助に供したい。まずは、蒲松齢の出自から始めよう。

蒲松齢の誕生

作者、蒲松齢は、崇禎十三年（一六四〇）四月十六日に生まれた。生地は、山東淄(し)川(せん)（今の淄博市）東方の満井荘である。松齢自らが編んだ『蒲氏族譜』（以下、『族譜』と略す）に拠れば、先祖は「元の世勲（勲臣）為り」とあり、具体的には般陽路（淄川の古名）の「総管」と記される。[1]元代は、大都路、上都路に都総管府を置いたが、「総管」は、その下の各路に設けられて、司法・民政・農事の管理を職掌とした（『元史』巻九十）。蒲家は、淄川地方を一括管理する名家であったといえよう。その後も、優秀な人材が輩出して、明・万暦年間（一五七三〜一六二〇）には、淄川全体の廩膳(りんぜん)生八人中、六人まで蒲一族が占めて、「満井荘」が「蒲家荘」に改められたという。[2]

1　手鈔本影印『蒲氏族譜　聊斎草』慶應義塾大学中国文学研究室編（汲古書院、一九九一）。清・康熙二十七年（一六八八）、松齢四十九歳の時の編集。

『族譜』に拠れば、高祖、曽祖父、ともに生員（秀才）である。だが祖父生洳については何の記述もなく、父の槃は、その三男。槃（字は敏吾）は、年少より童試をめざしたが、二十歳を過ぎても及第できず、明末の動乱もあって官界志望を諦め、商業に転じた。[3]一時は財を成したが、義侠心に富み、戦禍や天災のたびに貧者に惜しみなく施して、次第に貧しくなったという。松齢誕生のころには、昔日の繁栄は望むべくもなかった。長男を早くに亡くし、その後、子に恵まれなかったが、四十歳を過ぎて四男子（兆専・柏齢・松齢・鶴齢）が生まれ、松齢は、その三番目（長子を入れれば四番目）である。槃は、挫折した官吏の道を子に託すべく、自ら科挙試験の勉学を指導したという。家庭教師を雇う経済的余裕はなかったのである。それでも『族譜』には、松齢の上の二人の兄も「庠生」（生員）と明記されており、父の指導は、相応の結果をもたらしたといえよう。進士及第を経て官吏にするのが父の夢だったならば、道半ばにも達していないが、それでも自身の童試の蹉跌を思えば、良しとせざるを得ない。後述するように松齢の科挙への執着は、父の悲願も影響を及ぼしたのかもしれない。

母は董氏、後妻であった。[4]『族譜』では、孫氏・董氏・李氏が五子を産むとある。李氏は妾である。当時、妾は、人身売買の対象であるから、槃は落ちぶれたとはいえ、まだ妾を贖うほどの余裕は残っていたのであろう。董氏は、上の三男子を産み、鶴齢は、李氏の子であった。鶴齢のみ生員ではないのは、『族譜』編纂時にはすでに逝去しているので、夭折のためであろうが、やはり正妻の子ではないという差別があったのかもしれない。当時の三・四世代同居の大家族主義の中で、習いとはいえ、妻妾同居は、兄弟間の軋轢の原因になったであろうし、『聊斎』中、妻妾同居をめぐる話が

2　科挙の地方試験である郷試を受験する資格を得るための予備試験（童試）及第者の「生員」（秀才）の中で、特に学費を支給される成績優秀者。生員は、社会的に官に準ずる存在として礼遇され、税法上も徭役免除などの特権を得た。

3　以下の略伝は、『族譜』および路大荒『蒲松齢年譜』（斉魯書社出版、一九八〇、以下「路年譜」と略称）、盛偉編『蒲松齢全集』（学林出版社、一九九八）所収の「述劉氏行実」（『全集』壱、『聊斎文集』巻七、松齢の妻劉氏を悼む文）、「柳泉公行述」（『全集』参、「参考資料」松齢の長子箬による父の哀悼文）、「蒲松齢年譜」（『全集』参、以下「年譜」と略称）などを参照。

4　松齢には、ほかに姉と妹がいる。姉は先妻の子の可能性があるが、妹は董氏が産んだと考えられるが、未詳。『聊斎』「考城隍」（巻一―1、算用数字は巻内通し番号。本書未掲載作は、以下同じ）に姉の婿の祖父（宋燾、廩膳生）に因む話（死後三日たって生き返り、その間に冥界の城隍神になる試験を受けた話）が見えるので、姉は宋家に嫁いだとわかる。「路年譜」のみ姉妹の存在を記述（ただし詳細は不明）。

散見するのも、身近な見聞ゆえであろう。さりながら董氏の人となりは「坦白にして、庶子も亦た撫愛すること一の如し」（「述劉氏行実」注3、以下「行実」と省略）と、大らかで広い心の持ち主で、妾腹の子も分け隔てなく慈しんだと松齢は記す。これは妻妾同居を支えるための正妻として要求される当然の条件であり、割り引いて考えなければならないが、少ない資料の中では、容認せざるを得ない。その母は、松齢四十一歳（康熙十九年、一六八〇）のとき、病死した。当時、淄川は、打ち続く旱害、蝗害（イナゴの被害）に疫病も流行り、松齢も前年の春から秋にかけて三か月を越す病に倒れたが、母の病が篤くなると、我が身を顧みず、一人で不眠不休の看護を引き受けたという。「四十余日、衣は一たびも解かず、目は一たびも瞑（つむ）らず。両伯一叔は唯だ晨昏定省（ご機嫌伺い）するのみ」（「柳泉公行述」注3、以下「行述」と省略）と松齢の長男箬が記している。ここには、兄や異母弟にはない松齢の母への深い思いが認められるが、裏返せば、末子に対する母の格別の慈愛を物語る。清初の不安定な政治状況と天災や疫病、そして長く続く失意の日々にもかかわらず、『聊斎』に時折認められる女性への温もりのある眼差しは、不惑を過ぎるまで陰に陽に彼を見守る母の存在があってこそ可能になったのではあるまいか。何はともあれ末子松齢の誕生は、明の滅亡四年前のことであった。

明末清初の状況

明末から清初にかけての歴史の大きなうねりについて詳述する余裕はない。当時の状況を簡単に記し、淄川を含む山東一帯がどのように巻き込まれたかを述べるに止めざるを得ない。

天啓七年（一六二七）八月、熹宗崩御後、後を継いだ毅宗崇禎帝は、魏忠賢を始めとする宦官勢力を一掃して、明朝再建を苛烈なまでに押し進めた。[5]だが、在位十七年の間に、袁崇煥[6]ら誅殺された総督名将は七人にも上り、人心は畏縮して積極性を失い、

5　以下の史実は、濱島敦俊『中国史』4「明～清」（山川出版社、一九九九）、岡本隆司『「中国」の形成　現代への展望』（岩波新書、二〇二〇）などを参照。

6　袁は天啓六年（一六二六）、明代北東防衛の最後の要衝、寧遠（遼寧省）で、清の太祖ヌルハチの攻撃をポルトガル砲で撃退し、太祖に重傷を負わせ、太祖はそれがもとで逝去。袁は明の危機存亡の救世主であったが、崇禎三年（一六三〇）讒言によって磔刑にされた。

改革の意図とは逆に、帝に諂う温体仁ら宦官勢力が復活するなど、かえって政治的混迷を深めることになった。

中央政治の腐敗堕落は、地方にも波及し、地方役人の暴政によって、民衆の困窮は日々募っていく。さらに旱害などの天災が追い打ちをかけ、農民たちは餓死の恐怖から逃れんとして各地で蜂起した。給料を貰えない兵卒や失業した駅夫なども加わり、陝西から山西にも拡大した総数は二十万あまりにも達した。中心人物の一人が元駅夫の李自成（一六〇六～一六四五）だった。崇禎十年（一六三七）七月、反乱軍首領の高迎祥の刑死後、李は四川、陝西の山岳に潜伏していたが、十二年から十三年にかけて華北・山東一帯の旱害、蝗害に乗じて、河南に侵攻した。十三年の惨状は「五月大旱あり。飢ゑて樹皮皆尽き、瘞肉（埋葬した屍）を発きて以て食ふ」（『済南府志』）という凄まじさであった。松齢は、まさにこの飢餓地獄の中で誕生したのである。

時を溯ること四年の崇禎九年（一六三六）、ジュシェン（女真、女直）族出身の太祖ヌルハチ（在位一六一六～一六二六）の後を継いだホンタイジ（在位一六二六～一六四三）は、朝鮮・モンゴルに遠征して勝利し、年号を崇徳に改めて皇帝（太宗）に即位し、国号を「大清国」とした。ヌルハチは、ジュシェンを統合し（満洲）、瀋陽・

遼陽を陥れ、遼東居住の漢人も支配下においたが、その後継者、すなわち遼東の一君主であったホンタイジが、満洲人、漢人に加えてモンゴル人三族の長にふさわしい体裁を整えたのである。清軍は万里の長城を越えて、度々侵攻を繰り返していたが、ホンタイジ即位二年後（崇禎十一年）には山東に進軍し、翌年正月、遂に中心地済南を攻撃し、城内は虐殺と略奪の修羅場と化した。惨状を窺わせる話[7]（「鬼隷」巻十一―33）が『聊斎』に見える。

さらに三年後（崇禎十五年）、清軍は再び山東に侵攻し、八十余りの城市、三十六万人の被災者を出したという。後述するように、清の代表的詩人王漁洋[8]（一六三四～一七一一）の一族四十三人も犠牲になったという（『新城王氏世譜』）。新城の隣の淄川も難を免れなかった。三歳の松齢と蒲一家が無事であったことは、幸運としかいいよう

7　他郡への出張から済南へ帰ろうとしていた二人の小役人が、途中、二人連れの小役人と知り合うが、彼等は実は冥界の小役人（鬼隷）だと明かし、正月元旦、済南で百万人近い大虐殺が始まると教えてくれたので、二人は難を逃れることが出来たという。原文の最後は、「北兵大いに至り、済南を屠り（ほふ）、尸を扛（あ）ぐること百万」と記す。「清兵」と記さないところに清朝への配慮が窺える。

がないが、それでも苦難のどん底であったことは想像に難くない。もっともホンタイジは、結局、北京防衛の要衝である山海関を突破できないまま、一六四三年、世を去った。

翌年の一六四四年三月、李自成軍に包囲された崇禎帝は、北京の北の景山で自害し、約三百年続いた明朝が滅んだ。だが李自成の北京君臨は四十日で終わる。明の将軍、呉三桂[9]の導きで、山海関を越えた清軍が怒濤のように押し寄せ、李軍は全面撤退を余儀なくされた。翌年四月、李自成は湖広通城県（湖北省）で土地の自警団に殺害されたという。あえない最期だったが、各地を機動的に転戦して「流賊」と恐れられ、明を滅亡させた。清軍にとっては、思わぬ僥倖（ぎょうこう）だったであろう。

ホンタイジの後を継いだフリン、後の順治帝（在位一六四三〜一六六一）は、当時まだ数え七歳、実権を担ったのは、ホンタイジの弟ドルゴン（一六一二〜一六五〇）だった。父祖の悲願であった山海関を越えて北京に入ったが、不安定な情勢の中で、満洲族・旗人（八旗に属した士人。建国の功労者とその子孫）を中心とする政治体制樹立のために、剃髪令（弁髪の強制）や圏地（民間耕作地の強制収用）などの占領策を強行する。弁髪は、漢民族にとって奇異で屈辱的髪形であったし、耕作地の強制収用への反発は、言を俟たない。順治帝治世の前半（松齢十歳前後）は、反清の動乱や農民暴動が止まなかった。山東における比較的大きな蜂起は、順治三年（一六四六）の謝遷の乱と、五年に始まり、一時、清に帰順したものの十八年に再起した于七の乱である。前者については、「鬼哭」（巻一—28）において、謝軍を「賊」と呼びながらも、彼等が清軍によって「掃蕩」されると、「尸は墀（階の下）を塡め、血は門に充ちて流る」と描写する。白昼、幽霊が出現し、夜ともなれば鬼火が飛び交い「鬼哭」が聞こえたと記す。後者の乱に因む惨状は、「公孫九娘」（巻四—9）、「野狗」（〈怪〉の巻4）に生々しい。「公孫九娘」の粗筋は、次の通りである。ある日、于七の乱に連坐して誅

8　「漁洋」は号。本来の名は「士禛」。没後、雍正帝の諱「胤禛」を避けて「士正」と改められ、その後、乾隆帝から「士禎」を賜った。官職は、翰林院侍読、国士監祭酒などを経て、刑部尚書。淄川の隣邑、新城の出身。神韻説を唱えて、「一代の正宗」と称された。『聊斎』に関心を寄せ、評語を付した。後に詳述。

9　呉は、一六四一年から寧遠で明軍を指揮していたが、李自成による北京陥落の報が届くと、流賊征討のために、清に援助を求めた。清軍のドルゴンは、その引き換えに呉に帰順を強い、呉は清軍の先導となって李自成を追討した。

殺される者が数百人に及び、死体のほとんどは、城市の南郊に葬られた。次いで物語が始まる。ある生員のところに朱という若者が訪れる。朱は、「于七の難」の犠牲者すなわち亡霊だった。朱は、生員の姪（彼女も犠牲者）との縁談を願う。生員は朱に導かれるまま大きな村落（冥界）に入り、朱と姪の仲人をしてやり、そこで「公孫九娘」という才色兼備の麗人と知り合い、深い仲になる。だが九娘から長居はよくないと別離を告げられる。別後、生員は、会いたい一心で、南郊の無縁墓地を捜し訪ね、ふと見ると遠くに九娘らしき人物が歩いている。急いで近寄り、声をかけると彼女は消えてしまった。南郊に埋葬された犠牲者は、冥界で一つの村を形成してこの世とあまり変わらぬ暮しを営んでいたのである。松齢の想像力による切なくも心優しい鎮魂の一篇といえよう。

「野狗」では、清軍との戦闘で殺され、死体が折り重なる荒野に、顔が獣、体は人間の化け物が現れて、死体の顔を齧（かじ）り、脳味噌を吸って行く。シュールでグロテスクな描写は、しかしながら戦場の腐乱死体を貪る野犬というどの時代、どの国にもある紛れもない現実である。リアリティを踏まえながら、それを超える生々しさを表現し得ている。于七は、一端、帰順して矛を納めはしたが、結局足かけ十年以上に亘ることなったのである。

ドルゴンの執政六年、順治帝の親政十年、その間、南京など南方を拠点に明朝再興を目指すいわゆる「南明」の諸王が、帝を自称していた。最後の桂王(永暦帝)が滅ぼされたのは、順治帝の後継、康熙帝の御代になっていた(康熙元年、一六六二)。南明平定後も華南では、呉三桂らの「三藩」[10]が軍事、民政、財政の権力を手中にし、独立国のような様相を呈していた。九歳で即位した康熙帝は八年後、親政を始めたが、八年かけて康熙二十年(一六八一)、三藩の乱さらに台湾の鄭氏一族を平定した。これを以て清朝が一元化されたのである。松齢は四十二歳になっていた。不安定な政情の中で、清朝は、「文字の獄」[11]といわれる苛烈な言論弾圧など抑圧的占領政策を続ける一方、異民族としてのハンディキャップを自覚し、「非力な力量・立場をよくわき

10 呉三桂は清朝に帰順後、優遇されて、康熙元年(一六六二)平西親王に封ぜられ、雲南、貴州で軍事民政上の権力すべてを手中に収めた。同様に元明の将軍で清に帰順して権力を振るう広東の平南王、福建の靖南王を含めて「三藩」と称され、清の脅威となった。清が権力集中を削ごうとしているのを察知した呉たちは挙兵し、呉は湖南で帝を自称して反抗を続けたが、康熙十七年(一六七八)病死した。

まえ」「因俗而治（俗に因りて治む）」という方針、すなわち「その土地の習俗・慣例に即して統治した」（注5、岡本、四二頁参照）。民心を安定させるために、明の皇族や官吏に地位保全を通達して帰順を呼びかけ、『明史』編纂や孔子廟の修復などの懐柔策を行った。それは、馮詮や洪承疇ら帰順した明の大官の上奏に基づく。彼等は行政面では明の旧令を踏襲すべしと説いたが、その一つが官吏登用試験である科挙の継承実施である。年号を改めた順治元年（一六四四）十一月には、貢生（科挙の予備試験童子試の合格者「生員」から選抜される「抜貢生」）の試験を、三年には、会試（地方試の郷試の翌年、北京で行われる試験）・殿試（天子が主宰する宮中でおこなう試験）を実施したのである。後述するように、松齢の人生は、晩年まで科挙に翻弄され続けた。

人生の明暗

人生は太平の世でも順風満帆ばかりではない。ましてや異民族による征服王朝の下では、推して知るべしであろう。振幅の激しい禍と福が交叉しながら展開して、まさに「禍福は糾える縄の如し」ではなかったか。松齢七十六年の人生も、例外ではない。

明滅亡の後、清代の年号でいえば、五歳から二十二歳までは順治年間、それ以降は、歴代最長の六十一年を誇る康熙年間の大半、五十四年を過ごした。彼の人生を俯瞰すると、もっとも輝いていたのは、順治年間の十代後半である。余燼燻る世情の中ではあるが、二つの慶事が、認められる。一つは、順治十四年（一六五七）、十八歳の時の結婚、もう一つは翌年の童子試及第である。

父槃が選んだ新婦は、増広生員、劉季調（諱は国鼎）の次女、十五歳であった。増広生員とは、生員の中で廩膳生に次ぐ成績優秀者で、学資は支給されないが、徭役は免除される。劉家は、地方の中流としてそれなりの家格だったといえよう。以下は、主に松齢が劉氏を哀悼する前掲「述劉氏行実」に拠るが、そこでは国鼎について、「文戦（科挙試験）に声有り」とあるので、その娘の選択は槃が官吏への夢をまだ諦

11　康熙二年（一六六三）に発生した「明史案」。浙江省帰安県の富商、荘廷鑨が、明の内閣大学士、朱国禎『史概』『列朝諸臣伝』（稿本）を入手し、修訂補充して成った『明書』が、百条余りに亘って「朝廷を毀謗」しているとして弾劾された事件。荘家朱家は族誅され、印刷工、校閲者ら七十名以上が死罪になった。以後、「文字の獄」は絶えることなく続き、次の雍正年間には、さらに苛酷を極めた。「明史案」は、その始まりである。

めていなかったことを付度させよう。「行実」には、貧しい商家の三男との結婚に、劉家から異論が出たと記す。その際、国鼎は、松齢の父親は貧しくても学問を止めず、みずから子供たちに学業を教えている。「必ず蹉跌無からん。貧と雖も何をか病まん」と毅然と擁護したという。かように篤実一徹な父の下で育った劉氏の人となりは、「最も温謹、朴訥寡言」、穏やかで慎み深く、素朴でもの静かだった。現代から見れば、儒教的婦徳の典型と看做せるが、姑の董氏は、嫁の邪心のない素直な気立て（「赤子之心」）が気に入り、人に会えば、劉氏をほめた。そうなると長男（実際は第二子）兆専の嫁、韓氏は面白くない。ほかの嫁たちを巻き込んで「姑に偏私有るを疑ひ、頻りに之を偵察す」と董氏がえこひいきをしているのではないかと鵜の目鷹の目だった。だが前述の如く、董氏は妾腹の子も平等に慈しみ、嫁たちの付け入る隙を与えなかった。それでも彼女らは、何かにつけて劉氏を目の仇にして騒ぎ立てる。かような義姉たちの姿は、『聊斎』の中の一場面のようである。大家族の中の争いは、妻妾同居のみならず、科挙の合否や立身出世の如何に振り回されて、様々な悲喜劇を惹起する。『聊斎』に描かれる家族間の確執は彼自身の現実の反映と解せよう。殊に貨幣経済が発達した明清では、財産問題は少なくない。「雲蘿公主」〈仙〉の巻5）は仙女で、後に郷試に合格する安大業と結婚して二男を産むが、博打のために家財まで持ち出す放蕩息子の次男をめぐる嫁や長男夫婦の対応が極めて具体的である。『聊斎』の「異」は、「仙女」というモチーフを有しながら、人間と現実社会への鋭い眼差しを決して失わない。

松齢の父槃も、遂に同居は無理だと判断して財産分与に踏みきった。主な財産は、二十畝の田畑で、そのほか家具なども含めて、兄弟たちは、少しでも得をしようと争った。「而るに劉氏は黙して痴の如し」だったという。結局、松齢たちは、雑草が伸び放題の「農場の陋屋三間」を手にしただけに終わった。一家は、康熙元年（一六六二）に生まれた長男箬を連れてそこに移り住んだ。松齢は毎年のように受験などで出かけたが、劉氏は、自ら茨の藪を刈り開き、ひとり雨風を凌ぐ工夫をし、ときには雷鳴や狼の吠える中でひたすら夜明けを待つような日々も少なくなかったという。その後、松齢は暮しのために住み込みの館師（家庭教師）になり、古希まで続けたから、劉氏の苦労も終わらなかっただろう。古希の前年（康熙四十七年、一七〇八）の詩「内に語る」（『全集』貳、『聊斎詩集』巻四、手鈔本『聊斎草』一五七、七絶）には、起承句で、衣食ともに貧しいまま年を重ねたことを詠い、転結句は「未だ富貴なる能はざるに身先に老い、慚愧す　曽ち汝の恩に報いざるを」と忸怩たる不甲斐なさを正直に吐露する。そうした貧苦の中で、劉氏は四男一女を育て上げ、次男を除く三男子はみな童試に合格して生員となった。不在がちの松齢に代わる彼女の教育の成果といえよう。ここには、おそらく義父槃からも託されたであろう科挙及第の使命を果たさんとする彼女の姿が浮かび上がる。そして後述の如く、松齢は五十歳を過ぎても科挙を受験し続けた。だが「行実」には、そのころ、劉氏が、「山林に自ずから楽地有り。何ぞ必ずしも肉を以て鼓吹するを快と為さんや」と言って、断念するよう勧めたとある。音楽付きの豪華な宴会だけが「快」ではない、自然の世界自体に「楽」がある。おそらく宴会以上の楽しみが、と。「山林自有楽地」、なんという説得力ある言葉か。松齢のプライドを傷つけることなく、古代より連綿と継承されてきた仕官へのアンチテーゼ、士大夫階級憧憬の隠逸思想を踏まえて、未来志向の価値観を提示したのである。松齢が「行実」にこの語を明記したのも不思議ではない。ここには三十年以上、夫の受験を見守り、励まし、さらに子供を及第させて使命を果たした彼女の自負ゆえの決断の重さが伝わってくる。まさに良妻賢母の鑑というべきであろう。あまりの立派さに、恐妻説もある。

『聊斎』には、「江城」〈夢〉の巻4）など、妻が夫に暴力を振るう話が散見される。「江城」は、家は貧しいが「艶美絶俗」という美女で、幼馴染の生員の高と偶然再会して、貧富の差を乗り越えて結婚する。当初は仲がよかったが、やがて高に暴力を振るい始める。それも殴る、蹴るというレベルではない、おぞましいまでの虐待が記されており、紛れもなく「志異」の「異」の一つとして負の異彩を放っている。前野直彬『蒲松齢伝』「劉氏」は、「貞淑で、勤勉で、ものの道理をわきまえた、理想的な妻であったろう。だがそれだからこそ、松齢は妻が恐ろしかったのではないか」と説き、かようなコンプレックスが「虚構の世界で爆発」して思い切り亭主をいじめつくす悪妻の物語となったと論ずる。[12] 夫婦関係は、所詮、他人の及ぶ所ではなく、その真偽を追究しても無意味である。ただ前野説のように『聊斎』執筆の理由としては興味深い。もっともここでは、『聊斎』著述の傍らには、常に劉氏が存在していたことを指摘す

12 秋山書店、一九七六。「行実」の文章は「終生迷惑をかけ続けた、糟糠（そうこう）の妻」に対して、「不利な記録を残そうとするはずがない」として疑義を呈し、「過ぎた女房と思えば思うほど、松齢は尻に敷かれる結果となる。結果として尻に敷きながら、劉氏はきわめて貞淑温良に、泰然として動かない」。それがどれほど大きな「精神的圧迫」であったか、と指摘する。

るに止め、恐妻説が出るほどに、その存在は大きかったとだけ記す。『聊斎』中の女性像の中には、やはり劉氏の影と思しき人物が見られるのである。

康熙五十二年（一七一三）九月、劉氏はこの世を去る。七十を過ぎて病みがちだったが、亡くなる前の四十日あまり、床に伏せった。高熱が出て医薬に効がないと悟るや、決然と投薬を拒否し、最後の日も、横になったまま、家政を指示したという。芯の強い劉氏にふさわしい最期であった。享年七十一。松齢は、先の「行実」以外に悼亡詩[13]（『全集』貳、『聊斎詩集』巻五）を詠んで、その死を悼んだ。「内を悼む」六首（七律）、「又」（五言古詩八韻）、「絶句」各一首の計八首である。紙幅の都合で、「絶句」のみを記す。

五十六年藜藿伴　　五十六年　藜藿（粗食）の伴

枕衾宛在爾何之　　枕衾　宛ら在るに　爾何くにか之く

酸心刺骨情難忍　　酸心　骨を刺し　情　忍び難く

不憶生時憶病時　　生時を憶えず　病時を憶ゆ

貧窮をともにして五十六年連れ添った妻は、今一体どこに行ったのか。いまだ思い出に耽る余裕はなく、逝去までの辛い日々がうちひしがれた心に生々しく蘇る。「生時」と「病時」の句中対を用いて、喪失感を絞り出すようにして詠いあげる。ここではもはや「恐妻」か否かは問題ではない。貧苦と悔悟の連続だったにしても、当時にしては驚くべき長寿を二人で全うできたことは、幸福な人生だったというべきではないか。「五十六年」というリアルな数字がそれを雄弁に物語っていよう。

もう一つの慶事は、順治十五年（一六五八）、松齢、数え十九歳のとき県・府・道の童子試三試すべてに及第して、生員（秀才）に選ばれたことである。彼はこれで科挙の地方試（郷試）を受験する資格を手にした。しかも首席合格という輝かしい成績であった。時の山東学道（試験責任者）は、ほかならぬ清初の代表的詩人、施閏章（しじゅんしょう）

13　亡妻の死を哀悼する詩。西晋・潘岳（二四七～三〇〇）の作を嚆矢（こうし）として、清代まで継承される。拙著『韋應物詩論――「悼亡詩」を中心として――』（汲古書院、二〇一七）序章第三節参照。臨邑出身の王漁洋にも三十五首（七絶、『帯経堂集』巻三十二『漁洋続詩』巻十、丁巳稿所収）、施閏章にも二首（五古、『施愚山先生学余詩集』巻四）がある。その他、清初の詩人では、呉偉業・屈大均・顧炎武らが作詩。

（一六一八〜一六八三）。松齢憧れの王漁洋が、施の五言詩を「一唱三嘆す」と尊崇した詩人である。その施が、特に松齢を召し出して激賞し、彼の文名は一挙に喧伝された。いわば〝目利き〟の折り紙付き及第だったのである。周囲の期待は、いやが上にも高まる。無論、彼自身も素晴らしい未来を確信したであろう。ところが豈図らんや、順治十七年（一六六〇）の秋、山東郷試を受験するが不合格、以後、子・卯・午・酉と三年ごとに実施される郷試を三十年以上、受験し続ける（「年譜」では、五十七歳の郷試受験が最後）が、結局、及第しなかった。童子試首席及第という「福」が光り輝いた分、郷試不合格という想定外の結果は、松齢にとっては、一層、大きな失望を与えたであろう。最初は、失望よりも驚きだったろうが、回を重ねるたびに、じわじわと失望が暗い影を広げていく。半面、「福」があるために、それを支えに、いつかきっと合格できるという希望に縋り、受験を諦めきれずに執着した。いわば「福」の幻想に翻弄され続けたともいえよう。

ただ科挙をめぐる悲喜劇は、無論、松齢だけではない。隋に始まって以来、特に高級官僚の登竜門である進士科不合格者の多くは、条件の許す限り、受験し続けてきた。有名な例では、中唐・孟郊（七五一〜八一四）が、四十六歳にしてようやく進士科に及第して、「春風　意を得て馬蹄疾く、一日にして看尽くす　長安の春」（「登科後」）と飛び上がらんばかりの喜びを詠っている。その他、晩唐・五代の韋荘（八三六？〜九一〇）は、黄巣の乱に巻き込まれたこともあって、十年余りの放浪の末、五十一歳で及第し、その後、五代前蜀の宰相にまで出世した。明代の代表的散文家である帰有光（一五〇六〜一五七一）も、郷試合格後、落第し続け、二十五年後、還暦でようやく進士に及第した。極め付きは、清・沈徳潜（一六七三〜一七六九）である。「格調説」を唱え、漁洋と並ぶ清の代表的詩人、文人であるが、実に三十回以上の科試（郷試の予備試験）と十七回（すなわち五十年以上）進士科を受験し続け、遂に乾隆四年（一七三九）、六十七歳で合格した。いずれも及第の成功例として世に伝えられているが、松齢のように、不合格のまま何年も受験し続けて、結局、断念した例は無数にあろう。『聊斎』中、男性の登場人物の多くは「〇生」と表記され、「書生」と訳すことが多いが、かれらのほとんどは科挙の受験生であり、受験をめぐる話柄が多様に綴られている。そこには松齢の科挙への執念と同時に制度への批判や嫌悪という相矛盾した複雑な思いも認められる。それが『聊斎』の世界を単なる幻想的怪異小説ではない、リアリティをも有する時空として成立させることに寄与している。彼の「禍」は、

『聊斎』という書にとっては、「福の倚る所」だったかもしれない。

それにしても首席及第した松齢が、なぜ郷試に落第し続けたのか。一つは、彼を高く評価した施閏章が、順治十七年三月に山東学道を辞して帰郷してしまったことである。その年の八月に受験した松齢の答案を正しく評価できる試験官がいなかったと考えられよう。前野直彬前掲書（注12参照）は、落第の原因は一つではないとして、試験官の問題のほかに、蒲家荘という片田舎では受験技術を磨いたり、情報を得る機会が乏しいことなどを指摘した上で、主因としては、松齢が「受験のためにならぬ勉強」に手を染めていったからではないかと説く。受験のために必要な勉強とは、悪名高き八股文[14]や答案として作る詩（試帖詩）である。松齢はそれらの内容空疎な形式的文体に集中できず、「魔道」（「郢中社序」[15]）とされる文学としての詩文、さらには俗謡、戯曲、そして小説という自らが情熱を傾けられる対象へとのめりこんでいった。その一つが『聊斎』である。人間とその生きざまへの飽くなき関心、またそれをいかに生き生きと表現するかという果てしない探求に熱中し、松齢はそれゆえに及第できなかった。だがそれゆえに『聊斎』が生まれたといえよう。

施閏章の辞職が、松齢の人生の明暗を分けたといえるが、もし施が残っていたなら……、松齢が及第して高級官僚になったとすれば、たとえ『聊斎』が書かれたとしても、今のような内容・表現にはなっていなかったであろう。それは乾隆年間、『四庫全書』の総纂官であった紀昀（一七二四〜一八〇五）の『閲微草堂筆記』（以下、『閲微』と省略）を想起すれば、明らかであろう。勧善懲悪の鎧をまとい、学者の筆のすさびよろしく、教訓的、啓蒙的姿勢で、鍛え抜かれた端正な古文を駆使している。『閲微』の価値を否定はしないが、それに類する『聊斎』であったなら、現存の『聊斎』ほどに独自性を発揮し、広く共感をもって読み継がれ、後世に影響を与える書で

14　「八股文」とは、科挙の答案用に定められた形式と文体。四書五経などから句、節、段を抜き出して題とし、その意について、起股・虚股・中股・後股の四股から成る構成で、各股はすべて対句で作らなければならない技巧的文体。明の遺臣を貫いた顧炎武（一六一三〜一六八二）は、始皇帝の「焚書に等しくして、人材を敗壊す」と痛烈に批判した（『日知録』巻十六）。

15　『全集』貳、『聊斎文集』巻二所収。「郢中社」とは、童試及第の翌年、同邑の張篤慶らと共に作った詩の結社。「郢」は春秋戦国時代の楚（湖北省）の都。「郢曲」とは卑俗な歌曲を意味する。そこに流れてきた歌手が「陽春白雪」という高級な曲を歌ったら、誰も聞かなかったという故事を踏まえる。科挙受験生は、同種の文会を作って、受験用詩文を切磋琢磨したが、郢中社は、序文で気の合う仲間と談論風発の酒宴に終わらせず、詩格に縛られず、自由に作詩すると記す。

はなかっただろう。すなわち『聊斎』は、高級官僚ではない市井の立場から、俗語や方言も交えて現実と人間を生々しく描こうとした著書といえよう。

現代中国の作家莫言氏（一九五五〜）は、同じく山東省出身で、松齢を「お手本として創作」しているが、作家にとって大切なのは、「庶民のために書く」のではなく、「庶民として書く」ことであり、登場人物よりも聡明と思わず、「共に歩むべき」と説く。ところが後者は、「実はとても難しい」、しかるに松齢はそれを実現しており、『聊斎』は文章も発想にも「独創性」があるが、その理由は、「科挙での失敗」にあると指摘する。[16] 大学士まで上り詰めた紀昀の『閲微』と『聊斎』の相違を、これほど的確に言い得て妙なる言辞はないだろう。

松齢のその後の人生は、受験を繰り返すごとに、暗くなっていく。三十歳前後までに三男に恵まれるが、その分、生活苦が深刻になる。康熙九年（一六七〇）三十一歳の時、江蘇省宝応県令の孫蕙（一六三一〜一六八六）に招かれて、幕僚になったのも、生計のためであろう。だがそれも一年足らずで辞職し（おそらく受験のために）、その後は、近辺の郷紳の館師で糊口を凌いでいた。

三十代に入っても及第できない事実はそのまま生活苦にも繋がっている。施閏章に激賞されて、親戚知友の期待が大きかった分、落第が重なると、失望も大きくなっていく。周囲の彼への遇し方も冷やかになるだろう。自分自身への落胆は、何よりもやりきれず、葛藤も深まる。娘も含めて四人の子供を抱える身は、財産分与されたわずかの耕作地だけでは、とても暮らしていけない。さすれば分家をめぐる兄弟間の確執と不和は、まだ尾を引いていたであろう。そして康熙十七年、松齢三十代最後の郷試も不合格だった。翌年、四十歳の夏から秋にかけて病気になったのも、精神的打撃も起因したのではないか。そのころ、淄川では、毎年のように旱害、蝗害が発生し、ことに康熙十七、八年が最悪で、多数の死者が出たという。「四十」と題する詩[17]（五律）は、「貧は荒（災害）に因りて益々累ね、愁ひは病と相循ふ」（頷聯）と詠う。さらに翌年、前述の如く、母董氏が亡くなったのである。

だが二年後、松齢は、四十四歳で、廩膳生に選ばれ、畢際有家（巻末「略年譜」康熙十八年参照）での館師の職も安定して、貧しいながらようやく薄日が射してくる。

16 『莫言の文学とその精神』（林敏潔編、藤井省三・林敏潔訳、東方書店、二〇一六）「中国5」「庶民として書く」、「中国6」「作家とその創造」。

17 『聊斎詩集』巻二己未所収。

長男箬に男児立徳も誕生し、初孫を得た。『婚嫁全書』という婚姻の吉凶迷信を打破する著書も上梓する。[18] 四十代終わりの年には、箬がめでたく童試に及第して生員になる。この年『族譜』を編んだのも、暗黒期を脱した余裕を窺わせる。その時点で、『族譜』には、長兄兆専、末弟鶴齢の逝去（「絶」）が記されているので、長年の兄弟間の確執も、消えつつあったのだろう。その後、五十代後半から、松齢は一般向け解説書を精力的に執筆するようになり、『聊斎』の受容とともに、文人として社会的に認知されるようになったのである。[19]

以上、彼の人生を俯瞰すると、三十代に暗闇が深まり、四十歳前後が、もっとも鬱屈した時期だったといえよう。「聊斎自誌」は、まさにその四十歳、失意のどん底で書かれたのである。序文は、陰陰滅滅たる調子で始まる。戦国楚の悲劇的詩人、入水した屈原と夭折の詩人中唐・李賀（七九一～八一七）の二人を挙げて、山中の神霊や「牛鬼蛇神」との感応による神秘性を指摘し、二人の詩篇は、「自ら天籟（天の妙なる調べ）を鳴らす」と評価する。特に李賀は松齢が傾倒する詩人で、この世と冥界を自由に往還する特異な詩興を有しており、松齢の詩文にその影響が見える。次いで書かれる「秋蛍」も李賀詩に因む（「自誌」注4参照）。「落落たる秋蛍の火にして、魑魅（ちみ）と光りを争ひ、逐逐たる野馬（かげろう）の塵にして、魍魎に笑はる」と、自身をうらぶれた秋の蛍やたちまち消え去るかげろうに喩えて卑下している。そこには成書の喜びは皆無であるが、右の如く対句仕立てで力の入った駢文[20]を用い、豊富な典故を駆使して、暗い情熱が迸るようである。最後は、こう記す。深夜一人、何とか「孤憤の書」を書き上げ、わが思いを本書に託したが、哀れなことこの上ない。私を本当に理

18　『婚嫁全書』（筆者未見）の「序」は『聊斎文集』巻二「引・序・疏」所収。序には、婚姻の吉凶については唐宋以来「百余家」の書物があり、人の耳目を驚かせてきたが、しっかり検証されてこなかった。「広く諸書を集め、其の大成を匯め、人をして指摘の病無からしむれば、即ち明らかに其の妄を知りて、以て疑ひを除くに用ゐるも亦た甚だ便なり」と記す。

19　康熙三十五年には『懐刑録』（一般向け法律解説書）、翌年には『小学節要』（児童教育の教科書）、四十三年には『日用俗字』（七五調による漢字習得書）、翌年六十六歳には『農桑経』（農業養蚕の心得集）などをそれぞれ上梓。『小学節要』以外は、『全集』参、「雑著」所収。

20　魏晋、六朝初期に始まった技巧的文体。一句が四言または六言から成り、典故を踏まえ、対句が多用されて、四六駢儷体とも称される。六朝時代の公文書に使用されたが、唐代の半ば過ぎ、古文復興運動が起こり、宋代には、古文が主流となった。だが、美文の一種として継承され、清代では、古文とともに用いられた。

解してくれるのは、あの深い林の中の暗闇（「青林黒塞の間」）にいるのではないかと結ぶ。「孤憤」とは、戦国末の法家の思想書『韓非子』の篇名である。戦国の七雄の一つでありながら劣勢に陥る韓を憂いて書かれたが、「孤憤」篇は、忠心を顧みられない孤独の中で世の乱れを憤っている。そうした系譜を踏まえて、『聊斎』は、松齢自らの孤独と不遇への悲憤をこめた書であることを表白する。「青林黒塞間」[21]のイメージは、李賀詩の「裊裊たり　青櫟の道」（「感諷」五首其三、五古五韻、第六句）という墓道であろう。鬱蒼と茂る青黒い櫟がざわざわと風に揺れている墓への道が、逢魔が時の仄暗さの中でひっそり浮かんでいる光景である。すなわちそこは冥界への入り口として魑魅魍魎や鬼神の潜む暗闇を意味する。裏返せば四十歳の松齢は、この世の人間界に絶望していた。「自誌」に書かれているように、幼時から病弱で、貧しい托鉢僧のような人生は、生まれるとき亡父が夢に見たという痩せて病気の仏僧が前世の姿という因縁を髣髴とさせ、かような己の運命を憤り恨んでいる。三十代初めの愁いは、益々深まり、さらに激しい「孤憤」となって結実したのである。

だが彼は本当に絶望したわけではない。「孤憤」は、裏返せば「我を知る者」への切なる渇望にほかならない。『聊斎』には、恋する女性の病気を治す薬のために、胸の肉一銭（約四グラム）を求められると、即座に自ら切り取る男（生員の喬）が登場する（〈恋〉の巻1「連城」）。喬生は、「士は己を知る者の為に死す」[22]という「知己」の典故を引いて、自分の思いは、「色」ではなく、彼女が喬生の詩篇を評価してくれて「真に我を知る」からだという。彼女の死後、冥界まで追いかけて「知己」としての愛を貫くのである。人は誰しも理解者を欲するが、孤独且つ不遇であればあるほど、己の存在理由、レゾンデートルを求めて、真の「知己」への欲求は強まるのではないか。冒頭、喬生は、「少くして才名を負ふも、年二十余にして猶偃蹇たり（失意のさま）」と二十歳を過ぎてもまだ及第できていないと記され、松齢を髣髴とさせるのである。したがって『聊斎』執筆の動機の一つは、「孤憤」と表裏一体の我を真に知る者への渇望とはいえまいか。「自誌」以降も執筆は時折続けられたが、「自誌」は、ひとつの区切りと認識して記述され、その大半は、人生で最も暗い三十代の作であるこ

21　「自誌」注20参照。「李白を夢む」二首其一（五古八韻）の第五聯を踏まえる。李賀詩は、呉企明箋注『李長吉歌詩編年箋注』（中華書局、二〇一七）巻三。

22　『史記』「刺客列伝」。戦国時代晋の刺客、予譲の言葉。唯一自分の存在を認めてくれた智伯のために、生涯をかけて報復しようとした。

とは『聊斎』が「孤憤の書」であることを如実に物語るのである。さりながら実際には、『聊斎』を著わすことで、鬼狐を通じて人間界に共感を得、松齢は、孤独と絶望の淵から徐々に生還していった。数多くの読者が、人間以上に人間的な鬼狐に共感し、現実的な冥界仙界に導かれ、自らの「孤憤」が己だけのものではないことを見出（みいだ）し得たのである。共感した一人が、王漁洋であった。

王漁洋との関わり

王漁洋についてはすでに言及したが、周知の如く、「一代の正宗」と称される清代を代表する詩人である。松齢より六歳年長で、順治十五年（一六五八）、二十五歳の時、科挙の最終試験である殿試（宮中で皇帝自ら主宰する試験）に及第して、高級官僚の道を歩み始める。その前年、「秋柳詩」四首（七律、『漁洋詩集』巻三、丁酉稿）によって、夙（つと）に詩人としての評価を確立した。「秋来　何れの処か　最も銷魂なる」と始める作は、山東済南の大明湖に遊び、湖畔の柳が秋色にそまった風情を詠み、当時、数百人の唱和者を得たという。その時、松齢は十八歳、隣邑の才人の名声は、当然耳目に触れていたであろう。唱和者の中に施閏章もいた。前述の如く、施は、順治十三年から済南に赴任していた。十六歳年下の漁洋との交遊は、済南から始まり、施が亡くなる康熙二十二年（一六八三）まで続いたので、[23] 童試の首席及第者として、松齢の名は何らかの機会に漁洋の耳に入ったであろう。もっとも漁洋の記憶に止まったかどうかは覚束（おぼつか）ない。

松齢と漁洋、二人の関わりについては、幾つかの風聞が伝わっている。曰く、漁洋が『聊斎』を激賞し、五百金で原稿を買おうとした。曰く、漁洋が『聊斎』を出版してやろうと言ったら、松齢は断った。或いは、漁洋が松齢を招いたが来ないので、自ら松齢を訪ねたら、門前払いされたなどである。いずれも一種の判官びいきで、松齢と『聊斎』を高からしめようとした松齢ファンの言辞である。なぜなら松齢の漁洋宛の手紙や詩篇が残っており、それらは明らかに漁洋への敬慕が記されているからであ

23　順治十七年の漁洋詩「半山愛予寒江落潮之句、為作図、愚山（施の号）題詩其上和答一首」（『漁洋精華録』巻一）などに、施閏章との済南での交友が窺われる。また康熙十九年の施詩「王阮亭（漁洋の号）侍読生日」（『施愚山先生学余堂詩集』巻四十一）などに施の晩年までの「忘年の交わり」を看取し得る。

る。その詩篇は、康熙二十八年（一六八九）（50、括弧内算用数字は松齢の数え年、以下同じ）の「次韻、王司寇（司法と警察を職掌）阮亭先生に贈らるるに答ふ」（『詩集』巻二己巳）を始めとして、七首残っている。[24]この最初の詩は、漁洋から贈られた詩に次韻（同じ韻字を用いる）した返歌である。したがってまず漁洋詩を掲げる。「戯れに蒲生の聊斎志異の巻後に書す」（『蚕尾詩集』巻一、七絶）である。底本を始め『聊斎』の各テキストに必ず掲載されている作である。

姑妄言之妄聴之　　姑く妄りに之を言へ　妄りに之を聴かん
豆棚瓜架雨如糸　　豆棚瓜架　雨　糸の如し
料応厭作人間語　　料るに応に人間の語を作すを厭ひて
愛聴秋墳鬼唱時　　秋墳に鬼の唱ふを聴くを愛する時なるべし

起句は、北宋・蘇軾が四十代半ば、黄州（湖北省）に流謫された時、無聊を消すために知友を招いて「姑妄言之」（はてさて口から出まかせ、何か珍しい話でもしてくれ）と願った故事[25]に基づく。豆と瓜のつる棚は勢いよく茂って、降り注ぐ雨が糸のように垂れ下がり、怪談奇談を聴くのに打ってつけと続ける。後半は、世俗の話はもううんざりなので、秋の墓場で歌う幽霊たちの合唱に耳を傾けようと詠む。俗世を厭う心情を吐露して、『聊斎』世界への賛同をさりげなく表し、今こそ異界、冥界との交遊を楽しむ時だと結ぶ。「秋墳鬼唱」は、松齢が傾倒する李賀の代表作「秋来」（巻五、五古四韻）に基づく。「雨冷やかにして 香魂 書客を弔ふ。秋墳 鬼は唱ふ 鮑家の詩」（第六・七句）。秋雨の夜、「書客」（詩人）を訪れた「香魂」（美女の霊魂）に誘われるように墓地に迷い込むと、墓場では、幽霊たちが、南朝・宋の鮑照（?～四六六）の挽歌を哀し気に歌っている。まさに「青林黒塞の間」というべき不気味な闇の

24 そのほかの六首は、康熙四十年（62）・四十一年（63）・四十四年（66）・四十七年（69）二首・五十年（72）。なお漁洋は、康熙四十三年（一七〇四）九月、七十一歳で、不当裁判の責めを負い、刑部尚書を辞任して帰郷。

25 蘇軾は新旧の法党の争いで旧法党に属し、四十四歳の時、朝廷を誹謗したとされて黄州に流された。右の故事は、北宋末・葉夢得『避暑録話』巻上などに見える。この語の出典は、『荘子』斉物論の「女(なんじ)の為に妄りに之を言ひ、女は以て妄りに之を聴く」。なお紀昀は『閲微』第四集の題名を「姑妄聴之」とした。

中、甘美な哀切の調べが揺蕩い、松齢が心惹かれる興趣を遺憾なく物語る。このように漁洋は、前半と後半に蘇軾と李賀、二人の典故を用いる。これは、松齢の「自誌」冒頭において、「長爪郎」（李賀）、「情は黄州（蘇軾）に類す」と二人の名を挙げているのに因んでおり、松齢に敬意を表したのである。

右の詩に応答する松齢の次韻詩は、次の通りである。

志異書成共笑之　　志異の書成りて　共に之を笑ふ
布袍蕭索鬢如糸　　布袍（粗末な上着）蕭索として　鬢　糸の如し
十年頗得黄州意　　十年　頗る得たり　黄州の意
冷雨寒灯夜話時　　冷雨　寒灯　夜話の時

起承句では、『聊斎』は仕上がったが、相変わらず貧しい身なりのまま年ばかり取ったと嘆くが、転句では、それでも蘇軾を満足させるほどの話を収集できたと誇る。ここで蘇軾を、結句では李賀詩「秋来」の「冷雨」「哀灯」[26]を踏まえて漁洋詩に応酬する。結句は、「自誌」の最後に書かれた松齢の姿、ほの暗い灯りの下、氷のような机に向かって一人鬼狐の話を紡いでいるという十年前の姿を髣髴とさせる。だがもはや「孤憤」ではない。起句で『聊斎』の完成を、漁洋と「共に」笑って喜ぶことが出来たのである。漁洋は進士及第後、順調に出世し、四十代は主に翰林院侍読などを歴任して、都北京に常駐していたが、康熙二十四年（一六八五、52）に父を亡くして、三年間、郷里で喪に服していた。[27] それにしてもこの時、突如、松齢と「共に」喜べるほどの親近感を得たとは考え難い。実はすでに十年ほど前から交流していたのである。松齢は、康熙十年代前半（松齢三十代半ば）に、漁洋の妻張宜人と兄西樵[28]（一六二五〜一六七三）の死を悼む祭文を草している（『文集』巻八）。墓誌が故人の功績や徳行を顕彰する目的で書かれるのに対して、祭文は、故人の死を悼む心情をより率直に表現

26　「寒灯」は「秋来」の第二句「衰灯　絡緯（キリギリス）寒素（ひんやりした白絹）に啼く」に基づく。
27　漁洋の略歴は、『王士禎全集』雑著之十九「自撰年譜」（斉魯書社、二〇〇七）に拠る。
28　「宜人」は、明清では、五品官の妻や母に与えられる封号。西樵は号、諱は士禄、字は子底。順治九年、二十七歳で進士及第。将来を嘱望されたが、康熙三年、河南郷試正考官の時、不正を疑われて投獄された。その年の冬、潔白が証明されたが、以後郷里にいることが多かった。

し、依頼ではなく自ら記す。葬儀の際に宣読されるので、漁洋は、松齢の西樵への祭文を耳にした可能性が高い。西樵は、漁洋の神韻説に影響を与えた人物と評価されるが、仕官の不遇や病弱で郷里にいることが多く、松齢は、西樵夫人の祭文も献じているので、かなり親しかったと考えられる。西樵が、漁洋との間を仲介したとも推定されよう。

そのほか、淄川の人、王培荀(おうばいじゅん)(一七八三〜一八五九)は、松齢の死後、約七十年たって生まれた人物であるが、その著『郷園憶旧録』には、漁洋の『聊斎』との関わりが記されている。漁洋は、『聊斎』が脱稿される前に、一篇ごとに自分に送るよう松齢に求めて読み、読み終えると、さらに篇名を指定して再度送るよう求めたと記す[29]。当時『聊斎』をめぐる漁洋と松齢二人のやりとりの書簡がまだ残っていて、培荀はすべて見たという。それに拠れば、漁洋は添削をしたり、評語を記していたが、培荀の当時、通行していた坊刻本掲載の評語は、「寥寥として、殊に遺漏多し」。現在伝わる漁洋の評語も微々たるものなので、本来はもっと多くの評語があったと考えられる。

以上のことから、漁洋は、『聊斎』脱稿前、すなわち松齢の三十代から並々ならぬ関心を抱き、篇によっては添削までしていたことが明らかになった。『聊斎』の完成を二人で「共に」笑って喜びを分かち合ったとあるのは、決して誇張ではないのである。さすれば漁洋は、なぜかくも多大なる関心を抱き続けたのだろうか。

　前掲、松齢の次韻詩が詠まれた康熙二十八年には、漁洋の『池北偶談』[30]も上梓されている。当該書はテーマによって大きく四分されており、最後の「談異」七巻三九九条が、怪異を記している。その中の「林四娘」（「談異」二）が、右の疑問への解答を示唆する。粗筋は、ある日、青州（山東省）の道台[31]陳宝鑰（ちんほうやく）の書斎に、十四、五歳の美しい娘が入ってきて、身の上を話す。彼女は、明の衡王の宮女だったが、夭折して宮中に仮葬された。そのうち国が滅んでしまい、皆逃亡したが、彼女は、宮殿が恋しく

29　筆者未見。路大荒『年譜』康熙十八年の項に引く。「志異未だ尽くは脱稿せざるの時、王漁洋先生士禎は篇を按じ閲（けみ）するを索め、一篇を閲する毎に寄還し、名を按じて再び索む」

30　中華書局、一九八二。「談異」以外の三つは、「談故」四巻（清代の法律制度）、「談献」六巻（明清の名臣、奇人、烈女など）、「談芸」九巻（詩文の評論）。なお「筆記小説」とは、文語体の散文形式の一つで、内容は、文人の折節の備忘録的雑記。唐代に始まり、宋代から盛んになった。『閲微草堂筆記』と書名に用いている。

31　「道台」は、清代、省以下府以上の一般政務を管理する官僚。

て離れられない。だが宮殿は荒れ果ててしまい、しばらくここに置いてほしいと願う。以来、毎日のように訪れては宮中での思い出を語り、人々は、皆もらい泣きした。一年余り後、別れを告げて去って行ったという。

亡国の美女の哀話である。『聊斎』にも、この篇（巻二―40）が同名で収録されている。だが約三倍に伸ばされて、陳と幽霊の娘との恋物語として、情趣溢れる一篇になっている。最初に契りを交わす場面では、娘の処女性を強調して、衣を脱ぐのを恥ずかしがる娘の様子などを書く。だが娘はその場面では名前しか言わない。二人は深く愛し合うようになり、陳が詰問して、初めて素性を明かす。国難に遭って死んだと。「談異」では、娘の死は国の滅亡前のこととするが、『聊斎』では、その犠牲者であったことを明記する。また娘の素性を明かさず、悲哀のニュアンスだけを表現して興味をかきたて、それが高まって初めて幽霊という正体を明かし、悲劇を語らせたのである。「談異」と同様の素材に基づきながらも、唐代伝奇で培われた虚構性を意識し、作者として創意を凝らし、話の展開に伏線を配して主題を際立たせたのである。

漁洋は、すぐに素性を語らせ、しかも娘の死を国の滅びと無関係にしている。なぜそうしたのか。『聊斎』の割注に拠れば、陳が、青州の道台になったのは、康熙二年

（一六六三）の時とある。奇しくも、その年〈文字の獄〉、前述の「明史案」（荘廷鑨史案獄、注11）という言論弾圧が始まっている。権力に、より近い漁洋は、明の滅亡に関する記述には、一層、慎重にならざるを得なかったのではあるまいか。それだけではなく、彼にとって清朝支配は、深刻な問題であった。既述の通り、崇禎十五年、清軍の山東侵略の際、一族四十三人が犠牲になっているからである。彼はその際、貞節を守って自死した叔母や従弟の嫁などの伝（「五烈節家伝」『漁洋文集』巻六）を詳述している。八歳の漁洋は、その場にいて、凄絶な修羅場を目の当たりにしたのである。

漁洋はこの衝撃的体験を胸に秘めて、清朝の権力構造に奥深く入って行く。地位が上がれば上がる程、言動を慎重にし、それによって、心の闇は深く暗くなっていったに違いない。その闇の中に浸ることで、辛うじて息を吹き返す日々、漁洋はそこにこそ「我を知る者」の存在を求めていたのではあるまいか。まさに「青林黒塞の間」に在る存在を。

「一代の正宗」という大詩人の名声をほしいままにし、高官として都で活躍する漁洋と、山東の片田舎で鬱屈した思いを抱える松齢、社会的には雲泥の差がある二人だったが、程度こそ違えど、如何ともし難い心の闇を同じくしていたのである。それを見抜いた漁洋は、ひそかに松齢を信頼し、自分に代わって無位無官の自由さによって、暗闇の世界が奔放に展開することを期待したのである。松齢にとって、それがいかに大きな支えであったか、もはや言を俟たないであろう。

以上、蒲松齢とその時代について概説した。明から清へという激動の歴史と異民族支配の大きな抑圧が背景として浮かび上がる。その中で蒲松齢は、明の制度継承策の一つである科挙に執着し続けて葛藤し、「孤憤」を抱えて不遇感を深めた。「我を真に知る者」を求めて彷徨（さまよ）うが、「青林黒塞の間」という世界に可能性を見ようとする。裏返せば、この世の人間界に絶望したのである。そこには、幽霊や狐、植物、虫、さらには妖怪や神仙などの異類が異能を発揮し、時には人間に危害を与え、あるがまま自由奔放に生きている。それは生きとし生けるものの、本来の姿ではなかったか。人間とて例外ではない。その意味で、人間以上に人間的な存在ともいえる。松齢は幻想の中で目の当たりにしたその姿をリアリティのある詳細な筆致でこの世に登場させ、彼等の眼を通して人間と社会を見つめなおす。「画皮」（〈妖〉の巻2）[32]の話のように、人間の皮をかぶった非人間がうようよいる社会の逆照射である。最初は現実逃避であったかもしれない『聊斎』の執筆によって、彼は複眼的眼差しを得て、絶望の淵から徐々に生還したのである。現実との違和感に「孤憤」を抱える多くの読者も、人間以上に人間的な異類に共感し、現実以上に現実的な異界に導かれて、自らの「孤憤」が己だけのものではないことを見出し得た。『聊斎』は、「我を知る者」への渇望をパトスとして生まれたといえよう。時間も空間も異なる現代日本の我々にとっても、「孤憤」は、決して無縁ではない。むしろその思いは強まっているとさえいえまいか。さすれば「青林黒塞の間」への遊行は、我々にとって、大きな意味を持っているのではないだろうか。

32　妻ある書生が深い仲になった十五、六歳の美しい娘の正体は、恐ろしい妖怪（「獰鬼」）で、人間の姿を描いた皮をすっぽり着て変身していた。それを知られた妖怪は書生の心臓を摑み取って殺してしまう。後半は、妻が大変な苦労の末、書生を生き返らせる話。

『聊斎志異』解題

本書の構成

最後に、本書の構成や版本などを略述して、『聊斎』の解題を補充する。『聊斎』のテクストは、後述するように、蒲松齢の生前から多くの写本が出回り、現在伝えられている版本は、六十種以上に達する。本書の底本は、その中で最も通行している張友鶴輯校、会校会注会評本（上海古籍出版社）、いわゆる「三会本」十二巻四九四篇（附録篇除く）である。十二巻も巻内の各篇も、体系的に組成されてはいないので、有機的関連は認められず、どこから読んでも問題はない。拙訳は、その中から、四十三篇を選び、便宜上、六部のテーマに分けて収録した。

四十三篇は、全作の十分の一にも足りないが、独断ではあるが、その分、選りすぐりの作を選んだ。基本方針としては、＊異類の魅力や異能、面白さが顕著な作、＊作者蒲松齢の人間観や価値観が明らかな作、＊当時の生活、風俗および貨幣経済の実態を描いている作、＊作者の宗教観（仏教・道教）が窺える作、＊作者の美意識や表現技巧が認められる作を中心にして、以下の小説史的観点をも考慮した。一、六朝志怪や唐代伝奇との関連が見られる作（「香玉」「続黄粱」など）。二、作中に漢詩が多用されたり、典故として用いられた作（「連瑣」「白秋練」など）。三、日本に影響を与えた作（「黄英」「酒虫」「竹青」など）である。

次いで、本書の六部について、簡単に説明する。

「〈怪〉の巻」十篇は、ほかの五部に入らない諸々の異事である。たとえば小人が主人公の「瞳人語」「小猟犬」であるが、果たして「小人」とは何者なのか。人間の目の中にも入れるほどの小ささで、「小猟犬」の犬は大きな蟻ほどのミニチュアである。かの白雪姫の小人たちの比ではない。強いていえば、一寸法師のほうが近いだろう。だが一寸法師が人間社会と関わりをもち、その一員として話が展開するのに対して、小人たちは、勝手に訪れて勝手に去って行くだけの存在、いわば異界からの闖入者にすぎない。人間社会とは、別の世界の存在を暗示させる。反対に異界訪問譚もある。「画壁」は、寺院の壁画の中の世界であり、「偸桃」は一種の魔術話だが、梯子で登った先の天上世界の桃を盗む。「夜叉国」は、「ガリバー旅行記」同様、海を漂流して流れ着いた夜叉の国が描かれる。これらは異次元世界ではあるが、人間社会と空間的に繋がっており、彼此の相違と類似を見出せて、この世の現実も逆照射される。

一方、現実社会を舞台にしてコオロギ（「促織」）や腹中の虫（「酒虫」）という昆虫譚の悲喜劇が描かれる。特に前者は、朴訥誠実な受験落第生が、権力者たちのコオロギ合わせの流行によって、コオロギ採集に命まで懸けざるを得ない様子が、紆余曲折、活写される。現実批判の作でもある。「周克昌」も現実の科挙受験を軸にして展開する。愚鈍な一人息子が行方不明になって一年あまり後、突然聡明な息子になって帰ってきて郷試にも及第して挙人になる。だがある日、突然倒れて、抜け殻のように消えてしまった。翌日、本物の息子が帰ってきたが、以前通り、愚鈍だったという。世間に異事が知られていないのを幸いに挙人の肩書はそのままにしたという。消えた息子は、「鬼の仮」（幽霊の偽物）と記される。幽霊に本物と偽物があるのか。幽霊ではなく、芥川も記す「ドッペルゲンガー」ではないのか。さすれば人間の真と偽への提示であるが、果たして如何（いかん）？　疑問は深まる。ただ松齢の悲願である郷試及第への執念は明らかである。『聊斎』は、前述「発憤著書」として言及した司馬遷『史記』が、本紀・世家・列伝[33]の各篇末に「太史公曰く」と称して評語を付すのに倣い、各話末の多くに「異史氏曰く」として自らの見解を表明する。「周克昌」の評語には、「昔から

〈愚鈍は人を幸福にする〉というが、まさにその通りだ。間抜けた人間には、後から幸運がついてくる。才能が輝いている人材には幽霊もよりつかない」という人間観、価値観を記す。コオロギに翻弄される落第生も同類の人物だが、最後は皆、幸福になっている。かような価値観は、ずる賢い人間が出世する現実への批判、悲憤であろうが、半面、受験に失敗し続ける松齢のコンプレックスの裏返しか、将又(はたまた)哀しい願望かもしれない。

「〈妖〉の巻」七篇は、女妖が主の話である。前掲「画皮」の女妖の正体は、翠色の顔にノコギリのような歯をした恐ろしい形相の妖怪だが、他の女妖の正体は、狐及び狐の親族が四篇、あとは、ネズミらしきものと菊の精である。「〈恋〉の巻」六篇の内、四篇に登場する女性も異類で、その正体は、狐・蜂・魚・白牡丹と椿の花の精である。「〈妖〉の巻」よりも恋愛に比重が置かれているので、分別したにすぎない。「〈仙〉の巻」六篇中、三篇は、所謂仙女降臨譚で、突如この世に現れて人間の男と結婚する。

33 『史記』は、中国最初の正史。国初から漢の武帝までの通史を紀伝体(最初の「本紀」と最後の「列伝」を結ぶ呼称)によって叙述。「本紀」は皇帝および皇室の記録、「世家」は諸侯の記録、「列伝」は個人の伝記。「太史公」は、司馬遷の官名。

仙女も含めて、『聊斎』に登場する彼女たち異類の女性の多くは絶世の美人で、男性作者による理想的女性像の条件の一つとして不思議ではない。ただその形容は、「傾城」「無双」などありきたりで独自性はない。仙女や女妖の特徴は、むしろ、聡明で多種多様な異能をもっていることである。相手の人間が欲する物や事を即座に叶えてやる。酒やご馳走を望めば、湯気の立ついい匂いの料理をたちまち目の前に並べる。貧しい男の家の布団を柔らかい綾絹に換えてやるなどである（「双灯」「雲羅公主」）。スケールが大きい場合は、住居まで豪華に建て替える。それを実現したのは、天上の織姫の侍女「蕙芳」であるが、彼女は貧しい麺売りの男の下に降臨する。「異史氏」は、仙女はなぜ何の取り柄もない貧しい男を選んだのかと自問して、朴訥で誠実な男だからと説く。ここにも松齢の人間観が窺えよう。

以上は、衣食住という日常的快楽を満足させる庶民の夢の実現であるが、それを逆手に取って、人間の、特に男性のエゴイズムを痛烈に剔抉（てっけつ）するのが「醜狐」である。美人ぞろいの女妖の中で、異色の存在である。ある晩、穆という貧しくて冬の綿入れもない書生の前に、きらびやかな服を着た女が現れて狐仙と明かし、同衾（どうきん）を迫る。穆は狐が怖いし、色黒で醜い容貌のため、拒絶するが、女が馬蹄銀（明清時、秤量貨幣として使用された馬蹄形の銀塊、普通一個の重さは五十両）を差し出すと、喜んで受け入れた。以来、女は毎夜のように訪れては金品を贈り、一年余り後には、穆はすっかり裕福になった。ところが贈り物が減ってくると、穆は嫌気がさして、道士に護符を貰って門に貼りつけた。それを見た女は、怒り狂って暴れ回った挙句、犬猫のような怪獣に穆の足の指を嚙みちぎらせ、家中の金銀財宝を要求した。金が二百両しかないとわかると、十日後、六百両弁償しろと迫った。穆は恐ろしくて、必死に金を工面して手渡すと、女は無言のまま立ち去り、そのまま来なくなったが、穆は、元通りの貧しさに戻った。その後、たまたま道で女に出くわすと、無言のまま、手ぬぐいに五、六両包んで遠くから穆に投げつけて、身を翻して去って行ったという。明清の貨幣経済を背景に、現実的な金品をめぐる話柄が記されている。それにしても穆の身勝手な対応は、狐仙が怒って然るべきである。後日談として、再会での彼女の温情ある振舞いが付加されたのも、松齢の狐仙への賛同ゆえであろう。この異史氏は、「魔物の恩徳を受けたからには、妖魔であろうと背くべきではない。貪欲をほしいままにして、無残な結果になったのは、嘆かわしいことだ」と記す。当然の評語ではあるが、醜い異類に対しても、人間と変わりなく向き合う松齢の姿勢は、『聊斎』中、一貫している。場合によっては、右のように、異類のほうに好意的である。それは人間と社会への風刺、批判になっている。

その他の異能としては、彼等は時空を軽々飛び越えて、人間では不可能なスピードによって事を運ぶ。特に狐の活躍はめざましい。「鴉頭」（巻五―7）という妓女の正体は狐である。恋に落ちた生員と驢馬に乗って駆け落ちするが、男に暫く目を閉じさせて、数千里を越えさせる。「嬌娜」（巻一―22）では、狐の一族が登場する。男の狐が親友になった貧乏書生と親類の狐女を妻合わせると、二人を連れて空を飛び、書生の故郷へあっという間に到着させた。それ以前に、書生の胸に腫れ物が出来ると、親族の「嬌娜」を呼び寄せる。十三、四歳の美少女だが、腫れ物をメスで切り取って治療する。リアルな手術場面が生々しい。異類が医術と関わるのは、古来、仙女杜蘭香（六朝志怪『捜神記』など）にも見える異能の一つだが、『聊斎』では、より具体的、詳細に描かれている。

異類の予知能力は数多く記述され、伏線として話の展開と関わっている。菊の精の「黄英」の弟は、菊を愛する風流人の馬子才と姉との結婚の時期を「四十三か月後」と予言して、馬の妻の死などを経て予言通りに結婚する。予知能力は、仙女がめざましい。前掲「雲蘿公主」は、天界の姫君であるが、生員の安大業という眉目秀麗且つ聡明な男性の下に降臨する。安が危難に会うたびに、それを予言して対処法を教え、無事に乗り越えさせる。結婚後、男児二人を産むが、次男の放蕩を予言し、その災難を救う未来の嫁まで具体的に指定して、去って行った。その後、かなり長い紆余曲折が、公主の予言通りに進行して、財産を守ることが出来た。このように、明清の貨幣経済を背景にした話柄として、異類は貨殖の才にも恵まれている。「王成」という狐の老女は、落ちぶれた孫に元手を援助して裕福にさせるし、「白秋練」という魚類は、結婚に反対する商人の父親に、高く売れる商品を予言して儲けさせ、めでたく結婚に至るなどである。これも予知能力の発揮であろう。

雲蘿公主の存在意義は、それればかりではない。結婚して長男を産んだ後、彼女は天界に里帰りするが、三日間だけと言いながら、一年以上帰ってこない。安は、じりじり待ちながら最後は諦めて学問に励み、郷試に及第する。ある夜、彼女がふと帰って来た。安が詰(なじ)ると、天界では二日半しかたっていないという。安は彼女を喜ばせようと得意げに郷試及第を報告すると、彼女は、憂わし気に言った。「そんな賭博のようなもの、何の役にもたたないわ。三日会わなかっただけで、また一段と俗世にどっぷり浸かってしまったのね」安は、それを聞いて、もう二度と出世の努力はしないことにしたという。痛烈な科挙批判である。これは公主が別世界の存在ゆえに初めて可能である。すなわちこの世の価値観は唯一無二の絶対ではないことを、公主の存在が表明するのである。当該篇が、いつ書かれたかは不明だが、科試をめぐる葛藤を抱きながら、松齢は『聊斎』を書くことで、現実以外の価値観の可能性に思い至った。六十歳前まで受験し続けてはいるが、複眼的価値観を抱くことによって、多くの受験生が陥る狂気や病から逃れられ、精神的余裕を得ることが出来たのではないだろうか。

「香玉」(「〈恋〉の巻6」)は、労山(山東省)の道観に植えられた白牡丹の精である。黄生という科挙の受験生が、部屋を借りて勉強しており、漢詩を詠んで深い仲になる。ところが白牡丹を気に入った人物が掘り返して持ち去り、枯らしてしまう。話は、後半、椿の精の「絳雪」とともに、「香玉」の再生譚が綴られる。最後は見事に復活するが、黄は本宅の妻が病死すると、山に入って二度と帰らなかった。彼も科挙を放棄して、花の精との日々を選んだのである。十年余り後、黄は亡くなると、白牡丹のそばで芽吹いたという。異史氏は、こう評す。「情の至るは、鬼神にも通ず可し。花は鬼を以て従ひ、人は魂を以て寄す。その情に結ばるる者の深きに非ずや」と。「情の至り」すなわち至高の愛ならば、鬼神にも通じることが出来る。花は、枯れても人につき従い、人は亡くなっても魂は花に寄り添った。彼等はそれほど深い情愛に結ばれていたと説く。松齢の異類への眼差しが、人間と同じ、あるいはそれ以上であるのは、「情」こそが可能にすると明かした。生きとし生けるもの、無論人間にとっても、真の愛こそが何よりも価値があり、それを確かめ、それを説くために『聊斎』を書き綴っていったのである。

〈夢〉をめぐる話柄は、古来より夥（おびただ）しくあり、『荘子』の「胡蝶の夢」など故事成語にもなっている。その中のひとつに「黄粱一炊の夢」がある。「邯鄲の夢」とも言い、唐代伝奇の沈既済『枕中記』を出典とする。戦国趙の都邯鄲（河北省）の茶店で、貧しい若者盧生（ろせい）が道士と出会い、愚痴をこぼすと、道士が与えた不思議な枕で見る夢物語である。夢の中で進士及第し、その後、官僚として宰相から左遷まで浮沈を繰り返す約五十年の人生であるが、眼が醒めると茶店の主が炊きかけていた「黄粱」はまだ炊きあがっていなかったという。人生の短さと栄枯盛衰の儚さを寓意とする。「続黄粱」（〈夢〉の巻2）は、題名の通り、その枠組みと価値観を踏襲する。主人公の曽は、郷試に及第した挙人で、都での会試を受けて合格後、郊外に遊びに行き、禅寺で休んだ時の夢物語である。すでに官僚予備軍として、盧生よりもはるかに現実味を帯びている。展開される役人生活は、たちまち宰相にまで出世して、権力を縦(ほしいまま)にして身勝手な人事や賄賂のし放題を具体的詳細に書き連ねる。あまりの無謀さのために、結局弾劾されて雲南に流されるが、その途次、曽の被害者に襲われて殺され、後半は、地獄めぐりになる。〈幽〉の巻の「伍秋月」「席方平」と同様、凄惨極まる地獄の刑罰が克明に描写され、徹底的に罰せられた曽は、宰相願望をなくしてしまう。彼はその後、山に入ったらしいが、最後の行方は不明と結ぶのである。

〈幽〉の巻八篇は、登場人物がみな幽霊で、この世に現れる話と、右の地獄や冥界を舞台とする話に分かれる。前者に属す話の「陸判」は、十王（冥界の十人の裁判官）廟の木彫りの立像で、最も恐ろしい形相をしている。主人公の朱は、豪放だけれど愚鈍で不合格ばかりの人物で、前述の周克昌らと同類である。勉強仲間にのせられた肝試しで、陸判官と仲良くなり、酒食でもてなす。御礼に、陸が朱の心臓を、優秀なそれと取り替えてくれ、そのお陰で、朱は郷試に首席及第する。腹部を切り裂いての具体的な手術場面が生々しい、奇想天外な話である。松齢の劣等感と願望を忖度させ、科挙への妄執を窺わせよう。

前者に属す女の幽霊「聶小倩」「連瑣」「小謝」は、仙女や狐妖と同様、美人で異能を発揮し、人間の男と恋をする。六朝志怪以来の幽婚譚の系譜に属する。幽霊の女といえば、明・瞿佑「牡丹灯記」（『剪灯新話』所収）のおどろおどろしく鬼気迫る怪談を想起するが、『聊斎』に描かれた彼女らは、可憐で愛らしい。小倩は夜叉の命令で、不本意にも人間の男を誘惑して殺すが、誘惑を頑としてはねつけた甯采臣に心を動かされて改心する。甯の実家まで付いて行き、彼の母にかいがいしく仕えて気に入られ、最後は再生に成功し、甯と結婚して子供までできるというハッピーエンドに終わっている。「連瑣」「小謝」も再生に成功して、恋する男と結ばれる。松齢の異類への「情」を、一際感じさせる。

『聊斎』の話の結末は、総じて残酷な結果に終息しない。異類婚姻譚は、破綻するのが常道だが、『聊斎』の狐妖は、別後の算段まで整えてやってから去っていったり、自然に姿を消したりする。唐代伝奇の沈既済「任氏伝」のように犬にかみ殺されたりはしない。それどころか生員に勉強させて郷試に合格させたり（「紅玉」巻二―38）、「笑う女」と称されることが多い無邪気な「嬰寧」〈妖〉の巻3）や「長亭」（巻十―11）などは、小倩同様、子供まで生している。『聊斎』が広く受け入れられた理由の一つは、人間世界の冷酷無残な現況を直視しながらも、人間と異類との関わりに救いや慰めを見出し得るからではないだろうか。

以上、本書の六部について略述した。いずれも截然たる分類ではなく、各要素が重複しており、単に便宜的分類に過ぎない。それでも、各巻を横断する『聊斎志異』の「異」の幅の広さ、多様性が明白といえよう。

日本における受容

大庭脩『江戸時代における唐船持渡書の研究』[34]に拠れば、明和五年（一七六八）の「商船載来書目」に「聊斎志異 一部二套」という記述が見える。その後、寛政六年（一七九四）、嘉永七年（一八五四）にも記録があるので、間隔を置きながらも、舶来していたことがわかる。寛政三年（一七九一）十一月刊の秋水園主人編『画引小説字彙』の援引書目にも書名が掲載されている。藤田祐賢「聊斎志異の一側面―特に日本文学との関連において」[35]は、文政九年（一八二六）刊の関亭伝笑の合巻、『褄重思乱菊』は、江蘇省宝応県への旅の途次の見聞である「蓮香」（巻二―27）の翻案と指摘する。桑という生員が、狐妖である蓮香と李氏という幽霊の二女と情を交わし、李氏の再生も含めて奇想天外に展開する話である。その他、都賀庭鐘『莠句冊（ひつじぐさ）』や、森島中良『拍掌奇談（はくしょうきだん）凩草紙（こがらしそうし）』に『聊斎』の翻案作が認められる。馬琴の『押絵鳥（おしえどり）痴漢高名（あほうのこうみょう）』も翻案作とされる。

明治に入ると、神田民衛『艶情異史 聊斎志異抄録』が『聊斎』の五篇を翻訳し、二十七年（一八九四）に刊行された石川鴻斎の『夜窓鬼談』に影響を与えた。同書収録の「花神」は、「洛の書生」が、小金井の桜を楽しむうちに、酔夢の中で、美女と一夜を過ごすのを発端とする因縁話である。これは、牡丹の精「葛巾」（巻十―26）と牡丹好きの若者との恋など、『聊斎』の花の精との恋物語（「黄英」「香玉」など）に着想を得ている。明治三十六年（一九〇三）には、国木田独歩が、初めて『聊斎』の現代語訳を試みている。「黒衣仙」と題するその作（『東洋画報』第一巻第三号）は、「竹青」（〈夢〉の巻6）の翻訳で、後に太宰治が翻案した。独歩はその後、五十四篇を

34 関西大学東西学術研究所、一九六七。
35 『慶応義塾創立百年記念論文集〈文学部編〉』一九五八年。

訳して、『支那奇談集』（近事画報社、明治三十九年）に収めた。彼は、『聊斎』を「余の愛読書の一なり」「その文字の豊富新鮮なる点に於いても亦他に卓絶す」と記す。[36]独歩に続く主な翻訳では、大正八年（一九一九）刊行の柴田天馬訳（抜粋）があり、全訳は、昭和八年（一九三三）から始められ、二十七年に完成している。そのほか、詩人の蒲原有明や、佐藤春夫なども翻訳を試みている。

昭和の全訳としては、増田渉・松枝茂夫・常石茂訳注本（平凡社奇書シリーズⅥ、一九七三）があり、原書に忠実な労作である。平成の翻訳としては、立間祥介訳注本（岩波文庫、一九九七）が九十二篇を訳出している。軽妙洒脱な日本語訳であるが、なぜか「自誌」および「異史氏」の評語が省略されているのは惜しまれる。また竹田晃・黒田眞美子編訳本[37]は、初めて原文を掲載して書き下し文を記し、語釈も備える。二冊本で、(1)に二十三篇、(2)に二十九篇、計五十二篇を収録する。

翻案として有名なのは、芥川龍之介の「仙人」（「労山道士」〈仙〉の巻1）、「首が落ちた話」（「諸城某甲」巻四―13）、「酒虫」（「酒虫」〈怪〉の巻7）などである。太宰治は、「竹青」以外にも「清貧譚」（「黄英」〈妖〉の巻7）を、独特の展開で翻案している。火野葦平も、当該書を早稲田在学中から「辞書をひきながら熱心に読み、興趣のつきざるをおぼえた」（『美女と妖怪―私版 聊斎志異』学風書院、一九五五）と記す。「陸判」〈幽〉の巻2）を「取りかえばや物語」と題して翻案するほか、「瑞雲」〈恋〉の巻4）を「白い顔に黒い痣」に、「阿英」〈怪〉の巻9）を「鸚鵡変化」に、「画皮」〈妖〉の巻2）をそのままに題して翻案し、それらの作品を『中国艶笑風流譚』（東京文庫、一九五二）『東洋艶笑滑稽聚』（東京文庫、一九五二）に収めている。

現代では、安岡章太郎に『私説 聊斎志異』[38]があり、敗戦前後の私小説の中に「促織」〈怪〉の巻10）を始めとして、「江城」「黄英」「香玉」などを紹介批評し、「竹青」については、太宰の翻案への批評も記述している。蒲松齢自身への関心も縷々綴られる。また森敦『私家版聊斎志異』[39]は十九篇を翻案している。最近では、柴崎友香氏が、溺死者の幽霊と漁師との友情を描く「王六郎」〈幽〉の巻1）が気に入って創作のヒントにしたと、ツイッターで明かしている。

---

36 『病牀録』「第四芸術観」（『国木田獨歩全集』第八巻、改造社、一九三〇）。
37 明治書院、中国古典小説選9 10【清代Ⅰ・Ⅱ】二〇〇九。
38 『安岡章太郎集』6所収、岩波書店、一九八六。
39 潮出版社、一九七九。

以上のように、『聊斎志異』は、現代に至るまで、翻案、またその批評も含めて、水脈を広げながら、多様な興趣を喚起している。

主要版本

前述の如く、蒲松齢の生前から、多くの写本が出回り、現在伝えられている版本は、六十種以上に達する。その中で最も通行しているのは、張友鶴輯校、会校会注会評本（上海古籍出版社）、いわゆる「三会本」十二巻四九一篇である。「会校」については、後述することにして、「会注」とは、清・道光年間刊行の何垠（かぎん）注本と呂湛恩（りょたんおん）注本の両注を併せ付して典故や字義を説いたもの。拙訳の底本は、一九六三年に中華書局から刊行された十二巻に、章培恒「新序」を付したものである。

章序に拠れば、三会本の対校本は、主に一、作者手稿本、二、鋳雪斎（ちゅうせつさい）抄本、三、青柯亭刻本（青本）である。一は、一九四八年、東北（旧満州）の西豊地区で発見された。四〇〇頁二三六篇で、半分以上散逸しているが、手跡から蒲松齢の直筆と判断された。前述した王漁洋の評語も記されている。二は、十二巻、四七四篇。乾隆十六年（一七五一）の日付がある。手稿本と較べれば、文字の異同は少なくないが、恣意的改竄は見られず、善本と評価されている。三は、乾隆三十一年（一七六六）、趙起杲（字は清曜、山東萊陽の人）の初刻で、最も早い刊本。十六巻、四四五篇。一、二と目次も異なり、改竄、削除、誤記が認められるが、広く流伝し、後の評注本や日本での翻訳書の多くは、青本に拠った。現在では、初刻本以外に、数種の異本が認められる。

三会本刊行後、〈二十四巻抄本〉と〈『異史』抄本〉が発見された。前者は、一人の手に成る抄本で四七四篇。二と同数だが、文字も作品も異なっている。乾隆帝の諱（弘）を避けており、乾隆年間の書写か、あるいは乾隆本を道光同治年間に転写したものと考えられる。巻末に王漁洋等の題詩が付されている。後者は、六巻十二冊、四八五篇。書式及び避諱から見て、康熙雍正年間の書写と推定される。一人の手に成り、現時点で、もっとも手稿本に近いとされる。

蒲松齢略年譜

〈明〉

一六四〇年（崇禎一三年）　一歳

四月一六日、山東省淄川県満井荘蒲家の北房で出生。父は槃、母は董氏。四人兄弟の三男。ほかに姉と妹がいる。

五月、大旱害発生。李自成（農民反乱の首謀者）、河南に至る。

一六四二年（崇禎一五年）　三歳

一二月、清軍、兗州（山東省滋陽県）に至り、済南、新城（淄川の隣村）を陥落させた。清の代表的詩人で、新城出身の王漁洋（一六三四〜一七一一、「解説」注8）の親族四三人も犠牲になった。

一六四四年（崇禎一七年）　五歳

三月一九日、崇禎帝の自死により、明滅亡。

〈清〉

一六四四年（順治元年）

一〇月、世祖順治帝、北京にて即位。

一六四六年（順治三年）　七歳

科挙（官吏登用試験）の会試・殿試を挙行。一一月、反清を標榜する謝遷の乱。「鬼哭」（巻一－28）に清軍の謝軍への苛烈な攻撃を記す。

一六四八年（順治五年）　九歳
于七の乱の始まり。「反清興漢」の旗印の下、岠嵎山を根拠地にして挙兵。一端、帰順したが、順治一八年（一六六一）再度蜂起するも翌年、鎮圧された。「野狗」（〈怪〉の巻4）、「公孫九娘」（巻四-9）に清軍による凄惨な殺戮が描かれる。

一六五〇年（順治七年）　一一歳
父の指導によって、経史の書を学ぶ。

一六五一年（順治八年）　一二歳
（正月五日、父逝去）？

一六五七年（順治一四年）　一八歳
劉国鼎（字は季調）の次女（一五歳）と結婚。

一六五八年（順治一五年）　一九歳
童子試（科挙の前段階試験）を受験。県・府・道の三試、すべて首席及第。時の山東学道、詩人としても高名な施閏章（一六一八〜一六八三）に激賞され、一挙に文名が世に広まる。

一六五九年（順治一六年）　二〇歳
同じ邑の張篤慶等と詩の結社「郢中詩社」を作る。

一六六〇年（順治一七年）　二一歳
三月、施閏章が山東学道を辞任して帰郷。秋、山東郷試を受験するが不合格。以後、三年ごとの郷試に受験するが及第せず。

一六六一年（順治一八年）　二二歳
順治帝崩御。呉県（江蘇省）知事の暴

政に対して生員等が決起。その一人として金聖嘆（文芸評論家、通俗文学評価を推進して近代的文学評論の萌芽と評される）が南京で斬首された。

一六六二年（康熙元年）　二三歳
八月、長男箬誕生。于七の乱、平定される。

一六六三年（康熙二年）　二四歳
「明史案」（所謂〈文字の獄〉。清朝による言論弾圧）発生。この頃松齢兄弟たちの不仲により、家屋、農地、家財などを分与し、松齢一家は農地隅の三間の陋屋と古い家具しか与えられなかった。

一六六五年（康熙四年）　二六歳
済南、青州、兗州、東昌、山東省の四府で旱害発生。淄川でも、春は旱害、秋は飢饉に襲われた。

一六六六年（康熙五年）　二七歳
王村の塾で館師（家庭教師）として生計をたてる。

一六六八年（康熙七年）　二九歳
六月一七日、戌の刻（午後八時頃）、山東一帯に大地震。その実態を「地震」（巻二-9）に活写。次男箎誕生。

一六七〇年（康熙九年）　三一歳
同郷で九歳年長の孫蕙（一六三二～一六八六）が、前年、江蘇省宝応県令になり、幕僚に招かれて、宝応へ。赴任途中、沂州（山東省南部）での見聞を「蓮香」（巻二-27）に記述。

一六七一年（康熙一〇年）　三二歳

三男笏（しゃく）誕生。三月二八日、孫蕙は高郵（宝応から南へ約一〇〇キロ）へ転任し、同行。揚州にも同行。七月（あるいは八月）、辞職して帰郷。帰郷後は、名家の館師を務める。

一六七二年（康熙一一年）　三三歳

五月、淄川に旱・蝗の害発生。山東郷試を受けるが、不合格。

一六七三年（康熙一二年）　三四歳

春夏、淄川に旱害発生。淄川県豊泉郷の王家の館師となる。王漁洋は、前年、母を亡くし、服喪の為郷里に在り。七月二〇日、漁洋の兄西樵（せいしょう）が逝去し、松齢、祭文を記す。

一六七五年（康熙一四年）　三六歳

四月一二日、一八日、淄川に霜害。四男筠（いん）誕生。

一六七六年（康熙一五年）　三七歳

九月、王漁洋夫人の張宜人（ちょうぎじん）逝去。松齢、祭文を記す。

一六七八年（康熙一七年）　三九歳

旱害、疫病で死者多数。山東郷試、受験するも不合格。

一六七九年（康熙一八年）　四〇歳

淄川、夏に旱害、秋は虫害で大飢饉。畢際有（ひっさいゆう）（字は載績（さいせき）。順治一八年、江南通州知州の後、辞職帰郷）家の館師となる。夏秋三か月を越える病気で痩せ、白髪になる。『聊斎』ほぼ完成し、「自誌」を記す。

一六八〇年（康熙一九年）　四一歳

夏から秋にかけて旱害。母董氏逝去。

一六八一年（康熙二〇年）　四二歳
妹が不幸な結婚をしたが、力になってやれないことを嘆く詩「妹を憐れむ」（『全集』第二冊『聊斎詩集』以下『詩集』と略す。巻二、五言古詩十八韻）を詠む。

一六八三年（康熙二二年）　四四歳
県の廩膳生になる。『婚嫁全書』（婚姻の吉凶に関する迷信を打破する書）を著述。一二月二六日、初孫の立徳誕生。

一六八六年（康熙二五年）　四七歳
五月、蝗害発生。春から秋にかけて、足の病気に苦しむ（『詩集』巻二「足を病む」五言律詩）。

一六八七年（康熙二六年）　四八歳
山東郷試、不合格。王漁洋が辞職して帰郷。その謦咳に接する。

一六八八年（康熙二七年）　四九歳
「族譜」を作成し、「族譜引」を記す。長男箬が童試及第、生員となる。

一六九〇年（康熙二九年）　五一歳
秋、山東省郷試、不合格。妻劉氏に科挙受験を諦めるよう説得される。

一六九二年（康熙三一年）　五三歳
次兄の兆専（字は人樞）逝去。

一六九三年（康熙三二年）　五四歳
館主の畢際有逝去。「哭畢刺史」八首（『詩集』巻三、五言律詩）を詠む。

一六九六年（康熙三五年）　五七歳
八月、山東省郷試受験、不合格。『懐刑録』（一般向け法律解説書）上梓。

一六九七年（康熙三六年）　五八歳

『小学節要』（児童教育の教科書）上梓。

一七〇四年（康熙四三年）　六五歳
『日用俗字』（七五調による一般向け漢字習得書）上梓。

一七〇五年（康熙四四年）　六六歳
『農桑経』（農業、養蚕の心得集）上梓。
三男笏、四男筠が共に童試及第。

一七〇九年（康熙四八年）　七〇歳
三兄の柏齢（字は辛甫）逝去。

一七一〇年（康熙四九年）　七一歳
歳貢生（生員の中での成績優秀者）に選ばれ、それを機に館師を辞して家居。

一七一一年（康熙五〇年）　七二歳
五月一一日、王漁洋逝去。「五月晦日、夜、漁洋先生の枉過せらるるを夢む。爾の時、已に賓客を損つること数日なるを知らず」四首（『詩集』巻五、七言律詩）を詠む。

一七一三年（康熙五二年）　七四歳
九月二六日、劉夫人逝去。享年七一。
満井荘に蒲家の祖廟を建立。松齢は追悼文「述劉氏行実」（『全集』第二冊『聊斎文集』巻七）を記し、悼亡詩八首（『詩集』巻五、「悼内」六首、「又」一首、「絶句」一首）を詠む。

一七一五年（康熙五四年）　七六歳
正月五日、父槃の墓参から帰宅後、風邪を発病。その後、次第に衰弱し、二二日、逝去。三月二四日、埋葬。

＊路大荒『蒲松齢年譜』（斉魯書社出版、一九八〇・八）、盛偉編『蒲松齢全集』付録

「蒲松齢年譜」（学林出版社、一九九八・十二）参照。

＊年齢は数え年。

＊拙訳未収録の作品は、「巻○－△」で表記。○は底本の巻数、△は巻内通し番号。

訳者あとがき

未曽有の年、訓読すれば、未だ曽って有らざる年、まさにその通りの二〇二〇年が暮れようとしています。要因は、言うまでもなく新型コロナウイルスです。毎日毎日、テレビ、新聞、ネットも、コロナ関連の話題が多を占めています。流行語大賞の候補にも、コロナ関連の語が幾つもありました。その中に「アマビエ」があったことは、いかにもと納得しました。「アマビエ」は、日本に伝わる妖怪で、江戸時代後期の弘化年間（一八四四〜一八四八）の瓦版に登場したようです。肥後の国（熊本県）の海で、毎晩光が輝き、役人が調査に向かったところ、海からアマビエと名乗る者が現われて、諸国で豊作が続くが同時に疫病も流行すると予言し、自分の姿を描いた絵を皆に見せよと告げて、海に帰ったとのことです。その絵（京大附属図書館蔵）に描かれた姿は、鳥のようなくちばしに鱗のある体、それをすっぽり包み込む長い髪、とがったくちばしがなんとも愛らしい。それを見て既視感がありました。すぐに思い至ったのは、

『山海経図』です。『山海経』は、中国古代の神秘的地理書で、山と海に大別した各地の鳥獣草木や鉱物、周辺の国々などが記されています。作者は不明で、戦国時代（紀元前五世紀～三世紀）前後から、秦から漢（紀元前三世紀～三世紀）にかけて徐々に加筆されて成ったようです。西晋末から東晋初め（四世紀頃）の混乱期に占卜の術に長けて活躍した郭璞が、注釈を施しています。

『山海経』には伝説、神話に基づく、或いは空想をも交えたなんとも奇妙な生き物たちが、数多く登場しています。久しぶりに本棚の『図解山海経』（徐客編、南海出版、二〇〇七）を開きました。絵図の多種多様な妖怪像は、大体三種に分類できるようです。一つは、部分的に過剰な場合。例えば有名な「九尾の狐」や、八つの首のある虎「天呉」など。人間では体が三つの「三身国」の人たちもいます。もう一つは欠損のある場合。「柔利国」の人間は、手足は、各々一本だけ、聖獣として有名な一本足の「夔」も描かれています。その他の異類は、各部位の組み合わせを変換させます。つまり、身は鳥類なのに顔は人面の「鴸」、逆に人間なのに羽がある「讙頭国」の人。魚類なのに鳥の足の「鱳魚」などです。「アマビエ」は、この三番目の発想に拠るのでしょう。そんなことを考えながら、頁をめくっていて、当時の人々は、なぜかような異形を考えたり、描いたりしたのだろうと思いました。絵図を眺めていて、気づいたことがありました。右の三種の分類は、現実の人間と動物を基本にしているということです。単純に言えば、それを足したり、引いたり、部分を変えたりして描出しているのです。つまり、異類、異形の基本形は、現実世界の生き物、大雑把に言えば、自然だといえましょう。その中で中核になるのは、「人面」すなわち人間です。ですから描いた人は、人間への関心、換言すれば、「人間とは何か」という問いかけゆえに、他者として彼等を出現させたのではないでしょうか。『聊斎』を訳していて、やはりそれを感じました。ただ『聊斎』の異類や妖怪は、形体としては、『山海経』ほど多種多様ではありません。本書掲載作の中では、「画皮」の女が翠色の顔にノコギリのような歯、「夜叉」も、ギラギラ輝く目と戟（ほこ）のような牙という程度です。本書の挿絵は、清・光緒十二年のもの（『詳註聊斎志異図詠』）ですが、夜叉はほとんど人間と同様の形体で、禿げた頭頂が、二つの小山に盛り上がっているだけで、のんきな父さんのイメージすらして、少しも怖くありません。『聊斎』の異類の正体の多くは、狐を筆頭に、鳥獣や魚、菊や牡丹などの花という自然の生き物、そして元人間の幽霊などです。つまり『山海経』よりもはるかに人間世界に近い存在です。彼等の多くは人間以上に人間的な存在です。蒲松齢が、かような異類を登場させたのは、やはり「人間とは何か」という強い問題意識ゆえだと考えられるのです。ではなぜ彼はかように本質的な命題を抱えたのでしょうか。

結論からいえば、彼自身「自誌」（序文）で記すように、「孤憤」すなわち孤独と憤りゆえです。「解説」にも記したように、幼少時は明から清へのまさに疾風怒濤の歴史のうねりに翻弄され、その後も落第続きや天災による生活苦、明日をも知れぬ不安定な日々は、自他ともに人間の本性を露呈して当然だったといえましょう。自己の存在理由を問い、確認するために、彼は、「青林黒塞間」にいる異類を必要としたのです。

五百篇にも達する膨大な『聊斎』から、本書は主に右の異類たちの話を収めました。それらの作は比較的長く、起承転結の起伏に富み、緩急のリズムや伏線が工夫されて、小説的技巧を凝らしており、話としても面白いからです。これは「続黄粱」などが明らかなように、「唐代伝奇小説」の系譜に属します。大活躍の狐たちも、沈既済「任氏伝」の後継者といえましょう。けれど『聊斎』には、異事異類そのものを百字以下の短さで、簡潔に記した記述も少なくありません。例えば、ごく短い記述を挙げると、

「瓜異」（巻四―3、二十八字）は、胡瓜の蔓の上に西瓜が生ったという植物の異変、「衢州三怪」（巻十一―12）は、衢州（浙江省）の池のほとりで、深夜アヒルの鳴き声を聞いた人は、忽ち発病するという動物の怪、また深夜池のほとりに帯状の白い布が現われて、人がそれを拾うと即、布に捲かれて水中に引きずり込まれるという怪異もあり、各々二十字ほどで記されています。これらの話は、六朝を代表する怪異の記録、「志怪小説」の流れに位置づけられます。動植物や人間の「怪」が、事実として簡潔に記録されているのです。また奇人の話では、王漁洋の生家の馬飼いは、松の実と石だけしか食べなかったといいます（「齕石」巻二―3）。「鞠薬如」（巻八―22）という人物は、妻亡き後、家を出てしまい、数年後、帰宅しましたが、夜が明けるとまた出奔します。家人が彼を止めるために押さえておいた衣服や持ち物は、すべて部屋から飛び出して彼の後を追ったといいます。

「解説」冒頭に、『聊斎』は「文言小説集」と記しました。中国の古典小説といえば、『西遊記』『水滸伝』『三国志演義』などを想起するでしょうが、それらは近世当時の白話（口語）によって書かれています。それに対して「文言小説」は、文語文（書き言葉）による小説です。その中には、右の「六朝志怪」と「唐代伝奇」が含まれます。

六朝時代には、ほかに「志人小説」という有名人の逸話集もあります。奇人変人が簡潔な文章の中で生き生きと個性的に表現されています。『聊斎』の奇人は民衆ですが、やはり奇人変人の類でしょう。むしろ『聊斎』の登場人物の多くは、上はたかだか挙人や生員で、そのほか漁師、商人果ては乞食たちなのが、特徴です。松齢の幅広い人間たちへの関心が明らかです。したがって『聊斎』は、この三種の小説の集大成といえましょう。「怪異」という熟語があるように、「志異」は、「志怪」と同様に見なされますが、「異」は正負の幅広い意味をもっており、「怪」をも含みます。蒲松齢が「志異」と名付けたのは、やはり単なる「志怪」だけではないという自負があったからと考えられます。『聊斎志異』は、「志怪」・「伝奇」・「志人」、すべてを兼ね備えた万華鏡のような作品なのです。三方の鏡に映るのは、人間を中心とした生きとし生けるもののあるがままの百態ではないでしょうか。

「志怪」、「志人」が書かれた六朝時代は、明末清初と同様、異民族の侵入によって建康（南京）に遷都せざるを得ず、その後も六王朝が興亡を余儀なくされた極めて不安定な時代です。先の『山海経』の注釈者郭璞は、まさに南遷を体験した一人です。明日をも知れぬ日々の中で、人々は、天地自然との交感による自己確認を行い、存在理由、レゾンデートルを求めて異界や異類を生み出したのです。「唐代伝奇」が安史の乱（七五五～七六三）という大唐帝国の存亡に関わる大乱以後に生まれているのも、暗示的です。大乱によって、それまで士大夫階級を支えていた共通の価値観が瓦解してしまい、乱後は、結局、滅びへの道を辿りました。松齢も同じような状況ゆえに、人間以上に人間的な異類を登場させたのです。彼等の存在を相対化させることによって、複眼的価値観を得たともいえます。それを可能にしたのは、「異史氏」松齢自身が述べるように「情」です。真の愛があれば、鬼神にも通じることが出来ると言っています。「孤憤」を抱えて絶望していた松齢ですが、異界や異類との関わりによって、彼は「情」に辿り着けたのかもしれません。

現在、六朝や明末のような戦争ほどの地獄絵ではないものの、じわじわと日毎に深刻化する不気味な感染状況は、我々の生存を脅かしています。「アマビエ」が突如、再浮上したのも、未来への展望が不確かな現状ゆえかもしれません。かような状況において、『聊斎志異』は、我々を現実とは異なる異世界に導いて、現実と人間を逆照射し、人間にとって何が一番大切かを語りかけてくれるのではないでしょうか。

二年前に翻訳を始めた時には考えられなかった世界的パンデミックが広がりつつあります。特にこの一年の訳業中、世の中、何が起こるかわからないと改めて考えさせられました。そうした思いが難渋な翻訳になったかもしれません。それを支えて辛抱強く伴走してくださった今野哲男さん、そして光文社の中町俊伸さんに、心から感謝申し上げます。

二〇二〇年十二月

黒田真美子

聊斎志異（りょうさいしい）

著者　蒲松齢（ほしょうれい）
訳者　黒田真美子（くろだまみこ）

2021年2月20日　初版第1刷発行

発行者　田邉浩司
印刷　新藤慶昌堂
製本　ナショナル製本

発行所　株式会社光文社
〒112-8011東京都文京区音羽1-16-6
電話　03（5395）8162（編集部）
03（5395）8116（書籍販売部）
03（5395）8125（業務部）
www.kobunsha.com

©Mamiko Kuroda 2021
落丁本・乱丁本は業務部へご連絡くだされば、お取り替えいたします。

ISBN978-4-334-75439-6 Printed in Japan

※本書の一切の無断転載及び複写複製（コピー）を禁止します。

本書の電子化は私的使用に限り、著作権法上認められています。ただし代行業者等の第三者による電子データ化及び電子書籍化は、いかなる場合も認められておりません。

いま、息をしている言葉で、もういちど古典を

長い年月をかけて世界中で読み継がれてきたのが古典です。奥の深い味わいある作品ばかりがそろっており、この「古典の森」に分け入ることは人生のもっとも大きな喜びであることに異論のある人はいないはずです。しかしながら、こんなに豊饒で魅力に満ちた古典を、なぜわたしたちはこれほどまで疎んじてきたのでしょうか。

ひとつには古臭い教養主義からの逃走だったのかもしれません。真面目に文学や思想を論じることは、ある種の権威化であるという思いから、その呪縛から逃れるために、教養そのものを否定しすぎてしまったのではないでしょうか。

いま、時代は大きな転換期を迎えています。まれに見るスピードで歴史が動いていくのを多くの人々が実感していると思います。

こんな時わたしたちを支え、導いてくれるものが古典なのです。「いま、息をしている言葉で」——光文社の古典新訳文庫は、さまよえる現代人の心の奥底まで届くような言葉で、古典を現代に蘇らせることを意図して創刊されました。気取らず、自由に、心の赴くままに、気軽に手に取って楽しめる古典作品を、新訳という光のもとに読者に届けていくこと。それがこの文庫の使命だとわたしたちは考えています。

このシリーズについてのご意見、ご感想、ご要望をハガキ、手紙、メール等で翻訳編集部までお寄せください。今後の企画の参考にさせていただきます。
メール　info@kotensinyaku.jp